Mario Vargas Llosa

Tours et détours de la vilaine fille

Traduit de l'espagnol (Pérou)
par Albert Bensoussan

Gallimard

Titre original :

TRAVESURAS DE LA NIÑA MALA

© *Mario Vargas Llosa, 2006.*
© *Éditions Gallimard, 2006, pour la traduction française.*

Né en 1936 au Pérou, Mario Vargas Llosa passe une partie de son enfance en Bolivie. Dès l'âge de quatorze ans, il est placé à l'Académie militaire Leoncio Prado de Lima qui lui laisse un sinistre souvenir. Parallèlement à ses études universitaires, il collabore à plusieurs revues littéraires et, lors d'un bref passage au Parti communiste, découvre l'autre visage du Pérou. Il se lance dans le journalisme comme critique de cinéma et chroniqueur. Il obtient une bourse et part poursuivre ses études à Madrid où il passe son doctorat en 1958. L'année suivante, il publie un recueil de nouvelles très remarqué, *Les caïds*, et s'installe à Paris. Il écrit de nombreux romans, couronnés par des prix littéraires prestigieux. Devenu libéral après la révolution cubaine, il fonde un mouvement de droite démocratique et se présente à l'élection présidentielle de 1990, mais il est battu au second tour. Romancier, critique, essayiste lucide et polémique (*L'utopie archaïque*), Mario Vargas Llosa est considéré comme l'un des chefs de file de la littérature latino-américaine. Il a reçu le prix Nobel de littérature en 2010.

À X, en souvenir des temps héroïques

I

Les petites Chiliennes

Ce fut un fabuleux été. Pérez Prado vint à Lima avec son orchestre de douze musiciens pour animer les bals de carnaval au Club Terrazas de Miraflores et au Lawn Tenis, et un championnat national de mambo fut organisé aux arènes d'Acho, avec grand succès malgré le cardinal Juan Gualberto Guevara, archevêque de la ville, qui menaça d'excommunier tous les couples de danseurs ; et puis mes copains du quartier Alegre à Miraflores, des rues Diego Ferré, Juan Fanning et Colón, disputèrent les olympiades de football, cyclisme, athlétisme et natation contre la bande de la rue San Martín : on remporta toutes les médailles, bien sûr.

Cet été 1950 fut vraiment extraordinaire. Claudico Lañas leva pour la première fois une fille — cette rouquine de Seminauel — qui, à la grande surprise de tout Miraflores, lui dit oui. Claudico, oubliant sa patte folle, se pavanait dans les rues en gonflant ses pectoraux comme un Charles Atlas. Tico Tiravante rompit avec Ilse et tomba Laurita, Víctor Ojeda tomba Ilse et rompit avec Inge, Juan Barreto tomba Inge et rompit avec Ilse. Une telle recomposition sentimentale au sein du groupe nous donna le tournis : les amourettes se défaisaient et se

11

refaisaient, et à l'issue des surprises-parties du samedi les couples n'étaient jamais les mêmes qu'au départ. « Quelle indécence ! » s'écriait, scandalisée, ma tante Alberta, avec qui je vivais depuis la mort de mes parents.

Les vagues sur la plage de Miraflores se brisaient à deux reprises au large, d'abord à deux cents mètres du sable, et nous, les cœurs vaillants, allions là-bas les affronter à poitrine nue en nous laissant drosser pendant cent mètres, sur la crête, où les vagues ne mouraient que pour reconstituer d'arrogants rouleaux et se briser derechef, en un second déferlement qui faisait glisser les surfeurs jusqu'aux petits galets de la plage.

Cet été prodigieux, aux soirées de Miraflores, le mambo fit table rase des valses, corridos, blues, boléros et autres guarachas. Le mambo, un séisme qui fit sauter, bondir, se tortiller et déhancher tous les couples enfantins, adolescents et mûrs du quartier. Il en allait sûrement de même hors les murs de Miraflores, au-delà du monde et de la vie, dans les quartiers de Lince, Breña, Chorrillos, ou ceux, encore plus exotiques, de La Victoria, au centre de Lima, du Rímac et de Porvenir, où nous, les Miraflorins, n'avions mis ni ne pensions jamais mettre les pieds.

Et tout comme on était passés des valses créoles et des guarachas, des sambas et des polkas au mambo, on était aussi passés des patins et de la trottinette au vélo, et certains même, tels Tato Monje et Tony Espejo, à la moto, voire à la bagnole, comme Luchín, le malabar de la bande, qui volait parfois la Chevrolet décapotable de son père et nous emmenait faire un tour sur le front de mer, depuis le Terrazas jusqu'au ruisseau d'Armendáriz, à cent à l'heure.

Mais ce qui marqua vraiment cet été-là fut l'irruption à Miraflores, en provenance du lointain Chili, de deux sœurs à la présence tapageuse dont l'inimitable façon de parler, à toute allure, escamotant le bout des mots pour finir sur un « pfeuhhh », exclamation ou soupir, nous tourneboula tous, nous qui venions d'échanger nos culottes courtes contre des pantalons. Et moi, plus que tous les autres.

La cadette ressemblait à l'aînée et vice versa. La plus âgée s'appelait Lily et était un peu moins grande que Lucy, plus jeune d'une année. Lily devait avoir tout au plus quatorze ou quinze ans, et Lucy treize ou quatorze. L'adjectif « tapageuse » semblait avoir été inventé pour elles, mais, sans laisser de l'être, Lucy l'était moins que sa sœur, non seulement parce que ses cheveux étaient moins blonds et plus courts et qu'elle s'habillait plus sobrement que Lily, mais parce qu'elle était plus silencieuse et qu'en dansant, déhanchée elle aussi et ployant la taille avec une audace qu'aucune Miraflorine n'aurait affichée, elle avait l'air réservée, complexée et presque insipide, en comparaison de cette toupie virevoltante, de cette flamme au vent, de ce feu follet de Lily qui, sitôt le disque de mambo sur le *pick-up*, s'élançait sur la piste.

Lily dansait avec beaucoup de grâce et de saveur, souriant et fredonnant les paroles des chansons, levant les bras, découvrant ses genoux et se trémoussant de la taille et des épaules si bien que son petit corps suggestif, moulé dans sa jupe et son chemisier, semblait se hérisser, vibrer et entrer en transe des cheveux jusqu'à la pointe des pieds. Qui dansait le mambo avec elle passait un mauvais quart d'heure, car comment suivre sans s'emmêler les pinceaux le tourbillon endiablé de ses jambes et de ses pattes bondissantes ? Impossible ! On était largué dès le départ, bien conscient que les couples n'avaient d'yeux que pour les prouesses de Lily. « Quelle fille ! s'indignait ma tante Alberta. Elle danse comme la Tongolele, la star du cinéma mexicain. » « Mais n'oublions pas qu'elle est chilienne, se répondait-elle en écho, les femmes de ce pays ne sont pas précisément des modèles de vertu. »

Je tombai amoureux de Lily comme une bête, la façon la plus romantique d'aimer — ce n'était pas de l'amour, mais de la rage —, et, cet été inoubliable, je me déclarai à trois reprises. La première fois, au balcon du Ricardo Palma, ce ciné du Parc central de Miraflores, un dimanche en *matinée*, et non, elle me dit qu'elle était encore trop jeune pour avoir un amoureux. La deuxième fois, sur la piste de patinage inaugurée justement cet été-là au pied du parc Salazar, et non, elle me dit qu'elle avait besoin d'y réfléchir parce que, bien que je lui plaise un petit peu, ses parents lui avaient interdit d'avoir un amoureux avant la fin de la troisième et elle était encore en quatrième. Et, la dernière fois, peu avant le grand scandale, au Cream Rica de l'avenue Larco, alors qu'on savourait un *milk-shake* à la vanille, et là encore non, car à quoi bon me dire oui puisqu'on avait déjà l'air d'amoureux. Est-ce qu'on ne nous mettait pas toujours ensemble chez Marta quand on jouait au jeu de la vérité ? Est-ce qu'on ne s'asseyait pas côte à côte sur la plage de Miraflores ? Est-ce qu'elle ne dansait pas avec moi plus qu'avec nul autre aux surprises-parties ? Alors à quoi bon me dire sérieusement oui, si tout Miraflores nous croyait déjà amoureux ? Avec sa frimousse de mannequin, ses yeux sombres et coquins et sa petite bouche aux lèvres charnues, Lily était la coquetterie faite femme.

« J'aime tout de toi, lui disais-je, mais plus

encore ta façon de parler. » Elle était drôle et piquante, avec son accent chantant, si différent de celui des Péruviennes, et aussi certaines expressions et tournures qui nous faisaient lever les yeux au ciel, essayant de deviner ce qu'elle voulait dire et si elle ne se moquait pas en douce. Lily passait son temps à dire des choses à double sens, posant des devinettes ou racontant des blagues si osées que les filles du quartier piquaient un fard. « Ces Chiliennes sont *terribles* », disait ma tante Alberta, en ôtant et remettant ses lunettes avec des airs de maîtresse d'école, inquiète de voir ces deux étrangères fouler aux pieds la morale de Miraflores.

À Miraflores, il n'y avait pas encore d'immeubles au début des années cinquante, c'était un quartier de villas à un seul étage, deux tout au plus, au jardin fleuri inévitablement de géraniums, poinsettias, lauriers, bougainvillées, et à terrasse envahie de chèvrefeuille ou de lierre, avec des fauteuils à bascule où les habitants attendaient la nuit en papotant et en respirant le parfum du jasmin. Dans certains parcs il y avait des ceibos épineux aux fleurs rouges et roses, et, dans les allées tracées au cordeau, des frangipaniers, des jacarandas et des mûriers, mais la note de couleur venait, autant que des fleurs de jardin, des chariots jaunes des marchands de glace D'Onofrio, tous vêtus d'un tablier blanc et d'une casquette noire, qui parcouraient les rues jour et nuit en s'annonçant grâce à une corne dont le lent ululement me faisait l'effet d'une trompe barbare, d'une réminiscence préhistorique. On entendait encore chanter les oiseaux dans ce quartier de Miraflores où les familles taillaient les pins quand les jeunes filles étaient en âge de se marier, car sinon les pauvrettes resteraient vieilles filles comme ma tante Alberta.

Lily ne me disait jamais oui, mais à part cela, pour tout le reste, c'est vrai, nous avions l'air d'amoureux. Nous nous prenions la main lors des séances en *matinée* au Ricardo Palma, au Leuro, au Montecarlo et au Colina, et bien qu'on ne puisse dire que dans l'obscurité du cinéma nous flirtions et menions notre « plan » comme d'autres couples plus anciens — ce « plan » allait du baiser anodin à la langue fourrée et aux vilains attouchements qu'il fallait confesser au curé chaque premier vendredi du mois comme péchés mortels —, Lily me laissait l'embrasser, sur les joues, au bord des oreilles, au coin des lèvres et parfois, l'espace d'une seconde, nos bouches se joignaient, mais elle s'écartait avec une moue mélodramatique : « Non, non, ça non, Rikiki. » « Tu tires la langue, Rikiki, tu en baves, Rikiki, tu fais des yeux de merlan frit, Rikiki », se moquaient mes camarades du quartier. Ils ne m'appelaient jamais par mon nom — Ricardo Somocurcio —, toujours par mon surnom. Ils n'exagéraient pas : j'étais amoureux comme une bête de Lily.

C'est pour elle que, cet été-là, je me bagarrai avec Luquen, un de mes meilleurs copains. Alors que toute la bande du quartier était réunie dans le jardin des Chacaltana, à l'angle des rues Colón et Diego Ferré, Luquen s'écria soudain, pour faire le malin, que les Chiliennes étaient des petites pétasses et des frimeuses, qui n'étaient même pas blondes pour de bon mais oxygénées, et qu'on les appelait déjà les Cucarachas. Je lui décochai une droite au menton, qu'il esquiva, et nous allâmes vider notre querelle à coups de poing sur le boulevard de la Reserva, près de la falaise. Après quoi nous fûmes toute une semaine sans nous parler, et puis, à la surprise-partie suivante, les gars du quartier nous rabibochèrent.

Lily aimait fréquenter le soir ce coin du parc Salazar peuplé de palmiers, daturas et liserons où, juchés sur le muret de brique rouge, on embrassait toute la baie de Lima comme le capitaine d'un bateau du haut de sa dunette. Si le ciel était dégagé, et je jurerais que cet été-là, sur Miraflores, il n'y eut pas un seul jour qui ne fût sans nuages et éclatant de soleil, on apercevait tout là-bas, aux confins de l'océan, le disque rouge prenant congé, tout feu tout flamme, avant de se noyer dans les eaux du Pacifique. La petite frimousse de Lily se concentrait avec la même ferveur qu'elle mettait à communier à la messe de midi de la paroisse du Parc central, les yeux fixés sur la boule de feu, guettant l'instant où la mer lancerait son rayon vert pour formuler un vœu que l'astre, ou Dieu, matérialiserait. Moi aussi, bien sûr, j'exprimais un souhait, auquel je croyais à moitié. C'était toujours le même : qu'elle me dise oui, et qu'on soit amoureux, oui, qu'on s'aime et qu'on soit fiancés pour enfin nous marier et aller vivre à Paris, riches et heureux.

Depuis que j'avais l'âge de raison, je rêvais d'habiter Paris. Probablement à cause de mon père et de ces romans de Paul Féval, de Jules Verne, d'Alexandre Dumas et de tant d'autres qu'il m'avait fait lire, avant de se tuer dans l'accident qui m'avait laissé orphelin. Ces livres m'avaient farci la tête d'aventures et persuadé qu'en France la vie était plus riche, plus joyeuse, plus belle, et tout et tout, que nulle part ailleurs. Aussi, outre mes leçons d'anglais à l'Institut américain, j'obtins de ma tante Alberta qu'elle m'inscrivît à l'Alliance française, sur l'avenue Wilson, où j'allais trois fois par semaine apprendre la langue des *franchutes*. Malgré ma joie à m'amuser avec mes copains du quartier, j'étais assez bûcheur, je décrochais partout de bonnes notes et l'étude des langues m'enchantait.

Quand mon argent de poche me le permettait, j'invitais Lily à prendre le thé — ce n'était pas encore à la mode de dire le *lunch* — à la Tiendecita Blanca, avec sa façade neigeuse, tables et parasols sur le trottoir, et ses gâteaux féeriques — biscuits glacés, tartes au blanc-manger, brioches au miel ! —, au bout de l'avenue Larco, entre l'avenue Arequipa et le mail Ricardo Palma ombragé par ses très hauts ficus.

Emmener Lily à cette blanche buvette déguster une glace et une tartelette était un bonheur presque toujours entaché, hélas ! par la présence de sa sœur Lucy, qu'on devait inévitablement se payer à chaque sortie. Elle jouait les utilités sans être gênée le moins du monde, contrariant mon « plan » et m'empêchant de parler seul à seul avec Lily et de lui dire toutes les jolies choses que je rêvais de lui murmurer à l'oreille. Mais, malgré le voisinage importun de Lucy, notre conversation restait délicieuse, je regardais danser sa petite crinière au rythme de ses paroles, je lisais la malice de ses yeux sombres couleur de miel, je buvais ses paroles, attentif à son accent exotique ainsi qu'au décolleté de son chemisier où j'apercevais, à la dérobée, la naissance de ses petits seins ronds, au tendre bouton, sans doute fermes et doux comme de jeunes fruits.

« Je ne sais pas ce que je fais ici avec vous, à tenir la chandelle », s'excusait parfois Lucy. Je jouais les hypocrites : « Mais non, nous sommes heureux que tu nous tiennes compagnie, n'est-ce pas, Lily ? » Lily riait, un petit diable moqueur dans ses pupilles, avec, pour finir, cette exclamation : « Oui, pfeuhhh... »

Faire une promenade sur l'avenue Pardo, dans

l'allée des ficus et le charivari des oiseaux, entre les villas des deux rives où couraillaient, sur les terrasses et dans les jardins, les gosses surveillés par des nounous en uniforme blanc amidonné, fut notre rite estival. Comme, de par la présence de Lucy, il m'était difficile de parler avec Lily de ce qui me plaisait, j'orientais la conversation vers des sujets anodins : les projets d'avenir, par exemple, quand, mon diplôme d'avocat en poche, je m'en irais à Paris occuper un poste diplomatique — car vivre à Paris, ça c'était la vie, la France était le pays de la culture —, à moins de me consacrer à la politique et d'aider ce pauvre Pérou à redevenir grand et prospère, ce qui m'amènerait à différer quelque peu mon voyage en Europe. Et elles, qu'est-ce qu'elles aimeraient faire quand elles seraient grandes ? Lucy, raisonnable, avait des objectifs bien précis : « Avant tout, finir les études au collège. Puis, obtenir un bel emploi, tiens, dans une maison de disques, ce serait rudement chouette. » Lily songeait à une agence de tourisme ou à une compagnie d'aviation, comme hôtesse de l'air, si elle arrivait à convaincre ses parents, ainsi voyagerait-elle sans bourse délier de par le vaste monde, pfeuhhh... ! À moins de devenir artiste de cinéma, pourquoi pas ? Mais elle n'accepterait jamais d'être filmée en bikini. Voyager, voyager, connaître tous les pays, voilà ce qui lui plairait le plus. « Bon, tu en connais au moins déjà deux, le Chili et le Pérou, qu'est-ce que tu veux de mieux ? lui disais-je. Songe que moi, je ne suis jamais sorti de Miraflores. »

Les choses que Lily nous racontait de Santiago étaient pour moi une avance sur le ciel de Paris. Ah, comme je buvais ses paroles ! Là-bas au Chili, à l'inverse de chez nous, il n'y avait ni pauvres ni mendiants dans les rues, les parents permettaient à leurs enfants de rester jusqu'au matin aux surprises-parties, dansant *cheek to cheek*, et l'on ne voyait jamais comme ici les vieux, les mamans ou les tantes épier les jeunes quand ils dansaient pour pouvoir les gronder s'ils dépassaient la mesure. Au Chili, on laissait les garçons et les filles voir des films pour adultes et, dès l'âge de quinze ans, fumer sans avoir à se cacher. Là-bas, la vie était plus drôle qu'à Lima parce qu'il y avait des tas de cinémas, de cirques, de théâtres et de spectacles, avec des orchestres aux surprises-parties, et, venant des États-Unis, des troupes de patinage, de danse et des groupes musicaux se produisaient tout le temps à Santiago, sans compter que, dans tous les métiers, les Chiliens gagnaient deux à trois fois plus que les Péruviens.

Mais alors, s'il en était ainsi, pourquoi les parents des petites Chiliennes avaient-ils laissé ce merveilleux pays pour venir vivre au Pérou ? Parce qu'ils n'étaient pas riches, mais sûrement des gens pauvres. Il était clair que les petites ne vivaient pas comme nous, les copains du Barrio Alegre, dans des villas avec majordomes, cuisinières, domestiques et jardiniers, mais dans un petit appartement d'un modeste immeuble à trois étages de la rue La Esperanza, à la hauteur du restaurant Gambrinus. Et dans le Miraflores de ces années-là, contrairement à ce qui allait se produire par la suite avec l'émergence des immeubles et la disparition des maisons, il n'y avait que les gens pauvres pour habiter dans des appartements, où se regroupait cette espèce humaine dégradée à laquelle, hélas ! semblaient appartenir nos petites Chiliennes.

Je ne vis jamais la tête de leurs parents. Elles ne nous invitèrent jamais chez elles, ni moi, ni aucune fille ou aucun garçon du quartier. Elles ne fêtèrent jamais un anniversaire, n'organisèrent pas de surprise-partie, ne nous convièrent même pas à prendre le thé ou à jouer, comme si elles avaient eu honte qu'on voie dans quel piètre appartement elles vivaient. Moi, malgré leur pauvreté et leur honte de tout ce qu'elles n'avaient pas, j'étais plein de compassion pour elles, et mon amour pour la petite Chilienne croissait et m'inspirait des desseins altruistes : « Quand Lily et moi nous nous marierons, nous emmènerons toute sa famille vivre avec nous. »

Mais mes amis, et surtout mes amies de Miraflores, voyaient d'un mauvais œil que Lucy et Lily ne nous ouvrent pas la porte de leur maison. « Sont-elles mortes de faim au point de ne pas même pouvoir organiser une surprise-partie ? » se demandaient-ils. « C'est peut-être moins par pauvreté que par avarice », voulait les excuser Tico Tiravante, tout en les enfonçant.

Et voilà les filles du quartier disant soudain pis que pendre des petites Chiliennes, critiquant leur façon de s'habiller et de se maquiller, se moquant de leur garde-robe limitée — nous connaissions déjà par cœur leurs jupettes, leurs petits chemisiers et leurs sandales que, pour tromper leur monde, elles combinaient de mille et une façons —, mais moi je les défendais avec une sainte indignation : c'est l'envie qui parlait par leurs lèvres, elles étaient vertes de jalousie et de venin, parce qu'aux surprises-parties les petites Chiliennes ne faisaient jamais tapisserie et que tous les garçons se pressaient pour danser avec elles — « Pardi, c'est parce qu'elles dansent collé ! » répliquait Laura — ; ou qu'à nos réunions, dans nos jeux, sur la plage ou au parc Salazar, elles étaient toujours le centre d'attraction, et tous les gars leur tournaient autour, tandis que les autres... — « C'est parce qu'elles jouent les grandes et les dévergondées, et alors vous leur racontez des salades que vous ne pouvez pas vous permettre avec nous ! » contre-attaquait Teresita — ; et qu'enfin ces petites Chiliennes étaient extra, modernes, sans façons, alors que les filles de Miraflores étaient des petites pestes, des chipies, des pimbêches pourries de préjugés. « Et on en est fières ! » répondait Ilse en se payant notre tête.

Mais tout en déblatérant contre elles, les filles du Barrio Alegre continuaient à les inviter aux surprises-parties, à aller avec elles en bande aux plages de Miraflores, à la messe de midi le dimanche, au cinéma en *matinée*, sans parler des tours obligés au parc Salazar de la tombée du soir à l'apparition des premières étoiles qui, de janvier à mars ce splendide été-là, pétillèrent dans le ciel de Lima sans être une seule fois voilées de nuages comme il en va presque toujours dans cette ville les quatre cinquièmes de l'année. Elles le faisaient parce que nous, les garçons, le leur demandions, et qu'au fond les filles de Miraflores éprouvaient pour les Chiliennes l'attraction qu'exerce sur l'oisillon le cobra qui l'hypnotise avant de l'avaler, la fascination de la pécheresse sur la sainte, du diable sur l'ange. Elles enviaient chez les étrangères venues de ce lointain Chili la liberté, qu'elles n'avaient pas, d'aller partout, de se balader et de danser jusqu'à plus soif sans demander la permission, sans que leur père, leur mère ou quelque sœur aînée ou tante, vienne surveiller, de derrière les fenêtres, avec qui et comment elles dansaient, ou les ramener chez elles parce qu'il était déjà minuit et que les filles comme il faut ne pouvaient traîner dans les rues avec des hommes — ça, c'était bon pour les délurées, les dévergondées, les filles du peuple, mais elles : à la maison et au dodo ! Elles enviaient donc la liberté des petites Chiliennes, leur façon de danser en se tortillant et se trémoussant, découvrant leurs cuisses, agitant les épaules, leurs petits seins et leurs fesses. Cela, aucune Miraflorine ne le faisait, et sans doute ces filles-là se permettaient avec les garçons des privautés qu'elles n'osaient même pas imaginer. Mais si elles étaient tellement libres, pourquoi Lily et Lucy n'avaient-elles pas d'amoureux ? Pourquoi disaient-elles non à tous ceux qui les courtisaient ? Pas seulement à moi : Lily avait refusé les avances de Lalo Molfino et de Lucho Claux, et Lucy celles de Loyer, de Pepe Cánepa et de ce gommeux de Julio Bienvenida, le premier Miraflorin à avoir reçu de ses parents, au sortir de la troisième, à l'âge de quinze ans, une magnifique Volkswagen. Oui, pourquoi les petites Chiliennes, qui étaient si libres, ne voulaient-elles pas avoir d'amoureux ?

Le rideau du mystère entretenu par Lily et Lucy se leva inopinément le 30 mars 1950, au dernier jour de cet été mémorable, à la surprise-partie de Marirosa Álvarez-Calderón, cette grosse bouffie. Une soirée qui allait nous marquer à jamais et rester dans toutes les mémoires. La maison des Álvarez-Calderón, à l'angle des rues 28 de Julio et La Paz, était la plus belle de Miraflores, voire du Pérou, avec ses jardins aux arbres aériens, ses acacias à fleurs jaunes, ses plantes grimpantes, ses rosiers et les faïences bleues de sa piscine. Les fêtes de Marirosa comportaient toujours un orchestre et un essaim de garçons pour servir, la nuit durant, gâteaux, amuse-gueule, sandwiches, jus de fruits et toutes sortes de boissons non alcoolisées, et l'on s'y préparait comme pour monter au septième ciel. Tout alla à merveille jusqu'à ce que, une fois les lumières éteintes, la centaine de filles et de garçons entourent Marirosa en lui chantant *Happy Birthday to You*, et elle de souffler sur les quinze bougies de son gâteau d'anniversaire et nous de faire la queue pour le baiser de circonstance.

Quand vint le tour de Lily et de Lucy, Marirosa, une grassouillette heureuse aux chairs débordantes, robe rose et volumineux chignon à l'arrière de la tête, après les avoir embrassées sur la joue, ouvrit grands les yeux :

— Vous êtes chiliennes, n'est-ce pas ? Je vais vous présenter ma tante Adriana. Elle est chilienne aussi et vient d'arriver de Santiago. Venez, venez.

Elle les prit par la main et les mena à l'intérieur de la maison, en criant : « Tante Adriana, tante Adriana, j'ai une surprise pour toi ! »

Par les vitres de la vaste verrière, rectangle éclairé du grand salon avec une cheminée éteinte, murs surchargés de paysages et de portraits à l'huile, fauteuils, canapés, tapis, et une douzaine de dames et de messieurs verre à la main, je vis pénétrer quelques instants plus tard Marirosa et les petites Chiliennes, et aperçus fugitivement la silhouette d'une femme grande et élégante, très belle, une cigarette fumant au bout d'un long fume-cigarette, qui s'approchait pour saluer ses jeunes compatriotes avec un sourire condescendant.

J'allai boire un jus de mangue et fumer une Viceroy en douce, du côté des cabines de la piscine, et tombai sur Juan Barreto, mon petit camarade du collège Champagnat, venu se réfugier lui aussi dans cet endroit solitaire en griller une. Il me demanda à brûle-pourpoint :

— Ça t'embêterait si je tombais Lily, Rikiki ?

Il savait que, malgré les apparences, nous n'étions pas des amoureux en bonne et due forme et savait aussi — comme tout le monde, me précisa-t-il — que je m'étais déclaré à trois reprises et qu'elle m'avait dit trois fois non. Je lui répondis que ça m'embêterait beaucoup, parce que les refus de Lily cachaient un petit jeu entre elle et moi — au Chili, les filles étaient comme ça ! —, et qu'en réalité je lui plaisais, c'était comme si nous étions amoureux ; de plus, ce soir-là, j'avais commencé à me déclarer pour la quatrième et dernière fois, et elle allait me dire oui quand était apparu le gâteau avec les quinze bougies de cette grosse bouffie qui nous avait interrompus. Mais dès qu'elle aurait fini de parler avec la tante de Marirosa, j'irais poursuivre mes avances et elle m'accepterait, cette fois, devenant pour de bon ce soir-là mon amoureuse.

— Dans ces conditions, je vais me rabattre sur Lucy, fit, résigné, Juan Barreto. Mais vraiment, celle qui me plaît, mon vieux, c'est Lily.

Je l'encourageai à tomber Lucy et lui promis de l'aider à se faire accepter d'elle. Lui avec Lucy et moi avec Lily, on allait constituer un quatuor du tonnerre.

Tout en bavardant avec Juan Barreto près de la piscine et en regardant danser les couples sur la piste de danse au rythme de l'orchestre des Hermanos Ormeño — ce n'était pas celui de Pérez Prado, mais c'était excellent quand même, quelles trompettes, quels tambours ! —, nous grillâmes deux Viceroy. Pourquoi Marirosa avait-elle eu l'idée, juste à ce moment, de présenter Lucy et Lily à sa tante ? Qu'avaient-elles à tant papoter ? Elle flanquait mon plan par terre, purée ! Car c'était vrai, quand on avait annoncé le gâteau avec les quinze bougies, j'avais déjà commencé ma quatrième — et cette fois j'étais sûr de réussir — déclaration d'amour à Lily, après avoir convaincu l'orchestre de jouer *Tu me plais*, le boléro le plus efficace pour tomber les filles.

Elles mirent une éternité à revenir. Et elles revinrent transformées : Lucy, très pâle et les yeux cernés, comme si elle avait vu un fantôme et revenait de l'autre monde, et Lily, furieuse, la lèvre boudeuse, les yeux lançant des flammes, comme si à l'intérieur ces dames et ces messieurs collet monté lui avaient fait passer un mauvais quart d'heure. Sur-le-champ je l'invitai à danser, un de ses mambos préférés — le *Mambo numéro 5* —, et, incroyable, Lily s'emmêlait les pinceaux, perdait le rythme, était distraite et à côté de ses pompes, ridicule avec son béret marin qui glissait, sans qu'elle cherche à le redresser. Que s'était-il passé ?

Je suis sûr qu'à la fin du *Mambo numéro 5* toute l'assistance le savait déjà car cette grosse bouffie s'était chargée de le divulguer. Quel plaisir pour cette cancanière de le raconter, avec un luxe de détails, colorant et exagérant l'histoire, tout en écarquillant ses yeux de curiosité, d'effroi et de félicité ! Quelle joie malsaine — quelle revanche, quelle vengeance ! — avaient dû éprouver toutes les filles du quartier qui enviaient tellement ces petites Chiliennes venues à Miraflores révolutionner nos habitudes d'enfants qui, cet été-là, accédaient à l'adolescence !

Je fus le dernier à l'apprendre, quand Lily et Lucy avaient déjà mystérieusement disparu, sans dire au revoir à Marirosa ni à personne — « rongeant le frein de la honte », estimerait ma tante Alberta — et que la rumeur sibylline avait gagné toute la piste de danse, figeant la centaine de filles et garçons qui, oubliant l'orchestre et leurs amourettes, se chuchotaient à l'oreille, se répétaient, s'alarmaient, s'exaltaient en ouvrant des yeux ronds, pétillant de médisance : « Tu sais ? Connais-tu la nouvelle ? As-tu appris ? Qu'en penses-tu ? Tu te rends compte ? Tu imagines, tu vois un peu ? » « Elles ne sont même pas chiliennes ! Non, elles ne l'étaient pas ! C'est du pipeau ! Elles ne savaient rien du Chili ! Rien que des menteries ! Des tromperies ! Elles ont tout inventé ! C'est la tante de Marirosa qui a mis les pieds dans le plat ! Ah, les petites pestes ! »

Eh bien, oui, elles étaient péruviennes ! Et pauvres ! Pauvresses ! Pour la tante Adriana, qui venait d'arriver de Santiago, quelle sacrée surprise que de les entendre parler avec cet accent qui nous en avait mis plein la vue et n'était qu'une imposture ! Elles avaient dû se sentir bien mal, les petites Chiliennes, quand la tante de cette grosse bouffie, flairant le pot aux roses, les avait interrogées sur leur famille de Santiago, le quartier où elles vivaient à Santiago, le collège de Santiago où elles étaient allées, sur leurs parents et les amis de leur famille à Santiago, et avait fait avaler à Lucy et à Lily la plus amère potion de leur courte vie, s'acharnant sur elles jusqu'à les chasser du salon, moralement brisées, physiquement démolies, et la stupéfaite Marirosa proclamant enfin devant ses parents et amis : « Chiliennes, taratata ! Ces petites connes n'ont jamais mis les pieds à Santiago, elles sont autant chiliennes que je suis tibétaine ! »

Ce dernier jour de l'été 1950 — je venais d'avoir quinze ans moi aussi — marqua mon entrée véritable dans la vie, celle qui sépare les châteaux en Espagne, les mirages et les fables, de la dure réalité.

Je n'ai jamais su au juste l'histoire complète des fausses petites Chiliennes, et en dehors d'elles personne ne connut le fin mot de l'histoire. Je m'en suis tenu aux conjectures, ragots, fantaisies et prétendues révélations qui, comme une traînée tapageuse, ont poursuivi longtemps ces Chiliennes à la gomme, alors qu'elles avaient cessé d'exister — façon de dire —, car jamais plus elles ne furent invitées aux surprises-parties, aux jeux, aux thés, aux réunions de notre groupe. Les mauvaises langues disaient que, bien que les filles comme il faut du Barrio Alegre et de Miraflores aient cessé de les fréquenter, leur tournant le dos si elles les croisaient dans la rue, les jeunes, les gars et les hommes les recherchaient, en cachette, comme on cherche les petites mijaurées — qu'étaient-elles, Lily et Lucy, sinon des pétasses de quartier populaire, de Breña ou d'El Porvenir, qui, cachant leur origine, s'étaient fait passer pour étrangères afin de se glisser parmi les gens bien de Miraflores ? —, pour tenter leur chance et leur faire ces choses que seules les *cholitas* et les *huachafas* les métisses et les pimbêches, se laissent faire.

Ensuite, tout le monde, j'imagine, oublia Lily et Lucy, parce que d'autres personnes et d'autres sujets remplacèrent cette aventure du dernier été de notre enfance. Pas moi. Je ne les ai pas oubliées, surtout Lily. Bien que tant d'années soient passées et que Miraflores ait tant changé, tout comme nos habitudes, et malgré l'effacement des barrières et des préjugés naguère exhibés avec insolence, et maintenant dissimulés, je l'ai choyée dans ma mémoire. En songeant à elle, parfois, j'entends encore le rire espiègle, je revois le regard moqueur de ses yeux sombres couleur de miel, et la revois ployer comme un roseau au rythme des mambos. Et je continue à penser que, de tous les étés que j'ai vécus, cet été de Miraflores fut le plus fabuleux.

II

Le guérillero

Le México Lindo se trouvait à l'angle de la rue des Canettes et de la rue Guisarde, à deux pas de la place Saint-Sulpice, et, cette première année passée à Paris, où je traînais la savate sans un sou, j'allais souvent me poster le soir à la porte arrière de ce restaurant, attendant que Paúl en sorte avec un petit paquet de tamales, de tortillas et d'enchiladas, que j'allais engloutir dans ma mansarde à l'Hôtel du Sénat avant que ça ne refroidisse. Paúl était entré comme apprenti cuistot au México Lindo, et, peu de temps après, grâce à son savoir-faire culinaire, il était devenu l'assistant du *chef*, et quand il plaqua tout pour se consacrer corps et âme à la révolution, c'était le premier cuisinier de l'établissement.

Au début des années soixante, Paris vivait la fièvre de la révolution cubaine et pullulait de jeunes venus des cinq continents rêvant, comme Paúl, de reproduire dans leur pays la geste de Fidel Castro et de ses barbus et s'y préparant, pour de bon ou par jeu, dans des conspirations de café. Tout en gagnant sa vie au México Lindo, quand je fis sa connaissance quelques jours après avoir débarqué à Paris, Paúl suivait des cours de biologie à la Sorbonne, plus tard abandonnés aussi pour la révolution.

Notre amitié remontait à ce petit bistrot du Quartier latin, où nous nous réunissions entre Sud-Américains — ces *Pauvres gens de Paris*, comme les appela Sebastián Salazar Bondy dans ses contes du Pérou. Paúl, en apprenant mes difficultés économiques, s'offrit à me donner un coup de main quant à la nourriture, car elle était plus qu'abondante au México Lindo. Aussi pouvais-je, sur le coup de dix heures du soir, passer par la porte de service où il m'offrirait « un gueuleton gratis et chaud », ce qu'il avait déjà fait avec d'autres compatriotes dans le besoin.

Il devait avoir tout au plus vingt-quatre ou vingt-cinq ans, et était gras et gros comme une barrique, et avec ça sympathique, expansif et très sociable. Toujours un large sourire aux lèvres qui lui gonflait les joues. Au Pérou, il avait suivi pendant plusieurs années des études de médecine et avait passé quelque temps en prison pour avoir été, sous la dictature du général Odría, un des organisateurs de la célèbre grève de l'université de San Marcos en 1952. Avant d'arriver à Paris, il était resté deux ans à Madrid, où il avait épousé une fille de Burgos. Ils venaient d'avoir un fils.

Il vivait dans le Marais, qui était alors, avant qu'André Malraux, ministre des Affaires culturelles du général de Gaulle, n'entreprenne le grand ravalement des antiques demeures déglinguées et crasseuses des XVIIᵉ et XVIIIᵉ siècles, un quartier d'artisans, d'ébénistes, de cordonniers, de tailleurs et de Juifs pauvres, avec une foule d'étudiants et d'artistes insolvables. Outre nos rencontres hâtives à l'entrée de service du México Lindo, on se retrouvait à midi aussi, d'ordinaire, à La Petite Source, carrefour de l'Odéon, ou à la terrasse du Cluny, à l'angle des boulevards Saint-Michel et Saint-Germain, pour prendre un café et nous raconter nos pérégrinations. Les miennes consistaient exclusivement en de multiples démarches pour trouver du travail, ce qui n'était nullement facile, car mon titre d'avocat diplômé d'une université péruvienne n'impressionnait personne à Paris. Et pourtant je me débrouillais assez bien en anglais et en français. Quant à Paúl, il s'employait à préparer la révolution qui ferait du Pérou la seconde République socialiste d'Amérique latine. Un jour où il me demandait à brûle-pourpoint si j'aimerais avoir une bourse pour aller à Cuba suivre une instruction militaire, je répondis à Paúl que, malgré toute ma sympathie pour lui, la politique ne m'intéressait pas le moins du monde ; mieux, je la détestais, et tout ce que je désirais dans la vie — pardon pour la médiocrité petite-bourgeoise, mon vieux — c'était décrocher un petit boulot stable qui me permettrait de passer sans peine ni gloire le restant de mes jours à Paris. Je lui dis aussi que je ne voulais rien savoir de ses conspirations, que je ne voulais pas vivre dans l'angoisse de laisser échapper quelque information qui puisse lui nuire, ainsi qu'à ses compagnons.

— Ne t'inquiète pas. J'ai confiance en toi, Ricardo.

En effet, au point de ne pas tenir compte de ce que je lui disais. Il me racontait tout ce qu'il faisait, jusqu'aux confidences les plus intimes sur les préparatifs révolutionnaires. Paúl appartenait au Mouvement de la gauche révolutionnaire, le MIR, fondé par Luis de la Puente Uceda, un dissident du parti apriste. Le gouvernement cubain avait concédé au MIR une centaine de bourses pour que filles et garçons péruviens suivent un entraînement à la guérilla. C'étaient les années de confrontation entre Pékin et Moscou, et à cette époque Cuba semblait pencher pour la ligne maoïste avant de finir, pour des raisons pratiques, par s'allier aux Soviétiques. Les boursiers, en raison du blocus strict imposé à l'île par les États-Unis, devaient obligatoirement passer par Paris et Paúl se décarcassait pour les loger à l'escale parisienne.

Je lui donnais un coup de main dans ces va-et-vient logistiques, et l'aidais à réserver des chambres dans des petits hôtels misérables — « d'Arabes », disait Paúl — où on casait nos « hôtes » deux par deux, et parfois trois par trois, dans un sordide galetas ou dans une *chambre de bonne* prêtée par quelque Latino-Américain ou quelque Français disposé à apporter sa petite contribution à la cause de la révolution mondiale. Dans ma mansarde de l'Hôtel du Sénat, rue Saint-Sulpice, il m'arriva d'héberger, en cachette de Mme Auclair, qui tenait l'établissement, l'un de ces boursiers.

Ils constituaient une faune bariolée. Beaucoup étaient des étudiants en lettres, droit, économie, sciences ou pédagogie à l'université de San Marcos, qui avaient milité aux Jeunesses communistes ou d'autres organisations de gauche ; pas seulement des Liméniens, mais aussi des garçons venus de province, voire quelques paysans des communautés andines, des Indiens de Puno, de Cuzco et d'Ayacucho, de leurs hameaux, où ils avaient été recrutés sans qu'on sache comment, et perturbés par leur brutale transplantation à Paris. Ils regardaient tout d'un air hébété. Les rares phrases échangées avec eux sur le trajet d'Orly à leur hôtel me donnaient parfois l'impression qu'ils n'avaient qu'une vague idée du genre de bourse qu'on leur allouait et du type d'entraînement qu'ils recevraient. Tous n'avaient pas reçu leur bourse au Pérou. Certains avaient été contactés à Paris, parmi la masse bigarrée des Péruviens — étudiants, artistes, aventuriers, bohèmes —

qui traînaient leurs guêtres dans le Quartier latin. Parmi eux, le plus original était mon ami Alfonso le Spirite, envoyé en France par une secte théosophique de Lima pour suivre des études de parapsychologie et de théosophie, et que l'éloquence de Paúl avait détourné du monde des esprits pour l'installer dans celui de la révolution. C'était un garçon de bonne famille et timide, qui ouvrait à peine la bouche, et il y avait chez lui quelque chose de désincarné et d'étrange, comme un génie précoce. Dans nos conversations de midi au Cluny ou à La Petite Source, je faisais valoir à Paúl que beaucoup de ces boursiers que le MIR envoyait à Cuba et parfois en Corée du Nord ou en Chine populaire profitaient de l'occasion pour faire un peu de tourisme, et qu'ils n'iraient jamais se perdre dans les Andes ou en Amazonie, sac au dos et fusil à l'épaule.

— Tout ça est prévu, mon vieux, rétorquait Paúl, de l'air professoral de celui qui a pour lui les lois de l'Histoire. Si la moitié répond à l'appel, la Révolution est dans la poche.

C'est vrai, le MIR faisait les choses un peu vite, mais comment pouvait-il se permettre le luxe de s'endormir ? L'Histoire, après avoir cheminé tant d'années à pas de tortue, était devenue, soudain, grâce à Cuba, un bolide. Il fallait agir, en apprenant sur le tas, en trébuchant, en se relevant. Il n'était plus temps de recruter des jeunes guérilleros en leur faisant passer un examen de connaissances, des épreuves physiques et des tests psychologiques. L'important était de profiter de ces cent bourses avant que Cuba ne les propose à d'autres groupes — le Parti communiste, le Front de libération, les trotskistes — qui rivalisaient pour être les premiers à mettre en marche la révolution péruvienne.

La plupart des boursiers que j'allais chercher à

Orly pour les conduire aux hôtels borgnes et pensions où ils seraient reclus pendant toute l'escale de Paris, étaient des hommes très jeunes, voire des adolescents. Je découvris un jour qu'il y avait aussi des femmes parmi eux.

— Va chercher ces filles et conduis-les à ce petit hôtel de la rue Gay-Lussac, me demanda Paúl. Ce sont les camarades Ana, Arlette et Eufrasia. Traite-les bien.

Une règle qu'on avait bien inculquée aux boursiers, c'était de ne pas faire connaître leur nom véritable. Même parmi eux, ils n'utilisaient que leur surnom ou leur nom de guerre. Quand les trois filles apparurent, j'eus l'impression, au premier coup d'œil, d'avoir vu quelque part la camarade Arlette.

La camarade Ana était une brunette aux gestes vifs, un peu plus âgée que les autres, et à l'entendre ce matin-là et les deux ou trois fois où je la vis, elle avait dû être une dirigeante du syndicat des institutrices. La camarade Eufrasia, une petite Chinoise aux os fragiles, semblait avoir quinze ans. Elle était morte de fatigue, parce qu'elle n'avait pas fermé l'œil de tout ce long voyage et avait vomi deux fois en raison des turbulences. La camarade Arlette avait une silhouette gracieuse, la taille très fine, le teint pâle, et, bien que vêtue comme les autres avec une grande simplicité — jupe et chandail grossiers, chemisier de percale et chaussures sans talons et à lacets, de celles qu'on vend sur les marchés —, il y avait chez elle quelque chose de très féminin dans sa façon de marcher, d'évoluer et, surtout, de froncer ses grosses lèvres en posant des questions sur les rues empruntées par le taxi. Je voyais briller dans ses yeux sombres et expressifs une certaine angoisse à contempler les boulevards bordés d'arbres, les immeubles symétriques et la foule des garçons et filles, chargés de sacoches, de livres et de cahiers, qui rôdaient dans les rues et les *bistrots* des abords de la Sorbonne, tandis que nous approchions de son petit hôtel de la rue Gay-Lussac. On leur donna une chambre sans salle de bains ni fenêtres, avec deux lits qu'elles devaient partager à trois. En leur disant au revoir, je leur répétai les instructions de Paúl : ne pas bouger d'ici jusqu'à ce qu'il passe les voir un moment dans l'après-midi et leur explique leur plan de travail à Paris.

Je me trouvais à la porte de l'hôtel, allumant une cigarette avant de partir, quand on me toucha l'épaule :

— Ce trou à rats me rend claustrophobe, dit en me souriant la camarade Arlette. Et puis ce n'est pas tous les jours qu'on est à Paris, nom d'un petit bonhomme !

Je la reconnus alors. Elle avait beaucoup changé, certes, surtout dans sa façon de parler, mais toute sa personne dégageait cette malice que je me rappelais fort bien, faite d'audace, de spontanéité et de provocation, campée dans une attitude de défi, les seins arrogants, le visage en avant, un pied légèrement en retrait, son petit cul cambré, et un regard moqueur qui laissait son interlocuteur perplexe : était-elle sérieuse ou blaguait-elle ? Elle était mince, pieds et mains menus, les cheveux maintenant noirs et non plus clairs, retenus par un ruban et lui tombant aux épaules. Et ce miel obscur au fond des yeux.

Tout en l'avertissant que ce que nous allions faire était formellement interdit et que nous risquions pour cela d'être enguirlandés par le camarade Jean (Paúl), je l'emmenai faire un tour du côté du Panthéon, de la Sorbonne, de l'Odéon et du Luxembourg, puis, ruinant mon budget, déjeuner à L'Acropole, un petit restaurant grec de la rue de l'Ancienne-Comédie. Durant ces trois heures de conversation elle me raconta, en violant les règles du secret révolutionnaire, qu'elle avait étudié le droit et les lettres à l'Université catholique, qu'elle militait clandestinement depuis des années aux Jeunesses communistes, et qu'à l'instar d'autres camarades elle était passée au MIR, qui lui semblait être un mouvement vraiment révolutionnaire au regard de l'autre parti, sclérosé et anachronique par les temps qui couraient. Elle me disait ces choses d'un ton un peu mécanique, sans grande conviction. Je lui rapportai mes déboires dans ma quête de travail pour pouvoir rester à Paris et je lui dis que tout mon espoir résidait maintenant en un concours de traducteurs d'espagnol, convoqué par l'Unesco, et qui avait lieu le lendemain.

— Croise les doigts et touche comme ça la table trois fois, pour être reçu, me dit la camarade Arlette, très sérieuse, en me regardant fixement.

De telles superstitions étaient-elles compatibles avec la doctrine scientifique du marxisme-léninisme ? lui dis-je pour la piquer.

— Pour obtenir ce qu'on veut, tout est bon, me rétorqua-t-elle d'un ton décidé, puis haussant les épaules, elle sourit : Je réciterai un rosaire aussi pour que tu réussisses, bien que je ne sois pas croyante. Dénonceras-tu au parti mes superstitions ? Je ne le crois pas. Tu as l'air d'un bon garçon...

Elle éclata d'un petit rire, et je vis se former sur ses joues les mêmes fossettes que lorsqu'elle était petite. Je la raccompagnai à son hôtel. Si elle était d'accord, je demanderais au camarade Jean la permission de l'emmener connaître d'autres lieux de Paris avant la poursuite de son voyage révolutionnaire. « Super », fit-elle en me tendant une main languide qu'elle tarda à détacher de la mienne. Elle était très jolie et très coquette, ma guérillera.

Le lendemain, je passai l'examen des traducteurs à l'Unesco avec une vingtaine de postulants. On nous donna à traduire une demi-douzaine de textes anglais et français, assez faciles. J'hésitai sur l'expression « art roman », qu'après avoir compris d'abord comme « art romain » je traduisis finalement par « *arte románico* ». À midi j'allai manger une saucisse-frites avec Paúl à La Petite Source et, sans tourner autour du pot, je lui demandai la permission de sortir la camarade Arlette le temps qu'elle serait à Paris. Il me regarda malicieusement, puis feignit de me sermonner :

— Il est formellement interdit de s'envoyer les camarades. À Cuba et en Chine populaire, pendant la révolution, tirer un coup avec une guérillera pouvait te conduire au poteau. Pourquoi veux-tu la sortir ? Elle te plaît, cette fille ?

— Je suppose que oui, lui avouai-je, un peu honteux. Mais, si cela risque de t'attirer des problèmes...

— Tu pourrais te retenir ? fit Paúl en riant. Ne sois pas hypocrite, Ricardo ! Sors-la, sans que je le sache. Mais après, tu me racontes tout. Et surtout, mets une capote.

Ce même soir, j'allai chercher la camarade Arlette à sa petite piaule de la rue Gay-Lussac et l'emmenai grignoter un *steak-frites* à La Petite Hostellerie, rue de la Harpe. Puis, dans une *boîte de nuit* de la rue Monsieur-le-Prince, L'Escale, où cette saison une jeune Espagnole, Carmencita, toute de noir vêtue à la façon de Juliette Gréco, chantait en s'accompagnant d'une guitare, ou plutôt disait des poèmes anciens et des chants de la guerre civile. Nous bûmes du rhum avec du coca-cola, une boisson que l'on commençait à appeler déjà « cuba libre ». La salle était petite, sombre, enfumée, chaude, les chansons épiques ou mélancoliques, il n'y avait pas encore beaucoup de monde et, avant d'avoir fini notre verre et après lui avoir raconté que grâce à ses sortilèges et à son rosaire mon examen à l'Unesco avait bien marché, je lui pris la main et, entremêlant nos doigts, lui demandai si elle s'était rendu compte que j'étais amoureux d'elle depuis dix ans.

Elle se mit à rire :

— Amoureux de moi sans me connaître ? Tu veux dire que depuis dix ans tu attendais de voir apparaître dans ta vie une fille comme moi ?

— On s'est bien connus, sauf que tu ne te rappelles pas, lui répondis-je, très lentement, en guettant sa réaction. Tu t'appelais alors Lily et te faisais passer pour chilienne.

Je pensai que la surprise lui ferait retirer sa main, ou qu'elle la fermerait, crispée, nerveusement, mais il n'en fut rien. Sa main demeura tranquillement entre les miennes, sans frémir le moins du monde.

— Qu'est-ce que tu dis ? murmura-t-elle.

Dans la pénombre, elle se pencha et son visage s'approcha du mien au point que je sentis son haleine. Ses petits yeux me scrutaient, essayant de deviner qui j'étais.

— Sais-tu encore imiter si bien l'accent chantant des Chiliennes ? lui demandai-je tout en lui baisant la main. Ne me dis pas que tu ne sais pas de quoi je parle. Tu ne te rappelles pas non plus que je me suis déclaré trois fois et que tu m'as toujours repoussé ?

— Ricardo, Ricardito, Richard Somocurcio ! s'écria-t-elle, amusée, et cette fois je sentis la pression de sa main. Rikiki ! Ce morveux tiré à quatre épingles qui semblait sortir de sa première communion. Ah, ah ! C'était toi ! Mon Dieu, ça alors ! Tu avais déjà cet air de petit saint.

Pourtant, un moment après, quand je lui demandai comment et pourquoi elles avaient eu l'idée, sa sœur Lucy et elle, de se faire passer pour chiliennes en déménageant rue La Esperanza, à Miraflores, elle nia énergiquement savoir de quoi je lui parlais. D'où avais-je tiré pareille histoire ? Il s'agissait d'autres personnes. Elle ne s'était jamais appelée Lily, elle n'avait pas de sœur, et n'avait jamais vécu dans ce quartier snob. Telle serait désormais son attitude : nier devant moi l'histoire des petites Chiliennes, bien que, parfois, comme cette nuit-là à L'Escale, quand elle me dit reconnaître en moi le petit morveux à moitié demeuré de dix ans plus tôt, elle laissât paraître quelque chose — une image, une allusion — qui la dénonçait comme la fausse Chilienne de notre adolescence.

Nous restâmes à L'Escale jusqu'à une heure avancée et je pus l'embrasser et la caresser, mais sans qu'elle réponde à mes avances. Elle ne me refusait pas ses lèvres quand je les cherchais ; mais elle ne faisait pas le moindre geste de réciprocité ; elle se laissait embrasser avec indifférence et, bien entendu, sans jamais ouvrir la bouche pour que je puisse goûter sa salive. Son corps aussi ressemblait à un glaçon quand mes mains lui caressaient la taille, les épaules, et s'arrêtaient à ses seins durs aux mamelons dressés. Elle resta passive, résignée à ces effusions comme une reine aux hommages d'un vassal, jusqu'à ce qu'enfin, avec naturel, notant que mes caresses prenaient un tour hardi, elle m'écartât.

— C'est ma quatrième déclaration d'amour, ma petite Chilienne, lui dis-je à la porte de l'hôtel de la rue Gay-Lussac. La réponse est-elle oui, enfin ?

— Nous verrons bien, fit-elle en me soufflant un

baiser et en s'éloignant. Ne perds pas espoir, mon bon garçon.

Les dix jours qui suivirent cette rencontre, la camarade Arlette et moi connûmes quelque chose qui ressemblait à une lune de miel. On se vit tous les jours et j'épuisai là tout l'argent qui me restait des virements de ma tante Alberta. Je la menai au Louvre et au Jeu de Paume, au musée Rodin et aux maisons de Balzac et de Victor Hugo, à la cinémathèque de la rue d'Ulm, à une représentation du Théâtre national populaire que dirigeait Jean Vilar (nous vîmes *Ce fou de Platonov*, de Tchekhov, avec Vilar lui-même dans le rôle principal) et, le dimanche, nous prîmes le train de Versailles où, après avoir visité le château, nous fîmes une longue promenade dans les bois où la pluie nous surprit et nous trempa. Ces jours-là n'importe qui nous aurait crus amants, car nous marchions tout le temps en nous tenant la main et je l'embrassais et la caressais sans cesse. Elle me laissait faire, parfois amusée, d'autres fois indifférente, et elle mettait toujours fin à mes effusions avec une moue d'impatience : « Ça suffit comme ça, Ricardito. » De rares fois, elle prenait l'initiative d'arranger ou de déranger une mèche avec sa main, ou de me passer un doigt effilé sur le nez ou la bouche comme si elle avait voulu les lisser, une caresse qui ressemblait à celle d'une maîtresse affectueuse à son caniche.

Cette intimité de dix jours m'apporta une certitude : la camarade Arlette se fichait éperdument de la politique en général et de la révolution en particulier. Son militantisme aux Jeunesses communistes puis au MIR, tout comme ses études à l'Université catholique, n'étaient qu'affabulation. Elle ne parlait jamais de sujets politiques ni intellectuels, et quand j'amenais la conversation sur ce terrain, elle ne savait que dire, elle ignorait les choses les plus élémentaires et s'arrangeait pour changer rapidement de sujet. Il était clair qu'elle avait obtenu cette bourse de guérillera pour sortir du Pérou et voyager de par le vaste monde, ce que d'ailleurs, s'agissant d'une fille d'humble extraction — cela sautait aux yeux —, elle n'aurait jamais pu faire. Mais je n'osai l'interroger sur rien de tout cela pour ne pas la mettre dans l'embarras, ni l'obliger à me raconter encore un bobard.

Le huitième jour de notre pudique lune de miel elle consentit, de façon inespérée, à passer la nuit avec moi à l'Hôtel du Sénat. Ce que j'avais sollicité — supplié — en vain tous les jours précédents. Elle prit, cette fois, l'initiative :

— Aujourd'hui c'est moi qui te raccompagne, si tu veux, me dit-elle le soir, tandis qu'on grignotait des sandwiches au gruyère (je n'avais plus de quoi payer le restaurant) dans un *bistrot* de la rue de Tournon.

Mon cœur s'emballa comme si je venais de courir le marathon.

Après une laborieuse négociation avec le veilleur de nuit de l'Hôtel du Sénat — « *Pas de visites nocturnes à l'hôtel, monsieur !* » —, qui laissa de marbre la camarade Arlette, nous pûmes monter les cinq étages sans ascenseur jusqu'à ma mansarde. Elle se laissa embrasser, caresser, déshabiller, avec toujours cette curieuse attitude apathique, sans me permettre de réduire l'invisible distance qu'elle gardait devant mes baisers, mes étreintes et câlins, tout en m'abandonnant son corps. Je fus ému de la voir nue, sur le petit lit poussé dans le coin de la pièce où le plafond s'inclinait et où parvenait à peine la lumière de l'unique ampoule. Elle était très mince, le corps bien proportionné, la taille si fine que j'aurais pu, me sembla-t-il, l'entourer de mes deux mains. Sous le léger duvet du pubis, le grain était plus clair. Sa peau, olivâtre, aux réminiscences orientales, était douce et fraîche. Elle se laissa embrasser longuement de la tête aux pieds, en conservant sa passivité coutumière, et elle écouta d'une oreille distraite le poème *Matériel nuptial*, de Neruda, que je récitais à son oreille, et les mots d'amour que je lui balbutiais, d'une voix entrecoupée ; c'était la nuit la plus heureuse de ma vie, je n'avais jamais désiré personne autant qu'elle. Oui, je l'aimerais toujours.

— Glissons-nous sous la couverture parce qu'il fait très froid, m'interrompit-elle, en me faisant redescendre sur terre. Est-ce que tu ne te gèles pas ici ?

Je fus sur le point de lui demander si elle devait prendre soin de moi, mais je ne le fis pas, fâché par son attitude désinvolte, comme si elle avait des siècles d'expérience dans ces joutes, et que j'étais, moi, le débutant. Nous fîmes l'amour avec difficulté. Elle se donnait sans le moindre embarras, mais voilà, elle était fort étroite et, à chacun de mes efforts pour la pénétrer, elle se contractait en grimaçant de douleur : « Plus lentement, plus lentement. » À la fin, j'y arrivai et fus heureux de l'aimer. Il est sûr que rien ne me plaisait autant que d'être là avec elle, et que dans mes rares et toujours fugaces aventures je n'avais jamais éprouvé ce mélange de tendresse et de désir qu'elle m'inspirait, mais je doute que ce fût aussi le cas de la camarade Arlette. Qui me donna tout le temps l'impression de se soumettre à mes caresses sans s'y intéresser le moins du monde.

Le lendemain, en ouvrant les yeux, je la vis, habillée et maquillée, au pied du lit, m'observant avec un regard qui laissait paraître une profonde inquiétude.

— Vraiment, tu es amoureux de moi ?

J'acquiesçai plusieurs fois et tendis la main pour prendre la sienne, mais elle ne me la donna pas.

— Tu veux que je reste vivre avec toi, ici à Paris ? me demanda-t-elle sur le même ton qu'elle aurait pris pour me proposer d'aller voir un des films de la Nouvelle Vague, de Truffaut ou de Louis Malle, alors à leur apogée.

J'acquiesçai à nouveau, totalement déconcerté. Est-ce que cela voulait dire que la petite Chilienne était aussi amoureuse de moi ?

— Ce n'est pas par amour, à quoi bon te mentir ? me répondit-elle froidement. Mais je ne veux pas aller à Cuba, et encore moins retourner au Pérou. Je voudrais rester à Paris. Et toi, tu peux m'aider à me délier de mon engagement envers le MIR. Parle à ton camarade Jean et, s'il me libère, je viendrai vivre avec toi.

Elle hésita un moment et fit, en soupirant, une concession :

— Je finirai bien par être amoureuse de toi.

Le neuvième jour j'en parlai au gros Paúl, lors de notre rencontre de midi, cette fois au Cluny, devant deux *croque-monsieur* et deux express. Il fut catégorique :

— Je ne peux pas la libérer, moi, c'est du ressort de la direction du MIR. Mais même ainsi, le seul fait de le proposer me créerait un problème de tous les diables. Qu'elle aille à Cuba, qu'elle suive son stage. Qu'elle démontre qu'elle ne remplit pas les conditions, physiques et psychologiques, pour la lutte armée. Je pourrais alors suggérer à la direction qu'elle reste ici, à me donner un coup de main. Dis-le-lui bien et, surtout, qu'elle n'en parle à personne, ou sinon, mon vieux, je serais dans la merde.

La mort dans l'âme, j'allai transmettre à la camarade Arlette la réponse de Paúl. Et le pire, c'est que

43

je l'encourageai à suivre son conseil. J'étais plus chagriné qu'elle par la séparation. Mais nous ne pouvions pas casser Paúl, et elle ne devait pas indisposer le MIR, ce qui ne manquerait pas de lui attirer des problèmes plus tard. Le stage durait à peine quelques mois. Il suffisait que, d'entrée de jeu, elle démontre une totale inaptitude à la vie de guérilla, qu'elle fasse même semblant de s'évanouir. Pendant ce temps, moi, à Paris, je trouverais du travail, je prendrais un petit appartement, je l'attendrais...

— Je sais bien, tu pleureras, tu me regretteras et penseras à moi jour et nuit, m'interrompit-elle avec un geste impatient, le regard dur et la voix glacée. Bon, je vois bien qu'il n'y a pas d'autre solution. Nous nous verrons dans trois mois, Ricardito.

— Pourquoi me fais-tu tes adieux dès maintenant ?

— Le camarade Jean ne te l'a pas dit ? Je pars à Cuba demain matin très tôt, via Prague. Tu peux commencer à sortir ton mouchoir.

Elle partit, en effet, le lendemain, et je ne pus l'accompagner à l'aéroport, parce que Paúl me l'avait interdit. À notre rencontre suivante, le gros me sapa le moral en m'annonçant que je ne pourrais pas écrire à la camarade Arlette, ni recevoir de lettres d'elle, parce que pour des raisons de sécurité les boursiers devaient couper toute espèce de communication pendant l'entraînement. Paúl lui-même n'était pas sûr qu'après le stage la camarade Arlette, avant de rentrer à Lima, puisse repasser par Paris.

Je fus plusieurs jours comme un zombie, me reprochant du matin au soir de n'avoir pas eu le courage de dire à la camarade Arlette de rester avec moi à Paris, malgré l'interdiction de Paúl, au lieu de l'exhorter à poursuivre cette aventure qui finirait Dieu sait comment. Et puis un matin, en sortant de ma mansarde pour aller prendre mon petit déjeuner au Café de la Mairie, place Saint-Sulpice, Mme Auclair me remit une enveloppe au cachet de l'Unesco. J'étais reçu et le chef du service des traducteurs me donnait rendez-vous à son bureau. C'était un Espagnol élégant, aux cheveux blancs, nommé Charnés, qui se montra fort aimable. Il rit de bonne grâce quand il me demanda quels étaient mes « projets à long terme » et que je lui répondis : « Finir mes jours à Paris. » Il n'y avait pas de poste permanent vacant, mais il pouvait m'engager comme vacataire pendant l'assemblée générale et pour les périodes où l'institution serait surchargée de travail, ce qui arrivait assez fréquemment. Dès cet instant j'eus l'assurance que mon rêve de toujours — bon, depuis que j'avais atteint l'âge de raison —, passer dans cette ville le reste de ma vie, allait devenir réalité.

Mon existence, à partir de ce jour, amorça un virage à cent quatre-vingts degrés. Je commençai à me couper les cheveux deux fois par mois et à m'habiller en veston-cravate tous les matins. Je prenais le métro à Saint-Germain ou à Odéon pour rejoindre la station Ségur, la plus proche de l'Unesco, et j'y restais de 9 h 30 à 13 heures et de 14 h 30 à 18 heures. Je travaillais dans un réduit où je traduisais en espagnol des documents barbants sur le transfert des temples d'Abou-Simbel sur le Nil, ou sur la préservation des restes d'écriture cunéiforme découverts dans des grottes du Sahara, à la hauteur du Mali.

Curieusement, en même temps que la mienne, la vie de Paúl changea aussi. Il restait mon meilleur ami, mais on se voyait de plus en plus rarement, en raison de mes nouvelles obligations de bureaucrate et parce que lui se mit à parcourir le monde, représentant le MIR dans des congrès ou des rencontres pour la paix, pour la libération du tiers monde, pour la lutte contre l'armement nucléaire, contre le colonialisme et l'impérialisme, et mille autres causes progressistes. Paúl se sentait parfois étourdi, vivant un rêve, quand il me racontait — chaque fois qu'il revenait à Paris il m'appelait et nous déjeunions ou prenions un café deux ou trois fois par semaine tout le temps de son séjour en ville — qu'il venait de rentrer de Pékin, du Caire, de La Havane, de Pyongyang ou de Hanoi, où il avait exposé les perspectives de la révolution en Amérique latine devant mille cinq cents délégués de cinquante organisations révolutionnaires d'une trentaine de pays au nom d'une révolution péruvienne qui n'avait même pas commencé.

Si je n'avais pas si bien connu cette intégrité qu'il dégageait par tous les pores, j'aurais souvent cru qu'il exagérait, pour m'impressionner. Comment pouvait-il se faire que ce Sud-Américain de Paris qui, voici quelques mois, gagnait sa vie comme apprenti cuistot au México Lindo, soit maintenant un personnage de la jet-set révolutionnaire, effectue des vols transatlantiques et côtoie les leaders de Chine, de Cuba, du Vietnam, d'Égypte, de Corée du Nord, de Libye et d'Indonésie ? Mais c'était la vérité. Paúl, du fait des impondérables et de l'étrange écheveau de relations, d'intérêts et de confusions dont était constituée la révolution, était devenu un personnage international. J'en eus confirmation ces jours de 1962 qui connurent quelque tapage médiatique à la suite de la tentative d'assassinat du leader révolutionnaire marocain Ben Barka, surnommé la Dynamo, qui, trois ans plus tard, en 1965, serait enlevé et disparaîtrait à jamais en sortant de la Brasserie Lipp. Paúl vint me chercher à midi à l'Unesco et nous allâmes à la cafétéria manger un sandwich.

Il était pâle, les yeux cernés et la voix altérée, une nervosité insolite chez lui. Ben Barka présidait un congrès international des forces révolutionnaires à la direction duquel se trouvait aussi Paúl. Tous deux s'étaient beaucoup vus et avaient voyagé ensemble les dernières semaines. La tentative d'assassinat de Ben Barka ne pouvait être l'œuvre que de la CIA, et le MIR se sentait maintenant en danger, à Paris. Est-ce que je pouvais, donc, pour quelques jours, avec toutes les précautions qui s'imposaient, garder deux valises dans ma mansarde ?

— Je ne te demanderais pas une telle chose, si j'avais le choix. Mais si tu me dis non, pas de problème, Ricardo.

Je le ferais, s'il me disait ce que contenaient les valises.

— Dans l'une, des papiers. De la dynamite pure : plans, objectifs, préparatifs des actions au Pérou. Dans l'autre, des dollars.

— Combien ?

— Cinquante mille.

Je réfléchis un instant.

— Si je livre ces valises à la CIA, me laissera-t-on en récompense les cinquante mille dollars ?

— Songe que, lorsque la révolution triomphera, on pourra te nommer ambassadeur auprès de l'Unesco, fit Paúl en entrant dans mon jeu.

On plaisanta un moment et le soir venu il m'apporta les deux valises, qu'on glissa sous mon lit. Je vécus une semaine les cheveux dressés sur la tête, en pensant que si un cambrioleur avait l'idée de voler cet argent, le MIR ne croirait jamais à cette histoire de vol et que je deviendrais la cible des révolutionnaires. Le sixième jour, Paúl vint chez moi accompagné de trois inconnus pour récupérer ces hôtes encombrants.

Chaque fois qu'on se voyait, je lui demandais des nouvelles de la camarade Arlette et il ne chercha jamais à me tromper en me donnant de fausses informations. Il le regrettait beaucoup mais n'avait rien pu savoir. Les Cubains étaient très stricts sur les questions de sécurité et gardaient le silence le plus absolu sur son point de chute. La seule chose certaine, c'est qu'elle n'était pas encore passée par Paris, car il disposait de tout le registre des boursiers qui retournaient au Pérou.

— Quand elle passera par là, tu seras le premier à le savoir. Tu es vraiment mordu, non ? Mais pourquoi, vieux ? Cette fille n'est pas si jolie que ça.

— Je ne sais pas pourquoi, Paúl. Mais c'est vrai, je l'ai dans la peau.

À cause du nouveau type de vie que menait Paúl, le milieu péruvien de Paris commença à dire du mal de lui. C'étaient des écrivains qui n'écrivaient pas, des peintres qui ne peignaient pas, des musiciens qui ne jouaient ni ne composaient, bref, des révolutionnaires de café qui se défoulaient de leur frustration, de leur envie et de leur ennui en disant que Paúl s'était « embourgeoisé », qu'il était devenu un « bureaucrate de la révolution ». Que faisait-il à Paris ? Pourquoi n'était-il pas là-bas, avec ces gars qu'il expédiait pour recevoir un entraînement militaire, et qu'il faisait ensuite entrer en cachette au Pérou pour entreprendre des actions de guérilla dans les Andes ? Je le défendais dans nos discussions enflammées. Je voyais bien que, malgré son nouveau statut, Paúl vivait toujours dans une modestie absolue. Et sa femme avait même travaillé jusqu'à présent comme femme de ménage pour soutenir le budget familial. Maintenant, le MIR, profitant de son passeport espagnol, envoyait fréquemment celle-ci au Pérou comme agent de liaison et accompagnatrice des boursiers, ou pour convoyer de l'argent et des papiers, ce qui remplissait d'angoisse son mari. D'un autre côté, par les confidences de Paúl, je savais que cette vie que lui avaient imposée les circonstances et que son chef, Luis de la Puente Uceda, exigeait de lui l'insupportait chaque jour davantage. Il avait hâte de retourner au Pérou où les actions allaient bientôt commencer. Il voulait aider à les préparer, sur le terrain. La direction du MIR ne l'y autorisait pas et cela le rendait furieux. « Voilà ce que c'est de connaître les langues, bordel de merde ! » protestait-il en riant au milieu de sa mauvaise humeur.

Grâce à Paúl, pendant ces mois et ces années de Paris, je connus les principaux dirigeants du MIR, à commencer par son leader et fondateur, Luis de la Puente Uceda, et, pour finir, Guillermo Lobatón. Le leader du MIR était un avocat de Trujillo, né en 1926, dissident du parti apriste, mince et binoclard, le teint et les cheveux clairs, qu'il peignait toujours plaqués en arrière comme un acteur argentin. Les deux ou trois fois que je le vis, il était en veston-cravate avec un blouson de cuir marron. Il parlait doucement, comme un avocat en fonction, donnant des précisions juridiques et usant d'un vocabulaire châtié. Je l'ai toujours vu escorté de deux ou trois gros bras, probablement ses gardes du corps, des hommes qui le contemplaient avec vénération et ne pipaient mot. Il y avait dans tout ce qu'il disait quelque chose de si cérébral et abstrait que j'avais quelque mal à me l'imaginer en guérillero, mitraillette à l'épaule, grimpant et descendant les escarpements des Andes. Et pourtant, il avait été bien souvent détenu, exilé au Mexique, et vivait dans la clandestinité. Il donnait plutôt l'impression d'être né pour briller au barreau, au Parlement, dans les meetings et les négociations politiques, c'est-à-dire tout ce que ses camarades et lui méprisaient comme magouilles de la démocratie bourgeoise.

Guillermo Lobatón, c'était autre chose. De la foule de révolutionnaires qu'il me fut donné de connaître à Paris, grâce à Paúl, aucun ne me parut aussi intelligent, cultivé et résolu que lui. Il était encore très jeune, une petite trentaine, mais il avait déjà un riche passé d'homme d'action. Il avait été le leader de la grande grève de l'université de San Marcos en 1952, contre la dictature d'Odría (de là datait son amitié avec Paúl), à la suite de laquelle il avait été arrêté, expédié à la prison du Frontón et torturé. C'est ce qui avait tronqué ses études de philosophie à San Marcos où l'on disait de ce brillant étudiant qu'il rivalisait avec Li Carrillo, futur disciple de Heidegger. En 1954, il fut expulsé du pays par le gouvernement militaire et, après mille déboires, il s'était retrouvé à Paris où, en même temps qu'il gagnait sa vie avec ses mains, il avait repris ses études de philo à la Sorbonne. Le Parti communiste lui avait obtenu ensuite une bourse en Allemagne de l'Est, à Leipzig, où il avait poursuivi ses études tout en intégrant une école des cadres du Parti. C'est là que l'avait surpris la révolution cubaine. Les événements de Cuba l'avaient amené à réfléchir de façon très critique sur la stratégie des partis communistes latino-américains et l'esprit dogmatique du stalinisme. Avant de le connaître en personne, j'avais lu de lui un travail, qui avait circulé à Paris, ronéotypé, où il accusait ces partis de s'être coupés des masses par leur soumission aux diktats de Moscou, en oubliant que, comme l'avait écrit Che Guevara, « le premier devoir d'un révolutionnaire était de faire la révolution ». Dans cet essai, où il exaltait l'exemple de Fidel Castro et de ses compagnons comme modèles révolutionnaires, il y avait une citation de Trotski. Ce qui lui avait valu de passer devant un conseil de discipline à Leipzig et d'être expulsé avec perte et fracas d'Allemagne de l'Est et du Parti communiste péruvien. C'est ainsi qu'il avait échoué à Paris, où il s'était marié avec une Française, Jacqueline, militante révolutionnaire aussi. À Paris il avait rencontré Paúl, son vieil ami de San Marcos, et s'était affilié au MIR. Il avait reçu une formation à la guérilla à Cuba et comptait les jours pour retourner au Pérou et passer à l'action. Au moment du débarquement de la baie des Cochons, je le vis se multiplier, assister à toutes les manifestations de solidarité avec Cuba et y prendre la parole à deux reprises, dans un bon français et avec une fougueuse éloquence.

C'était un garçon élancé, à la peau d'ébène claire, avec un sourire qui dévoilait sa magnifique dentition. Tout en pouvant discuter des heures durant, avec une grande agilité intellectuelle, sur des sujets politiques, il était capable de se lancer dans des dialogues passionnants sur la littérature, l'art ou les sports, spécialement le football et les exploits de son club de prédilection, l'Alianza Lima. Il y avait dans ses façons d'être quelque chose qui communiquait son enthousiasme, son idéalisme, le détachement et le sens aigu de la justice qui guidaient sa vie, ce que je crois n'avoir remarqué — surtout avec autant d'authenticité — chez aucun des révolutionnaires qui passèrent par Paris dans les années soixante. Qu'il ait accepté d'être seulement un militant du MIR, où personne n'avait son talent et son charisme, disait bien clairement la pureté de sa vocation révolutionnaire. Les trois ou quatre fois où je parlai avec lui, je fus convaincu, malgré mon scepticisme, que si quelqu'un d'aussi lucide et énergique que Lobatón prenait la tête des révolutionnaires, le Pérou pourrait devenir le second Cuba de l'Amérique latine.

C'est au moins six mois après son départ que j'eus enfin des nouvelles de la camarade Arlette, à travers Paúl. Comme mon contrat de vacataire me laissait beaucoup de temps libre, je m'étais mis à apprendre le russe, en pensant que si j'arrivais à traduire aussi à partir de cette langue — une des quatre langues officielles, à cette époque, de l'ONU et de ses filiales — mon travail de traducteur serait plus stable, et je suivis également un cours de traduction simultanée. Le travail des interprètes était plus intense et difficile que celui des traducteurs, mais aussi, pour cela même, ils étaient plus recherchés. Un de ces jours-là, en sortant de mon cours de russe à l'école Berlitz, boulevard des Capucines, je tombai sur le gros Paúl qui m'attendait à la porte de l'immeuble.

— Des nouvelles de la fille, enfin, me dit-il en guise de salut, le visage allongé. Je suis désolé, elles ne sont pas bonnes, mon vieux.

Je l'invitai à boire un coup dans un des *bistrots* autour de l'Opéra pour mieux digérer la mauvaise nouvelle. On s'assit à la terrasse, dehors. C'était un crépuscule de printemps, chaud, avec des étoiles précoces, et tout Paris semblait être sorti dans les rues pour jouir du beau temps. On commanda deux bières.

— Je suppose qu'après tout ce temps tu n'es plus amoureux d'elle, me prépara Paúl.

— Je suppose que non, lui répondis-je. Raconte-le-moi une bonne fois, Paúl, sans tourner autour du pot.

Il venait de passer quelques jours à La Havane et le nom de la camarade Arlette était sur toutes les lèvres des gars péruviens du MIR parce que, selon l'effervescence des rumeurs, elle vivait des amours torrides avec le commandant Chacón, le second d'Osmany Cienfuegos, le frère cadet de Camilo, le grand héros disparu de la révolution. Le commandant Osmany Cienfuegos était le chef de l'organisation qui apportait son soutien à tous les mouvements révolutionnaires et partis frères, et c'est lui qui coordonnait les actions rebelles dans tous les coins du monde. Le commandant Chacón, survivant de la Sierra Maestra, était son bras droit.

— Tu te rends compte, j'en suis tombé sur le cul ! dit Paúl en se grattant la tête. Cette petite chose sans goût ni grâce vivant le grand amour avec un des chefs historiques ! Le commandant Chacón, rien que ça !

— Et si c'était seulement un ragot, Paúl ?

Il secoua tristement la tête et me tapota le bras pour me redonner courage.

— J'étais avec eux, à la Casa de las Américas, lors d'une réunion. Ils vivent ensemble. La camarade Arlette, tu le croiras ou pas, est devenue une personne influente, à tu et à toi avec les chefs.

— Pour le MIR c'est une carte maîtresse, dis-je.

— Mais traîtresse pour toi, fit Paúl en me tapotant encore le bras. Je suis vraiment navré de te l'apprendre, mon vieux. Mais il valait mieux que tu le saches, non ? Bon, la terre ne va pas s'arrêter de tourner. Et puis, Paris est plein de nanas du tonnerre. Il suffit de regarder autour de soi.

Après avoir essayé de blaguer un peu, sans le moindre succès, je demandai à Paúl comment allait la camarade Arlette.

— En tant que compagne d'un chef de la révolution, je suppose qu'elle ne manque de rien, fit-il en se défilant. C'est cela que tu veux savoir ? Ou si elle est plus craquante ou plus belle que lorsqu'elle est passée par ici ? Elle est toujours pareille, je crois. Un poil plus bronzée à cause du soleil des Caraïbes. Mais tu le sais bien, moi je ne lui ai jamais rien trouvé d'exceptionnel. Allez, ne fais pas cette tête, ça n'en vaut pas la peine, mon vieux.

Dans les semaines et les mois qui suivirent cette rencontre avec Paúl, j'essayai bien des fois d'imaginer la petite Chilienne en concubine du commandant Chacón, habillée en guérillera, revolver à la ceinture, bottes et béret bleu, aux côtés de Fidel et de Raúl Castro dans les commémorations et les grands défilés de la révolution, travailleuse volontaire en fin de semaine, donnant toute la sueur de son corps aux cannes à sucre, maniant la machette de ses mains délicates et, peut-être, avec les dons phonétiques que je lui connaissais, se laissant déjà aller à l'accent traînant et sensuel des Caribéens. Mais à vrai dire, j'avais du mal à l'imaginer dans son nouveau rôle : sa frêle silhouette me glissait entre les doigts. Était-elle amoureuse de ce commandant ? Ou était-ce une façon de se libérer de l'entraînement à la guérilla et, surtout, de l'engagement auprès du MIR d'aller ensuite porter la révolution au Pérou ? Ça ne me valait rien de penser à la camarade Arlette, je sentais à chaque fois mon estomac se tordre. Alors je faisais mon possible, ou presque, pour me donner à mes cours de russe et de traduction simultanée, avec un véritable acharnement, quand M. Charnés, avec qui je m'entendais à merveille, n'avait pas de contrat à me proposer. Et à ma tante Alberta, à qui j'avais eu la faiblesse d'avouer dans une lettre que j'étais amoureux d'une jeune fille nommée Arlette et qui me réclamait une photo d'elle, je racontai que nous avions rompu et qu'il fallait oublier à jamais cette histoire.

Six à sept mois s'étaient écoulés depuis cet après-midi où Paúl m'avait donné de si mauvaises nouvelles de la camarade Arlette quand, un matin de bonne heure, le gros, que je n'avais pas vu depuis longtemps, vint me trouver à l'hôtel pour prendre le petit déjeuner ensemble. Nous allâmes au Tournon, un *bistrot* de la rue du même nom, à l'angle de la rue de Vaugirard.

— Je ne devrais pas te le dire, mais je suis venu te faire mes adieux, m'annonça-t-il. Je quitte Paris. Oui, mon vieux, je pars au Pérou. Personne ne le sait ici, alors toi non plus tu ne sais rien. Ma femme et Jean-Paul sont déjà là-bas.

La nouvelle me laissa muet. Et soudain je fus pris d'une terrible frayeur que je tentai de dissimuler.

— Ne te fais pas de bile, dit Paúl avec ce sourire qui lui gonflait les joues et lui donnait un visage de clown. Il ne m'arrivera rien, tu verras. Et quand la révolution triomphera, nous te nommerons ambassadeur auprès de l'Unesco. Promis !

On sirota un instant notre café, en silence. Mon croissant était resté intact sur la table et Paúl, histoire de plaisanter, me dit que si quelque chose m'avait ôté l'appétit, il se sacrifierait en faisant disparaître ce croustillant croissant.

— Là où je vais, les croissants doivent être détestables, ajouta-t-il.

Alors, sans pouvoir me contenir davantage, je lui dis qu'il allait faire une impardonnable bêtise. Il ne serait d'aucune aide à la révolution, ni au MIR ni à ses camarades. Il le savait aussi bien que moi. Son obésité, qui le faisait s'essouffler dès qu'il parcourait cent mètres sur Saint-Germain, serait dans les Andes un terrible handicap pour la guérilla, c'est pourquoi il serait un des premiers à tomber sous les balles des soldats dès le début du soulèvement.

— Tu vas te faire tuer à cause des bavardages

stupides de cette bande d'aigris de Paris qui t'accusent d'opportunisme ? Reprends-toi, ma grosse, tu ne peux pas faire une connerie pareille !

— Ce que peuvent dire les Péruviens de Paris, je m'en tape, mon vieux. Il ne s'agit pas d'eux mais de moi. C'est une question de principe. Mon devoir c'est d'être là-bas.

Et le voilà à nouveau plaisantant et m'assurant que, malgré ses cent vingt kilos, il avait passé toutes les épreuves de la formation militaire et qu'en outre il était tireur d'élite. En décidant de rentrer au Pérou il avait dû affronter Luis de la Puente et la direction du MIR. Ils voulaient tous qu'il reste en Europe, comme représentant du mouvement devant les organisations et les gouvernements frères, mais, têtu comme il l'était, il avait fini par imposer son point de vue. Voyant, donc, qu'il n'y avait plus rien à faire et que mon meilleur ami de Paris avait décidé, pas moins, de se suicider, je lui demandai si son départ signifiait le déclenchement prochain de l'insurrection.

— C'est l'affaire de deux mois, peut-être moins.

Ils avaient monté trois camps dans la sierra, l'un dans le département de Cuzco, l'autre à Piura et un troisième dans la région du centre, sur le versant oriental de la Cordillère et la crête de la forêt de Junín. Contrairement à mes prophéties, il m'assura que la grande majorité des boursiers avaient gagné les Andes. Les désertions avaient été de moins de dix pour cent. Avec un enthousiasme qui devenait parfois de l'euphorie, il me dit que l'opération retour des boursiers avait été un succès. Il en était heureux, parce qu'il l'avait dirigée lui-même. Ils avaient gagné le Pérou un par un ou deux par deux, en suivant des itinéraires compliqués et faisant, pour certains, le tour du monde, afin de brouiller les pistes.

Personne n'avait été découvert. Au Pérou, de la Puente, Lobatón et les autres avaient organisé des réseaux urbains d'appui, formé des équipes médicales, installé des stations de radio dans les camps, ainsi que des cachettes dispersées pour les munitions et les explosifs. Les contacts avec les syndicats paysans, surtout à Cuzco, étaient excellents et ils espéraient que, une fois engagée la rébellion, de nombreux partisans rejoindraient la lutte. Il était enthousiaste, convaincu de ce qu'il disait, avec assurance et exaltation. Je ne pouvais dissimuler ma tristesse.

— Je sais bien que tu ne me crois pas, monsieur l'incrédule, murmura-t-il enfin.

— Je te jure que rien ne me plairait autant que de te croire, Paúl. Et d'éprouver le même enthousiasme.

Il acquiesça en m'observant avec son affectueux sourire et sa face de lune.

— Et toi ? me demanda-t-il en me prenant le bras. Qu'est-ce que tu en dis, mon vieux ?

— Moi, rien, lui répondis-je. Moi je suis ici, traducteur à l'Unesco, à Paris.

Il hésita un moment, craignant que ce qu'il allait dire puisse me blesser. C'était, sans doute, une question qui lui brûlait la langue depuis longtemps.

— C'est ce que tu veux faire de ta vie ? Rien que cela ? Tous ceux qui viennent à Paris aspirent à devenir peintres, écrivains, musiciens, acteurs, metteurs en scène, à faire un doctorat ou la révolution. Et toi tu veux seulement cela, vivre à Paris ? Je ne l'ai jamais encaissé, mon vieux, je dois te le dire.

— Je sais bien, mais c'est la pure vérité, Paúl. Petit, je disais que je voulais être diplomate, mais c'était seulement pour qu'on m'envoie à Paris. C'est ce que je veux : vivre ici. Cela te semble peu ?

Je lui montrai les arbres du Luxembourg, lourde verdure débordant des grilles du jardin, se dressant orgueilleusement sous le ciel d'orage. N'était-ce pas ce qui pouvait nous arriver de mieux ? Vivre comme dans le vers de Vallejo, parmi « les marronniers feuillus de Paris » ?

— Reconnais que tu écris des poèmes en cachette, insista Paúl. Que c'est ton vice secret. Bien souvent nous en avons parlé, avec d'autres Péruviens. Ils croient tous que tu écris et n'oses l'avouer à cause de ton esprit critique. Ou par timidité. Tous les Sud-Américains viennent à Paris accomplir de grandes choses. Et tu veux me faire croire que tu ferais exception à la règle ?

— Je te jure que c'est vrai, Paúl. Je n'ai d'autre ambition que de rester ici, comme maintenant.

Je l'accompagnai jusqu'à la station de métro au carrefour de l'Odéon. En l'embrassant, je ne pus éviter d'avoir les larmes aux yeux.

— Prends bien soin de toi, ma grosse. Ne fais pas de conneries quand tu seras là-bas, je t'en prie.

— Oui, oui, bien entendu, Ricardo, fit-il en m'embrassant encore, et je vis qu'il avait lui aussi les yeux humides.

Je restai là, à l'entrée de la bouche du métro, le regardant descendre lentement les escaliers, embarrassé de toute sa corpulence. J'eus la certitude absolue que je le voyais pour la dernière fois.

Le départ du gros Paúl me laissa un peu vide, parce qu'il était le meilleur compagnon des temps incertains de mon installation à Paris. Par bonheur, les contrats de personnel vacataire à l'Unesco ainsi que mes cours de russe et de traduction simultanée occupaient tout mon temps et, le soir venu, je regagnais ma mansarde de l'Hôtel du Sénat presque sans forces pour penser à la camarade Arlette ou au gros Paúl. À partir de cette époque, je crois, et sans l'avoir décidé, je m'éloignai insensiblement des Péruviens de Paris, alors qu'auparavant je les voyais assez fréquemment. Je ne recherchais pas la solitude, mais celle-ci n'était pas un problème pour moi depuis que j'étais resté orphelin et que ma tante Alberta m'avait pris en charge. Grâce à l'Unesco je n'avais plus l'angoisse de ma subsistance ; le salaire de traducteur et les virements sporadiques de ma tante me donnaient de quoi vivre et couvrir mes plaisirs parisiens : le cinéma, les expositions, le théâtre et les livres. J'étais un client assidu de la librairie La Joie de Lire, rue Saint-Séverin, et des *bouquinistes* des quais de la Seine. Je fréquentais le TNP, la Comédie-Française, l'Odéon et, de temps en temps, les concerts à la salle Pleyel.

Et je fus aussi, à cette époque, tenté par un début d'idylle avec Carmencita, la jeune Espagnole qui, vêtue de noir des pieds à la tête comme Juliette Gréco, chantait en s'accompagnant à la guitare, à L'Escale, la petite boîte de la rue Monsieur-le-Prince fréquentée par des Espagnols et des Sud-Américains. Elle était espagnole mais n'avait jamais mis les pieds dans son pays, parce que ses parents, républicains, ne pouvaient ou ne voulaient pas y retourner du vivant de Franco. Cette situation ambiguë la tourmentait et cela ressortait fréquemment dans sa conversation. Carmencita était élancée, avec des cheveux *à la garçonne* et des yeux mélancoliques. Elle n'avait pas une grande voix, mais celle-ci était mélodieuse, et surtout elle disait merveilleusement bien, en les murmurant avec des pauses et des accents d'intensité, des chants adaptés de ballades, poèmes, proverbes et dictons du siècle d'or. Elle avait vécu deux ans avec un comédien et sa rupture avec lui l'avait laissée si affectée — elle me le dit avec cette brusquerie qui me choquait tant au début chez mes collègues espagnoles de l'Unesco — qu'« elle ne voulait se lier à aucun mec pour le moment ». Mais elle acceptait que je l'invite au cinéma ou à dîner, et nous allâmes un soir à l'Olympia écouter Léo Ferré, que nous préférions tous deux aux autres chanteurs à la mode du moment : Charles Aznavour et Georges Brassens. Quand nous nous séparâmes, après le concert, au métro Opéra, elle me dit, en frôlant mes lèvres : « Tu commences à me plaire, mon petit Péruvien. » Mais chaque fois que je sortais avec Carmencita, c'était absurde, j'éprouvais comme un malaise, le sentiment d'être déloyal envers la maîtresse du commandant Chacón, un personnage que j'imaginais à grandes moustaches et roulant des mécaniques avec ses deux pistolets à la ceinture. Ma liaison avec l'Espagnole n'alla pas plus loin, parce qu'un soir je la découvris dans un coin de L'Escale tout sucre tout miel au bras d'un monsieur à longs favoris et cravate de soie.

Quelques mois après le départ de Paúl, M. Charnés, quand il n'y avait pas de travail pour moi à l'Unesco, me recommandait comme traducteur de conférences et congrès internationaux à Paris et dans d'autres villes européennes. J'eus mon premier contrat au Commissariat à l'énergie atomique, à Vienne, et le second à Athènes, à un colloque international sur le coton. Ces voyages de quelques jours, bien payés, me permettaient de connaître des lieux où sans cela je ne serais jamais allé. Malgré le temps occupé à ces nouveaux travaux, je n'abandonnai pas les études de russe ni la traduction simultanée, mais je les suivis de façon plus sporadique.

C'est au retour d'un de ces déplacements professionnels, cette fois à Glasgow pour une conférence sur les tarifs douaniers en Europe, que je trouvai à l'Hôtel du Sénat une lettre d'un cousin germain de mon père, Maître Ataúlfo Lamiel, avocat à Lima. Cet oncle éloigné, que je connaissais à peine, m'informait que ma tante Alberta était morte, d'une pneumonie, et qu'elle avait fait de moi son légataire universel. Il était indispensable que je me rende à Lima pour accélérer les formalités de la succession. L'oncle Ataúlfo se proposait de m'avancer le prix du billet d'avion sur cet héritage qui, m'annonçait-il, ne ferait pas de moi un millionnaire mais me donnerait quelque aisance dans ma vie parisienne. Je me rendis à la poste de la rue de Vaugirard et lui envoyai un télégramme, disant que je me payerais le voyage et lui annonçant que je me rendrais à Lima le plus tôt possible.

La mort de la tante Alberta me plongea plusieurs jours dans le désespoir. C'était une femme en bonne santé et elle n'avait pas soixante-dix ans. Malgré son esprit conservateur et ses multiples préjugés, cette tante vieille fille, sœur aînée de mon père, avait toujours été très affectueuse avec moi et, sans sa générosité, je ne sais pas ce que je serais devenu. À la mort de mes parents, dans un stupide accident de voiture, écrasés par un camion qui avait pris la fuite, alors qu'ils se rendaient à Trujillo au mariage de la fille d'amis intimes — j'avais dix ans —, elle les avait remplacés. Jusqu'à la fin de mes études de droit et mon départ pour Paris, je vécus chez elle et, bien qu'exaspéré parfois par ses manies anachroniques, je l'aimais beaucoup. Et elle, depuis qu'elle m'avait adopté, s'était vouée à moi corps et âme. Sans la tante Alberta, j'allais vivre désormais en parfaite solitude et, tôt ou tard, coupé du Pérou.

J'allai le jour même aux bureaux d'Air France acheter un aller-retour pour Lima, puis passai à l'Unesco pour expliquer à M. Charnés que je devais prendre des vacances forcées. Je traversais le hall d'entrée quand je tombai sur une élégante dame à talons aiguilles, drapée dans une cape noire à franges de cuir, qui me toisa du regard comme si nous nous connaissions.

— Oh là là ! que le monde est petit ! me dit-elle en s'approchant et me tendant la joue. Que fais-tu par ici, mon bon garçon ?

— Je travaille ici comme traducteur, balbutiai-je en l'embrassant, confondu de surprise, nimbé de son parfum à la lavande.

C'était elle, mais quel effort pour reconnaître dans ce visage si bien fardé, ces lèvres rouges, ces sourcils épilés, ces cils soyeux et recourbés qui assombrissaient ses yeux coquins élargis au crayon noir, et dans ces mains aux ongles longs et manucurés, la camarade Arlette.

— Comme tu as changé depuis la dernière fois, lui dis-je en la regardant de haut en bas. Cela fait quelque chose comme trois ans, non ?

— Changé en bien ou en mal ? me demanda-t-elle, en redressant la tête, les mains à la taille, et pirouettant sur place comme un top model.

— En bien... répondis-je, pas tout à fait remis du choc, tu es vraiment ravissante... Je suppose que je ne peux plus t'appeler Lily la petite Chilienne, ni camarade Arlette la guérillera. Comment diable t'appelles-tu maintenant ?

Elle éclata de rire en me montrant la bague en or de sa main droite.

— Maintenant je porte le nom de mon mari, comme c'est l'usage en France : Mme Robert Arnoux.

Je lui proposai hardiment d'aller boire un café, pour nous rappeler le bon vieux temps.

— Pas maintenant, mon mari m'attend, s'excusat-elle d'un air moqueur. Il est diplomate et travaille ici, à la délégation française. Demain à onze heures, aux Deux Magots. Tu connais, non ?

Je ne pus fermer l'œil de la nuit, à penser à elle et à ma tante Alberta. Quand enfin je pus trouver le sommeil, je fis un stupide cauchemar où les deux femmes s'agressaient férocement, indifférentes à mes exhortations à régler leur différend en personnes civilisées. Ma tante accusait la Chilienne d'avoir volé son nouveau nom à un personnage de Flaubert. Je me réveillai en sueur et agité, dans une obscurité peuplée de miaulements de chat.

Quand j'arrivai aux Deux Magots, Mme Robert Arnoux était déjà là, à une table sur la terrasse protégée par une verrière, tirant sur un fume-cigarette en ivoire et sirotant un café. Toute vêtue de jaune, avec des souliers blancs et une ombrelle à fleurs, on aurait dit un mannequin de *Vogue*. Le changement était vraiment extraordinaire.

— Tu es toujours amoureux de moi ? me dit-elle d'entrée de jeu, brisant la glace.

— Je crois bien que oui, malheureusement, dis-je en sentant que je rougissais. Et si je ne l'étais pas, je le deviendrais dès cet instant. Te voilà devenue une très belle femme, et des plus élégantes. Je te regarde et n'en crois pas mes yeux, vilaine fille.

— Tu vois ce que tu as perdu par ta lâcheté, rétorqua-t-elle, ses petits yeux de miel constellés d'éclats moqueurs, tout en soufflant intentionnellement sa fumée à mon visage. Si la fois où je t'ai proposé de rester avec toi tu m'avais dit oui, maintenant je serais ta femme. Mais tu ne voulais pas perdre la face devant ton ami, le camarade Jean, et tu m'as expédiée à Cuba. Tu as gâché la chance de ta vie, Ricardito.

— C'est sans solution ? Je ne peux pas faire mon

examen de conscience, reconnaître mes torts et faire amende honorable ?

— Un peu tard, mon bon garçon. Quel beau parti pour l'épouse d'un diplomate français qu'un pitchounet traducteur à l'Unesco ?

Elle parlait sans cesse de sourire, bougeant sa bouche avec une coquetterie plus raffinée que celle que je me rappelais. En contemplant ses grosses lèvres sensuelles, bercé par la musique de sa voix, je sentis un irrésistible désir de l'embrasser, et mon cœur battait la chamade.

— Bon, si tu ne peux être ma femme, on peut toujours devenir amants.

— Je suis une épouse fidèle, une parfaite maîtresse de maison, m'assura-t-elle en feignant d'être sérieuse, puis, sans transition : Qu'est-ce qu'il est devenu, le camarade Jean ? Il est reparti au Pérou faire la révolution ?

— Voici plusieurs mois. Depuis, je ne sais rien de lui ni des autres. Et je ne sais rien de la guérilla là-bas. Peut-être bien que ces velléités révolutionnaires ont fait long feu. Et tous les guérilleros sont rentrés chez eux en oubliant cette affaire.

On bavarda près de deux heures. Elle m'assura, naturellement, que cette histoire d'amour avec le commandant Chacón était pur ragot des Péruviens de La Havane ; en réalité, elle n'avait entretenu avec ce Chacón qu'une bonne amitié. Elle ne voulut rien me dire sur son entraînement militaire, et, comme toujours, elle évacua tout commentaire sur la politique et sur sa vie dans l'île. Son seul amour cubain avait été le chargé d'affaires de l'ambassade de France, maintenant promu ministre conseiller, Robert Arnoux son époux. Morte de rire et de colère rétrospective, elle me relata les obstacles bureaucratiques qu'il lui avait fallu vaincre pour se marier, parce qu'il était presque impensable à Cuba qu'une boursière abandonne son entraînement. Et c'est là que le commandant Chacón s'était révélé un « amour » et l'avait aidée à triompher de la satanée bureaucratie.

— Je parie n'importe quoi que tu as couché avec ce maudit commandant.

— Tu es jaloux ?

Bien sûr que je l'étais, lui dis-je. En lui répétant qu'elle était si belle que je vendrais mon âme au diable pour lui faire l'amour ou, au moins, l'embrasser. Je lui pris la main et la couvris de baisers.

— Sois sage, me dit-elle en regardant autour d'elle, faussement inquiète. Tu oublies que je suis une femme mariée. Et si l'une de ces personnes dans ce café connaissait Robert et aille jaser ?

Je savais pertinemment, lui dis-je, que son mariage avec le diplomate était un simple stratagème de sa part pour pouvoir sortir de Cuba et s'installer à Paris. Ce qui me semblait très bien, parce que je croyais, moi aussi, que Paris valait tous les sacrifices. Mais qu'elle n'aille pas, quand nous étions seuls, me faire le numéro de l'épouse fidèle et amoureuse, parce que nous savions bien tous les deux que c'était du pipeau. Sans se fâcher le moins du monde, elle changea de sujet et me raconta qu'ici aussi la bureaucratie était chiante et qu'elle ne pourrait pas obtenir la nationalité française avant deux années, tout en étant dûment mariée à un citoyen français. Et qu'ils venaient de louer un petit appartement à Passy. Elle était en train de l'aménager maintenant et, une fois qu'il serait présentable, elle m'inviterait pour me présenter mon rival, qui était non seulement sympathique, mais aussi un homme très cultivé.

— Je m'envole demain pour Lima, lui dis-je. Comment faire pour te voir à mon retour ?

Elle me donna son numéro de téléphone, son adresse, et me demanda si je vivais toujours dans cette chambrette, ma mansarde où il faisait si froid, de l'Hôtel du Sénat.

— J'ai du mal à la laisser parce que c'est là que j'ai connu les meilleurs moments de ma vie. Aussi, pour moi, ce trou à rats est un palais.

— Ce sont les moments auxquels je pense ? me demanda-t-elle en avançant son minois où la curiosité et la coquetterie le disputaient toujours à la malice.

— Ceux-là mêmes.

— Pour ce que tu viens de dire, je te dois un baiser. Tu me le rappelleras, la prochaine fois qu'on se verra.

Mais, un moment après, en me disant au revoir, elle oublia les précautions maritales et, au lieu de la joue, elle m'offrit ses lèvres. Qu'elle avait pulpeuses et sensuelles, et pendant les secondes où j'y pressai les miennes, elles s'ouvrirent lentement, en une caresse supplémentaire, comme une invite. Alors que j'avais déjà traversé la place Saint-Germain en direction de mon hôtel, je me retournai pour la voir ; elle était toujours là, à l'angle des Deux Magots, silhouette claire et dorée aux souliers blancs, me regardant m'éloigner. Je lui fis au revoir et elle secoua la main qui tenait son ombrelle à fleurs. Il me suffit de la voir pour découvrir que, durant ces années-là, je ne l'avais pas oubliée un seul instant, que j'étais aussi amoureux d'elle qu'au premier jour.

À mon arrivée à Lima, en mars 1965, peu avant mes trente ans, je vis les photos de Luis de la Puente, de Guillermo Lobatón, du gros Paúl et d'autres dirigeants du MIR dans tous les journaux et à la télé — car il y avait maintenant la télé au Pérou —, et tout le monde parlait d'eux. La rébellion du MIR prenait des teintes furieusement romantiques. C'étaient les « miristes » eux-mêmes qui avaient envoyé ces photos aux médias en annonçant que le Mouvement de la gauche révolutionnaire, au vu des conditions d'exploitation iniques dont étaient victimes les paysans et les ouvriers, et de la soumission du gouvernement de Belaúnde Terry à l'impérialisme, avait décidé de passer à l'action. Les dirigeants du MIR montraient leur visage et apparaissaient chevelus et barbus, le fusil à la main et en treillis militaire, chandail noir à col roulé, pantalon kaki et bottes. Je vis que Paúl était toujours aussi gros. Sur la photo que *Correo* publiait en première page, entouré de quatre autres dirigeants, il était le seul à sourire.

— Ces cinglés ne vont pas tenir un mois, pronostiqua Maître Ataúlfo Lamiel, dans son cabinet du centre de Lima, rue Boza, le matin où j'allai le voir. Transformer le Pérou en un second Cuba ! Ta pauvre tante Alberta serait tombée dans les pommes en voyant les têtes de hors-la-loi de nos fringants guérilleros.

Mon oncle ne prenait pas trop au sérieux l'annonce des actions armées et ce sentiment semblait très répandu. Les gens pensaient que c'était une initiative insensée, qui prendrait fin en moins de deux. Mais moi, pendant toutes ces semaines passées au Pérou, je me sentais abattu, avec la pénible impression d'être orphelin dans mon propre pays. J'habitais l'appartement de ma tante Alberta, rue Colón, à Miraflores, encore imprégné d'elle, où tout me la rappelait, ainsi que mes années universitaires et mon adolescence sans parents. Je fus ému de trouver sur sa table de nuit, classées chronologiquement, toutes les lettres que je lui avais écrites de Paris. Je vis certains de mes vieux amis miraflorins du Barrio Alegre et, avec une demi-douzaine d'entre eux, nous allâmes dîner un samedi au resto chinois Kuo Wha, près de la Voie Express, pour nous rappeler le bon vieux temps. À part les souvenirs, nous n'avions plus grand-chose en commun, car leur vie de cols blancs et d'hommes d'affaires — deux d'entre eux travaillaient dans les entreprises de leur père — n'avait rien à voir avec ce que je faisais là-bas, en France. Trois s'étaient mariés, l'un d'eux avait déjà commencé à se reproduire, et les trois autres avaient des petites amies qui deviendraient bientôt leurs fiancées. Dans les plaisanteries que nous échangions — façon de meubler la conversation —, tous feignaient de m'envier parce que je vivais dans la ville des plaisirs, m'envoyant ces Françaises qui avaient la réputation d'être des bêtes fauves au lit. Je pensais à la tête qu'ils feraient si je leur avouais que, toutes ces années passées à Paris, la seule fille avec qui j'avais couché était une Péruvienne, et rien de moins que Lily, la fausse petite Chilienne de notre enfance. Que pensaient-ils de la guérilla annoncée dans la presse ? La même chose que l'oncle Ataúlfo, ils n'y attachaient pas plus d'importance. Ces castristes venus de Cuba ne dureraient pas longtemps. Qui pouvait croire qu'une révolution communiste allait triompher au Pérou ? Si le gouvernement de Belaúnde n'était pas capable de les arrêter, les militaires reviendraient au pouvoir pour y mettre bon ordre, ce qui ne leur plaisait pas trop non plus. C'est ce que craignait aussi Maître Ataúlfo Lamiel :

— Ces imbéciles, tout ce qu'ils vont obtenir en jouant à la guérilla, c'est de servir aux militaires sur un plateau le prétexte pour un coup d'État. Et nous flanquer huit ou dix autres années de dictature. Quelle idée de faire la révolution à un gouvernement civil et démocratique que, par ailleurs, toute l'oligarchie péruvienne, à commencer par *La Prensa* et *El Comercio*, accuse d'être communiste pour vouloir mener à bien une réforme agraire. Le Pérou vit dans la confusion, mon neveu, tu as bien fait de t'en aller vivre au pays de la clarté cartésienne.

L'oncle Ataúlfo était un quadragénaire grand, mince et moustachu, toujours habillé avec un gilet et un nœud papillon, marié à ma tante Dolores, une dame bienveillante et pâle, invalide depuis près de dix ans, et qu'il soignait avec dévouement. Ils habitaient une villa sympathique, pleine de livres et de disques, à Olivar de San Isidro, où ils m'invitèrent à déjeuner et à dîner. La tante Dolores supportait sa maladie sans amertume et se distrayait en jouant du piano et en regardant des feuilletons à la télé. À l'évocation de tante Alberta, elle se mit à pleurer. Ils n'avaient pas d'enfants et lui, outre son cabinet d'avocat, donnait des cours de droit commercial à l'Université catholique. Il avait une bonne bibliothèque et s'intéressait beaucoup à la politique locale, sans cacher ses sympathies pour le réformisme démocratique, incarné à ses yeux par Belaúnde Terry. Il se conduisit fort bien avec moi, accélérant autant que possible les démarches de la succession et refusant de me faire payer un centime pour ses services : « Il ne manquerait plus que cela, j'aimais beaucoup Alberta et tes parents, mon neveu. » Ce furent des jours pénibles, avec de sordides comparutions devant notaires et juges, portant et emportant des documents au labyrinthique palais de justice, qui m'ôtaient tout sommeil la nuit et me rendaient de plus en plus impatient de regagner Paris. À mes moments libres, je relisais *L'éducation sentimentale*, de Flaubert, parce que maintenant la Mme Arnoux du roman avait pour moi non seulement le nom, mais aussi le visage de la vilaine fille.

Une fois déduits les impôts de la succession et honorés les paiements en suspens laissés par ma tante Alberta, l'oncle Ataúlfo m'annonça qu'après la vente de l'appartement et du mobilier, je pourrais disposer de quelque soixante mille dollars, voire un peu plus. Une jolie somme, comme je n'avais jamais pensé en détenir. Grâce à la tante Alberta je pourrais m'acheter un petit appartement à Paris.

Dès mon retour en France, sitôt regagné mon perchoir de l'Hôtel du Sénat et avant même de défaire mon bagage, j'appelai Mme Robert Arnoux.

Elle me donna rendez-vous pour le lendemain et me dit que, si je voulais, nous pourrions déjeuner ensemble. Je m'en fus l'attendre à la sortie de l'Alliance française, boulevard Raspail, où elle suivait un cours accéléré de français, et nous allâmes déjeuner d'un *curry d'agneau* à La Coupole, boulevard du Montparnasse. Elle était habillée très simplement, pantalon, sandales et sweater léger. Elle portait des boucles d'oreilles multicolores accordées à son collier et à son bracelet, ainsi qu'un sac pendu à l'épaule, et chaque fois qu'elle remuait la tête ses cheveux ondoyaient joyeusement. Je l'embrassai sur les joues et les mains, et elle m'accueillit avec un : « Je croyais que tu reviendrais un peu plus bronzé par l'été liménien, Ricardito. » Elle était devenue une petite femme très élégante, vraiment : elle combinait les couleurs avec goût et se maquillait avec grâce. Je l'observais, encore stupéfié par sa métamorphose. « Je ne veux pas que tu me parles du Pérou », m'avertit-elle sur un ton si catégorique que je ne lui demandai pas pourquoi. Je lui parlai, plutôt, de mon héritage. Allait-elle m'aider à chercher un appartement ?

Elle applaudit avec enthousiasme :

— Je suis ravie, mon bon garçon. Et je t'aiderai à

le meubler et à le décorer. J'ai pas mal de pratique, avec le mien. Il est assez mignon, tu verras.

Au bout d'une semaine d'allées et venues, l'après-midi, après ses cours de français, à courir les agences et visiter des appartements dans le Quartier latin, à Montparnasse et dans le XIVe, je dénichai un deux pièces cuisine salle de bains rue Joseph-Granier, dans un immeuble art déco des années trente, aux dessins géométriques — losanges, triangles et cercles — sur la façade, aux abords de l'École militaire, dans le VIIe, tout près de l'Unesco. Il était en bon état et, bien que donnant sur une cour intérieure et au quatrième sans ascenseur — heureusement en construction —, il était très lumineux, car en plus des deux fenêtres, un large œil-de-bœuf concave l'exposait au ciel de Paris. Il coûtait près de soixante-dix mille dollars, mais je n'eus pas de difficulté à obtenir de la Société Générale, la banque qui tenait mon compte, un prêt pour la somme qui me manquait. Ces semaines-là, à chercher un appartement et, ensuite, à le rendre habitable, à le nettoyer, le peindre et le meubler avec quatre bricoles achetées à La Samaritaine et aux Puces, je voyais Mme Robert Arnoux tous les jours, du lundi au vendredi — les samedi et dimanche, elle les passait avec son mari, à la campagne —, depuis la sortie de ses cours jusqu'à quatre ou cinq heures de l'après-midi. Elle s'amusait à m'aider dans mes démarches, pratiquant son français avec les agents immobiliers et les concierges, et elle manifestait une telle bonne humeur que — je le lui dis — il semblait que ce petit appartement auquel elle donnait vie était fait pour que nous le partagions.

— C'est ce que tu aimerais, hein, mon bon garçon ?

Nous étions dans un *bistrot* de l'avenue de Tourville, près des Invalides, et j'embrassais ses mains, cherchais sa bouche, fou d'amour et de désir. Je lui dis oui, à plusieurs reprises.

— Le jour où tu déménageras, nous l'étrennerons, me promit-elle.

Et elle tint parole. C'est la deuxième fois que nous fîmes l'amour, cette fois en pleine lumière du jour qui entrait à flots par le large œil-de-bœuf d'où quelques colombes curieuses nous observaient, nus et enlacés, sur le matelas sans draps, tout juste libéré du plastique, tel que l'avait livré le camion de La Samaritaine. Les murs sentaient la peinture fraîche. Son corps était toujours aussi mince et bien dessiné que dans mon souvenir, avec sa taille étroite qui semblait tenir entre mes deux mains et le rare duvet de son pubis, plus blanc que son ventre lisse et ses cuisses où la peau fonçait et se nuançait d'un reflet vert pâle. Elle dégageait tout entière un arôme délicat, accentué dans le nid tiède de ses aisselles épilées, derrière ses oreilles et sur son sexe minuscule et humide. À la cambrure du pied la peau laissait apparaître des petites veines bleues et cela m'attendrissait d'imaginer le sang y fluant lentement. Comme la fois précédente, elle se laissa caresser avec une totale passivité et écouta en silence, feignant une attention excessive ou comme si elle n'entendait rien et pensait à autre chose, les paroles intenses et bousculées que je lui murmurais à l'oreille ou à la bouche tandis que je luttais pour séparer ses lèvres.

— Fais-moi jouir d'abord, murmura-t-elle sur un petit ton qui cachait un ordre. Avec ta bouche. Ensuite, tu entreras plus facilement. Ne va pas jouir trop vite. J'aime me sentir irriguée.

Elle parlait avec tant de froideur qu'on n'aurait pas dit une femme faisant l'amour mais un médecin formulant une description technique et étrangère du plaisir. Peu m'importait, j'étais totalement heureux, comme je ne l'avais pas été depuis longtemps, et peut-être jamais. « Je ne pourrai jamais te rendre un tel bonheur, vilaine fille. » Je restai longtemps les lèvres aplaties contre son sexe froncé, sentant les poils de son pubis me chatouiller le nez, léchant avec avidité, avec tendresse, son tout petit clitoris, jusqu'à la sentir remuer, excitée, et finir par un frémissement du bas-ventre et des jambes.

— Entre maintenant, murmura-t-elle avec la même petite voix impérieuse.

Cette fois non plus ce ne fut pas facile. Elle était étroite, elle se contractait, me résistait, se plaignait, jusqu'à ce qu'enfin je réussisse. Je sentis mon sexe comme fracturé par ce viscère palpitant qui l'étranglait. Mais c'était une douleur merveilleuse, un vertige où je m'enfonçais en tremblant. Presque immédiatement j'éjaculai.

— Tu jouis trop rapidement, me gronda Mme Arnoux en me tirant les cheveux. Il faut apprendre à te retenir, si tu veux me faire jouir.

— J'apprendrai tout ce que tu voudras, guérillera, mais maintenant tais-toi et embrasse-moi.

Ce même jour, en me quittant, elle m'invita à dîner pour me présenter son mari. On prit un verre dans son bel appartement de Passy, décoré le plus bourgeoisement du monde, avec des rideaux de velours, des tapis moelleux, des meubles d'époque, des petites tables garnies de figurines de porcelaine et, aux murs, des gravures de Gavarni et de Daumier aux scènes piquantes. Nous allâmes dîner dans un bistrot du voisinage dont la spécialité, selon le diplomate, était le *coq au vin*. Et en dessert, il suggérait la *tarte Tatin*.

M. Robert Arnoux était petit, chauve, avec une

moustache à la Charlot qui tressautait quand il parlait, et des lunettes aux verres épais ; il devait bien avoir le double de l'âge de sa femme. Il la traitait avec beaucoup d'égards, lui avançant ou lui retirant la chaise et l'aidant à enfiler son imperméable. Il fut très prévenant avec elle toute la soirée, lui servant du vin dès qu'elle avait vidé son verre, et lui tendant la corbeille à pain chaque fois qu'elle en manquait. Il n'était pas très sympathique, plutôt un peu guindé et coupant, mais il semblait très cultivé, en effet, et parlait de Cuba et de l'Amérique latine avec une belle assurance. Son espagnol était parfait, avec un léger accent traînant qui trahissait les années où il avait servi aux Caraïbes. En réalité, il n'appartenait pas à la délégation française de l'Unesco, mais avait été détaché par le Quai d'Orsay comme assesseur et chef de cabinet du directeur général, René Maheu, un « petit camarade » de Jean-Paul Sartre et de Raymond Aron à Normale sup, dont on disait que c'était un génie discret. Je l'avais vu quelquefois, toujours escorté par ce petit chauve qui louchait et qui n'était autre que le mari de Mme Arnoux. Quand je lui racontai que je travaillais comme traducteur vacataire au département d'espagnol, il me proposa de me recommander à « Charnés, une excellente personne ». Il me demanda ce que je pensais des événements du Pérou et je lui dis que je n'avais pas reçu de nouvelles de Lima depuis longtemps.

— Bon, ces guérillas dans la sierra, dit-il en haussant les épaules comme s'il n'y attachait pas grande importance, ces attaques des fermes et des postes de police, quelle absurdité ! Justement au Pérou, un des rares pays latino-américains qui tâche de construire une démocratie.

J'appris ainsi que les premières actions de la guérilla miriste avaient été déclenchées.

74

— Tu dois laisser ce monsieur le plus tôt possible et te marier avec moi, dis-je à ma petite Chilienne la fois suivante. Tu ne vas pas me faire croire
que tu es amoureuse de ce vieux croulant qui non
seulement a l'air d'être ton grand-père, mais en plus
est très laid.

— Encore une calomnie contre mon mari et tu
ne me reverras jamais plus, me menaça-t-elle et,
dans un de ces foudroyants changements d'humeur
qui étaient sa spécialité, elle éclata de rire : Vraiment, il semble si vieux à côté de moi ?

Cette seconde lune de miel avec Mme Arnoux
s'acheva peu après ce dîner parce que j'avais à peine
emménagé dans le quartier de l'École Militaire que
M. Charnés renouvela mon contrat. Ce qui fait
qu'en raison de mes horaires je ne pouvais plus la
voir que pour de maigres moments, à midi où, entre
une heure et deux heures et demie, je sautais le
repas au restaurant de l'Unesco pour aller grignoter
un sandwich avec elle dans quelque *bistrot*, et certains soirs où, je ne sais sous quel prétexte, elle se
libérait de M. Arnoux pour aller au cinéma avec moi.
On regardait le film main dans la main et je l'embrassais dans l'obscurité. « *Tu m'embêtes* », disait-elle
en pratiquant son français. « *Je veux voir le film,
grosse bête.* » Elle avait fait de rapides progrès dans la
langue de Montaigne ; elle s'enhardissait à la parler
sans la moindre pudeur et ses fautes de syntaxe et de
prononciation étaient des plus amusantes, ajoutant
encore à la grâce de sa personnalité. On ne refit pas
l'amour avant plusieurs semaines, après son retour
précipité de Suisse, où elle s'était rendue seule, pour
venir ensuite passer un moment avec moi dans mon
appartement de la rue Joseph-Granier.

Tout dans la vie de Mme Arnoux restait assez
mystérieux, comme l'avait été celle de Lily la petite

Chilienne et d'Arlette la guérillera. Si ce qu'elle me racontait était vrai, elle menait maintenant une intense vie mondaine, réceptions, dîners et cocktails, où se côtoyait le *Tout-Paris*, et, par exemple, hier elle avait rencontré Maurice Couve de Murville, ministre des Affaires étrangères du général de Gaulle ; la semaine dernière elle avait vu, lors d'une projection privée de *Mourir à Madrid*, un documentaire de Frédéric Rossif, Jean Cocteau se présenter au bras de son amant, l'acteur Jean Marais qui, soit dit en passant, était magnifique ; et demain elle irait au thé offert à ses amies par Farah Diba, l'épouse du shah d'Iran, en visite privée à Paris. Pure folie des grandeurs et snobisme ? Ou bien son mari l'avait-il vraiment introduite dans ce petit monde de paillettes et de frivolité qui l'éblouissait ? Par ailleurs, elle faisait constamment, ou me disait qu'elle faisait, des voyages en Suisse, en Allemagne, en Belgique, d'à peine deux ou trois jours, pour des raisons jamais claires : expositions, galas, réceptions, concerts. Comme ses explications me semblaient à l'évidence fantasques, je choisis de ne plus l'interroger sur ses voyages, feignant de prendre pour argent comptant les raisons qu'elle daignait me donner parfois de ces brillants déplacements.

Un après-midi, au milieu de l'année 1965, un collègue de bureau à l'Unesco, un vieux républicain espagnol, qui écrivait depuis des années « un roman définitif sur la guerre civile qui corrigerait les inexactitudes de Hemingway » et s'intitulerait *Pour qui ne sonne pas le glas*, me tendit l'exemplaire du *Monde* qu'il feuilletait. Les guérilleros de la colonne Túpac Amaru du MIR, que dirigeait Lobatón et qui opérait dans les provinces de La Concepción et de Satipo, dans le département de Junín, avaient mis à sac la poudrière d'une mine, fait sauter un pont sur le Moraniyoc, occupé l'hacienda Runatullo et distribué les vivres aux paysans. Et deux semaines plus tard, ils avaient tendu une embuscade à un détachement de la garde civile dans le défilé de Yahuarina. Neuf gardes civils, parmi lesquels le capitaine commandant la patrouille, étaient morts au combat. À Lima, des bombes avaient explosé à l'hôtel Crillon et au Club national. Le gouvernement de Belaúnde avait décrété l'état de siège sur toute la sierra centrale. Je sentis mon cœur se serrer. Ce jour-là et les suivants je fus mal à l'aise, sans pouvoir m'ôter de l'esprit le visage du gros Paúl.

L'oncle Ataúlfo m'écrivait de temps en temps — il avait relayé la tante Alberta comme mon unique correspondant au Pérou — des lettres pleines de commentaires sur l'actualité politique. J'appris grâce à lui que, bien que la guérilla opérât très sporadiquement à Lima, les actions militaires dans le centre et le sud des Andes avaient mis le pays sens dessus dessous. *El Comercio* et *La Prensa*, apristes et partisans du général Odría maintenant alliés contre le gouvernement, accusaient Belaúnde Terry de faiblesse face aux rebelles castristes, et même de secrète complicité avec l'insurrection. Le gouvernement avait chargé l'armée de réprimer la rébellion. « Cela tourne au vinaigre, mon neveu, et je crains à tout moment un coup d'État. On entend autour de soi des bruits de bottes. Quand notre pauvre Pérou retrouvera-t-il enfin son équilibre ? » Dans ses lettres affectueuses, la tante Dolores ajoutait toujours quelques lignes de sa main.

De façon tout à fait inattendue, je m'entendis fort bien avec M. Robert Arnoux. Il se présenta un jour au bureau d'espagnol de l'Unesco pour me proposer, à l'heure du déjeuner, de monter à la cafétéria grignoter ensemble un morceau. Pour aucune raison particulière, si ce n'est bavarder un peu, histoire de griller une Gitane filtre, la marque que nous fumions lui et moi. Depuis lors il surgissait parfois, quand ses rendez-vous le lui permettaient, et nous allions prendre un sandwich café tout en commentant l'actualité politique en France et en Amérique latine, ainsi que la vie culturelle parisienne, dont il était féru. C'était un homme qui lisait beaucoup et avait des idées ; aussi s'ouvrait-il à moi : malgré tout l'intérêt d'œuvrer aux côtés de René Maheu, ce travail avait l'inconvénient de ne lui laisser le temps de lire et d'aller, trop rarement, au théâtre ou au concert qu'en fin de semaine.

Grâce à lui, je dus louer un smoking et respecter l'étiquette, pour la première et sans doute la dernière fois de ma vie, afin d'assister à un spectacle de ballet, suivi d'un dîner dansant, au bénéfice de l'Unesco, à l'Opéra de Paris. Je n'étais jamais entré dans l'imposant palais Garnier, orné des fresques de Chagall peintes sur la coupole. Tout me sembla beau et élégant. Mais plus encore l'ex-Chilienne et ex-guérillera qui, dans une robe vaporeuse de tulle blanc à fleurs imprimées qui lui découvrait les épaules, et une coiffure tout en hauteur, pleine de bijoux autour du cou, aux oreilles et aux mains, me laissa bouche bée d'admiration. Toute la soirée, les petits vieux que connaissait M. Arnoux s'approchaient d'elle, lui faisaient le baisemain et la regardaient avec des yeux libidineux. « *Quelle beauté exotique !* » fit l'un de ces frelons excités. Je pus enfin l'inviter à danser. En la serrant contre moi, je lui dis à l'oreille que je n'avais jamais imaginé qu'elle pût être parfois aussi belle qu'en cet instant. Et que mon cœur se brisait en pensant qu'après le bal, dans sa maison de Passy, ce serait son mari et pas moi qui la déshabillerait et lui ferait l'amour. La *beauté exotique* se laissait adorer avec un petit sourire condescendant, parachevé par ce commentaire cruel : « Toi et tes cucuteries, Ricardito ! » Je respirais le parfum qui émanait de toute sa personne et sentais un tel désir de la posséder que je pouvais à peine respirer.

D'où tirait-elle l'argent pour ces robes et ces bijoux ? Bien qu'inexpert en matière de luxe, je me rendais compte que, pour arborer ces modèles exclusifs et changer de toilette à tout bout de champ — chaque fois que je la voyais elle avait une nouvelle robe et étrennait de délicieuses chaussures —, il fallait plus de revenus que ceux que pouvait avoir un fonctionnaire de l'Unesco, tout bras droit du directeur qu'il fût. J'essayai de la sonder, en lui demandant si, non contente de tromper de temps en temps M. Robert Arnoux avec moi, elle ne le trompait pas aussi avec quelque millionnaire grâce auquel elle pouvait se parer de modèles haute couture et de bijoux des *Mille et Une Nuits*.

— Si je n'avais que toi comme amant, j'irais comme une mendiante, pitchounet, me répondit-elle, et elle ne plaisantait pas.

Mais aussitôt après elle me donna une explication qui semblait impeccable, bien que fausse, j'en étais sûr. Les robes et les bijoux qu'elle portait n'étaient pas achetés mais prêtés par les grands couturiers de l'avenue Montaigne et les joailliers de la place Vendôme qui, à seule fin de publicité pour leurs créations, les faisaient porter par les dames *chics* qui fréquentaient le beau monde. Ainsi, grâce à ses relations mondaines, pouvait-elle s'habiller et se parer comme les élégantes de Paris. Comment pouvais-je croire que le salaire de misère d'un diplomate français lui permettait de rivaliser de luxe avec les grandes dames de la Ville lumière ?

Quelques semaines après ce bal de l'Opéra je

reçus un appel de la vilaine fille à mon bureau de l'Unesco.

— Robert doit accompagner son chef à Varsovie cette fin de semaine, m'annonça-t-elle. Tu as gagné à la loterie, mon bon garçon ! Je peux te consacrer samedi et dimanche, pour toi tout seul. Allons, quel programme vas-tu me concocter ?

Je passai des heures à imaginer ce qui pourrait la surprendre et l'amuser, quels endroits curieux de Paris elle ne connaîtrait pas, à étudier quels spectacles on donnait ce samedi et quel restaurant, bar ou *bistrot* pourrait retenir son attention pour son originalité ou son caractère secret et exclusif. Finalement, après avoir brassé mille possibilités et les avoir écartées toutes, je finis par choisir, pour la matinée du samedi, s'il faisait beau temps, une promenade au cimetière des chiens d'Asnières, situé sur une petite île ombragée au milieu du fleuve, et un dîner au restaurant Chez Allard, rue Saint-André-des-Arts, à la même table où j'avais vu un soir Pablo Neruda dîner avec deux cuillères, une dans chaque main. Pour faire valoir l'établissement à ses yeux, je dirais à Mme Arnoux que c'était le restaurant favori du poète et je lui inventerais le menu qu'il commandait toujours. L'idée de passer toute une nuit avec elle, de lui faire l'amour, de savourer sur mes lèvres la palpitation de « son sexe aux cils nocturnes » (un vers du poème *Matériel nuptial*, de Neruda, que je lui avais récité la première nuit que nous avions passée ensemble, dans ma mansarde de l'Hôtel du Sénat), de sentir qu'elle s'endormait dans mes bras et de me réveiller le dimanche matin avec son petit corps tiède blotti contre le mien, me tint les trois ou quatre jours qui me séparaient du samedi dans un état où l'illusion, la joie et la peur que quelque chose vienne ruiner ce plan me permettaient à peine de me concentrer sur mon travail. Le correcteur de mes traductions dut revoir ma copie à deux reprises.

Ce samedi fut splendide. Dans ma Dauphine flambant neuve, achetée un mois plus tôt, je conduisis Mme Arnoux en milieu de matinée au cimetière des chiens d'Asnières, qu'elle ne connaissait pas. Nous y restâmes plus d'une heure à flâner entre les tombes — outre les chiens, il y avait des chats, des lapins et des perroquets enterrés dans ce cimetière animalier — et à lire les épitaphes, poétiques, émouvantes, drôles et absurdes par lesquelles les maîtres avaient dit adieu à leurs animaux chéris. Elle semblait s'amuser beaucoup. Elle souriait, sa main abandonnée dans la mienne, ses yeux sombres couleur de miel avivés par un soleil ardent et les cheveux agités par une brise qui coulait avec le fleuve. Elle portait un chemisier léger, transparent, qui laissait voir la naissance de ses seins, un blouson dégrafé qui voletait avec ses mouvements et des bottines à hauts talons couleur brique. Elle demeura un bon moment à contempler la statue du chien inconnu de l'entrée et, d'un air mélancolique, regretta d'avoir une vie « aussi compliquée », car sinon elle aurait aimé adopter un petit chien. J'en pris bonne note, mentalement : ce serait mon cadeau d'anniversaire, si j'arrivais à en connaître la date.

Je l'étreignis par la taille, l'attirai à moi et lui dis que si elle se décidait à quitter M. Arnoux pour se marier avec moi, je m'engageais à lui faire mener une vie normale et la laisser élever tous les chiens qu'elle voudrait. Au lieu de me répondre, elle me demanda, en se moquant :

— C'est l'idée de passer la nuit avec moi qui te rend l'homme le plus heureux du monde, mon petit Miraflorin ? Je te le demande, pour que tu me sortes une de ces cucuteries que tu affectionnes tellement.

— Rien ne pourrait me rendre plus heureux, lui dis-je, en pressant mes lèvres contre les siennes. Il y a des années que j'en rêve, guérillera.

— Combien de fois vas-tu me faire l'amour ? poursuivit-elle, sur le même ton moqueur.

— Toutes celles que je pourrai, vilaine fille. Dix fois, si mon corps me le permet.

— Et moi je t'en permets seulement deux, fit-elle en me mordillant l'oreille. L'une au coucher et l'autre au réveil. Mais alors, pas question de se lever trop tôt. Pour ne pas avoir de rides, j'ai besoin de huit heures de sommeil au minimum.

Elle n'avait jamais été aussi espiègle que ce matin-là. Et je crois qu'elle ne le serait jamais plus par la suite. Je ne me souvenais pas de l'avoir vue aussi naturelle, s'abandonnant à l'instant, sans poser, sans s'inventer un rôle, tandis qu'elle respirait la tiédeur du matin, se laissant envahir par la lumière que tamisaient les feuilles des saules pleureurs, et adorer. Elle semblait plus petite fille qu'elle n'était, presque une adolescente, et non une femme de trente ans. On avala un sandwich au jambon avec des cornichons accompagné d'un verre de vin dans un *bistrot* d'Asnières, au bord du fleuve, puis on poussa jusqu'à la cinémathèque de la rue d'Ulm voir *Les enfants du paradis*, de Marcel Carné, que j'avais déjà vu mais pas elle. En sortant, elle souligna combien Jean-Louis Barrault et Maria Casarès semblaient jeunes, on ne faisait plus de films comme ça, et elle m'avoua que la fin lui avait mis la larme à l'œil. Je lui proposai d'aller nous reposer chez moi jusqu'à l'heure du dîner, mais elle refusa, rentrer à la maison maintenant me donnerait de mauvaises pensées. Mieux valait profiter d'un soir aussi joli pour flâner un peu. On musarda dans les galeries de la rue de Seine puis nous bûmes un rafraîchissement à une terrasse de la rue de Buci. Je lui racontai que j'y avais vu un matin André Breton, achetant du poisson frais. Les rues et les cafés étaient noirs de monde et les Parisiens avaient cette expression détendue et sympathique qu'ils ont les jours de beau temps, ce qui est plutôt rare. Il y avait longtemps que je ne m'étais senti aussi content, optimiste et plein d'espoir. Alors le diable pointa sa queue et j'aperçus la manchette du *Monde* que lisait mon voisin : « L'armée détruit le quartier général de la guérilla péruvienne ». Le sous-titre disait : « Luis de la Puente et plusieurs leaders du MIR trouvent la mort ». Je courus acheter le journal au kiosque du coin. L'information était signée par le correspondant du journal en Amérique du Sud, Marcel Niedergang, et il y avait un éditorial de Claude Julien expliquant ce qu'était le MIR péruvien et donnant des informations sur Luis de la Puente et la situation politique du Pérou. En août 1965, des forces spéciales de l'armée péruvienne avaient fait le siège de Mesa Pelada, une montagne à l'est de la ville de Quillabamba, dans la vallée cuzquègne de La Convención, et s'étaient emparées du camp *Illarec ch'aska* (étoile du matin), tuant plusieurs guérilleros. Luis de la Puente, Paúl Escobar et une poignée de partisans avaient réussi à fuir mais les commandos, après une longue chasse à l'homme, les avaient encerclés et tués. L'information précisait que des avions militaires avaient bombardé Mesa Pelada, en utilisant du napalm. Les cadavres n'avaient pas été remis à leur famille ni montrés à la presse. Selon le communiqué officiel, ils avaient été enterrés en un lieu inconnu, pour éviter que leurs tombes ne deviennent des lieux de pèlerinage révolutionnaire.

L'armée exhiba devant les journalistes les armes, les uniformes et beaucoup de documents, tels que cartes et équipements de radio, tout le matériel des guérilleros à Mesa Pelada. Ainsi donc, la colonne Pachacútec, un des fers de lance de la rébellion péruvienne, se trouvait anéantie. L'armée espérait que la colonne Túpac Amaru, dirigée par Guillermo Lobatón, également encerclée, tomberait bientôt.

— Je ne vois pas pourquoi tu fais cette tête, tu savais que cela devait arriver tôt ou tard, fit Mme Arnoux, surprise. Tu as dit toi-même souvent que cela ne pouvait que finir ainsi.

— Je le disais pour conjurer le sort, pour que cela n'arrive pas.

Une chose était de l'avoir dit, pensé et redouté, bien sûr, mais autre chose de savoir que c'était arrivé et que Paúl, l'ami et compagnon de mes premiers temps à Paris, était maintenant un cadavre pourrissant dans un terrain vague des Andes orientales, peut-être après avoir été exécuté, et sans doute torturé si les soldats l'avaient pris vivant. Prenant sur moi, je proposai à ma petite Chilienne d'oublier la nouvelle et de ne pas la laisser nous gâcher ce cadeau des dieux qui était de l'avoir pour moi toute une fin de semaine. Pour elle c'était facile, je crois, car elle avait délibérément expulsé de sa mémoire le Pérou comme une somme de mauvais souvenirs (pauvreté, racisme, discrimination, passe-droit, frustrations multiples ?) et il y avait sans doute longtemps qu'elle avait décidé de rompre à jamais avec sa terre natale. Mais moi, malgré mes efforts pour oublier ce maudit article du *Monde* et me concentrer sur la vilaine fille, j'en fus bien incapable. Tout au long du dîner, au restaurant Chez Allard, le fantôme de mon ami me coupa l'appétit et ruina mon humeur.

— Je crois que tu n'es pas en état de *faire la fête*, me dit-elle, compatissante, au moment du dessert. Veux-tu que nous laissions cela pour une autre fois, Ricardito ?

Je protestai en lui embrassant les mains et lui jurai que, en dépit de l'horrible nouvelle, passer une nuit avec elle était pour moi la chose la plus merveilleuse. En arrivant, pourtant, à mon appartement de la rue Joseph-Granier, quand elle tira de son vanity-case une mignonne *baby doll*, sa brosse à dents et son linge de rechange pour le lendemain, qu'on s'allongea sur le lit — j'avais acheté des fleurs pour le salon et la chambre à coucher — et que je commençai à la caresser, je me rendis compte, humilié et honteux, que je n'étais pas en état de lui faire l'amour.

— Les Français appellent ça un *fiasco*, dit-elle en riant. Sais-tu que c'est la première fois que ça m'arrive avec un homme ?

— Combien en as-tu eus ? Laisse-moi deviner. Dix ? Vingt ?

— Je suis nulle en maths, fit-elle, fâchée, et elle se vengea par cet ordre : Fais-moi plutôt jouir avec ta bouche. Je n'ai pas de raison de prendre le deuil. J'ai à peine connu ton ami Paúl et, en outre, rappelle-toi, c'est sa faute si j'ai dû aller à Cuba.

Et sans plus, aussi naturellement qu'elle aurait allumé une cigarette, elle ouvrit les jambes et s'étendit sur le dos, un bras sur les yeux, dans cette immobilité totale qui lui était coutumière, profondément concentrée, oubliant le monde et moi, en attente du plaisir. Elle tardait toujours beaucoup à s'exciter et à aboutir, mais cette nuit il lui fallut encore plus de temps que d'habitude, et, deux ou trois fois, la langue ankylosée, je dus m'arrêter quelques instants de l'embrasser et de la sucer.

Chaque fois, sa main me reprenait, me tirant les cheveux ou me pinçant le dos. À la fin, je la sentis remuer et j'entendis ce si doux ronronnement qui semblait lui monter aux lèvres depuis le ventre, et je perçus le frémissement de ses membres et son long soupir d'aise. « Merci, Ricardito », murmura-t-elle. Et presque aussitôt elle s'endormit. Je restai éveillé un long moment, avec une angoisse qui me serrait la gorge. J'eus un sommeil difficile, peuplé de cauchemars dont je me souvins à peine le lendemain.

Je me réveillai vers neuf heures. Il n'y avait plus de soleil. Par l'œil-de-bœuf j'apercevais le ciel couvert, couleur peau d'âne, l'éternel ciel parisien. Elle dormait, en me tournant le dos. Elle semblait très jeune et fragile, avec ce petit corps de fillette, maintenant apaisé, à peine agité par une respiration légère et espacée. Personne, à la voir ainsi, n'aurait imaginé la vie difficile qu'elle avait dû mener depuis sa naissance. J'essayai d'imaginer l'enfance qu'elle avait eue, pauvre dans cet enfer qu'est le Pérou pour les pauvres, et son adolescence, peut-être encore pire, les mille tracas, sacrifices, compromissions et concessions qu'elle avait dû faire, au Pérou, à Cuba, pour s'en tirer et arriver là où elle était. Et combien elle était devenue dure et froide à devoir se défendre bec et ongles contre l'infortune, et passer par tous ces lits pour ne pas être abattue sur ce champ de bataille qu'était sa vie. J'éprouvais une immense tendresse pour elle. J'étais sûr que je l'aimerais toujours, pour mon bonheur et aussi pour mon malheur. La voir et la sentir respirer m'enflammèrent. Je me mis à promener ma langue sur son dos, très lentement, sur son petit cul bombé, son cou, ses épaules, et, la faisant basculer sur le côté, embrasser ses seins et sa bouche. Elle feignait de dormir, mais elle était bien réveillée, car elle s'installa commodément sur le dos pour me recevoir. Je la sentis mouillée, et, pour la première fois, je pus entrer en elle sans difficulté, sans cette impression de faire l'amour à une pucelle. Je l'aimais, je l'aimais, je ne pouvais vivre sans elle. Je la suppliai de quitter M. Arnoux et de venir vivre avec moi, je gagnerais beaucoup d'argent, je la gâterais, je lui paierais tous ses caprices, et...

— Bravo, tu t'es racheté, fit-elle en éclatant de rire, et tu t'es même retenu plus que les autres fois. J'ai cru que tu étais devenu impuissant, après le *fiasco* d'hier soir.

Je lui proposai de préparer le petit déjeuner, mais elle préféra aller le prendre dehors, elle avait envie d'*un croissant croustillant*. On passa sous la douche tous les deux, elle me laissa la savonner et l'essuyer puis, assis sur le lit, la regarder s'habiller, se peigner et se pomponner. Je lui chaussai moi-même ses mocassins, en baisant auparavant, un à un, ses orteils. Nous partîmes en nous tenant la main vers un *bistrot* de l'avenue de La Bourdonnais, où, en effet, les croissants craquaient sous la dent comme s'ils sortaient du four.

— Si cette fois-là, au lieu de m'expédier à Cuba, tu m'avais fait rester avec toi ici à Paris, combien de temps cela aurait-il duré, Ricardito ?

— Toute la vie. Je t'aurais rendue si heureuse que tu ne m'aurais jamais quitté.

Elle cessa de plaisanter et me regarda, très sérieuse et un peu méprisante.

— Quel naïf tu fais et que d'illusions ! lâcha-t-elle avec un regard de défi. Tu ne me connais pas. Je ne resterais pour toujours qu'avec un homme qui serait très, très riche et puissant. Ce que tu ne seras, malheureusement, jamais.

— Et si l'argent ne faisait pas le bonheur, vilaine fille ?

— Le bonheur, je ne sais ni ne veux même savoir ce que c'est, Ricardito. Ce dont je suis sûre, c'est que ce n'est pas cette chose romantique et cucul que tu crois. L'argent te donne de la sécurité, te défend, te permet de jouir à fond de la vie sans te soucier du lendemain. Le seul bonheur qu'on puisse toucher.

Elle resta à me regarder, avec cette expression froide qui s'aiguisait parfois étrangement et semblait figer la vie autour d'elle.

— Tu es un brave type, mais tu as un terrible défaut : ton manque d'ambition. Tu es content de ce que tu as obtenu, non ? Mais ce n'est rien, mon bon garçon. Voilà pourquoi je ne pourrais pas être ta femme. Je ne pourrais jamais me contenter de ce que j'aurais. Je voudrais toujours plus.

Je ne sus que lui répondre parce que, même si c'était douloureux à entendre, elle avait dit la vérité. Pour moi le bonheur c'était de l'avoir, elle, et de vivre à Paris. Cela signifiait-il, Ricardito, que tu étais un irrémédiable médiocre ? Oui, probablement. Avant de retourner chez elle, Mme Robert Arnoux se leva pour téléphoner. Elle revint, le visage soucieux.

— Je suis désolée, je dois partir, mon bon garçon. Ma situation s'est compliquée.

Elle ne me donna pas d'autres explications ni n'accepta que je la conduise chez elle ou là où elle se rendait. On remonta prendre son vanity-case et je l'accompagnai jusqu'aux taxis, près de la station de métro de l'École Militaire.

— Malgré tout, ce fut une chouette fin de semaine, fit-elle en effleurant mes lèvres. Tchao, *mon amour*.

En rentrant chez moi, surpris par son brusque départ, je découvris qu'elle avait oublié sa brosse à dents dans la salle de bains. Une très jolie brosse à dents avec la griffe du fabricant sur le manche : Guerlain. L'avait-elle oubliée ? Peut-être pas. Peut-être était-ce un oubli délibéré, afin de me laisser un souvenir de cette triste nuit et de ce réveil heureux.

Cette semaine-là, je ne pus la voir ni parler avec elle, et la semaine suivante, sans réussir non plus à lui dire au revoir — son téléphone ne répondait à aucun moment de la journée —, je partis pour Vienne travailler une quinzaine de jours au Commissariat à l'énergie atomique. Cette ville baroque, élégante et prospère, m'enchantait, mais la tâche d'un vacataire au moment où les organisations internationales tiennent des congrès, des rencontres générales ou la conférence annuelle — quand on a besoin de traducteurs et d'interprètes en surnombre —, est si intense qu'elle ne me laissait pas de temps pour les musées, les concerts et les représentations d'opéra, sauf, un midi, une visite au pas de charge de la Fondation Albertino. Le soir, mort de fatigue, j'avais tout juste le temps de faire un saut à l'un de ces anciens cafés décorés *Belle Époque*, le Central, le Landtmann, l'Hawelka, le Frauenhuber, et de dîner d'un *wiener Schnitzel* — la version autrichienne de l'escalope pannée que préparait ma tante Alberta — et d'un bock de bière mousseuse. Je retrouvais mon lit à moitié groggy. J'appelai plusieurs fois la vilaine fille, mais personne ne répondait au téléphone, ou alors il sonnait toujours occupé. Je n'osais pas contacter Robert Arnoux à l'Unesco pour ne pas éveiller ses soupçons. Au bout de ces quinze jours viennois, M. Charnés me télégraphia pour me proposer un contrat de dix jours à Rome, pour un séminaire suivi d'une conférence de la FAO, si bien que je gagnai l'Italie sans repasser par Paris. Mais à Rome, impossible non plus de l'avoir au bout du fil. Dès mon retour en France, j'essayai de la joindre. Sans succès, bien sûr. Que se passait-il ? Je commençai à penser, angoissé, à un accident, à une maladie, à une tragédie domestique.

Cette impossibilité de communiquer avec Mme Arnoux me rendait si nerveux que je dus lire deux fois la dernière lettre de l'oncle Ataúlfo, qui m'attendait à Paris. Je ne pouvais me concentrer, m'ôter de la tête ma petite Chilienne. L'oncle Ataúlfo me donnait de longues explications sur la situation politique péruvienne. La colonne Túpac Amaru du MIR, avec à sa tête Lobatón, n'avait pas encore été capturée, malgré les communiqués de l'armée qui faisaient part d'accrochages constants au cours desquels les guérilleros subissaient toujours de lourdes pertes. D'après la presse, Lobatón et ses gens s'étaient réfugiés dans la forêt et comptaient des alliés parmi les tribus amazoniennes, principalement les Ashaninkas, disséminés dans la région délimitée par les rivières Ene, Perené, Satipo et Anapati. La rumeur disait que des communautés ashaninkas, séduites par la personnalité de Lobatón, l'identifiaient à un héros mythique, le justicier atavique *Itomi Pavá* qui, selon la légende, reviendrait un jour restaurer le pouvoir de cette nation. L'aviation militaire avait bombardé des hameaux de la selva soupçonnés d'abriter les miristes.

Après de nouvelles tentatives infructueuses pour parler avec Mme Arnoux, je décidai d'aller à l'Unesco trouver son mari, sous prétexte de les inviter à dîner. Je passai auparavant saluer M. Charnés et les collègues du bureau d'espagnol. Puis je montai au sixième étage, le saint des saints, où se trouvaient les bureaux des chefs. J'aperçus, depuis la porte, le visage défait et la petite moustache de M. Arnoux. Il sursauta étrangement en me voyant, et je le notai plus renfrogné que jamais, comme si ma présence lui déplaisait. Était-il malade ? Il semblait avoir vieilli de dix ans en quelques semaines, depuis notre dernière rencontre. Il me tendit une main parcimonieuse sans dire un mot, et me laissa parler le premier, en clouant sur moi ses petits yeux de rongeur.

— J'ai travaillé hors de Paris, à Vienne et à Rome, le mois dernier. J'aimerais vous inviter à dîner un de ces soirs si vous êtes libres.

Il continua à me regarder, sans répondre. Il était très pâle maintenant, avec un air désolé et la bouche pincée, comme s'il lui en coûtait de parler. Mes mains tremblèrent. Allait-il me dire que sa femme était morte ?

— Vous n'êtes donc pas au courant, murmura-t-il sèchement. Ou bien jouez-vous la comédie ?

Déconcerté, je ne sus que lui répondre.

— Tout l'Unesco le sait, ajouta-t-il à voix basse et l'air goguenard. Je suis la risée de l'organisation. Ma femme m'a quitté, et je ne sais même pas pour qui. Je pensais que c'était pour vous, monsieur Somocurcio.

Sa voix se brisa avant de finir de prononcer mon nom. Son menton tremblait et il me sembla qu'il claquait des dents. Je balbutiai que j'étais navré, je n'étais au courant de rien, répétant sottement que tout ce mois-ci j'avais travaillé hors de Paris, à Vienne et à Rome. Et je pris congé, sans que M. Arnoux me rende le bonjour.

La surprise et la contrariété furent si grandes que, dans l'ascenseur, j'eus des nausées et, aux toilettes du couloir, je me mis à vomir. Avec qui était-elle partie ? Vivait-elle encore à Paris avec son amant ? Une pensée me hantait : ce week-end qu'elle m'avait offert était un adieu. Pour que je puisse avoir des regrets. Les restes qu'on jette au chien, Ricardito. Des jours sinistres suivirent cette si brève visite à M. Arnoux. Pour la première fois de ma vie, je souffris d'insomnie. Je passais la nuit à transpirer, l'esprit à vif, serrant la brosse à dents de Guerlain que j'avais gardée comme une amulette sur ma table de nuit, ruminant mon dépit et ma jalousie. Je me retrouvais le lendemain dans un état lamentable, le corps secoué de frissons et sans courage pour rien, ni même pour manger. Le médecin me prescrivit du Nembutal qui, plus que m'endormir, me faisait défaillir. Je me réveillais la tête lourde et pleine d'obsessions, comme après une terrible gueule de bois. Je me maudissais tout le temps d'avoir été assez stupide pour l'expédier à Cuba, en faisant passer mon amitié pour Paúl avant mon amour pour elle. Si je l'avais retenue, nous serions encore ensemble et la vie ne serait pas ce cauchemar éveillé, ce vide dans ma tête, ce fiel dans ma bouche.

M. Charnés m'aida à sortir de ma lente désagrégation émotionnelle en me fournissant un contrat d'un mois. J'eus envie de le remercier à genoux. Grâce à la routine du travail à l'Unesco, je sortis peu à peu de la crise où m'avait plongé la disparition de l'ex-Chilienne, l'ex-guérillera, l'ex-Mme Arnoux. Comment s'appelait-elle maintenant ? Quelle personnalité, quel nom, quelle histoire avait-elle adoptés dans cette autre étape de sa vie ? Son nouvel amant devait être un homme très important, assurément plus que ce conseiller auprès du directeur de l'Unesco, qui ne satisfaisait pas assez ses ambitions et qu'elle avait jeté comme un chiffon sale. Elle me l'avait clairement dit ce fameux dernier matin : « Je ne resterais pour toujours qu'avec un homme qui serait très riche et puissant. » J'étais sûr, cette fois, que je ne la verrais plus. Il te fallait prendre sur toi, Ricardo, et oublier ta petite Péruvienne aux mille visages, te convaincre qu'elle n'avait été qu'un vilain rêve, mon bon garçon.

Mais quelques jours après avoir repris mon travail à l'Unesco, M. Arnoux se présenta au cagibi qui était mon bureau, tandis que je traduisais un rapport sur l'éducation bilingue dans les pays de l'Afrique sub-saharienne.

— Je suis désolé de vous avoir brusqué l'autre jour, me dit-il, gêné. J'étais de très mauvaise humeur.

Il me proposa de dîner avec lui. Et, tout en sachant bien que ce dîner serait catastrophique pour mon état d'esprit, la curiosité d'entendre parler d'elle, de savoir ce qui s'était passé, l'emporta et j'acceptai.

On alla à l'auberge D'chez eux, dans le VIIᵉ, pas loin de chez moi. Ce fut le dîner le plus tendu et le plus difficile auquel il m'ait jamais été donné d'assister. Mais fascinant aussi, parce que je découvris plein de choses sur Mme Arnoux, et j'appris tout le chemin parcouru dans la quête de cette sécurité qu'elle identifiait à la richesse.

On commanda un whisky-Perrier comme apéritif, et ensuite du vin rouge, avec un repas auquel on toucha à peine, lui et moi. Le D'chez eux affichait un menu fixe, composé de plats succulents qui vous arrivaient dans des cassolettes profondes — pâtés, escargots, salades, poissons et viandes — que les garçons, surpris, remportaient presque intactes pour faire place à une grande variété de desserts, l'un d'eux baignant dans du chocolat chaud, sans comprendre pourquoi on dédaignait toutes ces merveilles.

Robert Arnoux me demanda depuis quand je la connaissais. Je lui mentis en disant que cela remontait à 1960 ou 1961, à Paris, alors qu'elle était de passage pour se rendre à Cuba, boursière du MIR, suivre un entraînement à la guérilla.

— C'est-à-dire que vous ne savez rien de son passé, de sa famille, fit M. Arnoux comme s'il parlait seul. J'ai toujours su qu'elle me mentait. Je veux dire à propos de sa famille et de son enfance. Mais je l'excusais. Cela me semblait de pieux mensonges, pour dissimuler une enfance et une jeunesse qui lui faisaient honte. Parce qu'elle doit être d'une classe sociale très modeste, n'est-ce pas ?

— Elle n'aimait pas parler de cela. Elle ne m'a jamais rien dit de sa famille. Mais elle était, sans doute, de classe très modeste...

— Moi, ça me faisait de la peine, je devinais cette montagne de préjugés de la société péruvienne, les grandes familles, le racisme, dit-il en m'interrompant. Elle racontait qu'elle avait fréquenté le Sophianum, le meilleur collège de bonnes sœurs de Lima, où l'on éduquait les filles de la haute société. Que son père était à la tête d'une exploitation de coton. Qu'elle avait rompu avec sa famille par idéalisme, pour devenir révolutionnaire. Mais la révolution ne l'a jamais intéressée, j'en suis sûr ! Je n'ai jamais entendu chez elle, depuis que je l'ai rencontrée, une seule opinion politique. Elle aurait fait n'importe quoi pour sortir de Cuba. Même se marier avec moi. Quand nous avons quitté l'île, je lui ai proposé de nous rendre au Pérou, pour connaître sa famille. Elle m'a alors raconté d'autres fables, bien sûr. Du fait de son appartenance au MIR et de son séjour à Cuba, disait-elle, si elle remettait les pieds au Pérou on la jetterait en prison. Je pardonnais chez elle ces fantaisies. Je comprenais qu'elles naissaient d'un sentiment d'insécurité. Et qu'elle était contaminée par ces préjugés sociaux et raciaux, si forts dans les pays sud-américains. C'est pourquoi elle avait inventé cette biographie de fillette aristo-cratique, ce qu'elle ne fut jamais.

J'avais parfois l'impression que M. Arnoux oubliait ma présence. Son regard même se perdait dans le vide et il baissait tellement la voix que ses paroles devenaient inaudibles. D'autres fois, revenant à lui, il me regardait avec méfiance et haine et me som-mait de lui dire si je savais qu'elle avait un amant. J'étais son compatriote, n'est-ce pas ? son ami, ne m'avait-elle jamais fait de confidences ?

— Elle ne m'en a jamais rien dit. Je ne m'en dou-tais même pas. Je croyais que vous vous entendiez très bien, que vous étiez heureux.

— Moi aussi je le croyais, murmura-t-il en bais-sant la tête, et il commanda une autre bouteille de vin, en ajoutant, le regard voilé et la voix aigrie : Elle n'avait pas besoin d'agir de la sorte. C'est moche, c'est sale, c'est déloyal envers moi. Je lui ai donné mon nom, je m'évertuais à la rendre heureuse. J'ai mis en danger ma carrière pour la faire sortir de Cuba. Ce fut un véritable chemin de croix. La déloyauté ne peut être plus grande. Un tel calcul, une telle hypocrisie, c'est inhumain.

Il se tut soudain. Ses lèvres remuaient sans émettre aucun son et sa petite moustache carrée se tordait, s'étirait. Il avait empoigné son verre vide et le pressait comme s'il voulait le briser. Ses petits yeux étaient humides et injectés de sang.

Je ne savais que lui dire, toute phrase de consola-tion aurait semblé fausse et ridicule. Je compris, soudain, qu'un tel désespoir ne pouvait pas seule-ment venir de l'abandon. Il y avait quelque chose d'autre qu'il voulait me raconter, mais qu'il lui coû-tait de révéler.

— Les économies de toute une vie, murmura M. Arnoux en me jetant un regard accusateur, comme si j'étais coupable de sa tragédie. Vous vous rendez compte ? Je suis un homme âgé, je n'ai pas les moyens de refaire toute une vie. Vous le comprenez ? Elle ne m'a pas seulement trompé allez savoir avec qui, un gangster avec qui elle a dû planifier son forfait, elle a, de plus, fait main basse sur tout l'argent du compte que nous avions en Suisse ! Je lui avais donné cette preuve de confiance, voyez-vous ? Un compte joint. Pour le cas où j'aurais eu un accident, une mort subite. Pour que les impôts de la succession n'engloutissent pas tout ce que j'avais épargné en une vie de travail et de sacrifice. Vous vous rendez compte de sa déloyauté, de sa vilenie ? Elle est allée en Suisse faire un dépôt et, en réalité, elle a tout raflé, tout, et m'a laissé sans le sou. *Chapeau, un coup de maître !* Elle savait que je ne pouvais la dénoncer sans me trahir, sans salir ma réputation et perdre mon poste. Elle savait que si je la dénonçais, je serais le premier lésé, pour détention de comptes secrets, pour évasion fiscale. Drôlement bien joué, n'est-ce pas ? Croyez-vous possible une telle cruauté envers quelqu'un qui ne lui a donné qu'amour et dévouement ?

Il revenait toujours sur le même sujet, avec des intervalles où nous buvions du vin, silencieux, chacun absorbé dans ses propres pensées. Était-ce pervers de me demander ce qui lui faisait le plus mal, l'abandon de sa femme ou le pillage de son compte secret en Suisse ? J'éprouvais de la pitié pour lui, et des remords de conscience, mais je ne savais comment lui remonter le moral. Je me bornais à intercaler des phrases brèves, amicales, de temps en temps. En réalité, il ne voulait pas parler avec moi. Il m'avait invité parce qu'il avait besoin d'être écouté, de prendre quelqu'un à témoin des choses qui, depuis la disparition de sa femme, lui rongeaient le cœur.

— Excusez-moi, je dois vider mon sac, me dit-il enfin quand, tous les clients étant partis, nous nous retrouvâmes seuls, observés par les regards impatients des garçons du D'chez eux. Je vous remercie de votre patience. J'espère que cette catharsis me fera du bien.

Je lui dis qu'au bout d'un certain temps tout rentrerait dans l'ordre, et qu'il n'y a pas de mal qui dure cent ans. Et tandis que je parlais, je me sentais complètement hypocrite, aussi coupable que si c'était moi qui avais planifié la fugue de l'ex-Mme Arnoux et le pillage de son compte secret.

— Si un jour vous la rencontrez, dites-le-lui, je vous en prie. Elle n'avait pas besoin de faire cela. Je lui aurais tout donné. Elle voulait mon argent ? Je le lui aurais donné. Mais pas comme ça, pas comme ça.

On se dit au revoir à la porte du restaurant, sous la splendeur lumineuse de la tour Eiffel. Ce fut la dernière fois que je vis ce malheureux M. Robert Arnoux.

La colonne Túpac Amaru du MIR commandée par Guillermo Lobatón résista cinq mois de plus que celle qui avait son quartier général à Mesa Pelada. Comme dans le cas de Luis de la Puente, de Paúl Escobar et des miristes qui avaient péri dans la vallée de La Convención, l'armée ne donna pas de précisions sur la façon dont avaient été anéantis les membres de cette guérilla. Tout au long du second semestre 1965, aidés par les Ashaninkas du Gran Pajonal, Lobatón et ses compagnons purent échapper à la poursuite des forces spéciales de l'armée mobilisées par air, en hélicoptères, et par terre, rasant les hameaux indigènes qui les cachaient et les alimentaient. La colonne finalement défaite, douze hommes accablés par les moustiques, la fatigue et les maladies, tombèrent le 7 janvier 1966 aux abords du fleuve Sotziqui. Moururent-ils au combat ou les captura-t-on vivants pour les exécuter ? On ne retrouva jamais leurs tombes. Selon des rumeurs invérifiables, Lobatón et son second furent mis dans un hélicoptère et jetés dans la selva pour que les animaux fassent disparaître leur corps. La femme française de Lobatón, Jacqueline, tenta pendant plusieurs années, en faisant campagne au Pérou et à l'étranger, d'obliger le gouvernement à révéler où se trouvaient les tombes des rebelles de cette guérilla éphémère, sans y réussir. Y eut-il des survivants ? Menaient-ils une existence clandestine dans ce Pérou convulsif et divisé des derniers temps de Belaúnde Terry ? Tandis que je me remettais peu à peu de la disparition de la vilaine fille, je suivais ces événements lointains à travers les lettres de l'oncle Ataúlfo. Je le sentais de plus en plus pessimiste sur les chances de survie de la démocratie au Pérou. « Les mêmes militaires qui sont venus à bout de la guérilla se préparent maintenant à renverser l'État de droit et à faire un nouveau putsch », m'assurait-il.

Un beau jour, de façon fort inattendue, je tombai nez à nez, en Allemagne, avec un survivant de Mesa Pelada : rien de moins qu'Alfonso le Spirite, ce garçon envoyé à Paris par un groupe théosophique de Lima, et que le gros Paúl avait piqué aux esprits et à l'outre-tombe pour en faire un guérillero. Je me trouvais à Francfort, travaillant à une conférence internationale sur les communications, et, lors d'une pause, je m'échappai pour faire des courses dans une boutique. Près de la caisse, quelqu'un me prit le bras. Je le reconnus aussitôt. En quatre ans, il avait grossi et s'était laissé pousser les cheveux — la nouvelle mode en Europe —, mais son visage pâle, son air réservé et un peu triste étaient les mêmes. Il se trouvait en Allemagne depuis quelques mois. Il avait obtenu le statut de réfugié politique et vivait avec une fille de Francfort qu'il avait connue à Paris, à l'époque de Paúl. Nous allâmes prendre un café à la cafétéria du magasin, tenue par des Turcs, au milieu de dames avec des bambins potelés.

Alfonso le Spirite avait miraculeusement échappé à l'assaut de l'armée qui rasa Mesa Pelada. Il avait été envoyé à Quillabamba quelques jours auparavant par Luis de la Puente ; les communications ne fonctionnaient pas bien avec les bases d'appui urbaines et on était sans nouvelles d'un groupe de cinq gars déjà entraînés dont l'arrivée était prévue depuis plusieurs semaines.

— La base d'appui cuzquègne était infiltrée, m'expliqua-t-il en parlant sur le même ton calme que je lui connaissais. Beaucoup ont été capturés et, soumis à la torture, quelqu'un a parlé. C'est ainsi qu'ils ont rappliqué à Mesa Pelada. Nous autres, on avait commencé les opérations, pour de bon. Lobatón et Máximo Velando avaient avancé dans leurs plans, là-bas, à Junín. Et, après cette embuscade de Yahuarina où tant de policiers avaient été tués, on nous a mis l'armée sur le dos. Nous, à Cuzco, on n'avait pas encore commencé à bouger. De la Puente ne voulait pas rester au campement, mais se déplacer sans arrêt. « Le principe de la guérilla, c'est le mouvement perpétuel », tel est l'enseignement du Che. Mais on ne nous en a pas laissé le temps, c'est comme ça qu'on s'est retrouvés encerclés dans la zone de sécurité.

Le Spirite parlait avec un curieux détachement, comme si tout cela s'était passé voici des siècles. Il ignorait par quel concours de circonstances il n'était pas tombé lors des coups de filet qui avaient démantelé les bases d'appui du MIR à Quillabamba et à Cuzco. Il était resté caché dans une famille de Cuzco, qu'il connaissait d'avant, du temps de sa secte théosophique. Ces gens s'étaient fort bien conduits envers lui, malgré la peur qui les habitait. Après deux mois de réclusion, ils l'avaient fait sortir de la ville, caché dans un camion de marchandises, et il s'était retrouvé à Puno. Là, il lui avait été facile de passer en Bolivie, où, après de longues démarches, il avait réussi à se faire accepter comme réfugié politique en Allemagne de l'Ouest.

— Parle-moi du gros Paúl, là-bas, à Mesa Pelada.

Apparemment, il s'était bien adapté à cette vie et aux trois mille huit cents mètres d'altitude. Il n'avait jamais perdu courage, bien que, parfois, dans les marches de reconnaissance du territoire autour du camp, son gros corps lui ait joué de vilains tours. Surtout quand il fallait escalader des montagnes ou descendre dans des précipices sous des pluies diluviennes. Il était tombé une fois, sur une pente qui était un vrai bourbier, et avait roulé vingt à trente mètres plus bas. Ses compagnons croyaient qu'il s'était ouvert la tête, mais il s'était relevé sans une égratignure, couvert de boue de la tête aux pieds.

— Il avait pas mal maigri, ajouta Alfonso. Le matin où je lui ai dit adieu, à *Illarec ch'aska*, il était aussi mince que toi. On parlait parfois de toi. « Que peut bien faire notre ambassadeur à l'Unesco ? » disait-il. « Aura-t-il eu le courage de publier ces poésies qu'il écrit en cachette ? » Il n'avait jamais perdu sa bonne humeur et gagnait toujours les concours de blagues que nous faisions la nuit, pour tuer le temps. Sa femme et son fils vivent maintenant à Cuba.

J'aurais voulu rester un moment avec Alfonso le Spirite, mais je devais retourner à ma conférence.

Nous nous embrassâmes et je lui donnai mon téléphone pour qu'il m'appelle si d'aventure il passait par Paris.

Peu avant ou peu après cette conversation, les sinistres prophéties de l'oncle Ataúlfo se réalisèrent. Le 3 octobre 1968, les militaires, avec à leur tête le général Juan Velasco Alvarado, déclenchèrent le putsch qui mit fin à la démocratie présidée par Belaúnde Terry. Celui-ci fut envoyé en exil, et une nouvelle dictature militaire s'instaura au Pérou pour douze ans.

III

Peintre de chevaux
dans le swinging London

Dans la seconde moitié des années soixante, Londres détrôna Paris comme ville des modes qui, partant de l'Europe, se répandaient à travers le monde. La musique remplaça les livres et les idées comme pôle d'attraction des jeunes, surtout à partir des Beatles, mais aussi de Cliff Richard, des Shadows, des Rolling Stones avec Mick Jagger et d'autres groupes et chanteurs anglais, ainsi que des hippies et de la révolution psychédélique des *flower children*. Comme auparavant à Paris pour préparer la révolution, beaucoup de Latino-Américains émigrèrent à Londres afin de rejoindre les rangs du cannabis, de la musique pop et de la vie en communauté. Carnaby Street remplaça Saint-Germain comme nombril du monde. C'est à Londres que sont nés la minijupe, les cheveux longs et les fringues extravagantes que consacrèrent les comédies musicales *Hair* et *Jésus-Christ superstar*, la popularisation des drogues, depuis la marihuana jusqu'au LSD, la fascination pour le spiritualisme hindou, le bouddhisme, la pratique de l'amour libre, la sortie du placard de l'homosexualité, relayant les campagnes de la *gay pride*, ainsi que le rejet en bloc de l'*establishment* bourgeois, non pas au nom de la révolution socialiste à laquelle les hippies étaient indifférents, mais d'un pacifisme hédoniste et anarchiste, adouci par l'amour de la nature et des animaux et l'abjuration de la morale traditionnelle. Les débats à la Mutualité, le Nouveau Roman, les chanteurs-compositeurs raffinés comme Léo Ferré ou Georges Brassens, le cinéma d'art et essai parisien, ne furent plus les points de référence des jeunes rebelles. Ceux-ci furent remplacés par Trafalgar Square et d'autres parcs où, derrière Vanessa Redgrave et Tariq Ali, on manifestait contre la guerre du Vietnam au milieu des concerts grand public des idoles et des bouffées d'herbe colombienne, avec les pubs et les discothèques comme symboles de la nouvelle culture qui attirait à Londres des millions de jeunes des deux sexes. Ces années-là furent aussi, en Angleterre, celles de la splendeur théâtrale, et le *Marat-Sade*, de Peter Weiss, que monta en 1964 Peter Brook, jusqu'alors connu surtout pour ses mises en scène révolutionnaires de Shakespeare, fut un événement dans toute l'Europe. Je n'ai jamais revu sur scène quelque chose qui marquât autant ma mémoire.

Par un de ces étranges concours de circonstances tramés par le hasard, il se trouva qu'à la fin des années soixante je faisais de nombreux séjours en Angleterre et logeais au cœur même du *swinging London* : à Earl's Court, un quartier cosmopolite et animé de Kensington qui, en raison de l'affluence néo-zélandaise et australienne, était surnommé *Kangaroo Valley* — la Vallée du Kangourou. Eh bien voilà, l'aventure de mai 68, où les jeunes de Paris remplirent le Quartier latin de barricades et déclarèrent qu'il fallait être réalistes en choisissant l'impossible, me surprit précisément à Londres où, en raison des grèves qui paralysèrent les gares et les aéroports de France, je restai bloqué deux semaines, sans rien savoir de ce qui pouvait bien advenir de mon petit appartement de l'École Militaire.

En rentrant à Paris je découvris qu'il était intact, car la révolution de mai 68, en réalité, n'avait pas débordé du périmètre du Quartier latin et de Saint-Germain-des-Prés. Contrairement à ce que d'aucuns avaient prophétisé en ces jours d'euphorie, il n'y eut guère d'incidence politique, si ce n'est de hâter la chute de De Gaulle, d'ouvrir l'ère, brève, de cinq ans de Pompidou et de révéler l'existence d'une gauche plus moderne que celle du Parti communiste français (« *la crapule stalinienne* », selon l'expression de Cohn-Bendit). Les mœurs devinrent plus libres mais, du point de vue culturel, avec la disparition de toute une illustre génération — Mauriac, Camus, Sartre, Aron, Merleau-Ponty, Malraux —, ces années connurent une discrète décrue culturelle où, au lieu d'être des créateurs, les *maîtres à penser* devinrent des critiques, d'abord structuralistes, à la manière de Michel Foucault et de Roland Barthes, puis déconstructivistes, type Gilles Deleuze et Jacques Derrida, aux rhétoriques aussi pédantes qu'ésotériques, chaque fois plus isolés dans leurs cabales de dévots et éloignés du grand public, dont la vie culturelle, en raison de cette évolution, devint de plus en plus banale.

Ce furent pour moi des années de dur labeur, mais, comme aurait dit la vilaine fille, de médiocre réussite : j'échangeai mon statut de traducteur pour celui d'interprète. Comme la première fois, pour pallier le vide de sa disparition, je m'accablai d'obligations. Je repris mes cours de russe et de traduction simultanée, auxquels je me consacrais obstinément après les heures que je passais à l'Unesco. Je fus deux étés en URSS, chaque fois pour deux mois, la première à Moscou, la seconde à Leningrad, suivant des cours intensifs en langue russe pour interprètes, dans des enceintes universitaires désolées, où nous nous sentions comme dans un internat de jésuites.

Quelque deux années après mon dernier dîner avec Robert Arnoux, j'eus une relation sentimentale assez paisible avec Cécile, une fonctionnaire de l'Unesco, séduisante et sympathique, mais sobre, végétarienne et catholique jusqu'à plus soif, avec qui je ne m'entendais parfaitement que lorsque nous faisions l'amour, car pour le reste, nous étions aux antipodes l'un de l'autre. On envisagea, à un certain moment, la possibilité d'habiter ensemble, mais nous étions tous deux effrayés — surtout moi — par la perspective d'une vie commune alors que nous étions si différents et qu'il n'existait au fond, entre nous, pas même l'ombre d'un véritable amour. Notre relation sombra dans l'ennui et un beau jour nous cessâmes de nous voir et de nous appeler.

J'eus bien du mal à obtenir mes premiers contrats comme interprète, tout en ayant réussi à toutes les épreuves et obtenu les diplômes correspondants. Mais ce cercle était plus fermé que celui des traducteurs, et les associations de ce corps de métier, véritables mafias, n'admettaient de nouveaux membres qu'au compte-gouttes. Et ce n'est qu'en ajoutant le russe à l'anglais et au français, langues que je traduisais déjà en espagnol, que je pus entrer dans la danse. Les contrats comme interprète me firent beaucoup voyager en Europe, et fréquemment à Londres, surtout pour des conférences et des séminaires économiques. Un beau jour de 1970, au consulat du Pérou, dans Sloane Street, où j'étais allé renouveler mon passeport, je tombai sur un ami d'enfance et condisciple du Champagnat — collège des Maristes de Miraflores —, qui se trouvait là pour les mêmes raisons : Juan Barreto.

Il était devenu hippy, pas du genre cradoque, mais plutôt élégant. Ses cheveux soyeux, avec quelques mèches blanches, lui tombaient aux épaules et il exhibait une barbiche clairsemée qui faisait autour de sa bouche comme une délicate muselière. Je revoyais le petit adolescent grassouillet qu'il était, mais maintenant il me dépassait de quelques centimètres, mince et chic comme une gravure de mode. Il portait un pantalon de velours couleur cerise et des sandales qui, plus que de cuir, semblaient faites de parchemin, un blouson oriental en soie avec des figures imprimées, une flambée de couleur entre les deux pans de son gilet ouvert et évasé qui me rappela ceux des bergers turkmènes que j'avais vus dans un documentaire sur la Mésopotamie au Palais de Chaillot, dans le cycle *Connaissance du monde,* que je suivais chaque mois.

On alla prendre un café, aux abords du consulat, et la conversation était si agréable que je l'invitai à déjeuner dans un pub de Kensington Gardens. On resta ensemble plus de deux heures, lui parlant, moi écoutant et répondant par monosyllabes.

Son histoire était digne d'un roman. Je me rappelais que, les dernières années au collège, Juan avait commencé à travailler à la radio El Sol comme présentateur et commentateur de football, et que ses camarades lui prédisaient un grand avenir de journaliste sportif. « Mais, en réalité, c'était un caprice de gamin, m'expliqua-t-il, ma véritable vocation avait toujours été la peinture. » Il fréquenta l'École des beaux-arts de Lima et participa même à une exposition collective à l'Institut d'art contemporain du quartier d'Ocoña. Puis son père l'envoya suivre des cours de dessin et de peinture à la St. Martin's School of Art de Londres. Sitôt débarqué en Angleterre, il décida que cette ville serait la sienne (« On aurait dit qu'elle m'attendait, mon frère ») et qu'il n'en repartirait jamais plus. Quand il annonça à son père qu'il ne rentrerait pas au Pérou, celui-ci lui coupa les vivres. Commença alors une existence des plus pauvres, d'artiste de rue, et le voilà brossant des portraits de touristes à Leicester Square, ou aux portes de Harrods, et reproduisant à la craie sur les trottoirs le Parlement, Big Ben ou la Tour de Londres, après quoi il passait sa casquette autour du cercle de badauds. Il dormait dans les auberges de jeunesse de la YMCA — *Young Men's Christian Association* — et dans des *bed and breakfast* misérables, et, comme d'autres *drop outs*, les nuits d'hiver il se réfugiait dans des asiles religieux pour miséreux et faisait de longues queues devant les paroisses et institutions de bienfaisance où l'on distribuait deux fois par jour une assiette de soupe chaude. Bien souvent, il dormit à la fraîche, dans les parcs, ou, au milieu de cartons, à l'entrée des boutiques. « J'en vins à toucher le fond du désespoir, mais pas une seule fois, de tout ce temps-là, je ne me sentis assez foutu pour réclamer à mon père le billet de retour au Pérou. »

Malgré son indigence, il s'arrangea avec d'autres hippies vagabonds pour aller jusqu'à Katmandou, où il découvrit qu'il était plus difficile de survivre sans argent dans le spirituel Népal que dans l'Europe matérialiste. Il faillit mourir de faim et de maladie, car il attrapa en Inde la fièvre de Malte qui le mena presque aux portes de l'autre monde, mais la solidarité de ses compagnons de transhumance fut décisive. La fille et les deux garçons qui voyageaient avec lui se relayèrent à son chevet, tandis qu'il était convalescent dans un hôpital de Madras où les rats se promenaient entre les malades couchés par terre sur des nattes.

— Je m'étais totalement habitué à cette vie de *tramp*, à ce que ma maison soit la rue, et puis un beau jour la chance a tourné.

Il dessinait des portraits au fusain, à deux livres sterling pièce, aux portes du Victoria & Albert Museum, dans Brompton Road, quand une femme portant ombrelle et gants de mousseline lui avait demandé, impromptu, de faire le portrait de la petite chienne qu'elle tenait en laisse, un cavalier King Charles avec des taches blanches et café, bien brossée, lavée, peignée, et qui avait tout d'une lady. Ce petit épagneul s'appelait Esther. Le double dessin qu'en fit Juan, « de face et de profil », enchanta la dame. Au moment de le payer elle découvrit qu'elle n'avait pas un sou sur elle, parce qu'on lui avait volé son porte-monnaie, ou bien elle l'avait oublié chez elle. « Peu importe, lui dit Juan. Ç'a été un honneur pour moi de travailler pour un modèle aussi distingué. » La dame, confuse et pleine de reconnaissance, s'en alla. Mais elle revint sur ses pas et lui tendit une carte de visite. « Si vous passez d'aventure par là, sonnez à la porte, venez saluer votre nouvelle amie. » Elle lui désignait la petite chienne.

Mrs. Stubard, une infirmière retraitée, veuve et sans enfants, devint la bonne fée dont la baguette magique sauva Juan Barreto des rues de Londres et, peu à peu, elle lui demanda de se laver (« Une des conséquences de la vie de *tramp*, c'est que tu ne prends jamais de bain et ne te rends même pas compte que tu pues »), le nourrit, l'habilla et, finalement, le lança dans le milieu le plus anglais des milieux anglais : le monde des propriétaires d'écuries de Newmarket, où naissent, poussent, meurent et sont enterrés les chevaux de course les plus fameux de Grande-Bretagne et, peut-être, du monde.

Mrs. Stubard vivait seule, avec sa petite Esther,

dans une villa de brique rouge et un jardin qu'elle entretenait elle-même et avait rendu fort plaisant, dans un coin tranquille et prospère de St. John's Wood. Elle l'avait héritée de son mari, un pédiatre qui avait passé toute sa vie dans les pavillons et dispensaires du Charing Cross Hospital à soigner les enfants des autres et n'avait jamais pu en avoir un seul à lui. Juan Barreto frappa un beau jour à la porte de la veuve, alors qu'il se sentait plus affamé, plus seul et plus angoissé que jamais. Elle le reconnut aussitôt.

— Je suis venu prendre des nouvelles de mon amie Esther. Et, si ce n'est trop demander, j'accepterais bien un bout de pain.

— Entrez, l'artiste, lui fit-elle en souriant. Si ça ne vous fait rien, nettoyez un peu vos sandales dégoûtantes. Et profitez-en aussi pour vous laver les pieds au robinet du jardin.

« Mrs. Stubard était un ange tombé du ciel », d'après Juan Barreto. « Elle avait encadré mon fusain de la chienne et l'avait exposé sur une petite table du salon, où il faisait bel effet. » Elle demanda à Juan de se laver aussi les mains avec de l'eau et du savon (« Dès le premier moment elle adopta cet air de maman autoritaire qu'elle a encore avec moi ») et lui prépara deux sandwiches au *cucumber* avec une tasse de thé. Ils bavardèrent un bon moment et elle exigea de Juan qu'il lui raconte sa vie de bout en bout. Elle était avide de tout savoir sur le monde et insistait pour que Juan lui décrive par le menu comment étaient les hippies, d'où ils venaient et quelle vie ils menaient.

« Le croiras-tu ? Celui qui fut finalement fasciné, c'est moi. J'allais la voir non seulement pour qu'elle me donne à manger, mais parce que je prenais mon pied à bavarder avec elle. Elle avait un corps de soixante-dix ans, mais un esprit de quinze. Et tiens-toi bien, grâce à moi elle est devenue hippie. »

Juan se pointait à la villa de St. John's Wood une fois par semaine, il lavait et brossait Esther, aidait Mrs. Stubard à bêcher et arroser le jardin, et l'accompagnait parfois faire les courses au Sainsbury voisin. Les résidents bourgeois de St. John's Wood devaient observer avec curiosité ce couple asymétrique. Juan l'aidait à cuisiner — il lui apprit les recettes péruviennes de la pomme de terre farcie, de la poule au piment et du poisson cru mariné au citron, le *ceviche* —, faisait la vaisselle et, après les repas, bavardait avec elle tout en écoutant la musique qu'il lui faisait découvrir, les Beatles ou les Rolling Stones, et en lui racontant ses mille et une aventures avec les garçons et filles hippies qu'il avait connus lors de ses pérégrinations, à Londres, en Inde et au Népal. La curiosité de Mrs. Stubard ne se contenta pas des explications de Juan sur la façon dont le cannabis aiguisait la lucidité et la sensibilité, surtout pour la musique. À la fin, triomphant de ses préjugés — c'était une méthodiste pratiquante —, elle donna de l'argent à Juan pour qu'il lui fasse goûter la marihuana. « Elle était si curieuse de tout que, je te jure, elle aurait été capable de s'envoyer une capsule de LSD si je l'y avais poussée. » La séance de marihuana eut lieu avec pour fond musical la bande sonore de *Yellow Submarine*, le film des Beatles que Mrs. Stubard et Juan étaient allés voir bras dessus bras dessous à Piccadilly Circus. Mon ami craignait que sa protectrice et amie supporte mal le *trip* et, en effet, elle finit par se plaindre de migraine et tomba endormie les pattes en l'air sur le tapis du salon, après deux heures d'une excitation extraordinaire, où elle jacassa comme une perruche, riant aux éclats et esquissant des pas de danse sous les yeux stupéfaits de Juan et d'Esther.

Leur relation devint quelque chose de plus que de l'amitié, une camaraderie complice et fraternelle, malgré la différence d'âge, de langue et d'origine. « Avec elle je me sentais comme si elle avait été ma mère, ma sœur, mon copain et mon ange gardien. »

Comme si les témoignages de Juan sur la sous-culture hippie ne lui suffisaient pas, Mrs. Stubard lui proposa un jour d'inviter deux ou trois de ses amis à prendre le thé. Il nourrissait quelques doutes, craignant les conséquences de cette tentative de mêler deux choses aussi contraires, mais finalement il organisa la réunion. Il en sélectionna trois parmi les plus présentables de ses amis hippies et les mit en garde : s'ils faisaient passer un mauvais quart d'heure à Mrs. Stubard, ou s'ils volaient quelque chose chez elle, rompant avec leur vocation pacifiste, il leur secouerait les puces. Les deux filles et le garçon — René, Jody et Aspern — vendaient de l'encens et des sacs tissés selon de prétendus modèles afghans dans les rues de Earl's Court. Ils eurent un comportement acceptable et firent honneur à la tarte aux fraises dégoulinante de crème et aux petits gâteaux que leur prépara Mrs. Stubard, mais quand ils allumèrent un bâtonnet d'encens en expliquant à la maîtresse de maison que l'atmosphère se purifierait ainsi spirituellement et que le karma de chacun des présents se manifesterait mieux, voilà que Mrs. Stubard se découvrit allergique aux nuages purificateurs : d'où de bruyantes et irrépressibles crises d'éternuements qui lui firent les yeux et le nez rouges, entraînant les aboiements d'Esther. Après cet incident, la veillée se déroula plus ou moins bien jusqu'à ce que René, Jody et Aspern expliquent à Mrs. Stubard qu'ils formaient un triangle amoureux et que faire l'amour à trois était rendre un culte à la Très Sainte Trinité — le Père, le Fils et le Saint-Esprit — et une façon encore plus affirmée de mettre en pratique la devise « Faites l'amour, pas la guerre », qu'avait approuvée, lors de la dernière manifestation de Trafalgar Square contre la guerre du Vietnam, rien de moins que le philosophe et mathématicien Bertrand Russell. Élevée dans la morale méthodiste, Mrs. Stubard n'aurait jamais pu imaginer cet amour tripartite, pas même dans le cauchemar le plus scabreux. « La pauvre s'en décrocha la mâchoire et pendant toute la soirée regarda avec une stupeur catatonique le trio que je lui avais amené. Puis elle m'avoua, d'un air mélancolique, qu'avec l'éducation des Anglaises de sa génération, on l'avait privée de bien des curiosités de la vie. Et elle me raconta qu'elle n'avait jamais vu son mari nu, parce que, du premier au dernier jour, ils avaient fait l'amour dans le noir. »

Alors qu'il lui rendait jusqu'ici une visite hebdomadaire, Juan alla chez elle deux, puis trois fois par semaine, et finalement il habita à plein temps avec Mrs. Stubard, qui aménagea pour lui la petite chambre qui avait été celle de son défunt mari, car les dernières années ils faisaient chambre à part. Contrairement à ce que Juan craignait, leur coexistence fut parfaite. La maîtresse de maison n'essayait de s'entremettre en rien dans la vie de Juan, ni ne lui demandait pourquoi, certaines fois, il passait la nuit dehors ou rentrait se coucher quand les habitants de St. John's Wood partaient travailler. Elle lui donna une clé de la maison. « Elle ne se préoccupait que d'une chose, que je prenne un bain deux fois par semaine, disait Juan en riant. Car, tiens-toi bien, pendant ces presque trois années où j'ai fait le hippy des rues, je ne savais même plus ce que c'était que de se doucher. Chez Mrs. Stubard, peu à peu, je redécouvris cette perversion miraflorine de la douche quotidienne. »

Juan l'aidait, certes, au jardin et à la cuisine, allait promener Esther et sortait la poubelle dans la rue, mais en outre il avait de longues conversations familières avec Mrs. Stubard, chacun une tasse de thé à la main, avec, devant eux, une assiette de biscuits au gingembre. Il lui parlait du Pérou et elle d'une Angleterre qui, dans l'ambiance actuelle du *swinging London*, semblait préhistorique : garçons et filles vivant jusqu'à l'âge de seize ans dans de sévères internats, et où, sauf dans les quartiers mal famés de Soho, de St. Pancras et de l'East End, la vie cessait à neuf heures du soir. Le seul divertissement que se permettaient Mrs. Stubard et son époux était d'aller de temps en temps à quelque concert ou à l'Opéra à Covent Garden. Pendant les vacances d'été, ils passaient une semaine à Bristol, chez leurs beaux-frères et belles-sœurs, et une autre en villégiature aux lacs d'Écosse, qui enchantaient son mari. Mrs. Stubard n'avait jamais quitté la Grande-Bretagne. Mais elle s'intéressait aux choses de ce monde : elle lisait le *Times* avec attention, en commençant par les avis de décès, et écoutait à la radio le bulletin d'information de la BBC à treize heures et vingt heures. Elle n'avait jamais eu l'idée d'acheter une télévision et elle allait rarement au cinéma. Mais elle possédait un tourne-disques, sur lequel elle écoutait des symphonies de Mozart, de Beethoven et de Benjamin Britten.

Un beau jour elle reçut son neveu Charles pour le thé ; c'était le seul proche parent qui lui restait. Il était entraîneur de chevaux à Newmarket, et c'était, d'après sa tante, un personnage. Et il devait l'être, à en juger par sa Jaguar rouge qu'il gara devant la porte. Jeune et jovial, les cheveux blonds frisés et les joues rouges, il s'étonna de ne pas trouver dans la maison une seule bouteille de *good Scotch* et de devoir se contenter d'un petit verre de muscat que lui offrit Mrs. Stubard après le thé, les habituels sandwiches au concombre et la tarte au fromage et citron. Il fut très cordial avec Juan, malgré sa difficulté à situer sur la carte le pays exotique d'où provenait le hippy de la maison — il confondait le Pérou et le Mexique —, ce dont il se blâma lui-même avec fair-play : « J'achèterai un atlas et un manuel de géographie pour ne pas faire de gaffe comme aujourd'hui. » Il resta jusqu'à la nuit, à raconter des anecdotes sur les pur-sang qu'il entraînait à Newmarket pour les courses. Et il leur avoua qu'il était devenu entraîneur parce qu'il n'avait pu être jockey, en raison de sa robuste constitution. « C'est un très gros sacrifice de devenir jockey, mais c'est aussi la plus belle profession au monde. Gagner le derby, triompher à Ascot, vous imaginez ! Ça vaut tous les gros lots de la loterie. »

Avant de partir il contempla, ravi, le fusain que Juan Barreto avait fait d'Esther. « C'est là une œuvre d'art », fit-il, catégorique. « Au fond de moi, je me moquais de lui en le prenant pour un rustre », disait Juan Barreto d'un air de reproche.

Un peu plus tard, mon ami reçut quelques lignes qui, après la rencontre dans la rue avec Mrs. Stubard et Esther, changèrent définitivement sa vie. L'« artiste » daignerait-il peindre un portrait de *Primrose*, la jument star de l'écurie de Mr. Patrick Chick, qu'il entraînait, et que le propriétaire, heureux des satisfactions qu'elle lui procurait sur les hippodromes, voulait éterniser sur la toile ? Il lui offrait deux cents livres si le portrait lui plaisait ; sinon, Juan pourrait conserver sa peinture à l'huile et il recevrait alors cinquante *pounds* pour son travail. « J'ai encore les oreilles qui bourdonnent du vertige que j'ai éprouvé en lisant cette lettre de Charles. » Les yeux de Juan brillaient de cette excitation rétrospective.

Grâce à *Primrose*, à Charles et à Mr. Chick, Juan Barreto cessa d'être un hippy sans le sou pour devenir un hippy de salon, dont le talent à immortaliser pouliches, juments, étalons et trotteurs (« des bêtes dont je ne savais strictement rien ») lui ouvrit peu à peu les portes des maisons des propriétaires et éleveurs de chevaux de Newmarket. Mr. Chick trouva à son goût le tableau de *Primrose* et tendit à Juan Barreto, émerveillé, les deux cents livres promises. La première chose que fit Juan fut d'acheter à Mrs. Stubard un petit chapeau à fleurs avec un parapluie assorti.

Quatre ans avaient passé et Juan n'en revenait toujours pas de la fantastique mutation de son sort. Il avait produit au moins une centaine d'huiles de chevaux et d'innombrables dessins, esquisses, ébauches au crayon et au fusain, et il avait tant de travail que les propriétaires d'écuries de Newmarket devaient attendre des semaines avant qu'il satisfasse à la demande. Il s'était acheté une maisonnette à la campagne, à mi-chemin entre Cambridge et Newmarket, ainsi qu'un *pied-à-terre* à Earl's Court, pour ses séjours à Londres. Chaque fois qu'il allait en ville, il rendait visite à sa bonne fée et sortait promener Esther. À la mort de la petite chienne, Mrs. Stubard et lui l'enterrèrent dans le jardin de la maison.

Je vis Juan Barreto plusieurs fois au cours de cette année, lorsque ma présence était requise à Londres, et je le logeai quelques jours dans mon appartement de Paris pendant des vacances qu'il avait prises pour voir au Grand Palais une exposition consacrée au « Siècle de Rembrandt ». La mode hippie avait à peine pénétré en France et les gens se retournaient dans la rue pour regarder Juan et son accoutrement. C'était un type épatant. Chaque fois que j'allais à Londres pour mon travail, je le prévenais et il s'arrangeait pour quitter Newmarket et me consacrer au moins une soirée de musique pop et de dévergondage londonien. Grâce à lui, je fis des choses que je n'aurais jamais faites, passer des nuits blanches dans des discothèques ou des fêtes hippies où l'odeur de l'herbe imprégnait l'atmosphère et où l'on servait des biscuits au haschisch qui expédiait le novice que j'étais dans de cotonneux voyages interstellaires, parfois gratifiants et souvent cauchemardesques.

Le plus surprenant pour moi — et agréable, pourquoi le cacher ? — fut la facilité à aborder dans ces soirées n'importe quelle fille et lui faire l'amour. C'est alors seulement que je découvris à quel point s'était élargi le carcan moral dans lequel j'avais été élevé par ma tante Alberta et qui continuait, d'une certaine façon, à régir plus ou moins ma vie à Paris. Les Françaises avaient, dans l'imaginaire universel, la réputation d'être libres, sans préjugés et de ne pas faire trop de manières pour coucher avec un homme, mais ceux qui poussèrent vraiment cette liberté à un extrême sans précédent, ce furent les filles et les garçons de la révolution hippie londonienne qui, du moins dans le cercle des connaissances de Juan Barreto, allaient au lit avec l'inconnu ou l'inconnue avec qui ils venaient de danser et revenaient au bout d'un moment, comme si de rien n'était, poursuivre la fête et remettre ça.

— La vie que tu as menée à Paris est celle d'un fonctionnaire de l'Unesco, Ricardo, disait Juan en se moquant, celle d'un puritain de Miraflores. Je t'assure que, dans bien des cercles de Paris, il y a la même liberté de mœurs qu'ici.

C'était sûrement vrai. Ma vie parisienne — ma vie, en général — avait été assez sobre, même dans les périodes sans contrat de travail où, presque toujours, au lieu de prendre du bon temps, je suivais des cours particuliers de perfectionnement en langue russe — car malgré mes capacités d'interprète, je me sentais moins sûr dans la langue de Tolstoï et de Dostoïevski qu'en anglais et en français. J'y avais pris plaisir et je lisais en russe plus qu'en aucune autre langue. Ces sporadiques week-ends en Angleterre, avec ces nuits blanches de musique pop, d'herbe et de sexe du *swinging London*, infléchirent ce qui avait été jusqu'ici (et continuerait d'être) une existence très austère. Mais durant ces séjours londoniens, que je m'offrais à l'achèvement d'un contrat de travail, je finis par faire, grâce à mon ami le peintre équestre, des choses qui ne me ressemblaient pas, comme de danser pieds nus et échevelé, fumer de l'herbe ou mâcher des pépites de peyotl ; et presque toujours, en apothéose de ces nuits turbulentes, faire l'amour, souvent dans les lieux les plus insolites — sous la table, dans une minuscule salle de bains, aux toilettes ou au jardin — à quelque fille, parfois très jeune, avec qui j'échangeais à peine trois mots et dont j'oubliais le nom aussitôt après.

Juan insista beaucoup, dès notre première rencontre, pour qu'à chacun de mes déplacements à Londres je loge dans son *pied-à-terre* de Earl's Court. Il l'occupait à peine, étant la plupart du temps à Newmarket à transférer des équidés de la réalité à la toile. Il disait que je lui rendais service en dépoussiérant de temps en temps son petit appartement. Et si nous nous trouvions au même moment à Londres, ce n'était pas non plus un problème parce qu'il pouvait dormir chez Mrs. Stubard — où il avait toujours sa chambre — ou encore, en dernière instance, on pouvait installer chez lui un lit pliant dans l'unique chambre à coucher. Il insista tant que finalement j'acceptai. Comme il ne me permettait pas de payer un centime, je tâchai de compenser la chose en lui apportant à chaque fois, de Paris, quelque bonne bouteille de bordeaux, un camembert ou un brie, ainsi que des petites boîtes de *pâté de foie* qui lui faisaient briller les yeux. Juan était maintenant un hippy qui ne faisait plus de régime ni ne croyait au végétarisme.

Earl's Court me plut beaucoup, je m'épris de sa faune. Le quartier respirait la jeunesse, la musique, l'existence sans œillères ni calcul, avec de grandes doses de naïveté, la volonté de vivre au jour le jour, en dehors de la morale et des valeurs conventionnelles, recherchant un plaisir à cent lieues des vieux mythes bourgeois du bonheur — l'argent, le pouvoir, la famille, la position sociale, le succès — et le trouvant dans des façons de vivre simples et passives : la musique, les paradis artificiels, la promiscuité et un désintérêt absolu pour les autres problèmes qui secouaient la société. Avec leur hédonisme tranquille et pacifique, les hippies ne faisaient de mal à personne ; ils n'exerçaient pas non plus un apostolat, ils ne voulaient convaincre ni recruter ces gens avec qui ils avaient rompu pour mener leur vie alternative : ils voulaient qu'on les laisse en paix, plongés dans leur égoïsme frugal et leur rêve psychédélique.

Je savais que je ne serais jamais l'un d'eux car, bien que me croyant assez libre de préjugés, je ne me sentirais jamais naturel en me laissant pousser les cheveux jusqu'aux épaules ou en m'habillant de capes, de colliers et de chemises chamarrées, ni en m'adonnant aux jeux de groupe et au sexe collectif. Mais j'éprouvais une grande sympathie, voire une envie mélancolique pour ces garçons et filles qui se livraient sans la moindre appréhension à l'idéalisme confus qui guidait leur conduite et sans imaginer les risques que pour tout cela ils étaient obligés de courir.

Ces années-là encore, mais plus pour très longtemps, les employés de banque, d'assurances et de compagnies financières de la City portaient la tenue traditionnelle des cols blancs : pantalon rayé, veston noir, chapeau melon et l'inévitable parapluie noir sous le bras. Mais dans les petites rues de Earl's Court, aux maisons à deux ou trois étages avec jardinet devant et derrière, on voyait des gens habillés comme pour aller à un bal masqué, en haillons même, souvent pieds nus, mais toujours avec un sens esthétique aigu, recherchant le criard, l'exotique, l'insolite, avec des détails de malice et d'humour. J'étais émerveillé par Marina, ma voisine de palier, une Colombienne venue à Londres étudier la danse. Elle avait un hamster qui s'échappait constamment vers le *pied-à-terre* de Juan et j'étais terrifié à l'idée qu'il puisse grimper sur mon lit et se glisser dans les draps. Marina, bien qu'en grande difficulté économique, ne s'habillait jamais deux fois de la même façon : elle surgissait un jour avec une énorme combinaison de clown et un turban sur la tête, et le lendemain en minijupe levant tout le mystère de son corps libéré au regard des passants. Je tombai un jour sur elle, à la station de Earl's Court, juchée sur des socques et le visage défiguré par l'*Union Jack*, le drapeau britannique, peint sur toute sa face.

Beaucoup de hippies, la plupart peut-être, provenaient de la classe moyenne ou supérieure, et leur révolte était familiale, dirigée contre la vie réglée de leurs parents, contre ce qu'ils tenaient pour l'hypocrisie de leurs mœurs puritaines et la façade sociale derrière laquelle ils cachaient égoïsme, esprit insulaire et manque d'imagination. Je trouvais sympathique leur pacifisme, leur naturisme, leur végétarisme, leur quête avide d'une vie spirituelle apte à donner de la transcendance à leur refus d'un monde matérialiste et rongé par des préjugés de classe, sociaux et sexuels, qu'ils rejetaient en bloc. Mais tout cela était anarchique, spontané, sans direction ni centre, ni même idées, car les hippies, du moins ceux que j'ai connus et observés de près, même s'ils disaient s'identifier à la poésie des *beatniks* — Allen Ginsberg donna un récital de ses poèmes, chanta et dansa des danses indiennes à Trafalgar Square devant des milliers de jeunes —, ne lisaient assurément que très peu, voire jamais. Leur philosophie ne se fondait pas sur la pensée et la raison, mais sur les sentiments : le *feeling*.

Un matin où je me trouvais chez Juan, occupé à la prosaïque tâche de repasser des chemises et des caleçons que je venais de laver à la *laundromat* de Earl's Court, on sonna à la porte. J'ouvris et trouvai là une demi-douzaine de gosses au crâne rasé, en short, rangers aux pieds et blouson de cuir de coupe militaire, certains avec des croix et des médailles militaires sur la poitrine. Ils cherchaient le pub Swag and Tails, qui se trouvait au coin de la rue. C'étaient les premiers *skinheads* que je voyais. Depuis lors, ces bandes surgissaient de temps en temps dans le quartier, parfois armées de bâtons, et les gentils hippies, qui avaient étendu sur les trottoirs des couvertures pour vendre leur bazar artisanal, devaient déguerpir en courant, certains avec leur bébé dans les bras, parce que les *skinheads* nourrissaient envers eux une haine sauvage. Ce n'était pas seulement la haine de leur mode de vie, mais aussi une haine de classe, parce que ces gros durs qui jouaient aux SS provenaient des secteurs ouvriers et marginaux et incarnaient leur propre type de révolte. Ils constituaient les troupes de choc d'un minuscule parti raciste, le *National Front*, qui réclamait l'expulsion des Noirs d'Angleterre. Leur idole était Enoch Powell, un parlementaire conservateur qui, dans un discours qui fit grand bruit, avait prophétisé de façon apocalyptique qu'« il y aurait des fleuves de sang en Grande-Bretagne » si on ne stoppait pas l'immigration. L'apparition des « crânes rasés » avait créé une certaine tension et le quartier connut quelques actes de violence, mais isolés. Quant à moi, tous ces brefs séjours à Earl's Court furent fort agréables. Même l'oncle Ataúlfo le remarqua. Nous nous écrivions assez fréquemment ; je lui racontais mes découvertes londoniennes et lui se plaignait du désastre économique de la dictature du général Velasco Alvarado au Pérou. Dans une de ses lettres, il me dit : « Je vois que tu prends du bon temps à Londres et que cette ville te rend heureux. »

Le quartier s'était rempli de petits cafés et de restaurants végétariens, ainsi que de boutiques où on offrait toutes sortes de thé indien, tenues par des filles et des garçons hippies qui préparaient eux-mêmes ces infusions parfumées devant le client. Le mépris des hippies pour le monde industriel les avait incités à ressusciter l'artisanat sous toutes ses formes et à mythifier le travail manuel : ils tissaient des sacs, confectionnaient sandales, boucles d'oreilles, colliers, tuniques, turbans et pendeloques. J'aimais beaucoup m'asseoir là pour lire, comme je le faisais dans les *bistrots* de Paris — mais quelle différence d'ambiance ! —, surtout dans un garage avec quatre petites tables, tenu par Annette, une Française à longue tresse et très jolis pieds, avec qui j'avais toujours d'interminables conversations sur les différences entre yoga, asanas et pranayama, matière où elle semblait tout savoir et moi rien de rien.

Le *pied-à-terre* de Juan était minuscule, plaisant et accueillant. Il était au premier d'une maison de deux étages, divisée et subdivisée en appartements, et comprenait une seule chambre à coucher, avec une petite salle de bains et une cuisine encastrée. La pièce était grande, avec deux fenêtres qui lui assuraient une bonne ventilation et une excellente vue sur Philbeach Gardens, ruelle en forme de croissant, et sur le jardin intérieur transformé, par manque de soins, en taillis hirsute. À une époque, il y eut dans ce jardin une tente de Sioux où vivait un couple de hippies avec deux gosses encore à quatre pattes. L'Indienne venait chez moi chauffer les biberons des enfants et elle m'apprenait à respirer en retenant l'air et le distribuant dans tout le corps, ce qui, me disait-elle fort sérieusement, évacuait ainsi toutes les tendances belliqueuses de l'instinct humain.

Outre le lit, la pièce comportait une grande table couverte d'objets rares achetés par Juan Barreto à Portobello Road et, sur les murs, une multitude de gravures, quelques images du Pérou — l'inévitable Machu Picchu en bonne place — et des photos de Juan en divers lieux et avec diverses personnes. Et un tas de cartons où il rangeait livres et revues. Il y avait aussi quelques volumes sur une étagère, mais ce qui abondait en ce lieu c'étaient les disques : il s'était monté une excellente collection de rock and roll et de musique pop, anglaise et américaine, autour d'un poste de radio et d'un tourne-disques de première qualité.

Un jour où j'examinais pour la troisième ou quatrième fois les photos de Juan — la plus amusante
le représentait au paradis équestre de Newmarket,
monté sur un pur-sang de magnifique allure, cou-
ronné d'un fer à cheval en fleurs d'acanthe, dont les
rênes étaient tenues par un jockey et le pimpant et
probable propriétaire du coursier, tous deux riant
du pauvre cavalier qui semblait bien peu sûr de lui
juché sur ce Pégase —, l'une d'elles attira mon attention. C'était la photo d'une réception : des personnes
regardaient l'objectif en souriant, trois ou quatre
couples, très élégants et une coupe à la main. Qu'y
avait-il ? Une simple ressemblance. Je l'examinai à
nouveau, attentivement, et rejetai l'idée. Ce jour-là
je rentrai à Paris. Les deux mois qui suivirent, loin
de Londres, ce soupçon me tarauda au point de
devenir une idée fixe. Se pouvait-il que l'ex-petite
Chilienne, l'ex-guérillera, l'ex-Mme Arnoux, se trouvât maintenant à Newmarket ? Je me le demandai
à maintes reprises, en caressant entre mes doigts
la brosse à dents Guerlain qu'elle avait laissée dans
mon appartement le dernier jour où je l'avais vue
et que j'emportais toujours avec moi, comme une
amulette. Trop improbable, trop hasardeux, trop
tout. Mais j'étais incapable de m'ôter ce soupçon —
cette illusion — de l'esprit. Et je me mis à compter
les jours qui me séparaient du nouveau contrat qui
me ramènerait au *pied-à-terre* de Earl's Court.

— Tu la connais ? fit Juan, surpris, quand je pus
enfin l'interroger sur cette photo. C'est Mrs. Richardson, la femme de ce type si *flamboyant* que tu vois là,
pas mal éméché. Elle est d'origine mexicaine, je
crois. Elle parle un anglais très gracieux, tu mourrais de rire si tu l'entendais. Tu es certain de la
connaître ?

— Non, ce n'est pas la personne que je croyais.

En fait, j'étais sûr que c'était elle. Cet « anglais très gracieux » et son « origine mexicaine » m'avaient convaincu. Ce devait être elle. Et même si, très souvent, durant les quatre années écoulées depuis qu'elle avait disparu de Paris je m'étais dit qu'il valait bien mieux qu'il en fût ainsi, car cette aventurière péruvienne avait causé déjà pas mal de dégâts dans ma vie, dès que j'eus la certitude qu'elle était réapparue dans une nouvelle incarnation de sa changeante identité, à cinquante miles à peine de Londres, je sentis l'urgence, l'irrésistible envie d'aller à Newmarket et de la revoir. Je passai souvent la nuit — Juan dormait chez Mrs. Stubard — totalement éveillé, dans un état d'anxiété qui faisait battre mon cœur, comme atteint de tachycardie. Était-ce possible qu'elle ait abouti là ? Quelles aventures, quelles intrigues, quelles audaces l'avaient catapultée dans cette enclave de la société la plus fermée du monde ? Je n'osai pas interroger davantage Juan Barreto sur Mrs. Richardson. Je craignais qu'en révélant l'identité de notre compatriote, elle ne se retrouve dans un imbroglio de tous les diables. Si elle se faisait passer pour mexicaine à Newmarket, ce devait être pour quelque trouble raison. Je conçus une stratégie sinueuse. D'une façon indirecte, sans jamais mentionner la dame de la photo, je ferais en sorte que Juan me menât à ce paradis hippique. Cette longue nuit de palpitations et d'éveil, qui alla jusqu'à me donner une violente érection, j'en vins même à faire une crise de jalousie envers mon ami. J'imaginais que le portraitiste de chevaux ne peignait pas seulement des huiles à Newmarket, mais qu'il s'occupait en outre, à ses moments perdus, de distraire les épouses désœuvrées des propriétaires d'écuries — et Mrs. Richardson figurait peut-être parmi toutes ses conquêtes.

Pourquoi Juan n'avait-il pas de compagne à demeure, comme tant d'autres hippies ? Aux soirées où il m'entraînait il finissait presque toujours par s'éclipser avec une fille, voire deux parfois. Mais une nuit, je le surpris à caresser et embrasser sur la bouche avec beaucoup d'ardeur un jeune rouquin, mince comme un roseau, qu'il pressait entre ses bras avec une fougue amoureuse.

— J'espère que ce que tu as vu ne t'a pas choqué, me dit-il ensuite, un peu honteux.

Je lui répondis qu'à trente-cinq ans plus rien au monde ne me choquait, et encore moins que les êtres humains fassent l'amour à l'endroit ou à l'envers.

— Moi, je le fais des deux manières et je suis heureux comme ça, mon vieux, m'avoua-t-il en se détendant. Je crois que je préfère les filles aux garçons, mais en tout cas je ne tomberais amoureux ni des unes ni des autres. Le secret du bonheur, ou du moins de la tranquillité, c'est de savoir séparer le sexe de l'amour. Et, si possible, d'éliminer l'amour romantique de ta vie. C'est celui qui fait souffrir. On vit ainsi plus tranquille et on s'amuse bien davantage, je t'assure.

Une philosophie à laquelle aurait souscrit en tout point ma vilaine fille, car elle la pratiquait sans doute depuis toujours. Je crois que c'est la seule fois où l'on parla — ou, plutôt, où il parla — de choses intimes. Il menait une existence totalement libre et sans complexes, tout en conservant ce travers si commun aux Péruviens d'éviter les confidences en matière sexuelle et d'aborder le sujet toujours à mots couverts et indirectement. Nos conversations tournaient principalement autour du lointain Pérou, dont nous parvenaient chaque jour des nouvelles catastrophiques sur les grandes nationalisations d'haciendas et d'entreprises par la dictature militaire du général Velasco qui, d'après les lettres de mon oncle Ataúlfo, de plus en plus démoralisé, allaient nous ramener à l'Âge de la pierre. Cette fois-là, Juan m'avoua aussi que, tout en cherchant à Londres les multiples occasions de satisfaire ses appétits (« Je l'ai bien vu », lui dis-je en plaisantant), à Newmarket il se comportait comme un homme chaste, malgré toutes les possibilités de divertissement. Mais il ne voulait pas, pour quelque intrigue d'alcôve, compromettre le gagne-pain qui lui avait donné une sécurité et des revenus qu'il n'aurait jamais pensé atteindre. « Moi aussi j'ai trente-cinq ans et, comme tu as pu le voir, cet âge ici à Earl's Court est déjà canonique. » C'était vrai : la jeunesse physique et mentale des habitants de ce quartier londonien me faisait parfois me sentir préhistorique.

Il me fallut du temps et une stratégie subtile d'insinuations et de questions apparemment anodines, pour pousser Juan Barreto à me faire connaître Newmarket, le célèbre endroit du Suffolk qui, depuis le milieu du XVIIIᵉ siècle, incarnait la passion d'Albion pour les pur-sang. Je lui posais maintes questions. Comment étaient les gens de là-bas, les maisons où ils vivaient, les rites et les traditions qu'ils entretenaient, les relations entre propriétaires, jockeys et entraîneurs. Et en quoi consistaient les enchères au Tattersalls où l'on payait ces sommes extraordinaires pour les chevaux vedettes et comment était-il possible de mettre aux enchères un cheval par parts, comme si on pouvait le débiter en morceaux ? J'applaudissais à tout ce qu'il me racontait — « Comme c'est intéressant, mon vieux ! » — en feignant l'enthousiasme : « Quelle chance d'avoir pu connaître de l'intérieur un monde pareil, mon frère ! »

Cela se révéla finalement efficace. Il y avait une vente aux enchères de chevaux en fin de saison et, ensuite, un éleveur italien marié à une Anglaise, *il signore* Ariosti, donnait une réception chez lui, à laquelle il invita Juan. Mon ami lui demanda s'il pouvait amener un compatriote et l'autre se dit enchanté. Les dix-sept jours que je dus attendre pour en arriver là, je m'en souviens comme de visions nébuleuses assorties de sueurs froides, d'exaltations adolescentes — car je me figurais que j'allais revoir ma petite Péruvienne — et de nuits sans sommeil où je ne faisais que me raisonner : seul un imbécile invétéré pouvait être toujours amoureux d'une folle, d'une aventurière, d'une petite femme sans scrupules avec qui aucun homme, et moi encore moins qu'un autre, ne pourrait maintenir de relation stable, sans finir foulé aux pieds. Mais, dans les intervalles de ces soliloques masochistes, il y avait place pour la joie et l'illusion : aurait-elle beaucoup changé ? Conserverait-elle ces façons audacieuses qui m'attiraient tellement, ou bien cette existence dans le monde stratifié des chevaux anglais l'avait-elle domestiquée et neutralisée ? Le jour où l'on prit le train pour Newmarket — il fallait changer à la gare de Cambridge — je fus assailli par l'idée que tout cela n'était qu'élucubrations et que cette Mrs. Richardson était effectivement ni plus ni moins qu'une bonne femme d'origine mexicaine. « Et si tout cela n'avait été que branlette d'un esprit échauffé, Ricardito ? »

La maison de Juan Barreto à la campagne, à deux miles de Newmarket, d'un seul étage et en bois, entourée de saules et d'hortensias, ressemblait davantage à un atelier d'artiste qu'à une demeure. Bourrée de pots de peinture, de chevalets, de toiles montées sur châssis, de cahiers d'esquisses et de livres d'art, il y avait aussi par terre beaucoup de disques, autour d'un magnifique électrophone pour les écouter. Juan possédait une Morris Mini Minor, qu'il ne prenait jamais pour aller à Londres, et cet après-midi il me fit faire un tour dans sa petite voiture dans tout Newmarket, mystérieuse et vaste ville pratiquement dépourvue de centre. Il me fit connaître le huppé Jockey Club et le Horse Racing Museum. La véritable ville n'était pas cette poignée de maisons autour de Newmarket High Street où il y avait une église, quelques commerces, des lavomatics et un ou deux restaurants, mais ces belles demeures disséminées dans la plate campagne, autour desquelles on apercevait les écuries, les bêtes et leurs pistes d'entraînement, et que Juan me signalait en nommant leurs propriétaires et en rapportant des anecdotes sur eux. Je l'écoutais à peine. Toute mon attention se concentrait sur les gens que nous croisions, avec l'espoir de voir soudain apparaître parmi eux la silhouette féminine que je cherchais.

Elle n'apparut pas, ni lors de cette promenade, ni au petit restaurant indien où Juan me conduisit ce soir-là manger un *curry tandoori*, pas plus que le lendemain, à l'interminable vente aux enchères de juments, pouliches, chevaux de course et étalons au Tattersalls, qui se déroula sous une grande tente de toile. Je m'ennuyais souverainement. Je fus surpris de trouver là tant d'Arabes, certains en djellabas, surenchérissant sans cesse et payant des sommes parfois astronomiques, que je n'aurais jamais crues possibles pour un quadrupède. Aucune des nombreuses personnes que Juan me présenta durant cette vente aux enchères, et dans les salles de repos où l'assistance buvait du champagne en mangeant carottes, concombres et harengs, dans des verres et des assiettes en carton, ne prononça le nom que j'espérais : Mr. David Richardson.

Mais cette nuit-là, à peine pénétrai-je dans la somptueuse demeure du *signore* Ariosti que je sentis soudain ma gorge se sécher et mes ongles de doigts et d'orteils devenir douloureux. Elle était là, à moins de dix mètres de moi, assise sur l'accoudoir d'un divan, une flûte de champagne à la main. Elle me regardait comme si elle ne m'avait jamais vu de sa vie. Avant que je puisse lui adresser la parole ou m'approcher pour l'embrasser sur la joue, elle me tendit une main à contrecœur et me salua en anglais comme un parfait inconnu : « *How do you do ?* » Et sans me donner le temps de lui répondre, elle me tourna le dos et reprit la conversation avec les gens qui l'entouraient. Peu après je l'entendis raconter, sans la moindre honte et dans un anglais approximatif mais très expressif, comment son père l'emmenait, enfant, toutes les semaines à Mexico, au concert ou à l'Opéra. Lui inculquant ainsi une passion précoce pour la musique classique.

Elle n'avait pas beaucoup changé en quatre ans. Elle avait toujours sa silhouette svelte et harmonieuse, la taille fine, les jambes minces mais bien galbées et des chevilles frêles et fragiles de poupée. Elle semblait plus sûre d'elle-même et plus décontractée qu'avant et hochait la tête à la fin de chaque phrase avec une indifférence étudiée. Elle avait légèrement éclairci ses cheveux et les portait plus longs qu'à Paris, avec des ondulations que je ne lui connaissais pas ; son maquillage était plus simple et naturel que les fards appuyés de Mme Arnoux. Elle avait une jupe très courte et mode, qui montrait ses genoux, et un chemisier décolleté qui laissait voir ses belles épaules lisses et soyeuses et dégageait son cou aérien paré d'une chaînette d'argent d'où pendait une pierre précieuse, peut-être un saphir, que ses gestes balançaient coquinement sur l'échancrure où pointaient ses petits seins dressés. J'aperçus son alliance à l'annulaire de la main droite, à la façon protestante. S'était-elle aussi convertie à la religion anglicane ? Mr. Richardson, à qui Juan me présenta dans le salon contigu, était un sexagénaire exubérant, avec une chemise jaune électrique et un foulard de même couleur qui ressortait sur son très élégant costume bleu. Ivre et euphorique, il racontait des blagues sur ses pérégrinations au Japon qui amusaient beaucoup les invités autour de lui ; dans le même temps, il remplissait leurs coupes d'un Dom Pérignon qui apparaissait et réapparaissait magiquement dans ses mains. Juan m'expliqua que c'était un homme très riche, qui passait une partie de l'année à faire des affaires en Asie, mais dont la vie était tout entière tournée vers la passion aristocratique par excellence : les chevaux.

La centaine de personnes qui emplissaient les pièces et le porche, devant lequel s'ouvrait un vaste jardin avec une piscine aux carreaux de faïence illuminés, répondaient plus ou moins à ce que Juan Barreto m'avait annoncé : un monde très anglais, auquel s'étaient joints des amateurs étrangers, comme le maître de maison le *signore* Ariosti, ou mon exotique compatriote déguisée en Mexicaine, Mrs. Richardson. Tout le monde était un peu éméché, tous semblaient bien se connaître et communiquer en langage chiffré dont le thème était le hippisme. À un moment où je réussis à m'asseoir dans le groupe entourant Mrs. Richardson, je compris que plusieurs de ces personnes, parmi lesquelles la vilaine fille et son mari, s'étaient rendues voici peu à Dubaï, dans le jet privé d'un cheikh arabe, pour l'inauguration d'un hippodrome. Ce dernier les avait traités royalement. Cette fable selon laquelle les musulmans ne buvaient pas d'alcool, disaient-ils, devait s'appliquer seulement aux musulmans pauvres, car les autres, les amateurs de chevaux de Dubaï, par exemple, buvaient et régalaient leurs hôtes des vins et champagnes les plus exquis de France.

Malgré mes efforts, je ne parvins pas au cours de la longue nuit à échanger un mot avec Mrs. Richardson. Chaque fois que, en y mettant les formes, je m'approchais d'elle, elle s'éloignait, sous prétexte de saluer quelqu'un, de gagner le buffet ou le bar, ou de papoter avec une amie. Et je ne réussis pas non plus à échanger avec elle un regard, car, alors même qu'elle était parfaitement consciente, j'en étais sûr, que je la suivais toujours des yeux, elle ne me regardait jamais en face et, au contraire, s'arrangeait toujours pour me tourner le dos ou se montrer de profil. Juan Barreto avait raison : son anglais était primaire et parfois incompréhensible, truffé de barbarismes, mais elle le parlait avec tant de fraîcheur et de conviction, et avec un petit accent latino-américain si sympathique, que cela en devenait gracieux et, de surcroît, expressif. Pour remplir les vides de ses phrases, elle assortissait ses mots d'une gesticulation incessante et de grimaces ou mimiques qui composaient un spectacle de coquetterie consommée.

Charles, le neveu de Mrs. Stubard, était un garçon enchanteur. Il me raconta qu'à cause de Juan il s'était mis à lire des ouvrages de voyageurs anglais au Pérou et qu'il projetait d'aller passer des vacances à Cuzco et de faire un *trekking* jusqu'au Machu Picchu. Il essayait de convaincre Juan de l'accompagner. Et si je voulais me joindre à l'aventure, *welcome*.

Vers deux heures du matin, quand les gens commençaient à prendre congé du *signore* Ariosti, dans un soudain élan dû aux nombreuses coupes de champagne que j'avais ingurgitées, je quittai un couple curieux de mes expériences d'interprète professionnel et esquivai mon ami Juan Barreto qui, pour la quatrième ou cinquième fois de la soirée, voulait m'entraîner au salon pour admirer le portrait en pied qu'il avait peint de *Belicoso*, une des *stars* de l'écurie du maître de céans, et je me dirigeai vers le groupe où se trouvait Mrs. Richardson. Je la pris par le bras avec force et l'obligeai dans un sourire à s'éloigner de ceux qui l'entouraient. Elle me regarda comme contrariée, dans une grimace qui lui tordit la bouche, et je l'entendis proférer les premiers gros mots depuis que je la connaissais :

— Lâche-moi, *fucking beast*, murmura-t-elle les dents serrées. Lâche-moi, tu vas me mettre dans le pétrin.

— Si tu ne m'appelles pas au téléphone, je dirai à Mr. Richardson que tu es mariée en France et que la police suisse te poursuit pour avoir vidé le compte secret de M. Arnoux.

Et je lui mis dans la main un petit papier avec le numéro de téléphone du *pied-à-terre* de Juan à Earl's Court. Après un instant de stupéfaction qui la laissa muette — son petit visage ne fut plus que rictus —, elle éclata de rire en écarquillant les yeux :

— *Oh, my God ! You are learning*, mon bon garçon, s'écria-t-elle en se remettant de sa surprise et sur un ton d'approbation professionnelle.

Elle fit demi-tour et alla rejoindre le petit groupe d'où je l'avais arrachée.

J'étais tout à fait sûr qu'elle ne m'appellerait pas. J'étais un témoin gênant d'un passé qu'elle voulait effacer à tout prix ; sinon, elle n'aurait jamais agi comme elle l'avait fait toute la soirée, en m'évitant constamment. Et pourtant elle m'appela à Earl's Court deux jours plus tard, de très bonne heure. On put à peine parler car, comme à son habitude, elle se borna à me donner des ordres :

— Je t'attends demain à trois heures au Russell Hotel. Tu connais ? Dans Russell Square, près du British Museum. Ponctualité anglaise, s'il te plaît.

J'arrivai avec une demi-heure d'avance. J'avais les mains moites et respirais avec difficulté. L'endroit n'aurait pu être mieux choisi. Le vieil hôtel *Belle Époque*, avec sa façade et ses longs couloirs style *pompier* oriental, semblait à moitié vide, et surtout le bar au très haut plafond et aux murs lambrissés, avec ses petites tables très espacées, certaines dissimulées entre les cloisons, et l'épais tapis qui étouffait les pas et la conversation. Derrière le bar, un garçon feuilletait l'*Evening Standard*.

Elle arriva avec quelques minutes de retard, vêtue d'un tailleur en daim couleur mauve, de petites chaussures noires et une minaudière assortie en crocodile, un collier de perles à un seul rang et un solitaire étincelant au doigt. Elle portait sur le bras un imperméable gris et un parapluie de même tissu et teinte. Quels progrès pour la camarade Arlette ! Sans me saluer, me sourire ni me tendre la main, elle s'assit en face de moi, croisa les jambes et se mit à m'engueuler :

— L'autre soir tu t'es conduit stupidement et je ne te le pardonne pas. Tu aurais dû m'adresser la parole, pas me prendre par le bras, ni me parler comme si tu me connaissais. Tu aurais pu me compromettre, tu ne voyais pas qu'il fallait être discret ? Où as-tu la tête, Ricardito ?

C'était bien elle, tout craché. On ne s'était pas vus pendant quatre ans et elle n'avait même pas l'idée de me demander comment j'allais, ce que j'avais fait pendant tout ce temps, m'accorder ne serait-ce qu'un sourire ou un mot gentil pour nos retrouvailles. Sans se laisser distraire, elle allait droit devant, à son habitude.

— Tu es très belle, lui dis-je, ému, en parlant avec une certaine difficulté. Plus encore qu'il y a quatre ans, quand tu t'appelais Mme Arnoux. Je te pardonne pour tes insultes de l'autre soir et ton engueulade d'à présent, parce que tu es trop belle. Et de plus, si tu veux le savoir, parce que je suis toujours amoureux de toi. Malgré tout. Fou de toi. Plus que jamais. Tu te rappelles la brosse à dents que tu m'as laissée en souvenir la dernière fois qu'on s'est vus ? La voilà. Je l'ai toujours sur moi, depuis. Je suis devenu fétichiste, à cause de toi. Merci d'être si jolie, ma petite Chilienne.

Elle ne riait pas, mais dans ses yeux foncés couleur miel brillait le petit éclat ironique d'antan. Elle prit la brosse à dents, l'examina et me la rendit en murmurant : « Je ne sais pas de quoi tu veux parler. » Elle me laissa la contempler, sans la moindre gêne, tandis que, pour sa part, elle m'observait, m'étudiait. Mes yeux la parcouraient lentement, de bas en haut et de haut en bas, en s'arrêtant à ses genoux, son cou, ses petites oreilles à demi couvertes par les mèches de ses cheveux devenus clairs, ses mains si soignées, aux longs ongles vernis couleur chair, et son nez qui semblait plus aigu. Elle me laissa lui prendre les mains et les embrasser, mais avec sa proverbiale indifférence, sans le moindre geste de réciprocité.

— C'était sérieux, ta menace de l'autre soir ? me demanda-t-elle enfin.

— Très sérieux, lui dis-je en l'embrassant, doigt après doigt et entre les doigts, sur le dos et la paume de chaque main. Avec les années, je suis devenu comme toi. Tous les moyens sont bons pour obtenir ce qu'on veut. Ce sont tes propres paroles, vilaine fille. Et moi, tu le sais parfaitement, tout ce que je veux vraiment dans ce monde, c'est toi.

Elle retira une de ses mains des miennes et me la passa sur la tête, en me dépeignant, dans cette semi-caresse un peu compatissante qu'elle m'avait déjà faite d'autres fois.

— Non, tu n'es pas capable de faire des choses pareilles, dit-elle à mi-voix, comme regrettant cette faille de ma personnalité. Mais c'est sans doute vrai que tu es encore amoureux de moi.

Elle commanda du thé et des *scones* pour deux, et m'expliqua que son mari était très jaloux et, pire encore, malade de jalousie rétrospective. Il fouinait dans son passé comme un loup vorace. D'où son extrême prudence. S'il avait pu deviner l'autre soir que nous nous connaissions, il lui aurait fait une de ces scènes ! N'aurais-je pas commis l'imprudence de dire à Juan Barreto qui elle était ?

— Même si je l'avais voulu, je n'aurais pu le lui dire. Qui es-tu ? À vrai dire, je n'en ai pas la moindre idée.

Elle éclata de rire, alors. Et me laissa saisir son visage à deux mains et rapprocher nos lèvres. Mais sous les miennes, qui l'embrassaient avidement, avec tendresse, et tout l'amour que j'avais pour elle, les siennes restèrent impassibles.

— Je te désire, lui murmurai-je à l'oreille en la lui mordillant. Tu es plus belle que jamais, ma petite Péruvienne. Je te veux et te désire de toute mon âme, de tout mon corps. Pendant ces quatre ans je n'ai rien fait d'autre que rêver de toi, t'aimer et te désirer. Et aussi te maudire. Chaque jour, chaque nuit, tous les jours.

Au bout d'un moment, elle me repoussa des mains.

— Tu dois être la dernière personne au monde à dire de telles choses aux femmes. (Elle souriait,

amusée, en me regardant comme un oiseau rare.)
Ce que tu peux être fleur bleue, Ricardito, à me sortir pareilles cucuteries !

— Le pire n'est pas de les dire. Mais de les res-
sentir. Oui, c'est la vérité. Tu as fait de moi un personnage de série télévisée. Je n'ai jamais dit qu'à toi
ces choses-là.

— Personne ne doit nous voir comme ça, jamais,
fit-elle soudain en changeant de ton, d'un air très
sérieux. La dernière chose que je voudrais, c'est une
crise de jalousie de mon lourdaud de mari. Et maintenant je dois m'en aller, Ricardito.

— Vais-je attendre encore quatre ans pour te
revoir ?

— Vendredi, précisa-t-elle aussitôt avec un petit
rire coquin et en me passant à nouveau la main
dans les cheveux. Ici même, fit-elle en ménageant
ses effets. Je retiendrai une chambre à ton nom. Ne
t'inquiète pas, pitchounet, c'est moi qui la paierai.
Apporte une petite valise, pour donner le change.

Je lui dis que j'étais tout à fait d'accord, mais que
c'est moi qui paierais la chambre. Je ne pensais pas
troquer mon honnête métier d'interprète contre
celui de gigolo.

Elle éclata d'un rire cette fois plus spontané :
— Bien sûr ! Tu es un petit monsieur de Miraflores et les messieurs comme il faut n'acceptent
pas d'argent des femmes.

Elle me passa pour la troisième fois la main dans
les cheveux, mais cette fois je la saisis et l'embrassai.

— Tu croyais que j'allais coucher avec toi dans le
trou à rats que t'a prêté cette tantouse de Juan Barreto à Earl's Court ? Tu n'as donc pas vu que maintenant je suis *at the top* ?

Une minute plus tard elle était partie, après

m'avoir recommandé de ne pas quitter l'hôtel Russell avant un quart d'heure, parce que avec David Richardson tout était possible, même qu'il la fasse filer chaque fois qu'elle se rendait à Londres par un de ces détectives spécialisés en adultères.

J'attendis donc quinze minutes et ensuite, au lieu de prendre le métro, je fis une longue promenade sous un ciel couvert et un début de bruine. Je marchai jusqu'à Trafalgar Square, traversai St. James's Park, Green Park, dans l'odeur de l'herbe mouillée et sous les gros chênes dégouttant de pluie, descendis presque tout Brompton Road et une heure et demie plus tard j'atteignis le carrefour de Philbeach Gardens, fatigué et heureux. La randonnée m'avait rasséréné et me permettait de penser, sans le chaos d'idées et de sensations dans lequel j'avais vécu depuis ma visite à Newmarket. Comment expliquer que tu sois si bouleversé de la revoir après tant d'années, Ricardito ? Parce que ce que je lui avais dit était la pure vérité : j'étais toujours fou d'elle. Il m'avait suffi de la voir pour reconnaître que, tout en sachant pertinemment que toute relation avec la vilaine fille était vouée à l'échec, la seule chose que je désirais vraiment dans la vie, avec cette passion que d'autres mettent à courir après la fortune, la gloire, le succès ou le pouvoir, c'était de l'avoir, elle, avec tous ses mensonges, ses caprices, son égoïsme et ses disparitions. J'étais trop fleur bleue, sans doute, mais c'était bien vrai qu'en attendant vendredi je ne ferais rien d'autre que pester contre la lenteur des heures et des jours.

Le vendredi, en arrivant au Russell Hotel, mon bagage à la main, le réceptionniste, un Indien, me confirma qu'une chambre était réservée à mon nom ce jour-là. Et elle était déjà réglée. Il ajouta que « ma secrétaire » les avait avertis que je viendrais de

Paris assez fréquemment, auquel cas l'hôtel me ferait un prix spécial, comme pour les clients fixes, « sauf en haute saison ». La chambre donnait sur Russell Square et, bien que grande, elle ne le semblait pas tant elle était bourrée d'objets, de petites tables, de lampes, d'animaux en céramique, de gravures et tableaux avec des guerriers mongols aux yeux exorbités, aux barbes torsadées et aux longs cimeterres, qui semblaient se précipiter sur le lit dans de fort mauvaises intentions.

La vilaine fille arriva une demi-heure après moi, engoncée dans un manteau de cuir, avec un petit chapeau assorti et des bottes jusqu'aux genoux. Outre son sac, elle portait un cartable plein de cahiers et de livres des cours d'art moderne que, m'expliqua-t-elle ensuite, elle suivait trois fois par semaine chez Christie's. D'abord, elle jeta un coup d'œil sur la chambre et fit un signe d'assentiment. Quand enfin elle daigna me regarder, je la tenais déjà dans mes bras et avais commencé à la déshabiller.

— Fais gaffe, me dit-elle. Ne froisse pas ma robe.

Je la déshabillai avec toutes les précautions du monde, en étudiant, comme des objets précieux et uniques, les vêtements qu'elle portait, baisant avec onction chaque centimètre de peau qui surgissait à ma vue, aspirant la douce odeur, légèrement parfumée, que dégageait son corps. Elle avait maintenant une cicatrice, presque invisible, à l'aine, car on l'avait opérée de l'appendicite, et son pubis était plus clairsemé qu'avant. Je sentais désir, émotion, tendresse en baisant ses pieds, ses aisselles odorantes, les petits os de sa colonne vertébrale et ses fesses cambrées, délicates au toucher comme du velours. J'embrassai ses seins menus, longuement, fou de joie.

— Tu n'as pas oublié ce qui me fait plaisir, mon bon garçon, n'est-ce pas ? me murmura-t-elle enfin à l'oreille.

Et sans attendre ma réponse, elle s'étendit sur le dos en ouvrant ses cuisses pour faire une place à ma tête, en même temps qu'elle couvrait ses yeux de son bras droit. Je la sentis s'éloigner de plus en plus de moi, du Russell Hotel, de Londres, et, avec cette intensité que je n'avais jamais vue chez aucune femme, se concentrer tout entière sur son plaisir, solitaire, personnel, égoïste, que mes lèvres avaient appris à lui donner. Léchant, suçant, baisant, mordillant son sexe minuscule, je la sentis devenir humide et vibrer. Elle mit un bon moment à aboutir. Mais quel délice exaltant que de la sentir ronronner, se bercer, abandonnée au vertige du désir jusqu'à ce qu'enfin un long gémissement fît frémir son petit corps des pieds à la tête. « Viens, viens », susurra-t-elle d'une voix étouffée. J'entrai en elle avec facilité et l'étreignis si fort qu'elle sortit de l'inertie où l'avait laissée l'orgasme. Elle gémit en se tordant, essayant de se libérer de mon corps et se plaignant : « Tu m'écrases. »

Ma bouche collée à la sienne, je la suppliai :

— Une fois dans ta vie, dis-moi que tu m'aimes, vilaine fille. Même si ce n'est pas vrai, dis-le-moi. Je veux entendre ta voix me le dire, ne serait-ce qu'une fois.

Ensuite, quand nous eûmes fini de faire l'amour, nous bavardâmes, nus sur le couvre-lit jaune, menacés par les fiers guerriers mongols et moi lui caressant les seins, la taille, baisant sa cicatrice presque invisible et jouant sur son ventre plat, collant mon oreille à son nombril pour écouter les rumeurs profondes de son corps, et je lui demandai pourquoi elle ne m'avait pas donné ce plaisir, en prononçant ce petit mensonge à mon oreille. Ne l'avait-elle donc pas dit tant de fois, à tant d'hommes ?

— Précisément pour ça, me répondit-elle aussitôt, sans pitié. Je n'ai jamais dit « je t'aime », « je te veux », en l'éprouvant vraiment. À personne. Je n'ai dit ces choses qu'en mentant. Parce que je n'ai jamais aimé personne, Ricardito. Je leur ai toujours menti, à tous. Je crois que le seul homme à qui je n'ai jamais menti au lit, c'est toi.

— Eh bien, venant de toi, c'est une déclaration d'amour.

Avait-elle obtenu enfin ce qu'elle avait tant cherché, maintenant qu'elle était mariée à un homme riche et puissant ?

Une ombre voila ses yeux et sa voix devint sourde :

— Oui et non. Je jouis, certes, de sécurité et je peux acheter ce que je veux, mais voilà, je suis obligée de vivre à Newmarket et de passer ma vie à parler de chevaux.

Elle dit cela avec une amertume qui semblait lui venir du fond du cœur. Et alors, de façon inattendue, elle se montra soudain sincère envers moi, comme si elle ne pouvait plus garder tout cela pour elle. Elle détestait les chevaux de toutes ses forces, ainsi que tous ses amis et relations de Newmarket, propriétaires, entraîneurs, jockeys, employés, lads, chiens et chats, et toutes les personnes qui, directement ou indirectement, avaient quelque chose à voir avec ces maudits bourrins, qui étaient en outre le seul sujet de conversation et de préoccupation de cette horrible engeance qui l'entourait. Sur les hippodromes, sur les pistes d'entraînement ou dans les écuries, et aussi aux dîners, réceptions, mariages, anniversaires et lors de rencontres fortuites, les gens de Newmarket ne parlaient que des bobos, accidents, galops d'essai, exploits ou malheurs de ces détestables quadrupèdes. Tout cela empoisonnait sa vie, ses jours et ses nuits, parce que, ces derniers temps, les chevaux de Newmarket peuplaient même ses cauchemars. Et elle n'avait pas besoin de me le dire, il était facile de deviner que son mari n'échappait pas non plus à sa haine incommensurable des chevaux et de Newmarket. Mr. David Richardson, navré par les angoisses et dépressions de sa femme, l'avait autorisée depuis quelques mois à venir à Londres — ville que la faune de Newmarket détestait et où elle mettait rarement les pieds — pour suivre des cours d'histoire de l'art à Christie's et Sotheby's, prendre aussi des leçons d'art floral à Out of the Bloom, à Camden, ainsi que de yoga et de méditation transcendantale dans un *ashram* de Chelsea, capables de la distraire un peu des dommages psychologiques que provoquait chez elle le hippisme.

— Eh bien, eh bien, ma vilaine fille, lui dis-je en me moquant, enchanté d'entendre ce qu'elle me racontait, as-tu découvert enfin que l'argent ne fait pas le bonheur ? Puis-je espérer qu'un de ces jours tu plaques ce Mr. Richardson et te maries avec moi ? Comme tu le sais, Paris est plus amusant que l'enfer chevalin du Suffolk.

Mais elle n'avait pas envie de plaisanter. Son dégoût de Newmarket était encore plus grave qu'il ne m'avait semblé jusqu'ici, un véritable traumatisme. Je crois que pas une seule fois, des nombreuses où nous nous vîmes et fîmes l'amour au cours des deux années qui suivirent, dans les différentes chambres du Russell Hotel — j'eus même l'impression de les connaître toutes par cœur —, la vilaine fille ne cessa de se défouler devant moi, disant pis que pendre des chevaux et des gens de Newmarket, dont la vie lui semblait monotone, stupide et la plus bête du monde. Pourquoi, si l'existence qu'elle menait la rendait si malheureuse, n'y mettait-elle pas un terme ? Qu'attendait-elle pour quitter David Richardson, un homme avec lequel elle ne s'était évidemment pas mariée par amour ?

— Je n'ose pas lui demander de divorcer, reconnut-elle un de ces soirs-là. Je ne sais ce qui m'arriverait.

— Il ne t'arriverait rien. Tu es mariée en bonne et due forme, non ? Ici, les couples se séparent sans aucun problème.

— Je ne sais pas, me dit-elle en poussant ses confidences un peu plus loin que de coutume. Nous nous sommes mariés à Gibraltar et je ne suis pas sûre que mon mariage ait la même valeur ici. Je ne sais non plus comment le vérifier sans que David l'apprenne. Tu ne connais pas les riches, mon bon garçon. Et encore moins David. Pour se marier avec moi, il a négocié avec ses avocats un divorce qui a laissé sa première femme quasiment à la rue. Je ne veux pas qu'il m'arrive la même chose. Il a les meilleurs avocats, les meilleures relations. Et moi, en Angleterre, je suis moins que rien, une pauvre *shit*.

Je ne pus jamais savoir comment elle l'avait connu, quand et de quelle façon était née cette idylle avec David Richardson qui l'avait catapultée de Paris à Newmarket. Il était évident qu'elle avait fait un mauvais calcul en croyant qu'avec pareille victoire, elle conquerrait aussi cette liberté illimitée qu'elle associait à la fortune. Non seulement elle n'était pas heureuse, mais on voyait bien qu'elle l'avait été davantage comme épouse du fonctionnaire français qu'elle avait abandonné. Quand, un autre de ces soirs-là, elle me parla de Robert Arnoux et exigea de moi que je lui rapporte avec tous les détails la conversation que nous avions eue le soir où il m'avait invité à dîner au D'chez eux, je le fis, sans rien lui dissimuler, en lui racontant même comment son ex-mari avait les yeux pleins de larmes en me révélant qu'elle s'était enfuie avec toutes les économies du compte joint qu'ils avaient dans une banque suisse.

— En bon Français, la seule chose qui lui faisait mal c'était le fric, me dit-elle sans être le moins du monde impressionnée. Ses économies ! Quatre ridicules petits sous qui ne m'ont même pas suffi pour une année. Il m'utilisait pour faire sortir l'argent de France en cachette. Pas seulement son argent, mais aussi celui de ses amis. On aurait pu me jeter en prison, si l'on m'avait prise. De plus, c'était un avare, et de la pire espèce.

— Puisque tu es si froide et si perverse, pourquoi ne pas tuer David Richardson, vilaine fille ? Tu t'éviterais les risques du divorce et hériterais de sa fortune.

— Parce que je ne saurais comment agir sans me faire prendre, me répondit-elle sérieusement. Tu aurais le courage, toi ? Je t'offre dix pour cent de son héritage. C'est beaucoup, beaucoup d'argent.

C'était un jeu entre elle et moi, mais, quand je l'entendais dire avec désinvolture de telles monstruosités, je ne pouvais m'empêcher de frissonner. Elle n'était plus cette petite fille vulnérable qui s'était sortie des mille et une misères de l'existence grâce à une audace et une détermination peu communes ; c'était maintenant une femme qui avait mûri, convaincue que la vie était une jungle où ne triomphaient que les pires individus et prête à tout pour ne pas être vaincue et gravir les échelons. Fût-ce en expédiant dans l'autre monde son mari afin d'en hériter, si elle pouvait le faire en toute impunité ?

« Bien entendu ! me disait-elle avec son regard moqueur et féroce. Je te fais peur, mon bon garçon ? »

Lorsque David Richardson l'emmenait avec lui dans ses voyages d'affaires en Asie, alors là oui, elle s'amusait. D'après ce qu'elle me raconta et qui restait assez vague, son mari était *broker*, intermédiaire de diverses *commodities*, que l'Indonésie, la Corée, Taïwan et le Japon exportaient vers l'Europe, aussi faisait-il de fréquents déplacements là-bas pour rencontrer les pourvoyeurs. Elle ne l'accompagnait pas toujours ; quand elle le faisait, elle éprouvait un fort sentiment de libération. Séoul, Bangkok, Tokyo, voilà les compensations qui lui permettaient de supporter Newmarket. Tandis qu'il se rendait à ses dîners et ses réunions d'affaires, elle faisait du tourisme, visitait temples et musées et s'achetait des vêtements ou des ornements pour sa maison. Elle avait, par exemple, une merveilleuse collection de kimonos japonais et une grande variété de poupées articulées du théâtre de Bali. Me permettrait-elle un jour, quand son mari se trouverait en déplacement, d'aller à Newmarket et de jeter un œil chez elle ? Non, jamais. Je ne devais en aucun cas mettre le nez là-bas, même si Juan Barreto m'invitait à nouveau. Sauf, bien sûr, si je décidais de prendre au sérieux sa proposition homicide.

Ces deux années où je passais de longues périodes dans le *swinging London*, habitant le *pied-à-terre* de Juan Barreto à Earl's Court et voyant la vilaine fille une ou deux fois par semaine, furent les plus heureuses de ma vie jusqu'alors. Je gagnais moins d'argent comme interprète, parce qu'à cause de Londres je refusais maints contrats à Paris et dans d'autres villes européennes, y compris Moscou, où les conférences et congrès internationaux devenaient plus fréquents à la fin des années soixante et au début des années soixante-dix, mais j'acceptais, en revanche, des travaux assez mal payés dont le seul intérêt était qu'ils me conduisaient en Angleterre. Mais pour rien au monde je n'aurais échangé le bonheur de me rendre au Russell Hotel, où je finis par connaître par leur nom tous les garçons et les femmes de chambre alors que j'attendais, en état de transe, l'arrivée de Mrs. Richardson. Elle me surprenait toujours par sa robe, sa lingerie intime, son parfum ou ses petites chaussures neuves. Un de ces soirs-là, comme je le lui avais demandé, elle apporta dans un sac plusieurs kimonos de sa collection et m'offrit un défilé de mode, allant et évoluant dans la chambre, sur ses petits pieds très rapprochés et avec le sourire stéréotypé d'une geisha. J'avais toujours remarqué, dans son corps menu et l'éclat légèrement olivâtre de sa peau, une trace orientale, héritage de quelque ancêtre dont elle n'avait pas connaissance, et qui, ce soir-là, me sembla plus évidente que jamais.

Nous faisions l'amour et bavardions nus tandis que je jouais avec ses cheveux et son corps, et parfois, si le temps le permettait, avant son retour à Newmarket, nous nous accordions une promenade dans le parc. S'il pleuvait, on entrait dans quelque cinéma et nous regardions un film main dans la main. D'autres fois nous allions prendre le thé, avec les *scones* qui lui plaisaient tant, au Fortnum & Mason, et, une fois, au célèbre et magnifique *Tea Time* de l'hôtel Ritz, mais on n'y retourna pas parce que en sortant elle aperçut à une table un couple de Newmarket. Je la vis alors pâlir. Durant ces deux années je fus convaincu qu'au moins dans mon cas il était faux de dire que l'amour s'appauvrissait ou disparaissait à l'usage. Le mien devenait chaque jour plus grand. J'étudiais minutieusement les galeries, les musées, les cinémas d'art et essai, les expositions, les itinéraires recommandés — les pubs les plus anciens de la ville, les salons des antiquaires, les décors des romans de Dickens —, pour lui proposer des promenades qui puissent la divertir, et, chaque fois aussi, je la surprenais par quelque babiole de Paris qui, sinon par son prix, pouvait l'impressionner par son originalité. Contente du cadeau, elle me disait parfois « tu mérites un petit baiser » et, l'espace d'une seconde, ses lèvres s'appuyaient contre les miennes, mais muettes, se laissant embrasser sans répondre.

En vint-elle à m'aimer un peu ces deux années-là ? Elle ne me le dit jamais, bien sûr, cela aurait été une démonstration de faiblesse qu'elle ne m'aurait ni ne se serait pardonnée. Mais je crois qu'elle s'habitua à ma dévotion, à se sentir flattée par l'amour que je déversais sur elle à pleines mains, plus qu'elle n'aurait osé se l'avouer. Elle aimait que je la fasse jouir avec ma bouche et qu'ensuite, sitôt atteint l'orgasme, je la pénètre et « l'irrigue ». Et ensuite, que je lui dise, de toutes les façons possibles et de mille manières, que je l'aimais. « Quelles cucuteries tu vas me sortir aujourd'hui ? » me disait-elle parfois en guise de bonjour.

— Ce qui m'excite le plus chez toi, après ton minuscule clitoris, c'est ta pomme d'Adam. Quand elle monte, mais surtout quand elle descend en flottant dans ta gorge.

Si je parvenais à la faire rire, je me sentais comblé, comme, enfant, après cette bonne action que les frères du collège Champagnat de Miraflores nous recommandaient de faire quotidiennement, pour sanctifier le jour. Un après-midi nous connûmes un curieux incident, retentissant. Je travaillais dans un colloque organisé par la British Petroleum, dans une salle de conférences d'Uxbridge, aux environs de Londres, et il me fut impossible d'aller la rejoindre — j'avais demandé une autorisation d'absence — car le compagnon qui devait me remplacer était tombé malade. Je l'appelai au téléphone au Russell Hotel, en lui donnant toutes sortes d'excuses. Sans même me répondre, elle raccrocha. Je la rappelai, mais elle avait déjà quitté l'hôtel.

Le vendredi suivant — on se voyait le mercredi et le vendredi, en général, les jours de ses prétendus cours d'histoire de l'art à Christie's —, elle me fit attendre plus de deux heures, sans appeler pour m'expliquer son retard. Elle apparut, enfin, le visage renfrogné, alors que je pensais déjà qu'elle ne viendrait plus.

— Ne pouvais-tu pas m'appeler ? protestai-je. Tu as mis mes nerfs à rude épreuve...

Je ne pus achever ma phrase qu'une gifle, lancée de toutes ses forces, me cloua le bec.

— Moi, on ne me pose pas de lapin, pitchounet, fit-elle, la voix cassée, vibrant d'indignation. Quand on a rendez-vous avec moi...

Je ne la laissai pas achever sa phrase parce que je m'élançai sur elle et, de tout mon poids, la fis rouler sur le lit. Elle se défendit un peu au début, mais cessa peu après de résister. Et je me rendis compte presque aussitôt qu'elle m'embrassait et m'étreignait aussi, et m'aidait à me déshabiller. Elle n'avait jamais fait cela auparavant. Pour la première fois je sentis son petit corps s'enrouler au mien, ses jambes s'entrelacer aux miennes, ses lèvres presser ma bouche et sa langue lutter avec la mienne. Ses ongles s'enfonçaient dans mon dos, dans mon cou. Je lui demandai de me pardonner, cela ne se reproduirait plus, je la remerciai de me rendre si heureux en me démontrant pour la première fois qu'elle aussi m'aimait. Je la sentis alors sangloter et vis ses yeux mouillés.

— Mon amour, petit cœur, ne pleure pas, et pour cette bêtise, lui dis-je en la berçant et buvant ses larmes. Cela ne se reproduira pas, je te le promets. Je t'aime, je t'aime.

Mais alors qu'on se rhabillait, elle restait sans mot dire, l'air rancunier, repentie de sa faiblesse. Je tâchai de la remonter en plaisantant :

— Tu as cessé de m'aimer, si vite ?

Elle me regarda avec colère, un bon moment, et quand elle ouvrit la bouche sa voix avait des accents très durs :

— Ne te fais pas d'illusions, Ricardito. Ne crois pas que j'ai fait cette scène parce que je meurs d'amour pour toi. Aucun homme n'a beaucoup d'importance à mes yeux et tu ne fais pas exception. Mais j'ai mon amour-propre et moi, personne ne me laisse plantée dans une chambre d'hôtel.

Je lui dis que ce qui lui faisait mal, c'est que j'aie pu découvrir que, malgré toute sa fierté, toutes ses sorties et ses insultes, elle éprouvait quelque chose pour moi. Ce fut la seconde erreur grave que je commis envers la vilaine fille après le jour où, au lieu de la retenir à Paris, je l'avais encouragée à partir à Cuba suivre son entraînement de guérillera. Elle me regarda très sérieusement, en silence, et murmura enfin, pleine d'arrogance et de mépris :

— C'est ce que tu crois ? Tu verras qu'il n'en est rien, pitchounet.

Elle quitta la chambre, sans me dire au revoir. Je pensai qu'il s'agissait d'une mauvaise humeur passagère, mais je n'eus pas de nouvelles de toute la semaine suivante. Je passai le mercredi et le vendredi à l'attendre en vain, accompagné dans ma solitude par les farouches Mongols. Le mercredi suivant, quand j'arrivai au Russell Hotel, le réceptionniste indien me tendit une courte lettre. Où elle m'informait seulement qu'elle partait pour le Japon avec « David ». Sans me dire pour combien de temps ni si elle m'appellerait à son retour en Angleterre. Cela ne me dit rien de bon et je maudis ma maladresse. La connaissant, cette note de deux phrases pouvait être un long, voire un définitif adieu.

Durant ces deux années, mon amitié avec Juan Barreto s'était renforcée. Je passais des jours et des jours à son *pied-à-terre* de Earl's Court, en lui cachant toujours, certes, mes rencontres avec la vilaine fille. À cette époque, en 1972 ou 1973, le mouvement hippy connut une rapide désintégration pour devenir une mode bourgeoise. La révolution psychédélique se révéla moins profonde et sérieuse que ne le croyaient ses adorateurs. Ce qu'elle avait produit de plus créatif, la musique, fut rapidement intégré par l'*establishment* et finit par faire partie de la culture officielle et par rendre millionnaires et multimillionnaires les anciens rebelles et marginaux, leurs représentants et les entreprises discographiques, à commencer par les Beatles eux-mêmes et jusqu'aux Rolling Stones. Au lieu de la libération des esprits, « l'expansion indéfinie de l'esprit humain », comme l'assurait le gourou du LSD, l'ancien professeur de Harvard, Timothy Leary, les drogues, la promiscuité, la vie effrénée, entraînèrent bon nombre de problèmes et quelques malheurs personnels et familiaux. Personne ne vécut aussi viscéralement ce changement de circonstances que mon ami Juan Barreto.

Il avait toujours été en très bonne santé et, soudain, il commença à se plaindre de grippes et de rhumes qui s'abattaient sur lui très fréquemment, accompagnés de fortes névralgies. Son médecin, à

Cambridge, lui conseilla des vacances sous un climat plus chaud qu'en Angleterre. Il alla dix jours à Ibiza et revint à Londres bronzé et souriant, plein d'anecdotes piquantes sur les *hot nights* d'Ibiza, « quelque chose qu'on n'aurait jamais attendu d'un pays de culs-bénits comme l'Espagne ».

C'est à cette époque que Mrs. Richardson partit à Tokyo, accompagnant son mari. Je cessai de voir Juan pendant près d'un mois, travaillant à Genève et à Bruxelles, et jamais quand je l'appelai à Londres et à Newmarket il ne répondit. Pendant ces quatre semaines je ne reçus aucune nouvelle non plus de la vilaine fille. À mon retour à Londres, ma voisine de Earl's Court, la Colombienne Marina, me dit que Juan se trouvait depuis plusieurs jours au Westminster Hospital. Au pavillon des maladies infectieuses et soumis à toutes sortes d'examens. Il avait beaucoup maigri. La barbe longue, il gisait sous un gros tas de couvertures. « Ces médecins sont nuls, incapables du moindre diagnostic », fit-il, angoissé. On lui avait d'abord dit qu'il avait un herpès génital, qui s'était compliqué, et ensuite qu'il s'agissait plutôt d'une espèce de sarcome. Maintenant on restait dans le vague. Ses yeux s'illuminèrent quand il me vit me pencher sur son lit.

— Je me sens plus seul qu'un chien, mon frère, m'avoua-t-il. Tu ne peux savoir comme je suis content de te voir. J'ai découvert que, bien que je connaisse un million de gringos ici, tu es mon seul ami. Un ami d'une amitié à la péruvienne, celle qui va jusqu'à la moelle, je veux dire. Les amitiés ici sont très superficielles, il faut le dire. Les Anglais n'ont pas de temps à perdre avec l'amitié.

Mrs. Stubard avait quitté depuis quelques mois sa villa de St. John's Wood. Elle avait une santé fragile et s'était retirée dans une maison de retraite du

Suffolk. Elle vint rendre visite à Juan une fois, mais c'était un déplacement trop compliqué pour elle et elle n'était pas revenue. « La pauvre souffre du dos et ç'a été un véritable acte d'héroïsme d'arriver jusqu'ici. » Juan avait beaucoup changé ; la maladie lui avait fait perdre son optimisme, son assurance, et l'angoisse le tenaillait :

— Je meurs, tu sais, et ils ne savent pas de quoi, me dit-il d'une voix caverneuse, la deuxième ou troisième fois que j'allai le voir. Je ne crois pas qu'on me cache quelque chose pour ne pas m'effrayer, ici les médecins te disent toujours la vérité, même si elle est épouvantable. Mais voilà, ils ne savent pas ce que j'ai.

Les examens ne donnaient rien de précis, les médecins se mirent bientôt à parler d'un virus insidieux, pas bien identifié, qui attaquait le système immunitaire, ce qui avait rendu Juan sensible à toutes sortes d'infections. Il se trouvait dans un état d'extrême faiblesse, les yeux caves, la peau transparente, les os saillants. Il se passait tout le temps les mains sur le visage, comme pour vérifier qu'il était encore là. Je lui tenais compagnie tout le temps autorisé pour les visites. Je le voyais se consumer chaque jour davantage, tandis qu'il plongeait dans le désespoir. Il me demanda de lui trouver un curé catholique, parce qu'il voulait se confesser. Ce ne fut pas facile. Le prêtre du Brompton Oratory avec qui je parlai me dit qu'il lui était impossible de se déplacer dans les hôpitaux. Mais il me donna le numéro de téléphone d'un couvent de dominicains qui rendaient ce service. Je dus aller en personne régler l'affaire. Et Juan reçut la visite d'un petit curé irlandais, rougeaud et sympathique, avec qui il eut une longue conversation. Le dominicain revint le voir deux ou trois fois. Ces dialogues l'apaisaient, pendant quelques jours. Et il en résulta une décision majeure : écrire à sa famille, avec laquelle il n'avait plus de rapports depuis plus de dix ans.

Il était trop faible pour écrire, si bien qu'il me dicta une longue lettre, pleine d'émotion, où il résumait à ses parents sa carrière de peintre à Newmarket, avec des détails humoristiques. Il leur disait que, bien qu'il ait eu souvent le désir de leur écrire et de faire la paix, il en avait toujours été empêché par un stupide sursaut d'amour-propre, dont il se repentait. Parce qu'il les aimait et se languissait d'eux. En post-scriptum il ajouta quelque chose qui les réjouirait sûrement : alors qu'il s'était éloigné durant tant d'années de l'Église, Dieu lui avait permis de revenir à la foi dans laquelle il avait été élevé, et qui maintenant apaisait sa vie. Il ne leur disait pas un mot de sa maladie.

À l'insu de Juan, je pris rendez-vous avec le chef du service des maladies infectieuses du Westminster Hospital. Le docteur Rotkof, un homme assez âgé et un peu sec, à la barbiche poivre et sel et au nez tubéreux, voulut savoir, avant de répondre à mes questions, quel était mon degré de parenté avec le malade.

— Nous sommes amis, docteur. Il n'a pas de famille ici en Angleterre. J'aimerais pouvoir écrire à ses parents, au Pérou, pour leur dire quel est le véritable état de Juan.

— Je ne peux vous dire grand-chose, sauf que c'est très grave, m'asséna-t-il sans détour. Il peut mourir à tout moment. Son organisme manque de défenses et un simple rhume pourrait lui être fatal.

Il s'agissait d'une maladie nouvelle, dont on avait déjà détecté plusieurs cas aux États-Unis et en Grande-Bretagne. Elle touchait durement et plus spécialement les communautés homosexuelles, les accros à l'héroïne et à toutes les drogues injectées en intraveineuse, ainsi que les hémophiles. À part que le sperme et le sang étaient les principaux vecteurs de transmission du « syndrome » — personne ne parlait encore de sida —, on savait peu de chose sur son origine et sa nature. Elle ravageait le système immunitaire et exposait le patient à toutes les maladies. Une constante était ces plaies aux jambes et au ventre qui tourmentaient tant mon ami. Sonné par ce que je venais d'entendre, je demandai au docteur Rotkof ce qu'il me conseillait de faire. Le dire à Juan ? Il haussa les épaules et fit une sorte de moue. Cela dépendait entièrement de moi. Peut-être bien que oui, peut-être bien que non. Il estimait, néanmoins, que mon ami devait prendre quelques dispositions par rapport à son décès.

Je fus si affecté par ma conversation avec le docteur Rotkof que je n'osai retourner voir Juan, sûr qu'à mon visage il devinerait tout. J'avais beaucoup de peine pour lui. Qu'aurais-je donné pour voir ce soir-là Mrs. Richardson et la sentir, ne fût-ce que quelques heures, à mes côtés ! Juan Barreto m'avait dit une grande vérité : bien que connaissant moi aussi des centaines de personnes ici en Europe, le seul ami que j'avais, un ami « à la péruvienne », allait me claquer entre les doigts d'un instant à l'autre. Et la femme que j'aimais se trouvait à l'autre bout du monde, avec son mari, et, comme à son habitude, cela faisait plus d'un mois qu'elle ne donnait aucun signe de vie. Elle mettait à exécution sa menace, démontrant à l'insolent pitchounet qu'elle n'était absolument pas amoureuse, qu'elle pouvait se passer de lui comme d'un inutile colifichet. J'étais tenaillé depuis des jours par l'idée qu'une fois de plus elle allait disparaître sans laisser de trace. Était-ce pour cela que tu avais tant rêvé depuis l'enfance d'échapper au Pérou et de vivre en Europe,

Ricardo Somocurcio ? Toutes ces journées londoniennes, je me sentis seul et triste tel un chien errant.

Sans rien dire à Juan, j'écrivis une lettre à ses parents, en leur expliquant qu'il se trouvait dans un état critique, atteint d'une maladie inconnue, qui laissait présager à tout moment une issue fatale. Je leur disais que, bien qu'habitant Paris, je resterais à Londres tout le temps qu'il faudrait pour ne pas le laisser seul. Je leur donnai le téléphone et l'adresse du *pied-à-terre* de Earl's Court et leur demandai des instructions.

Ils m'appelèrent dès qu'ils reçurent ma lettre, qui leur parvint en même temps que celle que Juan m'avait dictée pour eux. Son père était douloureusement surpris par la nouvelle, mais heureux aussi de récupérer l'enfant prodigue. Ils s'apprêtaient à venir à Londres. Il me demanda de leur trouver un petit hôtel pas cher, car ils n'avaient pas beaucoup de moyens. Je le rassurai ; ils resteraient chez Juan, où ils pourraient cuisiner, de sorte que leur séjour londonien leur reviendrait moins cher. Nous convînmes que je préparerais Juan à leur arrivée prochaine.

Deux semaines plus tard, l'ingénieur Clímaco Barreto et son épouse Eufrasia étaient installés à Earl's Court, et moi, j'avais déménagé dans un *bed and breakfast* de Bayswater. L'arrivée de ses parents eut un effet extrêmement positif sur Juan. Il retrouva l'espoir, sa bonne humeur et sembla se remettre. Il pouvait même avaler quelques-uns des aliments que lui apportait matin et soir l'infirmière, alors qu'auparavant tout ce qu'il portait à sa bouche lui provoquait des nausées. Les Barreto étaient relativement jeunes — lui avait travaillé toute sa vie à l'hacienda Paramonga, jusqu'à ce que le gouvernement du général Velasco la confisquât à ses propriétaires ; il avait alors démissionné et trouvé un poste de professeur de mathématiques dans une des nouvelles universités qui poussaient à Lima comme des champignons —, ou ils étaient très bien conservés, car ils semblaient avoir à peine la cinquantaine. Lui était grand, avec l'air sportif de ces gens qui ont passé leur vie à la campagne, et elle, une petite femme menue et énergique, dont la façon de parler, d'une voix douce, avec abondance de diminutifs et l'accent musical de mon vieux quartier miraflorin, m'emplit de nostalgie. En l'écoutant, je sentais combien le temps s'était écoulé depuis mon départ du Pérou pour vivre l'aventure européenne. Mais, en discutant avec eux, je me persuadai aussi qu'il me serait impossible de retourner là-bas, et de parler ou penser comme les parents de Juan. Leurs commentaires sur ce qu'ils voyaient à Earl's Court, par exemple, me faisaient toucher du doigt à quel point j'avais changé pendant toutes ces années. Ce n'était pas une révélation enthousiasmante. J'avais cessé d'être un Péruvien à bien des égards, sans aucun doute. Qu'étais-je, alors ? Je n'étais pas non plus parvenu à être un Européen, ni en France ni moins encore en Angleterre. Qu'étais-tu donc, Ricardito ? Peut-être ce que me disait Mrs. Richardson en trépignant de rage : un pitchounet, rien d'autre qu'un interprète, quelqu'un qui, comme mon collègue Salomón Toledano aimait à nous définir, n'est que lorsqu'il n'est pas, un hominidé qui existe quand il cesse d'être ce qu'il est pour qu'à travers lui passent mieux les choses que pensent et disent les autres.

Les parents de Juan Barreto se trouvant à Londres, je pus retourner travailler à Paris. J'acceptai les contrats qu'on me proposait, fussent-ils d'un ou deux jours, car, en raison du temps que j'avais passé en Angleterre auprès de Juan, mes revenus avaient chuté.

Bien que Mrs. Richardson me l'ait défendu, je me mis à téléphoner chez elle à Newmarket pour savoir quand les époux reviendraient de leur voyage au Japon. La personne qui me répondait, une employée philippine, ne le savait pas. Je me faisais passer à chaque fois pour quelqu'un de différent, mais je me doutais bien que la Philippine me reconnaissait car elle me raccrochait au nez après un « *They are not back yet* ».

Et puis un jour, alors que je désespérais de la retrouver jamais, Mrs. Richardson en personne décrocha. Elle me reconnut aussitôt car il y eut un long silence. « Tu peux parler ? » lui demandai-je. Elle me répondit d'une voix coupante, pleine de fureur contenue : « Non. Tu es à Paris ? Je t'appellerai à l'Unesco ou chez toi, dès que je pourrai. » Et elle raccrocha aussi sec, signe qu'elle était contrariée. Elle m'appela ce même jour, dans la nuit, à mon appartement de l'École Militaire.

— Parce qu'un jour je t'ai posé un lapin, tu m'as puni et fait ce scandale, lui dis-je en me plaignant d'une voix tendre. Qu'est-ce que j'ai pu te faire pour que tu me laisses sans nouvelles pendant près de trois mois ?

— Ne téléphone plus jamais à Newmarket, tu m'entends ? fit-elle, fâchée, en appuyant sur les mots. Je ne plaisante pas. J'ai un problème très grave avec mon mari. Nous ne devons ni nous voir ni parler, pendant un certain temps. Je t'en prie. S'il te plaît. Si c'est vrai que tu m'aimes, fais-le pour moi. Nous nous verrons quand tout cela sera passé, je te le promets. Mais ne m'appelle plus jamais. Je suis dans un de ces merdiers...

— Attends, attends, ne coupe pas. Dis-moi au moins comment va Juan Barreto.

— Il est mort. Ses parents ont emporté sa dépouille à Lima. Ils sont venus à Newmarket pour mettre en vente sa maison. Autre chose, Ricardo. Évite de venir à Londres pendant quelque temps, si ça ne te fait rien. Parce que, si tu rappliques, tu vas sans le vouloir me créer un problème très grave. Je ne peux t'en dire davantage, pour l'heure.

Et elle raccrocha sans me dire au revoir. Je restai vidé, défait. J'éprouvai une telle colère, un tel abattement, un tel mépris de moi-même, que je pris — une fois de plus ! — la décision de m'arracher de l'esprit et, pour le dire avec une de ces cucuteries qui la faisaient rire, extirper de mon cœur Mrs. Richardson. C'était stupide de continuer à aimer une petite personne aussi insensible, qui était lasse de moi, qui jouait avec moi comme si j'étais un pantin, qui ne m'avait jamais manifesté la moindre considération. Cette fois, tu allais réussir à te libérer pour de bon de ta petite Péruvienne, Ricardo Somocurcio !

Quelques semaines plus tard, je reçus un mot, depuis Lima, des parents de Juan Barreto. Ils me remerciaient pour mon aide et s'excusaient de ne pas m'avoir écrit ni téléphoné, comme je le leur avais demandé. Mais la mort de Juan, si soudaine, les avait laissés accablés et fous de douleur, incapables de rien faire. Les formalités pour rapatrier le corps avaient été horribles, et sans le concours des gens de l'ambassade du Pérou, ils n'auraient jamais réussi à l'emporter et l'enterrer au pays comme il le voulait. Ils avaient, au moins, pu exaucer le souhait de leur fils adoré, dont la perte les laissait inconsolables. Cependant, au milieu de leur douleur, c'était un réconfort de savoir que Juan était mort comme un saint, réconcilié avec Dieu et la religion, dans un véritable état angélique. C'était ce que leur avait dit le père dominicain qui lui avait administré les derniers sacrements.

La mort de Juan Barreto m'affecta beaucoup. Je me retrouvai à nouveau sans ami intime, celui qui d'une certaine façon avait remplacé le gros Paúl. Depuis que ce dernier avait disparu dans la guérilla, je n'avais eu en Europe aucune autre personne que j'estime autant et dont je me sente aussi proche que ce hippy péruvien devenu portraitiste de chevaux à Newmarket. Londres, l'Angleterre, ne seraient plus pareils sans lui. Une autre raison de n'y plus retourner, pendant un bon bout de temps.

J'essayai de mettre en pratique ma décision avec la recette habituelle : une surcharge de travail. J'acceptai tous les contrats et passai des semaines et des mois à voyager d'une ville européenne à l'autre, en travaillant comme interprète de conférences et de congrès sur tous les sujets imaginables. J'avais acquis l'habileté du bon interprète qui consiste à connaître les équivalences de mots sans nécessairement comprendre leur sens (selon Salomón Toledano, les comprendre était un inconvénient) et je continuai à perfectionner le russe, la langue dont je m'étais entiché, jusqu'à atteindre une assurance et une désinvolture équivalentes à celles que j'avais en français et en anglais.

Bien que j'aie obtenu, depuis des années, le permis de séjour en France, je fis des démarches pour acquérir la nationalité française, car un passeport français m'ouvrirait de plus grandes possibilités de travail. Le passeport péruvien éveillait la méfiance dans certaines organisations quand elles avaient besoin d'un interprète, car elles avaient quelque mal à situer le Pérou sur la carte du monde et à apprécier le statut de ce pays dans le concert des nations. Et depuis les années soixante-dix, une attitude de rejet et d'hostilité envers les immigrants de pays pauvres commençait, de surcroît, à se développer dans toute l'Europe.

Un dimanche de mai, alors que je me rasais et me préparais à profiter d'une journée printanière pour faire un tour sur les quais de la Seine jusqu'au Quartier latin, où je pensais déjeuner d'un *couscous* dans un des restaurants arabes de la rue Saint-Séverin, le téléphone sonna. Sans me dire « bonjour » ou « salut », la vilaine fille aboya :

— C'est toi qui as raconté à David que j'étais mariée à Robert Arnoux en France ?

Je fus sur le point de raccrocher. Quatre ou cinq mois avaient passé depuis notre dernière conversation. Mais je dissimulai ma colère.

— J'aurais dû le faire, mais je n'y ai pas pensé, madame la bigame. Tu ne peux pas savoir comme je regrette de ne pas l'avoir fait. Tu serais en prison, à cette heure !

— Réponds-moi et ne fais pas l'idiot, insista sa voix, écumant de rage. Je ne suis pas d'humeur à plaisanter. C'est toi, dis ? Tu m'as menacée une fois de tout lui raconter, ne crois pas que je l'ai oublié.

— Non, ce n'est pas moi. Qu'est-ce qui se passe ? Dans quel merdier tu t'es fourrée maintenant, espèce de sauvage ?

Elle marqua une pause. Je l'entendis respirer, haletante. Quand elle reprit la parole, elle semblait brisée, sanglotante.

— Nous étions en plein divorce et la chose se présentait bien. Mais soudain, je ne sais comment, mon mariage avec Robert est venu sur le tapis. David a les meilleurs avocats. Le mien est une nullité, qui dit maintenant que si on prouve que je suis mariée en France, mon mariage avec David à Gibraltar est *ipso facto* annulé, et que je peux me trouver en grande difficulté. David ne me donnera pas un centime et, s'il se met d'accord avec Robert, ils peuvent intenter contre moi une action criminelle, me réclamer des dommages et intérêts, que sais-je ? M'envoyer même en prison. Et on m'expulsera du pays. Ce n'est pas toi qui as cafardé, c'est sûr ? Bon, tant mieux, tu n'as pas une tête à faire ça.

Elle marqua une autre longue pause et soupira, comme si elle retenait ses larmes. Dans tout ce qu'elle m'avait dit elle semblait sincère. Elle avait parlé sans une once d'autocompassion.

— Je suis vraiment désolé, lui dis-je. Tu sais, ton dernier appel m'a fait si mal que j'ai décidé de ne plus te voir, te parler, te chercher, ni me souvenir de ton existence, jamais plus.

— Tu n'es plus amoureux de moi ? fit-elle en riant.

— Bien sûr que si, apparemment. Pour mon malheur. Ce que tu m'as raconté me fend le cœur. Je ne veux pas qu'il t'arrive quoi que ce soit, je veux que tu continues à me faire toutes les misères du monde. Est-ce que je peux t'aider de quelque façon ? Je ferai ce que tu me demanderas. Parce que je continue à t'aimer de toute mon âme, vilaine fille.

Elle rit à nouveau.

— Il me reste au moins tes cucuteries, s'écria-t-elle. Je t'appellerai pour que tu m'apportes des oranges en prison.

IV

Le Drogman
du Château Meguru

Salomón Toledano se flattait de parler douze langues et de pouvoir toutes les traduire dans les deux sens. C'était un petit homme maigrichon, à moitié perdu dans des vêtements trop amples qu'il s'achetait, semble-t-il, exprès pour nager dedans, et avec des yeux de tortue qui hésitaient entre la veille et le sommeil. Il avait le cheveu rare et ne se rasait que tous les deux ou trois jours de sorte qu'une ombre grise semblait toujours lui salir le visage. Qui le voyait ainsi, si petite chose, parfaitement insignifiant, n'aurait jamais pu imaginer son extraordinaire facilité pour les langues et sa fabuleuse aptitude à les interpréter. Les organisations internationales, et aussi transnationales, ainsi que les gouvernements se disputaient ses services, mais il n'avait jamais accepté un poste fixe, parce qu'en *free lance* il se sentait plus libre et gagnait davantage. Ce n'était pas seulement le meilleur interprète que j'aie connu durant toutes ces années où j'avais gagné ma vie en exerçant cette « profession de fantômes », comme il l'appelait, c'était aussi le plus original.

Tout le monde l'admirait et l'enviait, mais fort peu de nos collègues l'aimaient, accablés qu'ils étaient par sa volubilité, son manque de tact, ses gamineries et l'avidité avec laquelle il accaparait la conversation. Il parlait de façon ostentatoire et parfois vulgaire, car, bien que connaissant les idiomes en général, il en ignorait les nuances, les tons et usages locaux, ce qui le faisait paraître parfois maladroit ou grossier. Mais il pouvait se montrer amusant en rapportant des anecdotes, des souvenirs de famille et ses pérégrinations de par le monde. J'étais fasciné par sa personnalité de génie infantile et, comme je passais des heures à l'écouter, il finit par m'accorder une certaine estime. Chaque fois que nous nous retrouvions ensemble dans les cabines d'interprètes de quelque conférence ou congrès, je savais que j'aurais Salomón Toledano pendu à mes basques.

Il était né dans une famille séfarade de Smyrne qui parlait ladino, ce pour quoi il se considérait comme « plus espagnol que turc, mais avec cinq siècles de retard ». Son père avait dû être un commerçant et un banquier très prospère car il avait envoyé Salomón étudier dans des collèges privés en Suisse et en Angleterre, et suivre un cursus universitaire à Boston et à Berlin. Avant d'obtenir ses diplômes, il parlait déjà le turc, l'arabe, l'anglais, le français, l'espagnol, l'italien et l'allemand, et après ses études de philologie romane et germanique, il avait vécu quelques années à Tokyo et à Taïwan, où il avait appris le japonais, le mandarin et le dialecte taïwanais. Avec moi il s'exprimait toujours dans un espagnol appuyé et légèrement archaïsant ; ainsi, par exemple, appelait-il les « interprètes » des « drogmans ». C'est pourquoi nous l'avions surnommé le Drogman. Parfois, sans s'en rendre compte, il passait de l'espagnol au français ou à l'anglais, ou à des langues plus exotiques, et je devais alors l'interrompre et lui demander de se limiter à mon petit

— comparé au sien — monde linguistique. Quand je le connus, il apprenait le russe, et en une année d'efforts il était arrivé à le lire et à le parler avec plus d'aisance que moi, qui sondais depuis cinq ans les mystères de l'alphabet cyrillique.

Bien que traduisant généralement en anglais, si besoin était il « interprétait » aussi en français, en espagnol et en d'autres langues, et j'étais toujours émerveillé par la fluidité avec laquelle il s'exprimait dans ma langue, sans avoir jamais vécu dans un pays hispanophone. Il n'était pas homme à avoir beaucoup lu, ni à s'être trop intéressé à la culture, à l'exception des grammaires et des dictionnaires, ou des passe-temps insolites, comme la philatélie et les soldats de plomb, sujets sur lesquels il disait être aussi savant qu'en langue. Le plus extraordinaire était de l'entendre parler japonais, parce que alors il adoptait malgré lui les postures, courbettes et gestes des Orientaux, tel un véritable caméléon. Je découvris grâce à lui que la prédisposition pour les langues est aussi mystérieuse que celle pour les mathématiques ou la musique, et n'a rien à voir avec l'intelligence ni les connaissances. C'est quelque chose de spécial, un don que certains possèdent et d'autres pas. Cette prédisposition était si développée chez Salomón Toledano que, malgré son air tout à fait inoffensif et anodin, il nous semblait monstrueux, à ses collègues et moi. Car lorsqu'il ne s'agissait pas de langues, il était d'une ingénuité désarmante, c'était un homme enfant.

Bien que nous nous soyons trouvés réunis naguère par le travail, mon amitié pour lui naquit vraiment à l'époque où, une fois de plus dans ma vie, je perdis le contact avec la vilaine fille. Sa séparation d'avec David Richardson avait été catastrophique quand ce dernier put démontrer devant le tribunal

examinant la demande de divorce que Mrs. Richardson était bigame, car elle était également mariée en
bonne et due forme en France avec un fonctionnaire du Quai d'Orsay dont elle n'avait jamais
divorcé. La vilaine fille, voyant la bataille perdue,
avait choisi de fuir l'Angleterre et les détestables
chevaux de Newmarket pour une destination inconnue. Mais elle était passée par Paris — c'est, du
moins, ce qu'elle avait voulu me faire croire — et,
en mars 1974, elle m'avait appelé de l'aéroport
Charles-de-Gaulle flambant neuf pour me dire au
revoir. Elle me raconta alors que ses affaires allaient
très mal, que son ex-mari avait gagné sur toute la
ligne et que, excédée par les tribunaux et les avocats
qui lui avaient pompé le peu de fric qu'elle avait,
elle partait là où personne ne pourrait désormais
l'enquiquiner.

— Si tu veux rester à Paris, ma maison est la
tienne, lui dis-je, très sérieusement. Et si tu veux te
marier une autre fois, marions-nous. Moi, je m'en
fous éperdument que tu sois bigame ou trigame.

— Rester à Paris pour que M. Robert Arnoux me
dénonce à la police, ou pire encore ? Je ne suis pas
folle à ce point. De toute façon, merci, Ricardito.
Nous nous verrons bien une autre fois, quand
l'orage sera passé.

Sachant qu'elle ne me le dirait pas, je lui demandai où elle comptait s'installer et ce qu'elle pensait
faire désormais de sa vie.

— Je te le raconterai la prochaine fois qu'on se
verra. Je t'embrasse, et ne me fais pas porter trop de
cornes avec les Françaises.

Cette fois aussi je fus certain que je n'entendrais
plus parler d'elle. Comme les fois précédentes, je
pris la ferme décision, à trente-huit ans, de tomber
amoureux de quelqu'un de moins évasif et compli-

qué, d'une fille normale avec qui je pourrais avoir une relation sans soubresauts, peut-être même me marier et avoir des enfants. Mais il n'en alla pas ainsi, parce que dans cette vie les choses se passent rarement comme nous, les pitchounets, les envisageons.

J'entrai bientôt dans une routine de travail qui, tout en me barbant parfois, ne me déplaisait pas. Être interprète me semblait une profession anodine, mais aussi celle qui pose le moins de problèmes moraux à celui qui l'exerce. Et elle me permettait de voyager, de gagner assez bien ma vie et de prendre autant de congés que je voulais.

Mon seul contact avec le Pérou, car désormais je voyais rarement des Péruviens à Paris, restait la correspondance de mon oncle Ataúlfo, de plus en plus désespéré. Sa femme, la tante Dolores, m'envoyait toujours son souvenir et je lui adressais, de temps à autre, des partitions, car jouer du piano était la grande distraction de sa vie d'invalide. Les huit années de dictature militaire du général Velasco, avec les nationalisations, la réforme agraire, la communauté industrielle, les contrôles et le dirigisme économique, me disait l'oncle Ataúlfo, avaient donné des solutions erronées au problème des injustices sociales et des grandes inégalités, tout comme à l'exploitation de la majorité par la minorité des privilégiés, et cela n'avait servi qu'à exciter et à appauvrir encore davantage les uns et les autres, à faire fuir les investissements, à en finir avec l'épargne et à accroître la crispation et la violence. Et bien que durant la seconde étape de la dictature, dirigée les quatre dernières années par le général Francisco Morales Bermúdez, le populisme fût quelque peu freiné, les journaux, les radios et les chaînes de télévision étaient toujours étatisés, la vie politique paralysée et il n'y avait aucun signe de rétablissement de la démocratie. L'amertume des lettres de l'oncle Ataúlfo me peinait pour lui et pour les Péruviens de sa génération qui, au seuil de la vieillesse, voyaient leur vieux rêve de progrès indéfiniment reculer. La société péruvienne plongeait de plus en plus dans la pauvreté, l'ignorance et la brutalité. J'avais bien fait de venir en Europe, quoique ma vie soit un peu solitaire et celle d'un obscur drogman.

Je me désintéressais aussi de l'actualité politique française, alors qu'auparavant je la suivais avec passion. Dans les années soixante-dix, sous les gouvernements de Pompidou et de Giscard d'Estaing, je lisais à peine les informations. Je cherchais dans les quotidiens et les hebdomadaires presque exclusivement les pages culturelles. Je me rendais toujours aux expositions et aux concerts, mais moins au théâtre, qui avait beaucoup décliné par rapport à la décennie précédente ; en revanche, j'allais jusqu'à deux fois par semaine au cinéma. Heureusement, Paris était encore le paradis des cinéphiles. Quant à la littérature, je cessai de me tenir au courant parce que, comme pour le théâtre, en France le roman et l'essai avaient dégringolé en chute libre. Je ne pus jamais lire avec enthousiasme les idoles intellectuelles de cette époque-là, Barthes, Lacan, Derrida, Deleuze et d'autres, dont les œuvres verbeuses me tombaient des mains ; à l'exception de Michel Foucault, dont l'*Histoire de la folie* m'impressionna beaucoup ainsi que son essai sur le régime carcéral — *Surveiller et punir* —, même si je ne fus pas convaincu par sa théorie selon laquelle l'histoire de l'Occident européen était celle des multiples répressions institutionnalisées — la prison, les hôpitaux, le sexe, la justice, les lois — d'un pouvoir qui colonisait tous les espaces de liberté pour annihiler l'opposition et le désaccord. À vrai dire, je lisais surtout les morts, et spécialement les écrivains russes.

Bien que toujours très occupé par mon travail et diverses choses, pour la première fois, dans ces années soixante-dix, quand je l'examinais en tâchant d'être objectif, ma vie commença à me sembler assez stérile, et mon avenir celui d'un irrémédiable vieux garçon et un être venu d'ailleurs qui ne s'intégrerait jamais vraiment à la France de son cœur. Et je me rappelais toujours une réplique apocalyptique de Salomón Toledano qui nous avait interpellés un jour dans la salle des interprètes de l'Unesco : « Si soudain nous sentons que nous mourons et nous demandons quelle trace nous laisserons de notre passage dans ce chenil ? La réponse honnête serait : aucune, nous n'avons rien fait si ce n'est parler pour d'autres. Que signifie, sinon, avoir traduit des millions de mots dont nous ne nous rappelons aucun, car aucun ne méritait qu'on s'en souvienne ? » Pas étonnant que le Drogman soit impopulaire parmi ceux de notre profession.

Je lui dis un jour que je le détestais, parce que cette phrase, qui me trottait tellement dans la tête, m'avait convaincu de la totale inutilité de mon existence.

— Nous les drogmans ne sommes qu'inutiles, mon cher, me consola-t-il. Mais nous ne faisons de mal à personne par notre travail. Dans toutes les autres professions on peut causer de grands dommages à l'espèce. Pense aux avocats et aux médecins, par exemple, sans parler des architectes ou des hommes politiques.

On prenait une bière dans un *bistrot* de l'avenue de Suffren, après notre journée de travail à l'Unesco, qui célébrait sa conférence annuelle. Et dans un élan de confidences, je venais de lui raconter, sans donner de détails ni de noms, que depuis de nombreuses années j'étais amoureux d'une femme qui apparaissait et disparaissait de ma vie comme un feu follet, l'incendiant de bonheur pour de courtes périodes, puis la laissant sèche, stérile, vaccinée contre tout autre enthousiasme ou amour.

— Tomber amoureux est une erreur, décréta Salomón Toledano, comme en écho à mon ami disparu Juan Barreto, qui partageait cette philosophie, quoique sans la gesticulation verbale de mon collègue. La femme, attrape-la par les cheveux et traîne-la au lit. Fais-lui voir toutes les étoiles du firmament en un tournemain. Voilà la théorie correcte. Je ne peux pas la pratiquer, en raison de mon physique chétif, *hélas* ! J'ai tenté une fois de me montrer bravache avec une sacrée femelle et elle m'a démoli le visage d'une gifle. Aussi, en dépit de ma thèse, je traite les dames, surtout les putains, comme des reines.

— Je pense que tu n'as jamais été amoureux, Drogman.

Il reconnut qu'il était tombé amoureux une seule fois dans sa vie, alors qu'il faisait ses études à l'université de Berlin. D'une Polonaise, si catholique que chaque fois qu'ils faisaient l'amour elle avait des remords et fondait en larmes. Le Drogman lui avait proposé le mariage, et la fille l'avait accepté. Ils avaient eu un mal fou à obtenir l'accord des familles, et y étaient parvenus après une négociation serrée où une double noce fut décidée, selon le rite israélite et le rite catholique. En pleins préparatifs matrimoniaux, la fiancée, sur un coup de tête, s'était enfuie avec un officier américain qui finissait son service militaire à Berlin. Le Drogman, fou de dépit, avait fait un étrange autodafé : il avait brûlé sa magnifique collection de timbres, et décidé de ne plus jamais tomber amoureux. À l'avenir, il ne pratiquerait que l'amour vénal. Quant à l'autre, il avait donné. Depuis cet épisode, il ne fréquentait que des prostituées. Et au lieu de timbres, il collectionnait désormais des soldats de plomb.

Quelques jours plus tard, croyant me faire une faveur, il m'embarqua dans une sortie avec deux courtisanes russes qui, selon lui, outre qu'elles me permettraient de pratiquer mon russe, me feraient connaître les « effluves et stigmates de l'amour slave ». Nous allâmes dîner dans un restaurant des Batignolles, Le Grand Samovar, pour retrouver ensuite nos belles de nuit dans une *boîte*, étroite, sombre et enfumée jusqu'à l'asphyxie, près de la place de Clichy. On avait bu beaucoup de vodka, si bien que mes souvenirs, dès qu'on entra dans cet antre appelé Les Cosaques, perdirent de leur netteté, et la seule chose dont je fusse sûr était que, des deux Russes, le sort, ou plutôt le Drogman, m'alloua Natacha, la plus grosse et la plus maquillée de ces Rubens quadragénaires. Ma partenaire était engoncée dans une robe en lamé rose, et lorsqu'elle riait et gesticulait, ses nichons se balançaient comme deux boules agressives. Elle semblait sortie d'un tableau de Botero. Jusqu'à ce que mes souvenirs se fondent dans les vapeurs d'alcool, mon ami parla comme un perroquet, dans un russe truffé de grossièretés que les deux courtisanes saluaient à grands éclats de rire.

Le lendemain matin, je me réveillai avec un fort mal de tête et les os moulus : j'avais dormi sur le sol, au pied du lit où ronflait, habillée et chaussée, la prétendue Natacha. De jour elle était encore plus grosse que de nuit. Elle dormit benoîtement jusqu'à midi et, quand elle se réveilla, elle regarda étonnée la chambre, le lit qu'elle occupait, et moi, qui lui

souhaitais le bonjour. Elle se mit aussitôt à me réclamer trois mille francs, autrement dit six cents dollars
de l'époque, ce qu'elle faisait payer pour une nuit
entière. Je n'avais pas une telle somme, d'où il s'ensui-
vit une désagréable discussion où je réussis à la
convaincre de prendre tout ce que j'avais en liquide,
la moitié de cette somme, plus des figurines en porcelaine qui ornaient le petit salon. Elle s'en alla en pro-
férant des gros mots et moi, je restai longuement sous
la douche en me jurant de ne plus jamais me fourrer
dans de telles aventures « drogmanesques ».

Quand je racontai à Salomón Toledano mon
fiasco nocturne, il me dit qu'en revanche son amie
et lui avaient fait l'amour jusqu'à en perdre le sens,
dans une démonstration de forces qui méritait
d'être inscrite au Guinness des records. Il n'osa plus
jamais me proposer une autre équipée nocturne
avec des dames exotiques.

Ce qui m'amusa et m'occupa de longues heures
durant ces dernières années soixante-dix, ce furent
les nouvelles de Tchekhov, en particulier, et la littérature russe en général. Je n'avais jamais pensé
faire de traductions littéraires, parce que je savais
qu'elles étaient mal payées, dans toutes les langues
et, sûrement, plus mal encore en espagnol. Mais
en 1976 ou 1977, je connus à l'Unesco, par un ami
commun, un éditeur espagnol, Mario Muchnik,
dont je devins l'ami. En apprenant que je savais le
russe et que j'étais très porté sur la lecture, il m'encouragea à préparer une petite anthologie des nouvelles de Tchekhov, dont je lui avais dit monts et
merveilles, en lui assurant que cet auteur était aussi
bon nouvelliste que dramaturge, bien qu'en raison
des médiocres traductions en circulation il fût
moins apprécié comme narrateur. Muchnik était un
cas intéressant. Il était né en Argentine, avait étudié

les sciences et commencé une carrière de chercheur et d'universitaire qu'il avait vite abandonnée pour se consacrer à sa passion secrète : l'édition. C'était un éditeur de vocation, qui aimait les livres et ne publiait que de la littérature de qualité, ce qui, disait-il, lui garantissait à coup sûr l'échec, économiquement parlant, mais aussi les plus grandes satisfactions personnelles. Il parlait des livres qu'il éditait avec un enthousiasme si contagieux que, tout bien considéré, je finis par accepter sa proposition d'anthologie des nouvelles de Tchekhov, pour laquelle je lui demandai un temps illimité. « Tu l'as, me dit-il. En outre, même si ça ne te rapporte qu'une misère, tu y prendras un plaisir de première. »

Je tardai un temps infini, mais en effet cela me donna du plaisir, de lire tout Tchekhov, en choisissant les plus belles nouvelles pour les traduire en espagnol. C'était un peu plus délicat que la traduction des discours et des interventions à laquelle mon travail m'avait habitué. Comme traducteur littéraire, je me sentis moins ectoplasmique que comme interprète. Je devais prendre des décisions, explorer l'espagnol à la recherche de nuances et de cadences qui puissent correspondre aux subtilités et aux brumes sémantiques — le merveilleux art allusif et élusif de la prose de Tchekhov — ainsi qu'aux somptuosités rhétoriques de la langue littéraire russe. Un véritable plaisir, auquel je consacrais pleinement mes samedis et mes dimanches. J'envoyai à Mario Muchnik l'anthologie promise presque deux ans après avoir signé mon contrat. Elle m'avait fait passer de si bons moments que je fus sur le point de ne pas accepter le chèque qu'il me fit parvenir. « Cela te suffira peut-être pour t'acheter une belle édition de quelque bon écrivain, Tchekhov par exemple », me disait-il.

Quand, peu après, me parvinrent des exemplaires de l'anthologie, j'en offris un, dédicacé, à Salomón Toledano. Nous buvions un verre de temps en temps, et je l'accompagnais parfois dans ses recherches de soldats de plomb, courant les boutiques de philatélistes et d'antiquaires, où il fouinait consciencieusement, bien qu'il achetât rarement quelque chose. Il me remercia pour le livre, mais me déconseilla vivement de persévérer dans ce « chemin extrêmement dangereux ».

— Ton gagne-pain est en danger, me prévint-il. Un traducteur littéraire aspire à devenir écrivain, c'est dire qu'il sera, presque toujours, un plumitif frustré. Quelqu'un qui ne se résignera jamais à disparaître dans son métier, comme nous le faisons, nous, en bons interprètes. Ne renonce pas à ta condition d'individu inexistant, mon cher, à moins que tu ne veuilles finir *clochard*.

Contrairement à ce que je croyais, à savoir que les polyglottes l'étaient en raison de leur oreille musicale, Salomón Toledano n'avait pas le moindre intérêt pour la musique. Dans son appartement de Neuilly, il n'y avait même pas un tourne-disques. Il n'avait l'ouïe fine que, spécifiquement, pour les langues. Il me raconta que dans sa famille, à Smyrne, on parlait indistinctement le turc et l'espagnol — enfin, le ladino, dont il s'était débarrassé en un été passé à Salamanque — et qu'il avait hérité cette aptitude linguistique de son père, qui maîtrisait une demi-douzaine de langues, ce qui lui avait beaucoup servi pour ses affaires. Depuis l'enfance il avait rêvé de voyager, de connaître des villes, et cela l'avait fort encouragé à apprendre des langues, grâce à quoi il était devenu ce qu'il était maintenant : un citoyen du monde. Cette même vocation transhumante avait fait de lui, depuis tout petit, le collectionneur de timbres qu'il fut, jusqu'à ses fiançailles traumatisantes à Berlin. Collectionner des timbres était une autre façon de parcourir les pays, d'apprendre la géographie et l'histoire.

Les soldats de plomb ne le faisaient pas voyager, mais l'amusaient beaucoup. Son appartement en était rempli, depuis le couloir d'entrée jusqu'à sa chambre à coucher, sans compter la cuisine et la salle de bains. Il s'était spécialisé dans les batailles de Napoléon. Il les avait toutes bien disposées et ordonnées, avec petits canons, chevaux, étendards, de sorte qu'en parcourant son appartement on pouvait suivre l'histoire militaire du premier Empire jusqu'à Waterloo, dont les protagonistes entouraient son lit sur les quatre côtés. Outre les soldats de plomb, la maison de Salomón Toledano était pleine de dictionnaires et de grammaires de toutes les langues possibles. Et une extravagance, le petit poste de télévision reposait sur une étagère en face des cabinets. « La télévision est pour moi un formidable purgatif », m'avait-il expliqué.

Comment ai-je pu avoir pour Salomón Toledano tant de sympathie alors que tous nos collègues l'évitaient comme un insupportable raseur ? Peut-être parce que sa solitude ressemblait à la mienne, malgré nos différences en bien d'autres choses. Tous deux nous étions dit que nous ne pourrions jamais retourner vivre dans nos pays, car moi au Pérou et lui en Turquie nous nous trouverions sûrement plus étrangers qu'en France où, pourtant, nous nous sentions aussi exclus. Et tous deux étions conscients de ne jamais pouvoir nous intégrer au pays où nous avions choisi de vivre et qui nous avait même concédé un passeport (nous avions tous deux acquis la nationalité française).

— Ce n'est pas la faute de la France si nous nous

sentons toujours étrangers, mon cher. C'est notre faute. Une vocation, un destin. Comme notre profession d'interprète, une autre façon d'être à jamais étranger, d'exister sans exister, d'être tout en n'étant pas.

Il avait sans doute raison en me tenant ce lugubre discours. Ces conversations avec le Drogman me sapaient toujours un peu le moral et m'ôtaient parfois le sommeil. Être un fantôme n'était pas quelque chose à me laisser impavide ; mais lui, cela ne semblait guère le gêner.

Aussi, en 1979, quand Salomón Toledano, tout excité, m'annonça qu'il avait accepté un contrat d'un an à Tokyo comme interprète exclusif de Mitsubishi, je me sentis un peu soulagé. C'était un brave type, un spécimen intéressant, mais il y avait chez lui quelque chose qui m'attristait et m'inquiétait, parce qu'il me révélait certaines routes secrètes de mon propre destin.

Je lui fis mes adieux à Charles-de-Gaulle et, en lui serrant la main près du comptoir de Japan Air Lines, je sentis qu'il me laissait entre les doigts un petit objet métallique. C'était un hussard de la garde de l'Empereur. « Je l'ai en double, m'expliquat-il. Il te portera bonheur, mon cher. » Je le posai sur ma table de nuit, près de mon amulette, cette charmante brosse à dents de Guerlain.

Peu de mois après, la dictature militaire prit fin au Pérou, il y eut des élections et les Péruviens, en 1980, comme pour le dédommager, élirent à nouveau président Fernando Belaúnde Terry, qui avait été déposé par le putsch de 1968. L'oncle Ataúlfo, heureux, décida de célébrer l'événement en faisant une folie : un voyage en Europe, où il n'avait jamais mis les pieds. Il essaya de convaincre la tante Dolores de l'accompagner, mais elle allégua que son invalidité l'empêcherait de jouir du voyage et ferait d'elle un fardeau. De sorte que l'oncle Ataúlfo vint seul et arriva à temps pour fêter avec moi mon quarante-cinquième anniversaire.

Je le logeai dans mon appartement de l'École Militaire, en lui cédant ma chambre et dormant, moi, dans le canapé-lit du salon. Il avait beaucoup vieilli depuis la dernière fois, trois lustres plus tôt. Ses soixante-dix ans et quelques lui pesaient. Il n'avait presque plus de cheveux, traînait les pieds et se fatiguait facilement. Il prenait des cachets pour la tension et son dentier devait le gêner car il remuait tout le temps la bouche comme s'il voulait mieux l'adapter à ses gencives. Mais je voyais bien qu'il était enchanté de connaître enfin Paris, un vieux rêve. Il regardait les rues, les quais de la Seine et les vieilles pierres, ravi, répétant entre ses dents : « Tout est plus beau qu'en photo. » J'accompagnai mon oncle à Notre-Dame, au Louvre, aux Invalides, au Panthéon, au Sacré-Cœur, dans les galeries et les musées. En effet, cette ville était la plus belle du monde et toutes ces années passées ici me l'avaient fait oublier. Je vivais entouré de tant de belles choses presque sans les voir. Aussi, je pris autant de plaisir que lui à faire du tourisme, pendant quelques jours, dans ma ville d'adoption. Nous avions de longues conversations, assis aux terrasses des *bistrots*, prenant un verre de vin en apéritif. Il était content de la fin du régime militaire et de la restauration de la démocratie au Pérou, mais il ne se faisait pas beaucoup d'illusions dans l'immédiat. D'après lui, la société péruvienne était un foyer de tensions, de haines, de préjugés et de ressentiments, qui s'étaient beaucoup aggravés en douze années de gouvernement militaire. « Tu ne reconnaîtrais plus ton pays, mon neveu. Il y a dans l'air une menace latente, l'impression qu'à tout moment quelque chose de très grave peut éclater. » Ses paroles furent prophétiques cette fois aussi. De retour au Pérou, après son séjour en France et un voyage qu'il fit en car en Castille et en Andalousie, l'oncle Ataúlfo m'envoya des coupures de presse de Lima avec de terribles photos : des maoïstes inconnus avaient pendu, aux poteaux électriques du centre de Lima, de pauvres chiens portant des affiches avec le nom de Deng Xiaoping, qu'ils accusaient d'avoir trahi Mao et d'avoir mis fin à la révolution culturelle en Chine populaire. Ce fut le début de la rébellion armée du Sentier lumineux, qui allait durer pendant toutes les années quatre-vingt et entraîner un bain de sang sans précédent dans l'histoire du Pérou : plus de soixante mille morts et disparus.

Deux mois après son départ, Salomón Toledano m'écrivit une longue lettre. Il était très content de son séjour à Tokyo, malgré le lourd travail chez Mitsubishi qui le faisait, le soir, s'écrouler sur son lit, épuisé. Mais il avait mis à jour son japonais et trouvait ce pays si sympathique qu'il ne regrettait nullement le pluvieux Paris. Il sortait avec une avocate de la firme, divorcée et belle, qui n'avait pas les jambes cagneuses comme tant de Japonaises, mais plutôt bien tournées, avec un regard direct et profond qui « te fouille l'âme ». « Ne crains rien, mon cher, fidèle à ma promesse je ne tomberai pas amoureux de cette Jézabel nippone. Mais à part cela, je me propose de faire avec Mitsuko tout le reste. » Sous sa signature il avait ajouté un post-scriptum laconique : « Salutations de la vilaine fille. » Quand je lus cette phrase, la lettre du Drogman me tomba des mains et je dus m'asseoir, pris de vertige.

Elle était donc au Japon ? Comment diable Salomón et la turbulente Péruvienne avaient-ils pu se rencontrer dans la populeuse Tokyo ? J'écartai l'idée qu'elle fût l'avocate au regard ténébreux dont semblait épris mon collègue, bien qu'on pût s'attendre à tout de la part de l'ex-petite Chilienne, l'ex-guérillera, l'ex-Mme Arnoux et l'ex-Mrs. Richardson, peut-être camouflée maintenant en avocate japonaise. Ce « la vilaine fille » révélait qu'entre Salomón et elle existait un certain degré de familiarité ; la petite Chilienne avait dû lui parler un peu de notre longue relation syncopée. Avaient-ils fait l'amour ? Je découvris, les jours suivants, que ce malheureux postscriptum avait chamboulé ma vie et m'avait rendu au maladif et stupide amour-passion qui m'avait durant tant d'années consumé, en m'empêchant de vivre normalement. Et pourtant, malgré mes doutes, ma jalousie, mes angoissantes questions, savoir que la vilaine fille était là-bas, en chair et en os, dans un lieu concret, quoique si loin de Paris, me remplit la tête d'illusions. À nouveau. Ce fut comme de sortir des limbes dans lesquels j'avais vécu ces quatre dernières années, depuis qu'elle m'avait appelé de l'aéroport Charles-de-Gaulle (enfin, elle m'avait dit qu'elle m'appelait de là-bas) pour m'annoncer qu'elle s'enfuyait d'Angleterre.

Étais-tu donc toujours amoureux de ta versatile compatriote, Ricardo Somocurcio ? Sans le moindre doute. Depuis ce post-scriptum du Drogman, je revoyais jour et nuit, tout le temps, le minois brun, l'expression insolente, ses yeux sombres couleur miel, et tout mon corps brûlait du désir de la serrer dans mes bras.

La lettre de Salomón Toledano ne portait pas de mention d'expéditeur et le Drogman ne daignait pas me donner son adresse ni son téléphone. Je fis des recherches au bureau parisien de Mitsubishi et on me conseilla, en m'en fournissant l'adresse, de lui écrire au service des ressources humaines de l'entreprise à Tokyo. C'est ce que je fis. Ma lettre procédait de façon détournée, en lui parlant d'abord de mon propre travail ; je lui disais que le hussard de l'Empereur m'avait porté chance, parce que j'avais eu, ces dernières semaines, d'excellents contrats et je le félicitais pour sa magnifique conquête. Et enfin, j'abordais le vif du sujet. J'avais été agréablement surpris de savoir qu'il connaissait cette vieille amie à moi. Vivait-elle à Tokyo ? J'avais perdu le contact depuis des années. Pouvait-il m'envoyer son adresse ? Son téléphone ? J'aimerais renouer avec cette compatriote, après tant de temps.

J'envoyai ma lettre sans grand espoir qu'elle lui parvînt. Mais si, elle arriva à son destinataire et sa réponse fut à deux doigts de s'égarer sur les chemins d'Europe. La lettre du Drogman, en effet, atterrit à Paris alors que je me trouvais à Vienne, travaillant au Haut Commissariat à l'énergie atomique, et ma concierge de l'École Militaire, suivant mes instructions dans le cas où arriverait une lettre de Tokyo, me l'avait fait suivre à Vienne. Mais quand la lettre arriva en Autriche, j'étais de retour à Paris. Enfin, ce qui, normalement, aurait dû prendre une semaine, en prit près de trois.

Quand enfin j'eus entre les mains la réponse de Salomón Toledano, je tremblais de tout mon corps, comme sous une crise de paludisme. Et je claquais des dents. C'était une lettre de plusieurs pages. Je la lus lentement, en détachant les mots, pour ne pas perdre une syllabe de ce qu'il disait. Dès les premières lignes il se lançait dans une apologie passionnée de Mitsuko, son avocate japonaise, en m'avouant, un peu honteux, que sa promesse de ne pas retomber amoureux, faite à la suite de l'« avatar sentimental berlinois », avait volé en éclats, alors qu'il l'avait scrupuleusement tenue pendant trente années. En cause, la beauté, l'intelligence, la délicatesse et la sensualité de Mitsuko, une femme par laquelle les divinités shintoïstes avaient voulu révolutionner sa vie depuis qu'il avait eu l'heureuse idée de revenir dans cette ville où, depuis quelques mois, il était l'homme le plus heureux du monde.

Mitsuko l'avait rendu plus jeune et plein de brio. Même lorsqu'il était dans la fleur de l'âge il n'avait pas fait l'amour avec la fougue d'à présent. Le Drogman avait redécouvert la passion. Mais que de regrets d'avoir gaspillé tant d'années, d'argent et de spermatozoïdes en amour vénal ! Quoique... tout ce qu'il avait fait jusqu'à maintenant n'avait peut-être été qu'une ascèse, un conditionnement de son esprit et de son corps pour mériter Mitsuko.

Dès son retour à Paris, la première chose qu'il ferait serait de jeter au feu et de voir fondre ces cuirassiers, hussards, cavaliers empanachés, sapeurs et artilleurs qui, au fil des ans, dans une activité aussi onéreuse et absorbante qu'inutile, avaient gâché son existence, en l'écartant de la félicité de l'amour. Il ne collectionnerait plus jamais rien ; son seul passe-temps serait d'apprendre par cœur, dans toutes les langues connues de lui, des poèmes érotiques pour les murmurer à l'oreille de Mitsuko. Elle aimait les entendre, même sans les comprendre, après leurs merveilleuses « délices », auxquelles ils s'adonnaient chaque nuit sur diverses scènes.

Il me décrivait ensuite, dans une prose fiévreuse et pornographique, les prouesses amoureuses de Mitsuko, et ses charmes secrets, parmi lesquels une forme atténuée et inoffensive, tendre et sensuelle, du terrible *vagin denté* de la mythologie gréco-romaine. Tokyo était la ville la plus chère du monde et, pour élevé qu'il soit, son salaire fondait en virées à Ginza, le quartier de la vie nocturne, où le Drogman et Mitsuko couraient restaurants, bars et cabarets, et, surtout, les maisons de rendez-vous, fleuron de la *night life* japonaise. Mais qu'importait l'argent quand le bonheur était en balance ! Car tout ce raffinement exquis de la culture japonaise ne scintillait pas, comme je le croyais certainement, dans les gravures de l'époque Meiji, ni dans le théâtre nô ou dans le kabuki ou les marionnettes du bunraku. Mais dans les maisons de rendez-vous ou *maisons closes*, baptisées là-bas à la française du nom de *Châteaux*, dont le *Château Meguru*, le plus célèbre, un véritable paradis des plaisirs charnels, où s'était dépensé à pleines mains le génie japonais combinant la technologie la plus avancée, la sagesse sexuelle et les rites ennoblis par la tradition. Tout était possible sur la scène du *Château Meguru*, les excès, les fantaisies, les fantasmes, les extravagances avaient un décor et une machinerie pour se matérialiser. Mitsuko et lui avaient connu des expériences inoubliables dans les cabinets particuliers du *Château Meguru* : « Nous nous y sommes sentis des dieux, mon cher, et sur mon honneur je n'exagère ni ne divague. »

Mais, alors que je craignais que l'amoureux ne dise mot de la vilaine fille, le Drogman abordait enfin mon affaire. Il l'avait vue une seule fois, après avoir reçu ma lettre. Il avait eu un mal fou à parler avec elle seul à seul, car, « pour des raisons évidentes », il n'avait pas voulu me mentionner « devant ce monsieur avec qui elle vit, ou du moins avec qui elle va et avec qui on la voit », un « individu » qui avait mauvaise réputation et une allure pire encore, quelqu'un qu'il suffisait de voir pour frissonner et se dire : « Ce gars-là, je ne voudrais pas l'avoir comme ennemi. »

Mais finalement, aidé par Mitsuko, il avait pu s'entretenir en aparté avec la fille en question et lui faire ma commission. Elle lui avait dit que, « comme son *petit ami* était jaloux », il valait mieux ne pas lui écrire directement à elle, pour qu'il ne lui fasse pas de scène (ou ne la trucide pas). Mais, si je voulais lui faire parvenir quelques lignes par l'intermédiaire du Drogman, elle serait ravie d'avoir de mes nouvelles. Salomón Toledano ajoutait : « Ai-je besoin de te le dire ? rien ne me rendrait plus heureux que de te servir d'entremetteur. Notre profession est une forme dissimulée d'entremise, de truchement ou de maquerellage, et je suis prêt pour une si noble mission. Je le ferai en prenant toutes les précautions du monde, afin que tes lettres ne tombent jamais aux mains du scélérat que fréquente la fille de tes rêves. Pardonne-moi, mon cher, mais j'ai tout deviné : elle est l'amour de ta vie, ou est-ce que je me trompe ? Et à propos, bravo, ce n'est pas Mitsuko — personne n'est Mitsuko —, mais sa beauté exotique dégage une aura de mystère qui est des plus séduisantes. Prends garde à toi ! » Il signait : « Je t'embrasse, le Drogman du *Château Meguru* ! »

Avec qui s'était acoquinée maintenant ma petite Péruvienne ? Un Japonais, sans le moindre doute. Un gangster peut-être, un de ces yakuza qui aurait le bout de l'auriculaire amputé, le signe de reconnaissance de la bande. Elle avait dû le connaître, probablement, lors d'un de ses voyages en Extrême-Orient avec Mr. Richardson, un autre gangster, sauf que celui-ci était un col blanc à cravate, avec des écuries à Newmarket. Le Japonais était un personnage sinistre, à en juger d'après les plaisanteries du Drogman. Se référait-il seulement à son physique quand il disait qu'il avait quelque chose d'effrayant ? À ses antécédents ? La seule chose qui manquait aux états de service de la petite Chilienne : maîtresse d'un *capo* de la mafia japonaise. Un homme de pouvoir et d'argent, évidemment, conditions indispensables pour la conquérir. Avec, en prime, une ribambelle de cadavres dans son sillage. J'étais rongé de jalousie et, en même temps, possédé d'un curieux sentiment où se mêlaient l'envie, la curiosité et l'admiration. Apparemment, la vilaine fille ne laisserait jamais de me surprendre par son audace indescriptible.

Je me dis vingt fois que je ne devais pas être idiot au point de lui écrire, d'essayer de renouer avec elle, parce que j'en sortirais échaudé comme toujours et à ramasser à la petite cuillère. Mais, moins de deux jours après avoir lu la lettre du Drogman, je lui écrivis quelques lignes tout en entreprenant des démarches pour faire un saut au pays du Soleil-Levant.

Ma lettre était totalement hypocrite, car je ne voulais pas la mettre dans l'embarras (j'étais sûr que cette fois, au Japon, elle avait mis les pieds dans des eaux plus bourbeuses que les autres fois). Je me réjouissais d'avoir eu de ses nouvelles par mon collègue, notre ami commun, de savoir qu'elle allait si bien et qu'elle était si contente à Tokyo. Je lui parlais de ma vie à Paris, de la routine du travail qui me menait parfois dans d'autres villes européennes, et je lui annonçais que, par un heureux hasard, je me rendrais à Tokyo dans un proche avenir, avec un contrat d'interprète dans une conférence internationale. J'espérais la voir, pour nous rappeler les temps anciens. Comme je ne savais pas quel nom elle utilisait maintenant, je mis en en-tête : « Chère petite Péruvienne ». Et j'accompagnai ma lettre d'un exemplaire de mon anthologie de Tchekhov avec cette dédicace : « À la vilaine fille, avec l'invariable tendresse du pitchounet qui traduisit ces nouvelles. »

J'expédiai lettre et livre à l'adresse de Salomón Toledano, avec quelques lignes pour le remercier de ses
démarches, tout en lui avouant que je l'enviais d'être
si heureux et amoureux, et je le priai, s'il avait connaissance de quelque conférence ou congrès qui
nécessiterait de bons interprètes parlant espagnol,
français, anglais et russe (mais non japonais), de
m'en aviser, car j'avais une envie terrible de connaître Tokyo.

Mes démarches pour trouver un boulot qui me
ferait aller au Japon ne furent pas couronnées de
succès. Ne pas connaître le japonais m'excluait de
maintes conférences locales et il n'y avait pas à
Tokyo, pour le moment, de réunions de quelque
organisme de l'ONU où l'on n'exigeait que les
langues officielles des Nations unies. M'y rendre à
mon propre compte, comme touriste, coûterait les
yeux de la tête. Allais-je vider en quelques jours
mon bas de laine de ces dernières années ? Je décidai que oui. Mais sitôt prise ma décision et sur le
point de me rendre à l'agence de voyages, je reçus
un appel de mon ancien chef à l'Unesco, M. Charnés. Il était maintenant retraité, mais travaillait
comme directeur d'un bureau privé de traducteurs
et interprètes avec lequel j'étais toujours en contact.
Il m'avait dégoté une conférence à Séoul, de cinq
jours. Je disposais, donc, d'un billet aller-retour. De
Corée, cela reviendrait moins cher de faire un saut
à Tokyo. Ma vie, à partir de ce moment, fut un vrai
tourbillon : obtention des visas, guides de la Corée
et du Japon, et tout cela en me répétant tout le
temps que j'étais fou à lier, car il était plus que probable qu'à Tokyo je ne parviendrais même pas à la
voir. La vilaine fille aurait déjà déguerpi avec armes
et bagages, ou alors elle m'éviterait afin que le chef
yakuza ne l'étripe ni ne jette son corps aux chiens,

comme faisait le méchant dans un film japonais que je venais de voir.

Pendant ces journées fiévreuses, le téléphone me réveilla un beau matin à l'aube.

— Tu es encore amoureux de moi ?

La même voix, le même petit ton moqueur et souriant d'autrefois et, au fond, cet accent traînant de Lima qu'elle n'avait jamais perdu tout à fait.

— Je dois l'être, vilaine fille, lui répondis-je en achevant de me réveiller. Sinon, comment expliquer que, dès que j'ai su que tu étais à Tokyo, j'aie frappé à toutes les portes afin de décrocher un contrat qui me transporte là-bas ne fût-ce que pour un jour ? J'en ai trouvé un, enfin, à Séoul. Je m'y rendrai dans deux semaines. De là, je ferai un saut à Tokyo, pour te voir. Même si je dois me faire tuer par ce chef des yakuza avec qui tu es, à ce que m'ont dit mes espions. Est-ce là le signe d'un grand amour ?

— Oui, je crois que oui. Heureusement, mon bon garçon. Je croyais qu'après tout ce temps tu m'avais oubliée. C'est ce que t'a dit ton collègue Toledano ? Que je vis avec un chef de la mafia ?

Elle éclata de rire, enchantée de ce nouvel état de service. Mais presque aussitôt elle changea de sujet et me dit des choses affectueuses :

— Je suis heureuse que tu viennes. Même si nous ne nous voyons pas beaucoup, je pense toujours à toi. Et pourquoi je te dis cela ? Parce que tu es le seul ami qui me reste.

— Je ne suis ni ne serai jamais ton ami. Tu ne t'en es pas encore aperçue ? Je suis ton amant, ton amoureux, quelqu'un qui depuis tout gosse est fou de sa petite Chilienne, de sa guérillera, de l'épouse du fonctionnaire, de celle de l'éleveur de chevaux, de la maîtresse du gangster. Ton pitchounet qui ne vit que pour te désirer et penser à toi. À Tokyo je ne

186

veux pas vivre de nos souvenirs. Je veux te tenir entre mes bras, t'embrasser, respirer ton odeur, te mordre, te faire l'amour.

Elle se remit à rire, maintenant de meilleure grâce.

— Tu fais encore l'amour ? me demanda-t-elle. Eh bien, c'est déjà ça ! Personne ne m'a dit de telles choses depuis la dernière fois qu'on s'est vus. Tu vas m'en dire beaucoup quand tu viendras, Ricardito ? Allez, dis-m'en une autre, de tes cucuteries.

— Les nuits de pleine lune, je sors aboyer au ciel et alors je vois ton joli minois réfléchi là-haut. À l'instant même, je donnerais les dix ans de vie qui me restent pour me voir reflété au fond de tes petits yeux sombres couleur de miel.

Elle riait, amusée, mais m'interrompit soudain, effrayée :

— Je dois raccrocher.

J'entendis le déclic du combiné. Je ne pus fermer l'œil, en proie à un mélange de joie et d'inquiétude qui me tinrent éveillé jusqu'à sept heures du matin, heure où je me levais pour préparer mon petit déjeuner habituel — du café noir et une biscotte au miel — quand je n'allais pas au *bistrot* du coin, avenue de Tourville.

Les deux semaines qui me séparaient de mon voyage à Séoul, je les passai à ces futilités auxquelles s'occupaient, je suppose, les fiancés d'autrefois les jours précédant leur mariage, quand tous deux enterreraient leur célibat : m'acheter des vêtements, des chaussures, me faire couper les cheveux (pas chez le racleur de couenne derrière l'Unesco où j'allais toujours, mais dans un salon de coiffure huppé de la rue Saint-Honoré) et, surtout, courir les *boutiques* et les magasins pour dames afin de choisir un cadeau discret que la vilaine fille pourrait dissimuler dans sa garde-robe, et en même temps original, délicat, qui évoquerait ces choses tendres et jolies que j'avais hâte de lui dire à l'oreille. Toutes les heures que je consacrai à chercher ce cadeau, je me disais que j'étais maintenant encore plus bête que je ne l'avais jamais été auparavant et que je méritais d'être traité une fois de plus à coups de pied et roulé dans la boue par la maîtresse du chef yakuza. Finalement, après avoir tant cherché, je finis par acheter une des premières choses que j'avais vues et qui m'avaient plu, chez Vuitton : un *vanity-case* avec une collection de petits flacons en verre pour parfums, de crèmes et de bâtons de rouge à lèvres, ainsi qu'un agenda avec un crayon de nacre dissimulé dans un double fond. Il y avait quelque chose de vaguement adultérin dans cette cachette du coquet nécessaire.

La conférence de Séoul fut épuisante. Elle traitait de patentes et de tarifs douaniers et les intervenants recouraient à un vocabulaire des plus techniques, qui exigeait de moi un double effort. L'excitation des derniers jours et le décalage horaire entre Paris et la Corée me tinrent éveillé et les nerfs à vif. Quand j'arrivai à Tokyo, en début d'après-midi, je m'écroulai de sommeil dans la minuscule chambre que m'avait réservée le Drogman dans un petit hôtel du centre-ville. Je dormis quatre ou cinq heures d'affilée et la nuit venue, après une longue douche froide pour me réveiller, je sortis dîner avec mon ami et son amour japonais. Dès le premier moment je pressentis que Salomón Toledano était bien plus amoureux de Mitsuko qu'elle de lui. Le Drogman avait l'air rajeuni et exalté. Il portait un nœud papillon que je ne lui avais jamais vu auparavant et un costume de coupe moderne et juvénile. Il racontait des blagues, multipliait les gestes attentionnés envers son amie et à tout instant l'embrassait sur les joues ou la bouche et lui passait le bras autour de la taille, ce qui semblait la gêner. Elle était bien plus jeune que lui, sympathique et assez gracieuse, en effet : de jolies jambes et un minois de porcelaine où brillaient de grands yeux vifs. Elle ne pouvait dissimuler une expression de contrariété chaque fois que Salomón la serrait de près. Elle parlait très bien anglais et son naturel, sa cordialité semblaient se paralyser chaque fois que mon ami se dépensait en d'ostensibles démonstrations de tendresse. Il semblait ne pas le remarquer. Nous allâmes d'abord dans un café de Kabuki-cho, à Shinjuku, un quartier de cabarets, de boutiques érotiques, de restaurants et de salons de massage où circulait une foule dense. De tous ces établissements sortait une musique tonitruante, au milieu d'une véritable forêt aérienne de lumières, d'enseignes et d'annonces publicitaires. J'avais la tête qui tournait. Puis nous dînâmes dans un endroit plus tranquille, à Nishi-Azabu, où pour la première fois je goûtai la cuisine japonaise et bus le tiède et âpre saké. Tout au long de la soirée j'eus l'impression de plus en plus forte que la relation entre Salomón et Mitsuko était loin de fonctionner aussi bien que l'assurait le Drogman dans ses lettres. Mais je me disais que c'était dû sans doute à ce que Mitsuko, avare de marques d'affection, n'était pas encore habituée à la façon expansive, méditerranéenne, de Salomón d'exhiber devant tout le monde la passion qu'elle avait éveillée en lui. Elle s'habituerait.

Mitsuko prit l'initiative de parler de la vilaine fille. Elle le fit au milieu du dîner et de la façon la plus naturelle, en me demandant si je voulais appeler ma compatriote pour l'aviser de mon arrivée. Je la priai de le faire et de lui donner le numéro de téléphone de mon hôtel. Il valait mieux qu'elle téléphone pour moi, compte tenu que l'homme avec qui elle vivait était, apparemment, un Othello japonais, et peut-être un assassin.

— C'est ce que t'a raconté ce monsieur ? fit en riant Mitsuko. Quelle ânerie ! M. Fukuda est un homme un peu étrange, on dit qu'il s'occupe d'affaires pas très claires, en Afrique. Mais je n'ai jamais entendu dire qu'il soit un délinquant, ni rien de semblable. Il est très jaloux, cela oui. Du moins c'est ce que dit Kuriko.

— Kuriko ?

— *La niña mala.*

Et elle dit la « vilaine fille » en espagnol, applaudissant elle-même sa prouesse linguistique. Alors comme ça elle s'appelait Kuriko, à présent. Quelle affaire ! Ce soir-là, quand nous nous séparâmes, le Drogman fit un très bref aparté avec moi et me demanda, en signalant Mitsuko :

— Comment la trouves-tu ?

— Très jolie, Drogman. Tu as tout à fait raison. Elle est ravissante.

— Et encore, tu ne la vois qu'habillée, fit-il en clignant de l'œil et se frappant la poitrine. Nous devons parler plus longuement, mon cher. Tu seras étonné des projets que j'ai en préparation. Je t'appellerai demain. En attendant, fais de beaux rêves et ressuscite.

Celle qui m'appela, ce fut la vilaine fille. Elle me donna une heure pour me raser, me doucher et m'habiller. Quand je descendis, elle était déjà là à m'attendre, assise dans un des fauteuils de la réception. Elle portait un imperméable clair et, dessous, un chemisier couleur brique et une jupe marron. On voyait ses genoux, ronds et lisses, et ses jambes si fines. Elle était plus mince que dans mon souvenir et avait les yeux un peu fatigués. Mais personne au monde n'aurait cru qu'elle avait déjà plus de quarante ans. Elle semblait si fraîche, si belle. De loin, on aurait pu la prendre pour une de ces Japonaises délicates et menues qui passaient dans la rue, silencieuses et flottantes. Son visage s'éclaira quand elle me vit et elle se leva pour que je l'embrasse. Je lui donnai deux baisers sur les joues et elle n'écarta pas ses lèvres quand je les frôlai des miennes.

— Je t'aime beaucoup, balbutiai-je. Merci de rester si jeune et si jolie, petite Chilienne.

— Viens, on va prendre le bus, me dit-elle en me saisissant le bras. Je connais un endroit agréable, pour bavarder. Un parc fréquenté par tout Tokyo pour pique-niquer et s'enivrer quand les cerisiers sont en fleur. Là-bas tu pourras me dire quelques-unes de tes cucuteries.

Accrochée à mon bras, elle me mena à un arrêt, à deux ou trois cents mètres de l'hôtel, et l'on grimpa dans un bus étincelant de propreté. Le chauffeur et la receveuse portaient ces masques de filtration que je fus surpris de voir au visage de tant de gens dans la rue. À bien des égards, Tokyo ressemblait à une clinique. Je lui offris le *vanity-case* de Vuitton que j'avais apporté pour elle et elle le reçut sans enthousiasme excessif. Elle m'examinait, mi-amusée, mi-curieuse.

— Tu es devenue une vraie petite Japonaise. Dans ta façon de t'habiller, même dans tes traits et tes gestes, jusqu'à la couleur de ta peau. Depuis quand t'appelles-tu Kuriko ?

— C'est comme ça que m'appellent mes amis, je ne sais plus qui en a eu l'idée. C'est, peut-être, que j'ai quelque chose d'oriental. Tu me l'as dit une fois à Paris, tu ne te rappelles pas ?

— Bien sûr que je m'en souviens. Sais-tu que j'avais peur que tu ne sois devenue laide ?

— En revanche, toi, tu es plein de cheveux blancs. Et tu as quelques rides, ici, sous les yeux. (Elle me pressa le bras, ses yeux brillèrent de malice et, baissant la voix :) Aimerais-tu que je sois ta geisha, mon bon garçon ?

— Oui, aussi. Mais surtout ma femme. Je suis venu à Tokyo te proposer le mariage pour la énième fois. Cette fois je te convaincrai, je te le jure. Et à propos, depuis quand prends-tu le bus ? Le chef des yakuza ne peut-il pas mettre à ta disposition une voiture avec chauffeur et gardes du corps ?

— Même s'il le pouvait, il ne le ferait pas, me dit-elle, toujours suspendue à mon bras. Ce serait ostentatoire, ce que détestent le plus les Japonais. Il est mal vu ici de se différencier des autres, en quoi que ce soit. C'est pourquoi les riches s'habillent en pauvres et vice versa.

On s'arrêta dans un parc plein de gens, des employés de bureau qui profitaient de la pause de midi pour manger des sandwiches et prendre des rafraîchissements sous les arbres, entourés de gazon et d'étangs avec des petits poissons de toutes les couleurs. La vilaine fille me mena à un salon de thé, dans un coin du parc. Il y avait des petites tables avec de confortables fauteuils, entre des paravents qui offraient une certaine intimité. Dès que nous fûmes assis, je lui embrassai les mains, la bouche, les yeux. Je fus longtemps à l'observer, à la respirer.

— Je suis reçue à l'examen, Ricardito ?

— Mention très bien. Mais je te vois un peu fatiguée, petite Japonaise. L'émotion de me voir, depuis quatre ans que tu m'as complètement abandonné ?

— Et aussi la tension dans laquelle je vis, ajouta-t-elle, redevenue sérieuse.

— Quelles vilaines choses fais-tu pour vivre aussi tendue ?

Elle me fixa du regard, sans me répondre, et promena sa main dans mes cheveux, avec cette tendresse mi-amoureuse, mi-maternelle qui lui était habituelle.

— Que de cheveux blancs tu as ! répéta-t-elle en m'examinant. Je t'en ai fait venir quelques-uns, n'est-ce pas ? Je devrai bientôt t'appeler bon vieillard au lieu de bon garçon.

— Es-tu amoureuse de ce Fukuda ? J'avais l'espoir que tu ne sois avec lui que par intérêt. Qui est-il ? Pourquoi a-t-il si mauvaise réputation ? Que fait-il ?

— Ça fait beaucoup de questions à la fois, Ricardito. Dis-moi d'abord une de ces niaiseries de série télévisée. Personne ne m'en dit plus, depuis des années.

Je lui parlai à voix basse, en la regardant dans les yeux et en embrassant de temps en temps sa main que je pressais entre les miennes.

— Je n'ai pas perdu tout espoir, ma petite Japonaise. Même si je te parais un fieffé crétin, j'insisterai et insisterai encore jusqu'à ce que tu viennes vivre avec moi. À Paris, et si Paris ne te plaît pas, là où tu voudras. Comme interprète, je peux travailler n'importe où dans le monde. Je te jure que je te rendrai heureuse, petite Japonaise. Beaucoup d'eau a coulé sous les ponts, et d'années, pour que tu puisses avoir le moindre doute : je t'aime tant que je ferai tout pour te garder à mes côtés, quand nous serons ensemble. Tu aimes les gangsters ? Je me ferai bandit de grand chemin, preneur d'otages, escroc, trafiquant de drogue, ce que tu voudras. Quatre ans sans nouvelles de toi et maintenant je peux à peine parler, à peine penser, tellement je suis ému de te sentir si près de moi.

— Pas mal, fit-elle en riant, et, approchant son visage, elle me donna sur les lèvres un bref baiser de papillon.

Elle commanda du thé et des biscuits dans un japonais que la serveuse lui fit répéter deux fois. Après qu'on nous les eut apportés, et qu'elle m'eut servi une tasse, elle répondit tardivement à ma question :

— Je ne sais si c'est de l'amour, ce que je ressens pour Fukuda. Mais je n'ai jamais de ma vie dépendu de quelqu'un comme je dépends de lui. La vérité, c'est qu'il peut faire de moi ce qu'il voudra.

Elle ne le disait pas dans la joie et l'euphorie de quelqu'un qui a découvert l'amour-passion, comme le Drogman. Plutôt inquiète, surprise qu'il lui arrive quelque chose de la sorte, à elle qui se croyait à l'abri de ces faiblesses. Dans ses yeux sombres couleur miel il y avait de l'angoisse.

— Bon, s'il peut faire de toi ce qu'il veut, c'est que tu es amoureuse, enfin. J'espère que ce Fukuda te fera souffrir comme tu me fais souffrir, toi, depuis tant d'années, femme de glace...

Je sentis qu'elle me saisissait la main et la pétrissait.

— Ce n'est pas de l'amour, je te le jure. Je ne sais pas ce que c'est, mais cela ne peut être de l'amour. Une maladie, un vice plutôt. C'est ce qu'est pour moi Fukuda.

L'histoire qu'elle me raconta était peut-être vraie, et si elle laissa bien des choses dans l'ombre, elle en adoucit et embellit d'autres. Il m'était difficile de la croire désormais, parce que depuis que je la connaissais elle m'avait toujours dit plus de mensonges que de vérités. Et je pense que, contrairement au commun des mortels, à l'âge qu'elle avait, la pimpante Kuriko avait plus de mal maintenant à différencier le monde où elle vivait de celui où elle disait vivre. Comme je l'imaginais, elle avait connu Fukuda des années plus tôt, lors d'un de ses voyages en Orient avec David Richardson qui, en effet, faisait des affaires avec le Japonais. Celui-ci avait dit un jour à la vilaine fille qu'il était dommage qu'une femme comme elle, avec tant de caractère et si mondaine, se contente d'être Mrs. Richardson, car dans le monde des affaires elle aurait pu faire une grande carrière. La phrase lui avait trotté dans la tête. Quand elle avait senti son univers s'écrouler après que son mari eut découvert son mariage avec Robert Arnoux, elle avait appelé ce Fukuda, lui avait raconté ce qui lui arrivait et proposé de travailler sous ses ordres, dans quoi que ce soit. Le Japonais lui avait alors envoyé un billet d'avion Londres-Tokyo.

— Quand tu m'as appelé de l'aéroport de Paris pour me dire adieu, tu allais le rejoindre ?

Elle acquiesça.

— Oui, mais en réalité je t'appelais de l'aéroport de Londres.

Le soir même de son arrivée au Japon, Fukuda en fit sa maîtresse. Mais il ne l'emmena vivre avec lui que deux ans plus tard. Jusque-là elle vécut seule, dans une pension de famille, une minuscule chambre avec cabinet de toilette et cuisine encastrée, « plus petite que la pièce qu'avait ma bonne philippine à Newmarket ». Si elle n'avait pas dû tant voyager, « pour exécuter les ordres de Fukuda », elle serait devenue folle de claustrophobie et de solitude. Elle était la maîtresse de Fukuda, mais une parmi bien d'autres. Le Japonais ne lui avait jamais caché qu'il couchait avec différentes femmes. Il l'emmenait parfois passer la nuit chez lui, mais ensuite plusieurs semaines pouvaient s'écouler avant qu'il ne l'invite dans sa maison. Leurs rapports étaient, dans cette période, strictement ceux d'une employée et de son patron. En quoi consistaient les « ordres » de M. Fukuda ? Contrebande de drogues, de diamants, de tableaux, d'armes, d'argent ? La plupart du temps elle ne le savait même pas. Elle emportait et rapportait ce qu'on lui préparait, dans des valises, des paquets, des sacs ou des serviettes, et jusqu'à maintenant — elle toucha le bois de la table — elle avait toujours passé douanes, frontières et contrôles de police sans problème. En voyageant de la sorte en Asie et en Afrique, elle avait découvert ce qu'était la peur panique. En même temps, elle n'avait jamais vécu auparavant avec cette intensité et cette énergie qui, à chaque voyage, lui faisaient sentir que la vie était une merveilleuse aventure. « Quelle différence entre cette existence et la vie dans ces limbes, cette mort lente entourée de chevaux à Newmarket ! » Au bout de deux ans, Fukuda, satisfait de ses services, lui avait donné de l'avancement : « Tu mérites de vivre sous mon toit. »

— Tu finiras poignardée, assassinée, enfermée des années et des années dans une horrible prison, lui dis-je. Tu es devenue folle ? Si ce que tu me dis est vrai, tu fais une énorme bêtise. Quand on t'attrapera à passer de la drogue ou pire encore, tu crois que ce gangster va s'occuper de toi ?

— Je sais bien que non, il me l'a lui-même dit, fit-elle en m'interrompant. Au moins il est tout à fait franc avec moi, tu vois : Si tu te fais attraper, c'est ton affaire, je ne te connais pas, je ne t'ai jamais vue, voilà.

— Il doit être très amoureux de toi, ça se voit.

— Il ne m'aime pas. Ni moi ni personne. Dans ce sens, il me ressemble. Mais il a plus de caractère et il est plus fort que moi.

Cela faisait plus d'une heure que nous étions là, c'était déjà l'après-midi. Je ne savais que lui dire. Je me sentais démoralisé. C'était la première fois qu'elle m'apparaissait livrée corps et âme à un homme. Cette fois oui, c'était d'une clarté aveuglante : la vilaine fille ne serait jamais à toi, pitchounet.

— Tu en fais une tête, dit-elle en me souriant. Ça t'a chagriné, ce que je t'ai raconté ? Tu es la seule personne à qui j'aurais pu le dire. Et de plus j'avais besoin de le dire à quelqu'un. Mais j'ai peut-être eu tort. Tu me pardonnes si je te donne un baiser ?

— Ça me chagrine que, pour la première fois de ta vie, tu aimes vraiment quelqu'un et que ce quelqu'un ne soit pas moi.

— Non, non, ce n'est pas de l'amour, répéta-t-elle en hochant la tête. C'est plus compliqué, une maladie plutôt, je te l'ai déjà dit. Il me fait me sentir vivante, utile, active. Mais non heureuse. C'est comme une possession. Ne ris pas, je ne plaisante pas, parfois je me sens possédée par Fukuda.

— Si tu as tellement peur de lui, j'imagine que tu n'oseras pas faire l'amour avec moi. Et moi qui suis venu exprès à Tokyo pour te demander de m'emmener au *Château Meguru* !

Elle était restée très sérieuse tandis qu'elle me racontait sa vie avec Fukuda, mais maintenant, écarquillant les yeux, elle éclata de rire :

— Et comment diable sais-tu, toi qui viens d'arriver à Tokyo, ce qu'est le *Château Meguru* ?

— Je le sais par mon ami, l'interprète. Salomón s'appelle lui-même « le Drogman du *Château Meguru* », lui dis-je en lui prenant la main et l'embrassant. L'oserais-tu, vilaine fille ?

Elle examina sa montre et resta quelques instants pensive, en calculant. Soudain, décidée, elle demanda à la serveuse de nous appeler un taxi.

— Je n'ai pas beaucoup de temps, me dit-elle. Mais ça me fait quelque chose de voir ton air de chien battu. Allons-y, bien que je prenne beaucoup de risques en faisant cela.

Le *Château Meguru* était une maison de rendez-vous qui se trouvait dans un immeuble labyrinthique, plein de couloirs et d'escaliers sombres menant à des chambres équipées de sauna, jacuzzi, lit à matelas d'eau, miroirs aux murs et au plafond, postes de radio et de télé, et des piles de vidéos pornographiques pour tous les goûts imaginables, de préférence sado-masochistes. Et aussi, dans une petite vitrine, des préservatifs et des vibromasseurs de différentes tailles, avec des additifs tels que crêtes de coq, panaches et mitres, ainsi qu'un riche attirail de jeux sado-maso, fouets, masques, menottes et chaînes. Tout comme les bus, les rues et le parc, ici aussi la propreté était méticuleuse et maladive. En pénétrant dans la chambre, j'eus l'impression de me trouver dans un laboratoire ou dans une station spatiale. À vrai dire, j'eus du mal à comprendre l'enthousiasme de Salomón Toledano, qui qualifiait d'Éden des plaisirs ces alcôves technologiques et mini-*sex-shops*.

Quand j'entrepris de déshabiller Kuriko, et vis, touchai sa peau si douce, et respirai son parfum, malgré mes efforts pour me contenir, l'angoisse qui me poignait le cœur depuis qu'elle m'avait raconté sa reddition inconditionnelle à Fukuda me terrassa. J'éclatai en sanglots. Elle me laissa pleurer un bon moment, sans rien dire. Prenant sur moi, je balbutiai quelques excuses, et sentis qu'elle me caressait à nouveau les cheveux.

— On n'est pas venus ici pour être tristes, me dit-elle. Fais-moi des câlins et dis-moi que tu m'aimes, gros bêta.

Quand nous fûmes tous deux nus, je vis qu'en effet elle avait beaucoup minci. Sur sa poitrine et son dos on distinguait les côtes, et la cicatrice de son ventre s'était allongée. Mais ses formes étaient toujours harmonieuses et ses petits seins fermes. Je l'embrassai lentement, longuement, sur tout le corps — le léger parfum que dégageait sa peau semblait émaner de ses entrailles —, en lui susurrant des mots d'amour. Plus rien ne m'importait. Pas même qu'elle soit ensorcelée par ce Japonais. J'étais terrifié qu'en raison du guêpier où elle s'était fourrée elle finisse sous les balles d'un tueur ou dans une prison africaine. Mais je remuerais ciel et terre pour l'en faire sortir. Car, pourquoi le nier ? je l'aimais chaque fois davantage. Et je l'aimerais toujours, quand bien même elle me tromperait avec mille Fukuda, parce qu'elle était la femme la plus délicate et la plus belle de la création : ma reine, ma princesse, le bourreau de mon cœur, ma menteuse, ma petite Japonaise, mon unique amour. Kuriko avait couvert son visage de son bras et ne disait rien, ne m'écoutant même pas, totalement concentrée sur son plaisir.

— Ce qui me plaît, mon bon garçon, m'ordonna-t-elle enfin en écartant les cuisses et en attirant ma tête vers son sexe.

La couvrir de baisers, la déguster, m'enivrer de la fragrance qui sourdait de son ventre, me rendit aussi heureux qu'avant. L'espace de quelques minutes éternelles j'oubliai Fukuda et les mille et une aventures qu'elle m'avait racontées, plongé dans une exaltation béate et fébrile, avalant les doux sucs que je tétais de ses entrailles. Quand je la sentis jouir, je me juchai sur elle et, avec la même difficulté que tant de fois, je la pénétrai, sentant qu'elle se plaignait et se contractait. J'étais très excité mais je réussis à demeurer en elle, en proie à une frénésie de vertige jusqu'à éjaculer enfin. Je la tins un bon moment soudée à moi, la serrant avec force. Je la caressai, mordis ses cheveux, ses oreilles parfaites, l'embrassai et lui demandai pardon de n'avoir pu me retenir plus longtemps.

— Il y a un remède pour ne pas finir si vite, pour rester en érection un long moment, des heures, me dit-elle enfin, dans le creux de l'oreille, de sa petite voix espiègle d'autrefois. Tu sais lequel ? Non, comment saurais-tu ces choses, petit saint ? Des poudres à base de défense d'éléphant et de corne de rhinocéros. Je t'en offrirai un flacon que tu emporteras à Paris en souvenir de moi. En Asie cela vaut une fortune, je t'avertis. Ainsi tu te rappelleras Kuriko chaque fois que tu coucheras avec une Française.

Je relevai la tête de son cou pour regarder son visage : elle était très belle ainsi, avec ces grands cernes bleutés et la langueur où la plongeait l'amour.

— C'est pour ça que tu voyages en Asie et en Afrique ? pour faire cette contrebande ? des aphrodisiaques à base de défense d'éléphant et de corne de rhinocéros pour escroquer les imbéciles ? lui demandai-je en me tenant les côtes.

— C'est la meilleure affaire au monde, le croirais-tu ? rit-elle, contaminée par moi. À cause des écologistes, qui ont fait interdire la chasse aux éléphants, aux rhinocéros et je ne sais combien d'autres animaux. Maintenant, ces défenses et ces cornes valent la peau des fesses, dans les pays de par ici. Je fais aussi passer d'autres choses que je ne peux pas te dire. Mais le grand négoce de Fukuda, c'est celui-là. Et maintenant, je dois partir, mon bon garçon.

— Je ne pense pas retourner à Paris, lui dis-je en la regardant, nue, de dos, se diriger vers la salle de bains sur la pointe des pieds. Je resterai vivre à Tokyo et, si je ne peux pas tuer Fukuda, je me contenterai d'être ton chien, tout comme tu es la chienne de ce gangster.

— Waou, waou ! fit ma petite Chilienne.

À mon retour à l'hôtel, je reçus un message de Mitsuko. Elle voulait me voir en tête à tête, pour une affaire urgente. Pouvais-je l'appeler à son bureau, le lendemain de bonne heure ?

Je l'appelai dès que je fus debout et, au milieu d'interminables courtoisies japonaises, l'amie du Drogman me demanda d'aller prendre un café à la cafétéria de l'hôtel Hilton, au milieu de la matinée, parce qu'elle devait me communiquer quelque chose d'important. Je venais à peine de raccrocher que le téléphone sonna. C'était Kuriko. Elle avait raconté à Fukuda qu'un vieil ami péruvien se trouvait à Tokyo et le chef yakuza m'invitait ce soir-là, ainsi que le Drogman et sa fiancée, à prendre un verre chez lui, après quoi nous irions à un dîner-spectacle, au café musical le plus populaire de Ginza. Avais-je bien entendu ?

— Et en plus je lui ai dit que ces jours-ci j'allais t'emmener faire un peu de tourisme. Il n'a élevé aucune objection.

— Comme il est généreux et galant ! lui répondis-je, indigné de ce qu'elle venait de me raconter. Toi, demander la permission à un homme ! Je ne te reconnais plus, vilaine fille.

— Tu m'as fait rougir, murmura-t-elle, troublée. Je croyais que tu serais heureux de savoir que nous pourrons nous voir tous les jours que tu seras à Tokyo.

— Je suis jaloux. Tu ne t'en es pas rendu compte ? Avant, je m'en fichais, parce que tes amants ou maris ne t'importaient guère. Mais ce Japonais a l'air d'avoir beaucoup d'importance pour toi. Tu n'aurais jamais dû me dire qu'il pouvait faire de toi ce qu'il voulait. Ce poignard dans le cœur va m'accompagner jusqu'au tombeau.

Elle rit, comme si j'avais fait une plaisanterie.

— Je n'ai pas le temps maintenant d'écouter tes cucuteries, mon bon garçon. Mais je vais te guérir de ta jalousie. Je t'ai préparé un programme du tonnerre pour tout le jour, tu verras.

Je lui demandai de venir me prendre à la cafétéria du Hilton à midi et je m'en fus à mon rendez-vous avec Mitsuko. Je la vis déjà là, en arrivant, qui fumait. Elle semblait très nerveuse. Elle me fit à nouveau ses excuses pour avoir eu l'audace de m'appeler, mais, me dit-elle, elle n'avait personne à qui s'adresser, « la situation était devenue critique et elle ne savait que faire ». Peut-être pourrais-je la conseiller.

— Tu veux parler de ta relation avec Salomón ? lui demandai-je en me doutant de ce qui allait venir.

— Je pensais que notre histoire serait un petit *flirt*, fit-elle en rejetant la fumée à la fois par le nez et la bouche. Une aventure agréable, passagère, de celles qui n'engagent pas. Mais Salomón ne l'entend pas ainsi. Il veut en faire une relation pour toute la vie. Il veut à tout prix qu'on se marie. Mais moi je ne me remarierai jamais. J'ai connu un échec conjugal et je sais ce que c'est. Et puis j'ai une carrière devant moi. Pour tout dire, il me rend folle par son obstination. Je ne sais que faire pour que cela finisse une bonne fois.

Je ne fus pas heureux de voir mes soupçons se confirmer. Le Drogman avait bâti des châteaux en Espagne et allait connaître la frustration de sa vie.

— Comme vous êtes amis et qu'il t'estime tellement, j'ai pensé, enfin, j'espère que cela ne te gêne pas, j'ai pensé que tu pourrais m'aider.

— Mais de quelle façon puis-je t'aider, Mitsuko ?

— En lui parlant. En lui expliquant. Que je ne me marierai jamais avec lui. Que je ne veux ni ne peux continuer cette relation vu la façon dont il se comporte. C'est vrai, quoi, il m'empoisonne, il m'accapare. J'ai beaucoup de responsabilités dans la compagnie et ce problème affecte mon travail. Cela m'a énormément coûté d'arriver là où je suis, chez Mitsubishi.

Tous les fumeurs de Tokyo semblaient s'être concentrés dans l'impersonnelle cafétéria de l'hôtel Hilton. Des nuages de fumée et une forte odeur de tabac imprégnaient les lieux. On entendait parler anglais à presque toutes les tables. Il y avait autant d'étrangers que de Japonais.

— Je regrette, Mitsuko, mais je ne le ferai pas. Ce n'est pas un sujet où doivent intervenir des tierces personnes, mais quelque chose entre lui et toi. Tu dois lui parler, avec franchise, et le plus tôt sera le mieux. Parce que Salomón est très amoureux de toi. Comme il ne l'a jamais été de personne auparavant. Et il se fait beaucoup d'illusions. Il croit que tu l'aimes aussi.

Je lui touchai un mot de ce que le Drogman me disait d'elle dans ses lettres. Comment elle lui avait fait changer sa façon de penser sur l'amour depuis cette lointaine expérience de sa jeunesse berlinoise, quand la fiancée polonaise l'avait planté là en pleins préparatifs de noces. Je remarquai que ce que je lui disais ne l'affectait absolument pas : elle devait être bien lasse du pauvre Drogman.

— Je la comprends, cette jeune fille, commenta-t-elle, glaciale. Ton ami peut être, je ne sais comment le dire en anglais, accablant, étouffant. Parfois, quand nous sommes ensemble, je me sens dans un carcan. Il ne me laisse aucun espace pour être moi-même, pour respirer. Il veut me toucher tout le temps. Et

203

ce alors même que je lui ai expliqué qu'ici, au Japon, on n'a pas l'habitude de s'épancher devant tout le monde.

Elle s'exprimait de telle sorte qu'au bout de quelques minutes je fus convaincu que le problème était encore plus grave : Mitsuko se sentait si écœurée par tous ces baisers et ces caresses du Drogman en public, sans parler de je ne sais quels assauts privés, qu'elle en était venue à le détester.

— Alors, crois-tu que je doive lui parler ?

— Je ne sais pas, Mitsuko, ne me pousse pas à te donner un conseil sur quelque chose d'aussi personnel. Tout ce que je voudrais, c'est que mon ami souffre le moins possible. Et je crois que, si tu ne veux pas rester avec lui, si tu es décidée à rompre, il est préférable de le faire le plus tôt possible. Après, ce sera pire encore.

Quand elle me dit au revoir, dans un assaut d'excuses et de courbettes, je me sentis gêné et fâché. J'aurais préféré ne pas avoir eu cette conversation avec Mitsuko, ne pas apprendre que mon ami allait être brutalement réveillé de son rêve et renvoyé à la cruelle réalité. Heureusement, je n'eus pas à attendre longtemps : Kuriko apparut à l'entrée de la cafétéria et je me levai à sa rencontre, heureux de sortir de cet antre enfumé. Elle portait un petit chapeau et un imperméable de même toile claire, à carreaux, un pantalon de flanelle gris foncé et un chandail grenat à col roulé, avec des mocassins sport. Elle avait le visage plus frais et plus jeune que la veille. Une adolescente de quarante et quelques années. Il me suffit de la voir pour que ma contrariété disparaisse. Elle me tendit elle-même ses lèvres pour que je l'embrasse, ce qu'elle n'avait pas coutume de faire, car c'était toujours moi qui cherchais sa bouche.

— Viens, aujourd'hui je t'emmène aux temples

shintoïstes, les plus beaux de Tokyo. On y trouve toujours des animaux en liberté, chevaux, coqs, colombes. On les considère comme sacrés, des réincarnations. Et demain, nous irons voir les temples bouddhistes zen, avec leurs jardins de sable et de roches, que les moines ratissent et changent chaque jour. Très jolis, aussi.

Ce fut une journée d'intense activité, à monter et descendre des bus, de l'aérodynamique métro, parfois de taxis. J'entrai et sortis de temples et de pagodes, ainsi que d'un immense musée où il y avait des huacos péruviens et des céramiques, des copies car — un panneau l'indiquait — l'institution, respectueuse des lois qui interdisaient de sortir du Pérou des objets du patrimoine archéologique, n'exposait pas de pièces originales. Mais je ne crois pas avoir prêté grande attention à ce que je voyais, parce que mes cinq sens étaient concentrés sur Kuriko, qui me tenait presque tout le temps par la main et se montrait étrangement tendre. Elle blaguait et jouait les coquettes, et riait de bon cœur, avec ses yeux qui brillaient chaque fois qu'elle me demandait à l'oreille : « Maintenant, une autre de tes cucuteries, mon bon garçon », et je lui faisais ce plaisir. Au milieu de l'après-midi, au musée d'Anthropologie, on s'assit à une petite table à l'écart pour manger un sandwich. Elle ôta son chapeau à carreaux et arrangea ses cheveux. Elle les portait très courts, ce qui dégageait son cou, élégant, où s'insinuait la petite couleuvre olivâtre d'une veine.

— Quiconque ne te connaissant pas dirait que tu es amoureuse de moi, vilaine fille. Je crois que jamais, depuis que j'ai fait ta connaissance à Miraflores, en petite Chilienne, tu n'as été aussi tendre.

— Peut-être bien que je suis amoureuse de toi sans m'en rendre compte, me dit-elle en promenant sa main sur mes cheveux et en approchant son visage pour que je puisse voir son regard ironique et insolent. Que ferais-tu si je te disais que je le suis et que nous pouvons nous en aller vivre ensemble ?

— J'en aurais un infarctus et tomberais raide ici même. Est-ce que tu l'es, Kuriko ?

— Je suis contente, parce que nous pourrons nous voir tous les jours que tu passes à Tokyo. J'étais préoccupée, comment faire pour te voir chaque jour ? C'est pour ça que je me suis enhardie à le dire à Fukuda. Et tu vois comme ça nous a réussi.

— Le gangster magnanime t'a autorisée à montrer à ton compatriote les charmes de Tokyo. Je déteste ton maudit chef yakuza. J'aurais préféré ne pas le connaître, ne le voir jamais. Ce soir, je vais passer un mauvais moment horrible en te voyant avec lui. Est-ce que je peux te demander une faveur ? Ne le touche pas, ne l'embrasse pas, devant moi.

Kuriko éclata de rire et me ferma la bouche de sa main.

— Tais-toi, bêta, il ne ferait jamais ces choses, ni avec moi ni avec personne. Aucun Japonais ne les ferait. Il y a ici une si grande différence entre ce qui se fait en public et ce qui se fait en privé que les choses les plus naturelles pour nous sont choquantes pour eux. Il n'est pas comme toi. Fukuda me traite comme son employée. Parfois, comme sa putain. En revanche, toi, il faut bien le dire, tu m'as toujours traitée comme une princesse.

— C'est à ton tour, maintenant, de dire des cucuteries.

Je saisis son petit visage entre mes mains et l'embrassai.

— Tu n'aurais pas dû me dire non plus que ce Japonais te traite comme une putain, lui murmurai-je à l'oreille. Ne vois-tu pas que tu m'écorches vif ?

— Je ne te l'ai pas dit. Oublions-le, effaçons-le.

Fukuda vivait dans un quartier éloigné du centre, une zone résidentielle où alternaient des immeubles de six à huit étages, très modernes, et des villas traditionnelles, au toit de tuile et aux jardins minuscules, qui semblaient presque écrasées par leurs très hauts voisins. Il avait un appartement au sixième étage d'un immeuble avec un portier galonné, qui m'accompagna jusqu'à l'ascenseur. Celui-ci s'ouvrait à l'intérieur de l'appartement, et, après un petit vestibule nu, apparut un vaste salon-salle à manger, avec une large baie par laquelle on apercevait le manteau infini de petites lumières scintillantes, sous un ciel sans étoiles. Le salon était sobrement meublé, avec sur les murs des assiettes de céramique bleue, sur des étagères des sculptures polynésiennes et, sur une table basse et longue, des objets taillés en ivoire. Mitsuko et Salomón étaient déjà là, une coupe de champagne à la main. La vilaine fille portait une robe longue, couleur moutarde, qui laissait ses épaules nues, et une petite chaîne en or autour du cou. Elle était maquillée comme pour une fête, avec les cheveux partagés au milieu, par une raie. Je ne lui avais jamais vu auparavant cette coiffure, qui accentuait son air oriental. Si j'avais pu la prendre pour une Japonaise, elle l'était maintenant plus que jamais. Elle m'embrassa sur la joue et dit en espagnol à M. Fukuda :

— Je te présente Ricardo Somocurcio, l'ami dont je t'ai parlé.

M. Fukuda salua à la japonaise avec la sacrosainte courbette. Et, dans un espagnol assez compréhensible, il me salua ainsi, en me tendant la main :

— Le chef yakuza vous souhaite la bienvenue.

Sa plaisanterie me laissa complètement déconcerté, non seulement parce que je ne m'y attendais pas — je n'imaginais pas que Kuriko ait pu lui raconter ce que je lui disais sur lui —, mais parce que M. Fukuda avait plaisanté — plaisantait-il ? — sans sourire, avec ce même visage inexpressif, neutre et parcheminé, qu'il garda toute la soirée. Un visage qui semblait être un masque. Quand je réussis à lui dire : « Ah, vous parlez espagnol », il fit non de la tête et, à partir de ce moment, ne parla que dans un anglais très lent et difficile, les rares fois où il ouvrit la bouche. Il me tendit une coupe de champagne et me désigna ma place, à côté de Kuriko.

C'était un homme de petite taille, plus encore que Salomón Toledano, presque squelettique, au point que face à la vilaine fille, svelte et menue, on aurait dit un gringalet. Je m'étais fait une idée si différente de lui que j'eus l'impression d'être devant un imposteur. Il portait des lunettes à monture métallique, aux verres fumés et ronds, qu'il ne quitta pas de toute la soirée, ce qui accroissait le malaise que produisait sa personne, car je ne savais pas si ses petits yeux — que j'imaginais froids et agressifs — m'observaient ou pas. Il avait des cheveux gris, plaqués sur le crâne, peut-être gominés et peignés en arrière à la façon des chanteurs de tango argentins des années cinquante. Il portait un complet et une cravate sombres, qui lui donnaient un air funèbre, et il pouvait rester immobile et muet pendant longtemps, ses petites mains sur les genoux, comme pétrifié. Mais le trait peut-être le plus accusé de son physique était sa bouche sans lèvres, qui remuait à peine quand il parlait, comme les ventriloques. Je me sentais si tendu, si mal à l'aise que, contre mon habitude — je n'ai jamais pu beaucoup boire parce que l'alcool me monte vite à la tête —, ce soir-là je bus à l'excès. Quand M. Fukuda se leva, nous signifiant ainsi que nous devions partir, j'avais déjà trois coupes de champagne dans le corps et la tête avait commencé à me tourner. Et, sans aucun lien avec la conversation menée presque tout seul par le Drogman dissertant sur les variantes régionales du japonais qu'il commençait à distinguer, je me demandais, stupéfait : « Qu'est-ce qu'il a, ce vieil homoncule insignifiant, pour que la vilaine fille parle ainsi de lui ? » Que lui disait-il, que lui faisait-il pour qu'elle dise qu'il était son vice et sa maladie, qu'elle était possédée par lui et qu'il pouvait faire d'elle ce qu'il voudrait ? Comme je ne trouvais pas la réponse, je ressentais plus de jalousie, plus de colère, plus de mépris de moi-même, et je me maudissais d'avoir fait la folie de venir au Japon. Néanmoins, une seconde après, en la regardant du coin de l'œil, je me disais que je ne l'avais vue qu'une seule fois, au bal de l'Opéra de Paris, aussi désirable que cette nuit-là.

Il y avait deux taxis qui attendaient devant la porte de l'immeuble. Il me revint de monter seul avec Kuriko, parce que ainsi l'avait indiqué, d'un simple geste impératif, M. Fukuda, qui avait pris place dans l'autre taxi avec le Drogman et Mitsuko. Dès que le taxi démarra, je sentis la vilaine fille me prendre la main et la porter entre ses cuisses, pour que je la touche.

— N'est-il donc pas si jaloux que ça ? fis-je en signalant l'autre taxi, qui nous dépassait. Comment te laisse-t-il venir seule avec moi ?

Elle fit celle qui ne comprenait pas.

— Ne fais pas cette tête-là, bêta. Tu ne m'aimes donc plus ?

— Je te déteste, lui dis-je. Je n'ai jamais été aussi jaloux que maintenant. Alors comme ça ce nain de jardin, cet avorton, est le grand amour de ta vie ?

— Cesse de dire des bêtises, embrasse-moi plutôt.

Elle mit ses bras autour de mon cou, m'offrit sa bouche et je sentis la pointe de sa langue s'entremêler à la mienne. Elle me laissa l'embrasser longuement, et elle répondait joyeusement à mes baisers.

— Je t'aime, maudite sois-tu, je t'aime, je te veux, lui dis-je d'une voix mourante à l'oreille. Viens avec moi, ma petite Japonaise, viens, je te jure que nous serons très heureux.

— Attention, nous sommes arrivés, fit-elle, et elle s'écarta de moi, tira un kleenex de son sac et retoucha ses lèvres. Essuie-toi la bouche, je t'ai laissé un peu de rouge.

Le théâtre-restaurant était un music-hall à la scène gigantesque avec des tables, grandes et petites, échelonnées sur une rampe qui s'ouvrait comme un éventail, sous d'énormes lustres qui envoyaient une lumière aveuglante sur la salle immense. La table réservée par Fukuda était assez près de la scène et on jouissait d'une perspective magnifique. Le spectacle commença presque aussitôt après notre arrivée. Il rappelait les grands succès de Broadway, avec des numéros parfois parodiques, parfois mimétiques, des claquettes et des figures d'un corps de ballet fourni. Il y avait aussi des numéros de clowns, d'illusionnistes, de contorsionnistes, et des chansons en anglais et en japonais. Le présentateur semblait savoir presque autant de langues que le Drogman, bien que, d'après lui, il les parlât toutes mal.

Cette fois encore M. Fukuda, d'un geste impérieux, décida de nos places. Il me fit asseoir de nouveau près de Kuriko. Dès que les lumières s'éteignirent — la table était éclairée par des projecteurs à demi cachés derrière les décorations florales — je sentis le pied de la vilaine fille sur le mien. Je la regardai et, de l'air le plus naturel du monde, elle parlait avec Mitsuko dans un japonais qui, à en juger d'après les efforts que faisait celle-ci pour la comprendre, devait être aussi approximatif que son français et son anglais. Elle était très belle, dans cette semi-obscurité, la peau brunie, légèrement pâle, les épaules rondes, le cou aérien, ses petits yeux de miel pleins d'éclats et la bouche bien dessinée. Elle s'était déchaussée afin de me faire sentir la plante de son pied, qui fut pendant presque tout le dîner sur le mien, bougeant parfois pour me frotter la cheville et me montrer qu'elle était là, sachant ce qu'elle faisait, défiant son seigneur et maître. Ce dernier, hiératique, regardait le spectacle ou discutait avec le Drogman en remuant à peine les lèvres. Une fois seulement, je crois, il s'adressa à moi pour me demander en anglais quelle était la situation au Pérou et si j'y connaissais des gens de la communauté japonaise, qui, apparemment, était assez importante. Je lui répondis que je n'étais pas allé au Pérou depuis longtemps et que je ne savais pas grand-chose de ce qui se passait dans le pays où j'étais né. Et que je n'avais connu aucun Japonais péruvien, bien qu'il y en eût beaucoup, certes, car le Pérou avait été le deuxième pays au monde, après le Brésil, à ouvrir ses frontières à l'immigration japonaise à la fin du XIXe siècle.

Le dîner était déjà commandé et les plats, des miniatures joliment présentées et assez insipides de légumes, fruits de mer et viandes, se succédaient, interminablement. J'y goûtais, à peine, par politesse. En revanche, je bus plusieurs minuscules coupelles de porcelaine que le gangster nous remplissait du chaud et sirupeux saké. Je sentis la tête me tourner avant la fin de la première partie du spectacle. Mais au moins, mon malaise du début s'était dissipé.

Lorsque les lumières se rallumèrent, à ma grande surprise, le petit pied déchaussé de la vilaine fille resta là, collé au mien. Je pensai : « Elle sait que je souffre horriblement de jalousie et elle tâche de se racheter. » Oui, j'étais jaloux : chaque fois que je la regardais, en douce, je me disais que je ne l'avais jamais vue aussi belle ni aussi désirable. Par exemple, cette petite oreille était un prodige d'architecture minimaliste, avec ses douces courbes et le léger retroussement du lobe dans sa partie supérieure.

À un moment de la soirée, un incident entre Salomón et Mitsuko éclata sans que je sache comment. Mais soudain, elle se leva et partit sans dire au revoir à personne ni donner aucune explication. Le Drogman se dressa d'un bond et la suivit.

— Que s'est-il passé ? demandai-je à M. Fukuda, mais celui-ci resta à me regarder, immuable, muet.

— Elle n'aime pas qu'on la touche ni qu'on l'embrasse en public, dit Kuriko. Ton ami a la main baladeuse. Un jour ou l'autre, Mitsuko va le plaquer. Elle me l'a dit.

— Salomón mourra, si elle l'abandonne. Il l'aime comme une bête. Il l'a dans la peau.

La vilaine fille rit, en écartant ses lèvres pulpeuses maintenant très rouges de maquillage.

— Il l'aime comme une bête ! Il l'a dans la peau ! répéta-t-elle. Il y a des siècles que je n'ai pas entendu des expressions aussi amusantes ! Est-ce que ça se dit encore de nos jours ?

Et passant au japonais, elle se mit à expliquer à Fukuda ce que voulaient dire ces expressions. Il l'écoutait, rigide et impénétrable. De temps en temps, comme un pantin articulé, il prenait sa coupe, la portait à sa bouche sans la regarder, buvait une gorgée et la reposait sur la table. Mais peu après, de façon inattendue, le Drogman et Mitsuko revinrent.

Ils s'étaient réconciliés, car ils souriaient en se tenant par la main.

— Il n'y a rien de tel que les disputes pour garder vivant l'amour, me dit Salomón avec un sourire d'homme comblé en clignant de l'œil. Mais la femme, son mâle doit la châtier de temps en temps, pour ne pas en avoir par-dessus la tête.

À la sortie, il y avait à nouveau deux taxis qui nous attendaient, et, comme à l'aller, M. Fukuda décida d'un geste que je monterais avec Kuriko dans l'un d'eux. Il prit l'autre avec Salomón et Mitsuko. Ce détestable Japonais commençait à me devenir sympathique, avec les privilèges qu'il m'accordait.

— Laisse-moi au moins emporter la chaussure du pied avec lequel tu m'as caressé toute la soirée. Je me coucherai avec elle, puisque je ne peux pas le faire avec toi. Et je la garderai à côté de la brosse à dents de Guerlain.

Mais, à ma grande surprise, en arrivant à l'immeuble de Fukuda, Kuriko, au lieu de me dire au revoir, me prit par la main et m'invita à monter avec elle dans son appartement pour « le coup de l'étrier ». Dans l'ascenseur, je l'embrassai, au désespoir. Je lui dis tout en l'embrassant que je ne lui pardonnerais jamais d'avoir été si belle précisément ce soir-là, quand j'avais découvert que ses petites oreilles étaient de prodigieuses créations minimalistes. Je les adorais et j'aurais aimé les lui couper, les embaumer et les emporter de par le monde dans la poche de ma veste tout près du cœur.

— Continue, continue tes cucuteries, fleur bleue de mon cœur, fit-elle, flattée, souriante et maîtresse d'elle-même.

Fukuda n'était pas au salon. « Je vais voir s'il est arrivé », murmura-t-elle, après m'avoir servi un whisky *on the rocks*. Elle revint au bout d'un moment, le visage enflammé par une expression provocante :

— Il n'est pas là. Tu as gagné, mon bon garçon, cela veut dire qu'il ne viendra pas. Il va passer la nuit dehors.

Elle ne sembla pas très chagrine que sa maladie, son vice, l'ait abandonnée. Au contraire, la nouvelle semblait la réjouir. Elle m'expliqua que Fukuda avait l'habitude de disparaître, soudain, après un dîner ou une séance de ciné, sans rien lui dire. Et de revenir le lendemain, sans lui donner la moindre explication.

— Tu veux dire qu'il passera la nuit avec une autre ? L'imbécile, alors qu'il a chez lui la femme la plus belle du monde ?

— Tous les hommes n'ont pas aussi bon goût que toi, dit Kuriko en se laissant tomber assise sur mes genoux et en mettant ses bras autour de mon cou.

Tandis que je l'enlaçais, la caressais et l'embrassais sur la nuque, les épaules, dans les oreilles, je me disais qu'il était impossible que le hasard, les dieux, ou ce qu'on voudra, aient été assez généreux avec moi pour mettre en fuite le chef yakuza et m'accorder tant de félicité.

— Es-tu sûre qu'il ne va pas revenir ? lui demandai-je dans un sursaut de lucidité.

— Non, je le connais, s'il n'est pas revenu c'est qu'il passera la nuit dehors. Pourquoi, Ricardito, tu as peur ?

— Non, je n'ai pas peur. Si tu me demandais aujourd'hui de le tuer, je le tuerais. Je n'ai jamais été aussi heureux de ma vie, ma petite Japonaise. Et toi tu n'as jamais été aussi belle que cette nuit.

— Viens, viens.

Je la suivis, en résistant au vertige. Les objets du

salon dansaient autour de moi, au ralenti. Je me sentais si heureux qu'en passant près de la grande baie d'où l'on apercevait la ville, je pensai que si j'ouvrais une vitre et m'élançais dans le vide je flotterais comme une plume sur cet interminable manteau de lumières. Un couloir dans la semi-obscurité avec des gravures érotiques sur les murs. Une chambre à coucher dans la pénombre, avec un épais tapis qui me fit trébucher avant que je m'effondre sur un grand lit moelleux aux nombreux coussins. Sans que je ne lui demande rien, Kuriko avait commencé à se déshabiller. Et une fois nue, elle m'aida à faire de même.

— Qu'attends-tu, gros bêta ?

— Es-tu sûre qu'il ne va pas rentrer ?

Au lieu de me répondre, elle se blottit contre moi, s'enroula à moi et, cherchant ma bouche, l'emplit de sa salive. Je ne m'étais jamais senti aussi excité, aussi ému, aussi heureux. Tout cela arrivait-il vraiment ? La vilaine fille n'avait jamais été aussi ardente, aussi enthousiaste, elle n'avait jamais pris autant d'initiatives au lit. Elle avait toujours adopté une attitude passive, presque indifférente, où elle semblait se résigner à être embrassée, caressée et aimée, sans rien y mettre du sien. Et maintenant, c'est elle qui m'embrassait et me mordillait sur tout le corps, répondant aussitôt à mes caresses avec une détermination qui m'émerveillait. « Tu ne veux pas que je te fasse ce qui te fait plaisir ? » lui murmurai-je. « Moi d'abord à toi », répondit-elle en me repoussant de ses mains tendres pour que je m'étende sur le dos et écarte les jambes. Elle s'agenouilla entre mes genoux et, pour la première fois depuis que nous avions fait l'amour dans cette *chambre de bonne* de l'Hôtel du Sénat, elle fit ce que je lui avais tant de fois demandé et qu'elle avait toujours refusé :

prendre mon sexe dans sa bouche et le sucer. Je m'entendais gémir, sous l'incommensurable plaisir qui me désintégrait peu à peu et me faisait planer, sensation pure, musicale, crépitante flammèche... C'est alors que, durant une de ces secondes ou minutes de suspens miraculeux où je sentais tout mon être concentré sur ce bout de chair reconnaissant que, tout en me titillant les testicules, la vilaine fille léchait, suçait et absorbait, je vis Fukuda.

Il était à moitié caché, près d'un grand poste de télévision, comme séparé par l'obscurité de ce coin de l'alcôve, tout au plus à deux ou trois mètres du lit où Kuriko et moi faisions l'amour, assis sur une chaise ou une banquette, immobile et muet comme un sphinx, avec ses éternels verres fumés de gangster de cinéma et les deux mains sur la braguette.

La saisissant aux cheveux, j'obligeai la vilaine fille à lâcher le sexe qu'elle serrait dans sa bouche — je l'entendis gémir de douleur — et, m'étouffant de surprise, de peur et de confusion, je lui dis à l'oreille, d'une voix bêtement basse : « Mais il est là, il est là, Fukuda. » Au lieu de sauter du lit, d'avoir l'air épouvantée, de se mettre à courir comme une folle et crier, après une seconde d'hésitation où elle commença à tourner la tête vers le coin en question puis se reprit, je la vis faire la seule chose que je n'aurais jamais crue d'elle : elle m'entoura de ses bras et, se collant de toutes ses forces contre moi pour me clouer au lit, elle prit ma bouche, la mordit et la barbouilla de salive mêlée de sperme en me disant, dans une hâte désespérée, angoissée :

— Et qu'est-ce que ça fout qu'il soit là ou pas, pitchounet ? Tu ne jouis pas, je ne te fais pas jouir ? Ne le regarde pas, oublie-le.

Paralysé de stupéfaction, je compris tout :

Fukuda ne nous avait pas surpris, il était là, complice de la vilaine fille, jouissant d'un spectacle préparé pour eux deux. J'étais tombé dans une embuscade. Les étonnantes choses qui avaient précédé s'éclairaient, elles avaient été soigneusement planifiées par le Japonais et exécutées par elle, soumise aux ordres et aux désirs du yakuza. Je compris la raison des effusions de Kuriko durant ces deux derniers jours, et surtout cette nuit. Elle ne l'avait pas fait pour moi, ni pour elle, mais pour lui. Pour plaire à son maître. Pour la jouissance de son seigneur. Mon cœur battait à tout rompre et je pouvais à peine respirer. Ma tête ne me tournait plus et je sentais mon sexe mollir, se réduire, se ratatiner, comme honteux. Je l'écartai d'une bourrade et me relevai à demi, retenu par elle et criant :

— Je vais te tuer, fils de pute ! Salaud !

Mais Fukuda n'était plus là, ni dans ce coin ni dans la chambre, et la vilaine fille avait maintenant changé d'humeur et m'insultait, la voix et le visage décomposés par la rage :

— Qu'est-ce qui te prend, crétin ? Pourquoi tu fais un tel scandale ? (Et elle me boxait au visage, sur la poitrine, où elle pouvait, de ses deux petits poings.) Ne sois pas ridicule, ne sois pas si plouc ! Tu as toujours été et tu seras toujours un pauvre mec ! Tu es indécrottable, pitchounet !

Dans la pénombre, tout en tâchant de l'écarter de moi, je cherchais mes vêtements par terre. Je ne sais comment je pus les retrouver, ni comment je m'habillai et me chaussai, ni combien de temps dura cette scène grotesque. Kuriko avait cessé de me cogner mais, assise sur le lit, elle hurlait, hystérique, alternant sanglots et injures :

— Tu croyais que je faisais ça pour toi, crève-la-faim, minable, triple con ? Mais qui es-tu, pour qui

tu te prends ? Si tu savais comme je te méprise et te
déteste, couille molle !

Je finis de m'habiller et traversai presque en courant le couloir aux gravures érotiques, avec le désir
de me trouver face à Fukuda, un revolver à la main
et deux gardes du corps armés de matraques à ses
côtés, qu'importe ! je me jetterais sur lui, je lui arra-
cherais ses horribles lunettes et lui cracherais au
visage pour qu'on me tue au plus vite. Mais il n'y
avait personne non plus au salon, ni dans l'ascenseur. En bas, à la porte de l'immeuble, tremblant de
froid et de colère, je dus attendre un bon moment le
taxi que m'appela le portier galonné.

Dans ma chambre d'hôtel, je m'étendis sur le lit,
tout habillé. Je me sentais fatigué, meurtri et ulcéré,
et n'avais même pas le courage de me déshabiller. Je
restai des heures éveillé, l'esprit vide, avec l'impression d'être une loque humaine doublée d'un stupide
innocent, d'un crétin ingénu. Je me répétais sans
cesse, comme un mantra : « C'est ta faute, Ricardo.
Tu la connaissais. Tu savais de quoi elle était capable. Elle ne t'a jamais aimé, elle t'a toujours
méprisé. Pourquoi pleurer, pitchounet ? Pourquoi te
plaindre, te lamenter, petit con, triple imbécile.
C'est ce que tu es, elle te l'a dit et répété. Tu devrais
être heureux et, comme font les malins, les futés, te
dire que c'est toi qui y gagnes. Tu te l'es envoyée,
non ? Elle t'a sucé le zizi, non ? Tu t'es vidé dans
sa bouche, non ? Qu'est-ce que tu veux de plus ?
Qu'est-ce que ça peut te foutre que ce nain de jardin, cette espèce de yakuza, ait été là, à te regarder
baiser sa putain ? Qu'est-ce que tu en as à foutre de
ce qui s'est passé ? Qui t'a demandé de t'amouracher d'elle ? C'est ta faute et celle de personne
d'autre, Ricardito. »

Quand le jour pointa, je me rasai, me baignai, fis

ma valise et appelai Japan Air Lines pour avancer mon retour à Paris, que je devais obligatoirement effectuer via la Corée. Je réussis à avoir une place dans l'avion de midi pour Séoul, de sorte que j'avais juste le temps d'arriver à l'aéroport de Narita. J'appelai le Drogman pour lui dire au revoir, en lui expliquant que je devais rentrer d'urgence à Paris, pour un bon contrat de travail qu'on venait de me proposer. Il insista pour m'accompagner bien que je fisse l'impossible pour l'en empêcher.

Alors que j'étais à la réception à régler mon compte, on m'appela au téléphone. Dès que j'entendis la voix de la vilaine fille disant « Allô, allô », je raccrochai. Je sortis dans la rue attendre le Drogman. On prit le bus qui ramassait les passagers de différents hôtels, si bien qu'on mit plus d'une heure à arriver à Narita. Durant le trajet, mon ami me demanda si j'avais eu des problèmes avec Kuriko ou avec Fukuda, et je lui assurai que non, que mon départ intempestif était dû à cet excellent contrat que m'avait proposé par fax M. Charnés. Il ne me crut pas, mais n'insista pas.

Et aussitôt, abordant son propre problème, il me parla de Mitsuko. Il avait toujours été allergique au mariage, qu'il considérait comme une abdication pour tout être libre tel que lui. Mais comme Mitsuko voulait tellement qu'ils se marient, et qu'elle était si brave fille, et qui s'était si bien comportée avec lui, il envisageait de sacrifier sa liberté, de lui faire plaisir et de se marier. « S'il le faut, selon le rite shintoïste, mon cher. »

Je n'osai lui dire qu'il vaudrait mieux attendre un peu avant de faire ce pas de géant. Alors qu'il me parlait, je me sentais malheureux comme une pierre en pensant à tout ce qu'il allait souffrir quand, un de ces jours, Mitsuko aurait le cran de lui dire qu'elle voulait rompre avec lui, parce qu'elle ne l'aimait pas et en était même venue à le détester.

À Narita, en serrant dans mes bras le Drogman tandis qu'on annonçait mon vol pour Séoul, je sentis, absurdement, mes yeux se remplir de larmes lorsque je l'entendis dire :

— Accepterais-tu d'être le témoin de mon mariage, mon cher ?

— Bien sûr, vieux, ce serait un grand honneur.

Je débarquai deux jours plus tard à Paris, physiquement et moralement brisé. Je n'avais ni fermé l'œil ni mangé une bouchée durant les dernières quarante-huit heures. Mais j'arrivai aussi — j'avais ruminé la chose pendant tout le voyage — décidé à ne pas me laisser abattre du tout, à vaincre la dépression qui me sapait le moral. Je connaissais la recette. Il fallait traiter cela en travaillant et en occupant son temps libre en activités absorbantes, sinon créatives ou utiles. Avec cette volonté chevillée au corps, je priai M. Charnés de me faire obtenir beaucoup de contrats, parce que j'avais besoin d'amortir une dette importante. Et il s'exécuta, avec la bienveillance qu'il m'avait toujours témoignée dès le départ. Les mois suivants je fus peu à Paris. J'assistai à des conférences et des rencontres de toute nature, à Londres, à Vienne, en Italie, en Angleterre, dans les pays scandinaves, ainsi qu'à deux reprises en Afrique, au Cap, et à Abidjan. Dans toutes ces villes, après mon travail j'allais joliment transpirer dans un gymnase, en faisant des abdominaux, du cardio-training, du vélo d'appartement, nageant ou m'adonnant à l'aérobic. Et je continuais à perfectionner mon russe, par moi-même, et à traduire, lentement, pour me distraire, les nouvelles d'Ivan Bounine qui, après celles de Tchekhov, étaient celles qui me plaisaient le plus.

Quand j'en eus traduit trois, je les envoyai à mon ami Mario Muchnik, en Espagne. « À force de ne publier que des chefs-d'œuvre, j'ai déjà mis en faillite quatre maisons d'édition, me répondit-il. Et, le croiras-tu ? je suis en train de convaincre un chef d'entreprise suicidaire de me financer la cinquième. C'est là que je publierai ton Bounine et je te paierai même des droits d'auteur suffisants pour bon nombre de cafés au lait. Le contrat suit. » Cette activité incessante me sortit, peu à peu, de mon chaos sentimental. Mais ne me libéra pas d'une certaine tristesse intime, d'une déception profonde, qui m'accompagna longtemps comme un double et rongeait tel un acide tout enthousiasme ou intérêt pour toute chose ou toute personne. Et je fis souvent la nuit le même sale cauchemar où, sur un épais fond d'ombres, je voyais la figure chétive de Fukuda, immobile sur sa banquette, aussi inexpressif qu'un bouddha, se masturbant et éjaculant une pluie de sperme qui retombait sur la vilaine fille et sur moi.

Après six mois, au retour d'une de ces conférences, on me remit à l'Unesco une lettre de Mitsuko. Salomón s'était suicidé en avalant un flacon de barbituriques dans le petit appartement loué où il vivait. Son suicide avait été une surprise pour elle parce que, lorsque peu après mon départ de Tokyo Mitsuko, suivant mon conseil, s'était enhardie à lui parler, à lui expliquer qu'ils ne pouvaient rester ensemble car elle voulait se consacrer à fond à sa profession, Salomón l'avait très bien compris. Il s'était montré très compréhensif et n'avait pas fait de scène. Ils avaient gardé une amitié distante, ce qui était inévitable avec l'affairement de Tokyo. Ils se voyaient de temps à autre dans un salon de thé ou un restaurant et se parlaient fréquemment au téléphone. Salomón lui avait fait savoir qu'à l'expiration de son contrat avec Mitsubishi il ne pensait pas le renouveler ; il rentrerait à Paris, « où il avait un bon ami ». C'est pourquoi elle et tous ceux qui le connaissaient avaient été déconcertés par sa décision d'en finir avec la vie. L'entreprise avait pris en charge les frais des funérailles. Heureusement, Mitsuko dans sa lettre ne disait rien de Kuriko. Je ne lui répondis pas ni ne lui présentai mes condoléances. Je me bornai à ranger sa lettre dans le tiroir de ma table de nuit où j'avais le hussard de plomb que le Drogman m'avait offert le jour où il était parti pour Tokyo et la petite brosse à dents de Guerlain.

V

L'enfant sans voix

Jusqu'à ce que Simon et Elena Gravoski viennent vivre dans l'immeuble art déco de la rue Joseph-Granier, malgré toutes les années que j'habitais là, je n'avais aucun ami parmi mes voisins. J'avais cru parvenir à m'en faire un de M. Dourtois, fonctionnaire de la SNCF, marié à une femme aux cheveux jaunes et au visage revêche, institutrice retraitée. Il habitait la porte en face et, sur le palier, dans l'escalier ou dans le hall d'entrée, nous échangions des saluts ou des bonjours, et au bout de quelques années nous nous serrions la main en faisant des commentaires sur le temps, préoccupation permanente des Français. Ces conversations fugaces me firent penser que nous étions amis, mais je découvris qu'il n'en était rien une nuit où, rentrant chez moi après un concert de Victoria de los Ángeles au Théâtre des Champs-Élysées, je m'aperçus que j'avais oublié la clé de mon appartement. À cette heure tardive, impossible de trouver un serrurier. Je m'installai du mieux que je pus sur le palier et attendis cinq heures du matin, heure où mon très ponctuel voisin se rendait à son travail. Je suppo-sai qu'en me découvrant là il me ferait entrer chez lui jusqu'à ce qu'il fasse jour. Mais quand, à cinq heures, M. Dourtois surgit et que je lui expliquai pourquoi j'étais là, les os brisés par ma nuit blanche, il se borna à me plaindre et, regardant sa montre, m'avertit :

— Vous allez devoir attendre trois ou quatre heures encore, jusqu'à l'ouverture d'une serrurerie, *mon pauvre ami*.

Et, la conscience tranquille, il passa son chemin. Les autres voisins de l'immeuble, je les croisais parfois dans l'escalier et j'oubliais tout aussitôt leur visage et leur nom. Mais quand les Gravoski, et Yilal, leur fils adoptif de neuf ans, emménagèrent, les Dourtois étant partis s'installer en Dordogne, ce fut tout autre chose. Simon, un physicien belge, travaillait comme chercheur à l'Institut Pasteur, et Elena, une Vénézuélienne, était pédiatre à l'hôpital Cochin. Ils étaient gentils, sympathiques, curieux de tout et cultivés, et dès le premier jour, où, en plein emménagement, je proposai de leur donner un coup de main et de les informer sur le quartier, nous devînmes amis. On prenait le café ensemble après le dîner, on se prêtait livres et revues, et nous allâmes une fois au cinéma La Pagode, qui était tout près, ou bien nous emmenions Yilal au cirque, au Louvre et à d'autres musées de Paris.

Simon frôlait la quarantaine, bien que sa barbe rousse fournie et sa bedaine prononcée le fissent paraître un peu plus vieux. Il était habillé n'importe comment, avec sa grosse veste aux poches déformées par les carnets, les papiers, et une pleine valise de livres. Il chaussait des lunettes de myope qu'il essuyait fréquemment dans sa cravate fripée. Il était l'incarnation du savant négligent et distrait. Elena, en revanche, un peu plus jeune que lui, était coquette et soignée, et je ne me souviens pas de l'avoir jamais vue de mauvaise humeur. Tout l'enthousiasmait dans la vie : son travail à l'hôpital Cochin et ses tout petits patients dont elle nous racontait des anecdotes amusantes, mais elle pouvait aussi bien commenter l'article qu'elle venait de lire dans *Le Monde* ou *L'Express*, et elle s'habillait pour aller au cinéma ou pour dîner dans un restaurant vietnamien le samedi suivant comme si elle allait assister à la cérémonie de remise des Oscars. Elle était petite, menue, expansive et débordait de sympathie. Ils parlaient entre eux en français, mais avec moi ils le faisaient en espagnol, langue que Simon maîtrisait à la perfection.

Yilal était né au Vietnam et c'est tout ce qu'ils savaient de lui. Ils l'avaient adopté quand l'enfant avait quatre ou cinq ans — même sur son âge ils n'avaient aucune certitude — à travers Caritas, après des démarches kafkaïennes sur lesquelles Simon, dans ses soliloques amusants, fondait sa théorie de l'inévitable désintégration de l'humanité due à la gangrène bureaucratique. Ils l'avaient appelé Yilal à cause d'un ancêtre polonais de Simon, un personnage mythique qui, selon mon voisin, fut décapité dans la Russie prérévolutionnaire pour avoir été surpris en flagrant délit rien de moins qu'avec la tsarine. Fornicateur royal, cet ancêtre avait été aussi cabaliste, mystique, contrebandier, faux-monnayeur et joueur d'échecs. L'enfant adopté était muet. Non par quelque déficience organique — ses cordes vocales étaient intactes —, mais sous l'effet d'un traumatisme d'enfance, peut-être un bombardement ou quelque autre scène terrible de cette guerre du Vietnam qui l'avait rendu orphelin. Les spécialistes qui l'avaient examiné s'accordaient à dire qu'avec le temps il récupérerait l'usage de la parole, mais qu'il ne valait pas la peine, pour le moment, de lui imposer d'autres traitements. Les séances thérapeutiques le tourmentaient et semblaient renforcer, dans son esprit blessé, sa volonté de s'en tenir au silence. Il était allé quelques mois dans une école pour sourds-muets, mais les professeurs eux-mêmes avaient conseillé à ses parents de le mettre dans une école publique. Yilal n'était pas sourd. Il avait l'ouïe fine et la musique le divertissait ; il battait la mesure avec le pied et remuait les mains ou la tête. Elena et Simon s'adressaient à lui de vive voix et il leur répondait par signes et gestes expressifs, parfois par écrit, sur une ardoise qu'il portait au cou.

Il était mince et un peu chétif, mais en rien anorexique. Il avait un excellent appétit et quand j'apparaissais chez lui avec une petite boîte de chocolats ou un gâteau, son regard brillait et il dévorait ces friandises en manifestant son plaisir. Mais, sauf en de rares occasions, c'était un enfant renfermé qui donnait l'impression de se perdre dans une somnolence l'éloignant de la réalité ambiante. Il pouvait rester longtemps le regard perdu, retranché dans son monde privé, comme si tout ce qui l'entourait s'était évanoui.

Il n'était pas très affectueux et donnait l'impression, plutôt, d'être écœuré par les cajoleries et de s'y soumettre avec résignation. Il émanait de lui quelque chose de doux et de fragile. Les Gravoski n'avaient pas la télévision, car à cette époque beaucoup d'intellectuels parisiens considéraient encore que la télévision était anticulturelle et ne devait pas entrer dans le foyer, mais Yilal ne partageait pas ces préjugés et demandait à ses parents d'acheter un téléviseur, comme les familles de ses camarades de classe. Je leur proposai, s'ils s'obstinaient à ne pas faire entrer chez eux cet objet réducteur de sensibilité, que Yilal vienne de temps en temps chez moi voir quelque match de football ou une émission pour enfants. Ils acceptèrent et dès lors, trois ou quatre fois par semaine, après avoir fait ses devoirs, Yilal traversait le palier et venait chez moi voir l'émission que ses parents ou moi lui suggérions. Durant cette heure qu'il passait dans mon salon-salle à manger, les yeux rivés sur le petit écran, à regarder des dessins animés, une émission de jeux ou de sport, il semblait pétrifié. Ses gestes et ses expressions dénonçaient son total abandon aux images. Parfois, à la fin de l'émission, il restait encore un moment avec moi et nous bavardions. C'est-à-dire qu'il me posait des questions, via son ardoise, sur tous les sujets imaginables et moi je lui répondais, ou alors je lui lisais un poème, un conte de son livre de lecture ou de ma propre bibliothèque. Je m'attachai à lui mais tentai de ne pas trop le lui montrer, car Elena m'avait prévenu : « Tu dois le traiter comme un enfant *normal*. Jamais comme une victime ou un invalide, parce que tu lui ferais beaucoup de mal. » Quand je n'étais pas à l'Unesco et que j'avais des contrats de travail en dehors de Paris, je laissais la clé de mon appartement aux Gravoski pour que Yilal ne manque pas ses émissions.

À mon retour d'un de ces déplacements, à Bruxelles, Yilal me montra sur son ardoise ce message : « En ton absence, la vilaine fille t'a appelé. » La phrase était écrite en français, mais « vilaine fille » était en espagnol, *niña mala*.

C'était la quatrième fois qu'elle m'appelait, durant ces deux années écoulées depuis l'épisode du Japon. La première, trois ou quatre mois après mon départ précipité de Tokyo, quand je luttais encore pour me remettre de cette expérience qui avait laissé dans ma mémoire une plaie parfois encore purulente. Je consultais des documents à la bibliothèque de l'Unesco et la bibliothécaire m'avait transféré un appel de la salle des interprètes. Avant de dire « Allô ? » j'avais reconnu sa voix :

— Tu es encore fâché contre moi, mon bon garçon ?

J'avais coupé, sentant que ma main tremblait.

— De mauvaises nouvelles ? m'avait demandé la bibliothécaire, une Géorgienne avec qui j'avais coutume de parler en russe. Tu es devenu tout pâle !

J'avais dû m'enfermer aux toilettes pour vomir. Cet appel m'avait laissé hébété pour le restant de la journée. Mais j'avais pris la décision de ne pas revoir la vilaine fille, ni de parler avec elle, et je tenais bon. Ce n'est qu'ainsi que je me guérirais de ce poids qui avait conditionné ma vie depuis ce jour où, pour aider mon ami Paúl, j'étais allé accueillir ces trois aspirantes guérilleras à l'aéroport d'Orly. Je ne parvenais à l'oublier qu'à moitié. Immergé dans mon travail, et les obligations qu'il m'imposait — parmi lesquelles celle toujours de perfectionner mon russe —, je passais parfois des semaines sans me souvenir d'elle. Mais soudain, quelque chose la ramenait à mon esprit et c'était comme si un ver solitaire nichait dans mes entrailles et se mettait à dévorer mon enthousiasme, mon énergie. Je me retrouvais abattu, et pas moyen de m'ôter de la tête cette image de Kuriko, m'accablant de caresses avec une fougue qu'elle ne m'avait jamais montrée auparavant, pour faire plaisir à son amant japonais, qui nous contemplait en se masturbant dans l'ombre.

Son deuxième appel m'avait surpris à Vienne où je me trouvais pour une conférence du Haut Commissariat à l'énergie atomique, à l'hôtel Sacher, lors de la seule aventure que j'eus durant ces deux ans, avec une compagne de travail. Mon inappétence sexuelle avait été absolue depuis l'épisode de Tokyo, au point que j'en étais venu à me demander si j'étais devenu impuissant. J'étais presque habitué à vivre sans sexe quand, le jour même où j'avais connu Astrid, une interprète danoise, celle-ci m'avait proposé avec un naturel désarmant : « Si tu veux, nous pouvons nous voir cette nuit. » Elle était grande, rouquine, sans complications, avec des yeux si clairs qu'ils semblaient liquides. Nous étions allés dîner de *Tafelspitz* et de bière au Café Central du palais Ferstel, Herrengasse, avec ses colonnes de mosquée turque, son plafond en voûte et ses tables en marbre rouge, et ensuite, sans nul besoin de concertation préalable, nous avions couché ensemble au luxueux hôtel Sacher, où nous étions logés tous les deux, car l'hôtel faisait des remises importantes aux participants de la conférence. C'était une femme séduisante encore, bien que l'âge commençât à laisser quelques traces sur son corps si blanc. Elle faisait l'amour sans que le sourire ne quitte son visage, même au moment de l'orgasme. J'avais joui et elle avait joui aussi, mais il m'avait semblé que cette façon de faire l'amour, si saine, avait plus à voir avec la gymnastique qu'avec ce que feu Salomón Toledano appelait dans une de ses lettres « le troublant et lascif plaisir des gonades ». La seconde et dernière fois que nous avions couché ensemble, le téléphone avait sonné sur ma table de nuit alors même que nous venions d'achever nos acrobaties et qu'Astrid commençait à me raconter la prouesse de sa fille qui, danseuse à Copenhague, était devenue acrobate de cirque. J'avais décroché et dit « Allô ? » quand j'avais entendu la voix de petite chatte câline :

— Vas-tu encore me raccrocher au nez, pitchounet ?

J'avais retenu un moment le combiné, tandis que je maudissais mentalement l'Unesco pour lui avoir donné mon téléphone à Vienne, mais j'avais coupé quand, après une pause, elle s'était mise à dire : « Eh bien, au moins cette fois... »

— Un vieil amour ? avait fait Astrid en devinant. Je vais à la salle de bains pour que tu parles plus tranquillement ?

Non, c'était une histoire finie et achevée. Depuis cette nuit-là, je n'avais plus eu aucun rapport sexuel, et vraiment la chose ne me préoccupait absolument pas. À quarante-sept ans, j'étais arrivé à la conclusion qu'un homme pouvait mener une vie parfaitement normale sans faire l'amour. Car ma vie était assez normale, bien que vide. Je travaillais beaucoup et m'acquittais de mes tâches pour combler le temps et toucher un salaire, sans le moindre intérêt, car même mes études de russe et la traduction presque sans fin des nouvelles d'Ivan Bounine, que je faisais et défaisais, étaient devenues une activité mécanique, rarement gratifiante. Quant au cinéma, aux concerts, aux disques et à la lecture, c'était plus façon de tuer le temps que motif à enthousiasme, comme autrefois. De cela aussi j'en voulais à Kuriko. Par sa faute, chez moi, les illusions qui font de l'existence quelque chose d'autre qu'une somme de routines s'étaient envolées. Parfois, je me sentais vieux.

Ainsi comprend-on mieux que l'arrivée d'Elena, Simon et Yilal Gravoski dans l'immeuble de la rue Joseph-Granier ait été providentielle. L'amitié de mes voisins avait injecté un peu d'humanité et d'émotion dans ma morne existence. La troisième fois que la vilaine fille appela, ce fut chez moi à Paris, un an au moins après l'appel de Vienne.

À quatre ou cinq heures du matin, la sonnerie tonitruante du téléphone m'avait tiré, dans l'effroi, du sommeil. Le téléphone sonnait avec tant d'insistance que j'avais finalement ouvert les yeux et cherché à tâtons le combiné :

— Ne raccroche pas (sa voix était à la fois suppliante et furieuse). Il faut absolument que je te parle, Ricardo.

J'avais raccroché et, bien sûr, n'avais pu fermer l'œil le restant de la nuit. J'étais angoissé, me sentais mal, jusqu'à voir finalement pointer une aube couleur souris dans le ciel de Paris à travers l'œil-de-bœuf sans rideau de ma chambre à coucher. Pourquoi persistait-elle à m'appeler, périodiquement ? Parce que, dans sa vie intense, je devais être une des rares choses stables, l'idiot fidèle et amoureux, toujours là, attendant son appel pour dire à ma maîtresse qu'elle était encore ce qu'elle avait sans doute cessé d'être, ce qu'elle ne serait bientôt plus : jeune, belle, aimée, désirable. Ou peut-être avait-elle besoin de quelque chose ? Ce n'était pas impossible. Dans sa vie soudain un petit trou était apparu que le pitchounet pouvait combler. Et avec son caractère glacial, elle n'hésitait pas à me relancer, convaincue qu'il n'y avait douleur ni humiliation qu'avec son infini pouvoir sur mes sentiments elle ne puisse effacer en deux minutes de conversation. La connaissant, je savais qu'elle n'en démordrait jamais ; elle continuerait d'insister, à intervalles plus ou moins réguliers... Non, cette fois tu te trompais, ma petite Péruvienne, je ne te répondrais pas au téléphone.

Et voilà qu'elle avait appelé pour la quatrième fois. D'où ? Je le demandai à Elena Gravoski, mais, à ma grande surprise, elle me répondit que ce n'était pas elle qui avait répondu au téléphone, ni cette fois ni aucune autre pendant mon séjour à Bruxelles.

— Alors c'est Simon. Il ne t'a rien dit ?

— Il ne met pas non plus les pieds dans ton appartement, il rentre de l'Institut Pasteur quand Yilal en est déjà au dîner.

Mais alors, c'était Yilal qui avait *parlé* avec la vilaine fille ?

Elena pâlit légèrement.

— Ne le lui demande pas, me dit-elle en baissant la voix, blanche comme un linge. Ne fais pas la moindre allusion au message qu'il t'a transmis.

Était-ce possible que Yilal eût *parlé* avec Kuriko ? Était-ce possible que, lorsque ses parents n'étaient pas là et ne pouvaient le voir ni l'entendre, l'enfant puisse recouvrer l'usage de la parole ?

— N'y pensons pas, n'en parlons plus, répéta Elena en s'efforçant de se remettre et de paraître naturelle. Ce qui doit arriver arrivera. En son temps. Si nous essayons de le forcer, ce sera pire. J'ai toujours su que cela se produirait un jour, que cela va se produire. Changeons de sujet, Ricardo. Qu'est-ce que c'est que cette histoire de vilaine fille ? Qui est-ce ? Parle-moi d'elle, plutôt.

Nous prenions le café chez elle, après le dîner, en parlant à voix basse pour ne pas distraire Simon qui, dans la pièce à côté, son bureau, relisait un rapport qu'il devait présenter le lendemain à un séminaire. Yilal était allé dormir depuis longtemps.

— Une vieille histoire, lui répondis-je. Je ne l'ai racontée à personne, jamais. Mais tiens, je crois qu'à toi je vais la raconter, Elena. Pour te faire oublier ce qui s'est passé avec Yilal.

Et je la lui racontai. Du début à la fin, depuis les jours bien lointains de mon enfance, quand l'arrivée de Lucy et de Lily, les fausses Chiliennes, avait bouleversé les rues tranquilles de Miraflores, jusqu'à cette nuit d'amour passionné à Tokyo — la plus belle nuit d'amour de ma vie —, brutalement interrompue par la vision, dans l'ombre de cette chambre, de M. Fukuda, nous observant derrière ses verres fumés et ses mains tripatouillant sa braguette. Je ne sais combien de temps je parlai. Je ne sais à quel moment Simon apparut, s'assit près d'Elena et, silencieux et attentif comme elle, se mit à m'écouter. Je ne sais à quel moment surgirent mes larmes, et, honteux de cette effusion sentimentale, je me tus. Je tardai un bon moment à retrouver mon calme. Tandis que je balbutiais des excuses, je vis Simon se lever et revenir avec des verres et une bouteille de vin.

— C'est tout ce que j'ai, du vin, et en outre un beaujolais très bon marché, fit-il en s'excusant et me tapotant le dos. Je suppose que, dans des cas comme celui-là, il faut de plus nobles rasades.

— Whisky, vodka, rhum ou cognac, bien sûr ! dit Elena. Cette maison est une calamité. Nous n'avons jamais ce que nous devrions avoir. Nous sommes des amphitryons lamentables, Ricardo.

— Je t'ai bousillé ton rapport de demain avec mon petit numéro, Simon.

— Quelque chose de bien plus intéressant que mon rapport, affirma-t-il. Par ailleurs, ce surnom te va comme un gant. Pas au sens péjoratif, mais littéralement. C'est ce que tu es, *mon vieux*, même si ça ne te plaît pas : un bon garçon.

— Sais-tu que c'est une merveilleuse histoire d'amour ? s'écria Elena en me regardant, surprise. Parce que c'est cela, au fond. Une merveilleuse histoire d'amour. Ce Belge triste ne m'a jamais aimée ainsi. Qui peut se comparer à elle, mon gars ?

— J'aimerais connaître cette Mata Hari, dit Simon.

— Tu passeras plutôt sur mon corps, le menaça

Elena, en lui tirant la barbe. As-tu des photos d'elle ? Tu nous les montres ?

— Je n'en ai pas une seule. Autant que je m'en souvienne, nous n'avons jamais pris une seule photo ensemble.

— La prochaine fois qu'elle appellera, je te prie de répondre, dit Elena. Cette histoire ne peut finir ainsi, sur un téléphone qui sonne et qui sonne, comme dans le plus mauvais film d'Hitchcock.

— Et de plus, fit Simon en baissant la voix, tu dois lui demander si Yilal *a parlé* avec elle.

— Je suis mort de honte, fis-je en m'excusant pour la seconde fois. Les larmes et tout ce cirque, je veux dire.

— Tu ne t'en es pas rendu compte, mais Elena aussi a pleuré à chaudes larmes, dit Simon. Je vous aurais bien accompagnés, si je n'avais été belge. Mes ancêtres juifs m'ont incliné aux larmes. Mais le sang wallon a prévalu. Un Belge ne se laisse pas aller à l'émotivité sud-américaine et tropicale.

— À la vilaine fille, à cette femme fantastique ! dit Elena en levant son verre. Quelle vie ennuyeuse j'ai pu avoir, bon Dieu de bon sang de bonsoir !

On siffla toute la bouteille de vin et, entre rires et blagues, je me sentis mieux. Pas une seule fois, dans les jours et les semaines qui suivirent, mes amis Gravoski, pour éviter de me mettre mal à l'aise, ne firent la moindre allusion à ce que je leur avais raconté. Et entre-temps je décidai, en effet, si ma petite Péruvienne appelait, de lui répondre. Pour qu'elle me dise si, la fois précédente où elle avait téléphoné, elle avait *parlé* avec Yilal. Seulement pour cela ? Non, pas seulement. Depuis que j'avais avoué à Elena Gravoski mes amours, comme si de partager avec quelqu'un cette histoire l'avait lavée de tout son poids de rancœur, de jalousie, d'humiliation et de susceptibilité, je m'étais mis à attendre cet appel avec angoisse et à craindre qu'en raison de mes rebuffades de ces deux dernières années il n'arrive pas. J'apaisais mon sentiment de culpabilité en me disant qu'en aucun cas cela ne signifierait une rechute. Je lui parlerais comme un ami distant et ma froideur serait la meilleure preuve que je m'étais vraiment libéré d'elle.

Cette attente eut, par ailleurs, un effet assez bénéfique sur mon état d'esprit. Entre deux contrats à l'Unesco ou hors de Paris, je repris ma traduction des nouvelles d'Ivan Bounine, les relus une dernière fois et j'écrivis un bref prologue avant d'envoyer le manuscrit à mon ami Mario Muchnik. « Il était temps, me répondit-il. Je craignais que l'artériosclérose ou la démence sénile ne m'atteignent avant ton Bounine. » Quand j'étais à la maison à l'heure où Yilal regardait son émission de télévision, je lui lisais des nouvelles. Celles traduites par moi ne lui plurent pas trop et il les écouta plus par politesse que par intérêt. En revanche, les romans de Jules Verne l'enchantaient. Au rythme de deux chapitres par jour, je lui en lus plusieurs au cours de cet automne. Celui qu'il aima le plus — les épisodes le faisaient sauter de joie — fut *Le tour du monde en quatre-vingts jours*. Mais *Michel Strogoff* le fascina aussi. Comme me l'avait demandé Elena, tout en étant rongé de curiosité, je ne l'interrogeai jamais sur cet appel que lui seul pouvait avoir reçu. Durant les semaines et les mois qui suivirent le message qu'il m'avait écrit sur son ardoise, je ne remarquai jamais le moindre indice que Yilal fût capable de parler.

L'appel survint deux mois et demi après ce fameux message. Je me trouvais sous la douche et me préparais à aller à l'Unesco, quand j'entendis sonner le téléphone et j'eus une intuition : « C'est elle. » Je courus vers ma chambre et décrochai, en me laissant tomber sur le lit, sans prendre le temps de m'essuyer :

— Tu vas encore une fois me raccrocher au nez, mon bon garçon ?

— Comment vas-tu, vilaine fille ?

Il y eut un bref silence et, enfin, un petit rire :

— Ah, ah ! tu daignes enfin me répondre. À quoi est dû ce miracle, si l'on peut savoir ? Ton coup de colère t'a passé ou me détestes-tu toujours ?

En entendant ce ton légèrement moqueur et ce relent de triomphe dans ses paroles, j'eus envie de raccrocher.

— Pourquoi m'appelles-tu ? lui demandai-je. Pourquoi m'as-tu appelé toutes ces fois ?

— J'ai besoin de parler avec toi, dit-elle en changeant de ton.

— Où es-tu ?

— Je suis ici, à Paris, depuis un bout de temps. Pouvons-nous nous voir un moment ?

Je fus glacé. J'étais si sûr qu'elle était encore à Tokyo, ou dans quelque pays lointain, et qu'elle ne remettrait jamais les pieds en France ! Savoir qu'elle était là et que je pouvais la voir à tout instant me plongea dans une confusion totale.

— Seulement un petit instant, insista-t-elle, en pensant que mon silence était négatif. Ce que j'ai à te dire est très personnel, je préfère ne pas le faire par téléphone. Une demi-heure, pas plus. Ce n'est pas beaucoup pour une vieille amie, non ?

Je lui donnai rendez-vous pour le surlendemain, au sortir de l'Unesco, à six heures du soir, à La Rhumerie, à Saint-Germain-des-Prés (ce bar s'était toujours appelé La Rhumerie martiniquaise, mais ces derniers temps, pour quelque mystérieuse raison, il avait perdu la mention de son appartenance). Quand je raccrochai, mon cœur battait la chamade. Avant de retourner à ma douche je dus rester un moment assis, la bouche ouverte, jusqu'à retrouver mon souffle. Que faisait-elle à Paris ? Des petits travaux spéciaux pour le compte de Fukuda ? Ouvrir le marché européen aux aphrodisiaques exotiques à base de poudre de défense d'éléphant et de corne de rhinocéros ? Avait-elle besoin de moi pour que je lui donne un coup de main dans ses opérations de contrebande, blanchiment d'argent ou autres trafics mafieux ? J'avais fait une bêtise en répondant au téléphone. La vieille histoire allait se répéter. Nous bavarderions, je lui redonnerais ce pouvoir qu'elle avait toujours eu sur moi, on vivrait une brève et fausse idylle, je me ferais toutes sortes d'illusions et, au moment où je m'y attendrais le moins, elle disparaîtrait et je me retrouverais meurtri et hébété, pansant mes plaies, comme à Tokyo. Jusqu'au prochain chapitre !

Je ne dis rien à Elena et Simon de l'appel ni du rendez-vous, et passai ces quarante-huit heures dans un état somnambulique, entre des flashes de lucidité et un brouillard mental qui se dissipait de temps en temps pour que je puisse me livrer à une séance de masochisme avec insultes : imbécile, crétin, tu mérites tout ce qui t'arrive, t'est arrivé et t'arrivera.

Le jour du rendez-vous fut un de ces jours gris et humides de fin d'automne parisien, où il ne reste presque plus de feuilles aux arbres ni de clarté dans le ciel, où la mauvaise humeur des gens augmente avec le mauvais temps et où l'on voit hommes et femmes dans la rue dissimulés sous leur manteau, cache-nez, gants et parapluie, pressés et pleins de haine contre le monde. En quittant l'Unesco je cherchai un taxi, mais, comme il pleuvait et qu'il n'y avait pas d'espoir d'en trouver un, je choisis le métro. Je descendis à la station Saint-Germain-des-Prés et dès la porte de La Rhumerie je la vis, assise à la terrasse, devant une tasse de thé et une petite bouteille de Perrier. En me voyant, elle se leva et me tendit ses joues :

— Pouvons-nous nous donner l'*accolade* ou ça non plus ?

L'établissement était rempli de gens typiques du quartier : touristes, play-boys avec chaînette au cou, coquet gilet et blouson, filles en minijupe et décolleté plongeant, certaines maquillées comme pour une soirée de gala. Je commandai un grog. Nous restâmes silencieux, nous regardant un peu gênés, sans savoir que dire.

La transformation de Kuriko était visible. Non seulement elle semblait avoir perdu dix kilos — c'était un petit squelette de femme —, mais elle avait vieilli de dix ans depuis l'inoubliable nuit de Tokyo. Elle était habillée avec cette modestie et cette négligence que je ne me rappelais lui avoir vues que ce lointain matin où j'allai l'accueillir à l'aéroport d'Orly sur ordre de Paúl. Elle portait un veston râpé et un pantalon de flanelle décoloré, d'où émergeaient de gros souliers usés et ternes. Elle était décoiffée et, à ses doigts extrêmement fins, ses ongles n'étaient ni coupés, ni limés, comme si elle se les rongeait. Les os de son front, des pommettes et du menton ressortaient, tirant sa peau, très pâle, au ton olivâtre accentué. Ses yeux avaient perdu tout éclat et avaient quelque chose d'effarouché, comme d'un petit animal timide. Elle n'avait pas un seul bijou ni le moindre maquillage.

— Ça a été dur d'arriver à te voir, dit-elle enfin. (Elle tendit la main, me toucha le bras et esquissa un de ses sourires coquets de naguère qui cette fois loupa son coup.) Dis-moi, au moins, si ta fureur est maintenant passée et si tu me détestes un tout petit peu moins.

— Inutile d'en parler, lui répondis-je. Ni maintenant ni jamais. Pourquoi m'as-tu appelé tant de fois ?

— Tu m'as donné une demi-heure, non ? fit-elle en lâchant mon bras et se redressant. Nous avons le temps. Parle-moi de toi. Tout va bien pour toi ? As-tu une petite amie ? Gagnes-tu toujours ta vie en faisant la même chose ?

— Pitchounet jusqu'à la mort, dis-je en riant sans joie, mais elle restait à m'examiner, l'air grave.

— Avec l'âge, tu es devenu susceptible, Ricardo. Autrefois, ta rancune n'aurait pas duré si longtemps. (Dans ses yeux, l'espace d'une seconde, passa un éclat ancien.) Tu dis toujours des cucuteries aux femmes, ou plus maintenant ?

— Depuis combien de temps es-tu à Paris ? Que fais-tu ici ? Tu travailles toujours pour ton gangster japonais ?

Elle fit non de la tête. Il me sembla qu'elle allait rire, mais son expression se durcit, plutôt, et ses lèvres pulpeuses tremblèrent, encore nettement marquées dans son visage, bien que maintenant un peu fanées, comme toute sa personne.

— Fukuda m'a larguée, depuis plus d'un an. C'est la raison de ma venue à Paris.

— Je comprends maintenant pourquoi tu es dans cet état calamiteux, fis-je ironiquement. Je n'aurais jamais imaginé te voir à ce point défaite.

— J'ai connu bien pire, reconnut-elle âprement. J'ai même cru mourir, parfois. Les deux dernières fois où j'ai essayé de te parler, c'était pour ça. Pour qu'au moins ce soit toi qui m'enterres. Je voulais te demander de me faire incinérer. Je suis horrifiée à l'idée d'être mangée par les vers. Enfin, c'est passé.

Elle parlait tranquillement, mais ses paroles laissaient entrevoir une colère contenue. Elle ne semblait pas faire un numéro d'autocompassion, pour m'impressionner, ou alors elle le faisait avec une habileté consommée. Elle décrivait, plutôt, un état de choses objectivement, avec distance, comme un policier ou un notaire.

— Tu as tenté de te suicider quand le grand amour de ta vie t'a plaquée ?

Elle fit non de la tête et haussa les épaules :

— Il m'avait toujours dit qu'il se fatiguerait un jour de moi et me larguerait. J'étais préparée. Il ne parlait pas en l'air. Mais le moment où il l'a fait n'a pas été bien choisi, pas plus que les raisons qu'il m'a données pour me renvoyer.

Sa voix trembla et sa bouche se tordit sur une moue haineuse. Son regard étincela. Tout cela était-il une farce de plus, pour m'émouvoir ?

— Si le sujet te gêne, parlons d'autre chose, lui dis-je. Que fais-tu à Paris et de quoi vis-tu ? Le gangster t'a-t-il donné au moins des indemnités qui te permettent de tenir quelque temps ?

— J'ai été en prison à Lagos, pendant deux mois qui m'ont semblé un siècle, fit-elle comme si, soudain, j'avais cessé d'être là. La ville la plus horrible, la plus laide, et les gens les plus méchants du monde. Ne va surtout jamais à Lagos. Quand enfin j'ai pu sortir de prison, Fukuda m'a défendu de retourner à Tokyo. « Tu es brûlée, Kuriko. » Brûlée dans les deux sens du mot, il voulait dire. Parce que j'étais fichée par la police internationale. Et brûlée parce que, probablement, les Noirs du Nigeria m'avaient transmis le sida. Et après m'avoir dit que je ne devais plus le voir, ni lui écrire, ni l'appeler, jamais plus, aussi sec, il a raccroché. C'est ainsi qu'il m'a larguée : comme une chienne galeuse. Il ne m'a même pas payé le billet d'avion pour Paris. C'est un homme froid et pragmatique, qui sait ce qui lui convient. Je ne lui convenais plus. Il est tout le contraire de toi. C'est pourquoi Fukuda est riche et puissant, et toi tu es et seras toujours un pitchounet.

— Merci. Finalement, ce que tu dis là est un éloge.

Tout cela était-il vrai ? Ou un autre de ces fabuleux mensonges qui jalonnaient chaque étape de sa vie ? Elle s'était reprise. Elle tenait sa tasse de thé à deux mains, buvant à petites gorgées et soufflant sur le liquide. C'était un spectacle pénible que de la voir si flétrie, si mal fagotée, avec tout le poids des années.

— Est-ce bien vrai, un tel drame ? N'est-ce pas une autre de tes fariboles ? As-tu vraiment été en prison ?

— En prison, et par-dessus le marché violée par la police de Lagos, précisa-t-elle en me transperçant du regard comme si j'avais été coupable de son malheur. Des Noirs dont je ne comprenais pas l'anglais parce qu'ils parlaient le *pidgin English*. C'est comme ça que David qualifiait mon anglais, quand il voulait m'insulter : *pidgin English*. Mais ils ne m'ont pas transmis le sida. Seulement des morpions et un chancre. Horrible mot, pas vrai ? L'as-tu jamais entendu ? Tu ne sais sans doute même pas ce que c'est, mon petit saint. Le chancre, ce sont des ulcères infectieux. C'est répugnant, mais pas grave, si on se soigne à temps avec des antibiotiques. Mais dans cette maudite Lagos on ne m'a pas bien soignée, j'ai eu une infection et j'ai cru que j'allais mourir. C'est pour ça que je t'ai appelé. Maintenant, heureusement, je vais bien.

Ce qu'elle racontait pouvait être vrai ou faux, mais la colère incommensurable qui imprégnait ses paroles n'était pas du chiqué. Bien qu'avec elle le théâtre soit toujours possible. Une formidable pantomime ? Je me sentais déconcerté, troublé. Je m'attendais à tout de ce rendez-vous, sauf à pareille histoire.

— Je suis désolé que tu aies connu cet enfer, dis-je enfin pour dire quelque chose, car que peut-on dire devant une telle révélation ? Si ce que tu me racontes est vrai. Tu vois, il m'arrive une chose terrible avec toi. Tu m'as raconté tant de bobards dans ta vie qu'il m'est maintenant difficile de te croire.

— Peu importe que tu me croies ou pas, fit-elle en me prenant à nouveau le bras et en s'efforçant d'être cordiale. Je sais bien que ça t'est resté sur l'estomac et que tu ne me pardonneras jamais l'histoire de Tokyo. Tant pis. Je ne veux pas que tu me plaignes. Je ne veux pas d'argent, non plus. Ce que je veux, en réalité, c'est t'appeler de temps en temps et que, par-ci par-là, nous prenions un café ensemble, comme maintenant. Rien de plus.

— Pourquoi ne me dis-tu pas la vérité ? Une fois dans ta vie. Allez, dis-moi exactement ce qui se passe.

— Eh bien voilà, pour la première fois, je ne me sens pas sûre de moi, je ne sais que faire. Je me sens très seule. Cela ne m'était jamais arrivé jusqu'à présent, malgré tous les moments difficiles que j'ai connus. Sache-le, je suis malade de peur. (Elle parlait avec une sécheresse orgueilleuse, sur un ton et avec une attitude qui semblaient démentir ce qu'elle disait. Elle me regardait dans les yeux, sans ciller.) La peur est une maladie, aussi. Elle me paralyse, m'anéantit. Je ne le savais pas et maintenant je le sais. Je connais quelques personnes ici à Paris, mais je ne me fie à aucune. À toi, oui. C'est la vérité, tu peux me croire. Est-ce que je peux t'appeler, de temps en temps ? Pourrons-nous nous voir aussi parfois, dans un *bistrot*, comme aujourd'hui ?

— Oui, bien sûr. Aucun problème.

On bavarda près d'une heure encore, jusqu'à ce que la nuit tombe et que s'allument les vitrines des boutiques, les fenêtres des immeubles de Saint-Germain, et les feux rouges et jaunes des voitures formèrent un fleuve de lumières fluant sur le boulevard, devant la terrasse de La Rhumerie. Je me souvins alors de ce que je devais lui demander. Qui lui avait répondu au téléphone chez moi la dernière fois qu'elle avait appelé ? Est-ce qu'elle s'en souvenait ?

Elle me regarda intriguée, sans comprendre. Mais ensuite elle acquiesça :

— Oui, une petite bonne femme. J'ai pensé que tu avais une maîtresse, mais ensuite je me suis rendu compte que c'était plutôt une domestique. Une Philippine ?

— Un enfant. Il a parlé avec toi ? Es-tu certaine ?

— Il m'a dit que tu étais en voyage, je crois. Rien, deux mots. Je t'ai laissé un message, et je vois qu'il te l'a transmis. Pourquoi cette question, maintenant ?

— Il a parlé avec toi ? Es-tu sûre ?

— Deux mots, répéta-t-elle en hochant la tête. D'où sort cet enfant ? Tu l'as adopté ?

— Il s'appelle Yilal. Il a neuf ou dix ans. C'est un Vietnamien, fils de deux voisins, mes amis. Es-tu sûre qu'il t'a parlé ? Parce que cet enfant est muet. Ni ses parents ni moi n'avons jamais entendu sa voix.

Elle fut troublée et, pendant un bon moment, fermant à demi les yeux, elle sonda sa mémoire. Elle hocha plusieurs fois la tête affirmativement. Oui, oui, elle s'en souvenait très clairement. Ils avaient parlé en français. Sa voix était si frêle qu'elle lui avait semblé féminine. Mi-criarde, mi-exotique. Ils avaient échangé très peu de mots. Que je n'étais pas là, que j'étais en voyage. Et quand elle lui avait demandé de me dire que « la vilaine fille » avait appelé, elle le lui avait dit en espagnol. « Quoi, quoi ? » Elle avait dû épeler « *niña mala* ». Elle s'en souvenait fort bien. L'enfant lui avait parlé, il n'y avait pas le moindre doute.

— Alors tu as fait un miracle. Grâce à toi, Yilal s'est mis à parler.

— Si j'ai ces pouvoirs, je vais les utiliser. Les sorcières doivent gagner une flopée d'argent en France, j'imagine.

Quand, un moment plus tard, on se dit au revoir à l'entrée du métro Saint-Germain-des-Prés et que je lui demandai son adresse et son téléphone, elle ne voulut pas me les donner. C'est elle qui m'appellerait.

— Tu ne changeras jamais. Toujours des mystères, toujours des histoires, toujours des secrets.

— Ça m'a fait du bien de te voir et de parler avec toi, enfin, fit-elle en coupant court. Tu ne me raccrocheras plus au nez, j'espère.

— Cela dépendra de ta façon de te comporter.

Elle se haussa sur la pointe des pieds et je sentis sa bouche se froncer en un rapide baiser sur ma joue.

Je la vis disparaître dans l'escalier du métro. De dos, si mince, sans talons, elle ne semblait pas avoir vieilli autant que de face.

Malgré la bruine et le froid relatif, au lieu de

prendre le métro ou un bus, je préférai marcher. C'était mon seul sport maintenant ; je n'avais fréquenté le club de gymnastique que quelques mois. Les exercices m'assommaient et plus encore le type de gens que je côtoyais au cardio-training, aux barres ou à l'aérobic. En revanche, marcher dans cette ville pleine de secrets et de merveilles me divertissait, et les jours d'émotions fortes comme celui-ci, une longue marche, fût-ce sous le parapluie, la pluie et le vent, me ferait du bien.

De tout ce que la vilaine fille m'avait raconté, la seule absolument certaine, sans doute, c'était que Yilal avait échangé quelques phrases avec elle. L'enfant des Gravoski pouvait, donc, parler ; peut-être l'avait-il déjà fait avant, avec des gens qui ne le connaissaient pas, au collège, dans la rue. C'était un petit mystère qu'il révélerait, tôt ou tard, à ses parents. J'imaginai la joie de Simon et d'Elena quand ils entendraient cette petite voix grêle, un peu criarde, que m'avait décrite la vilaine fille. Je remontais le boulevard Saint-Germain en direction de la Seine, quand, peu avant la librairie Julliard, je découvris une boutique de soldats de plomb qui me rappela Salomón Toledano et ses malheureuses amours japonaises. J'entrai et achetai pour Yilal une petite boîte avec six cavaliers de la garde impériale russe.

Qu'est-ce qui pouvait encore être vrai dans l'histoire de la vilaine fille ? Probablement que Fukuda l'avait larguée de sale manière et qu'elle avait été — peut-être l'était-elle encore — malade. Cela sautait aux yeux, il suffisait de voir ses os saillants, sa pâleur, ses cernes. Et l'histoire de Lagos ? C'était peut-être vrai qu'elle avait eu des problèmes avec la police. C'était un risque évident dans les affaires sales où l'avait fourvoyée son amant japonais. Ne me l'avait-elle pas dit elle-même à Tokyo, enthousiasmée ? La naïve croyait que ces aventures de contrebandier et de trafiquant, qui mettaient en jeu sa liberté dans des périples africains, pimentaient la vie, la rendaient plus savoureuse et amusante. Je me rappelais ses paroles : « En faisant ces choses, je vis davantage. » Eh bien, quand on joue avec le feu on finit tôt ou tard par se brûler. Si vraiment elle avait connu la prison, il était bien possible qu'elle ait été violée par la police. Le Nigeria était connu pour être le paradis de la corruption, une autocratie militaire, et sa police devait être pourrie. Violée par Dieu sait combien d'hommes, brutalisée des heures et des heures dans un immonde réduit, affectée d'une maladie vénérienne et de morpions et, ensuite, soignée par des toubibs assassins qui utilisaient des seringues sans les désinfecter. Je fus submergé par un flot de honte et de colère. Si tout cela lui était arrivé, ne fût-ce qu'un peu de tout cela, et qu'elle se soit trouvée aux portes de la mort, ma réaction si froide, si incrédule avait été mesquine, c'était celle d'un amant rancunier qui ne voulait que défouler son orgueil blessé par le mauvais moment passé à Tokyo. J'aurais dû lui dire quelque chose d'affectueux, feindre de la croire. Car, quand bien même le viol et la prison auraient été des mensonges, il est sûr qu'elle était devenue physiquement une ruine. Et, sans doute, à demi morte de faim. Tu t'étais bien mal comporté, Ricardito. Très mal, si c'est vrai qu'elle se tournait vers moi parce qu'elle se sentait seule et incertaine, et si j'étais la seule personne au monde en qui elle ait eu confiance. Cette dernière chose devait être vraie. Elle ne m'avait jamais aimé, mais avait confiance en moi, avec l'affection qu'on a pour un domestique loyal. Parmi ses amis et ses copains d'occasion, j'étais le plus désintéressé, le plus dévoué. Plein d'abnégation, docile et con. C'est pourquoi elle t'avait choisi pour brûler son cadavre. Et que tu jettes ses cendres dans la Seine, ou les gardes dans une petite urne en porcelaine de Sèvres, sur ta table de nuit ?

J'arrivai rue Joseph-Granier trempé des pieds à la tête et mort de froid. Je pris une douche chaude, passai des vêtements secs et me préparai un sandwich jambon-fromage que j'accompagnai d'un yaourt aux fruits. Ma petite boîte de soldats de plomb sous le bras, j'allai toquer à la porte des Gravoski. Yilal était déjà couché et eux finissaient de dîner de spaghettis *al pesto*. Ils me proposèrent une assiette, mais je n'acceptai qu'une tasse de café. Tandis que Simon examinait les soldats de plomb et disait en plaisantant que je voulais faire de Yilal un militariste, Elena remarqua chez moi quelque chose de bizarre.

— Toi, il t'est arrivé quelque chose, Ricardo, fit-elle en me fixant dans les yeux. La vilaine fille t'aurait-elle appelé ?

Simon leva la tête et me fixa à son tour.

— Je viens de passer une heure avec elle, dans un *bistrot*. Elle vit à Paris. C'est une loque humaine et elle en voit de dures, elle est habillée comme une pauvresse. Elle dit que le Japonais l'a larguée, après que la police de Lagos l'a arrêtée, lors d'un de ces voyages qu'elle faisait en Afrique, pour l'aider dans ses trafics. Et qu'on l'a violée. Qu'on lui a refilé des morpions et un chancre. Et qu'ensuite, dans un hôpital sordide, on a failli l'achever. Peut-être est-ce vrai. Ou peut-être faux. Je ne sais pas. Elle dit que Fukuda l'a plaquée parce qu'il craignait qu'Interpol ne l'ait fichée et que les Noirs ne lui aient transmis le sida. Vérité ou invention ? Je ne le saurai jamais.

— La saga devient de jour en jour plus intéressante ! s'écria Simon, stupéfait. Vraie ou pas, c'est une histoire formidable.

Elena et lui se regardèrent longuement, et je savais bien à quoi ils pensaient. Je devançai leur question :

— Elle se rappelle très bien quand elle a téléphoné chez moi. On lui a répondu en français, une petite voix grêle et criarde qui lui avait semblé celle d'une Asiatique. Il lui a fait répéter plusieurs fois *niña mala* en espagnol. Cela, elle ne peut l'avoir inventé.

Je vis Elena changer de couleur. Elle battait des paupières, très rapidement.

— J'ai toujours cru que c'était vrai, murmura Simon. (Sa voix était altérée et il avait rougi, comme s'il étouffait de chaleur. Il grattait sa barbe rousse avec insistance.) J'ai fait le tour de la question et je suis arrivé à la conclusion que ce devait être la vérité. Comment Yilal aurait-il pu inventer cette histoire de *niña mala* ? Quel bonheur tu nous donnes avec cette nouvelle, *mon vieux* !

Elena acquiesçait, suspendue à mon bras. Elle souriait, au bord des larmes.

— Moi aussi j'ai toujours su que Yilal lui avait parlé, dit-elle en martelant chaque mot. Mais, je vous en prie, il ne faut rien faire. Ne rien dire à l'enfant. Cela viendra tout seul. Si nous essayons de le forcer, il peut y avoir régression. Il doit le faire, lui, rompre de lui-même cette barrière. Il le fera, le moment voulu, et il le fera bientôt, vous allez voir.

— C'est le moment de sortir le cognac, fit Simon en clignant de l'œil. Tu vois, *mon vieux*, j'ai pris mes précautions. Maintenant, nous sommes préparés aux surprises que tu nous fais de temps en temps. Un excellent *Napoléon*, tu verras !

On but notre verre de cognac sans presque parler, plongés dans nos réflexions respectives. L'alcool me fit du bien, parce que la randonnée sous la pluie m'avait refroidi. En me disant bonsoir, Elena sortit avec moi sur le palier :

— Je ne sais pas, il vient de me venir une idée, dit-elle. Ton amie a peut-être besoin d'un examen médical. Demande-le-lui. Si elle veut, je peux arranger la chose à l'hôpital Cochin, avec les *copains*. Sans qu'il ne lui en coûte rien, je veux dire. J'imagine qu'elle n'a pas la sécu, ni rien qui y ressemble.

Je la remerciai. J'en parlerais avec elle, la prochaine fois.

— Si c'est vrai, ça a dû être terrible, la pauvre, murmura-t-elle. Une chose pareille laisse des cicatrices atroces dans la mémoire.

Le lendemain, je rentrai à la hâte de l'Unesco, pour retrouver Yilal. Il regardait à la télé des dessins animés et avait à côté de lui les six cavaliers de la garde impériale russe, mis en rang. Il me montra son ardoise : « Merci pour le joli cadeau, oncle Ricardo. » Il me tendit la main en souriant. Je me mis à lire *Le Monde* tandis qu'avec son habituelle concentration hypnotique il se replongeait dans l'émission. Ensuite, au lieu de lui lire quelque chose, je lui parlai de Salomón Toledano. Je lui racontai sa collection de soldats de plomb, que j'avais vus envahir tous les coins et recoins de sa maison, et son incroyable faculté pour apprendre les langues. Il était le meilleur interprète au monde. Quand, sur son ardoise, il me demanda si je pouvais le conduire chez Salomón pour voir ses batailles napoléoniennes, et que je lui expliquai qu'il était mort très loin de Paris, au Japon, Yilal devint triste. Je lui montrai le hussard que je gardais sur ma table de nuit et qu'il m'avait offert le jour de son départ pour Tokyo. Au bout d'un moment, Elena vint le chercher.

Afin de ne pas trop penser à la vilaine fille, j'allai

au cinéma, dans le Quartier latin. Dans la salle obscure et chaude, pleine d'étudiants, d'un cinéma de la rue Champollion, tandis que je suivais, distrait, les aventures d'un western classique de John Ford, *La chevauchée fantastique*, dans ma tête apparaissait et réapparaissait l'image détériorée, dégradée de ma petite Chilienne. Ce jour-là et tout le reste de la semaine, sa silhouette trotta dans ma tête, tout comme la question à laquelle je ne trouvais jamais de réponse : M'avait-elle dit la vérité ? Cette histoire de Lagos et de Fukuda était-elle vraie ? J'étais convaincu, et cela me tourmentait, que je ne le saurais jamais en toute certitude.

Elle m'appela au bout de huit jours, chez moi, et aussi très tôt le matin. Après lui avoir demandé comment elle allait — « Bien, maintenant tout à fait bien, comme je te l'ai dit » —, je lui proposai de dîner ensemble, ce même soir. Elle accepta et nous convînmes de nous rencontrer au vieux Procope, rue de l'Ancienne-Comédie, à vingt heures. J'arrivai avant elle et l'attendis à une table près de la fenêtre qui donnait sur la cour de Rohan. Elle arriva presque tout de suite. Mieux habillée que la dernière fois, mais aussi pauvrement : sous son moche veston asexué elle portait une robe bleu foncé, sans décolleté ni manches, avec des chaussures à mi-talons, au cuir écaillé, récemment cirées. C'était très étrange de la voir sans bagues, ni montre, ni bracelet, ni boucles d'oreilles, ni maquillage. Au moins, elle avait limé ses ongles. Comment avait-elle pu tant maigrir ? Il semblait qu'elle pourrait se briser, à la moindre chute.

Elle commanda un consommé et un poisson grillé, et goûta à peine une gorgée de vin pendant le repas. Elle mâchait très lentement, sans envie, et avait du mal à avaler. Vraiment, se sentait-elle bien ?

— Mon estomac s'est rétréci et je ne supporte presque pas la nourriture, m'expliqua-t-elle. Au bout de deux ou trois bouchées, je me sens pleine. Mais ce poisson est excellent.

Je finis par boire à moi tout seul le pichet de côtes-du-Rhône. Quand le garçon apporta le café pour moi et l'infusion à la verveine pour elle, je lui dis en lui prenant la main :

— Sur ce que tu aimes le plus, je t'en supplie, jure-moi que tout ce que tu m'as raconté l'autre jour à La Rhumerie est vrai.

— Tu ne vas plus jamais rien croire de ce que je te dis, je le sais. (Elle avait l'air fatigué, excédé, et semblait se moquer comme d'une guigne que je la croie ou pas.) N'en parlons plus. Je te l'ai raconté pour que tu me permettes de te voir, de temps en temps. Parce que, même si tu ne le crois pas non plus, parler avec toi me fait du bien.

J'eus envie de lui embrasser la main, mais je me retins. Je lui transmis la proposition d'Elena. Elle me regarda fixement, déconcertée.

— Mais elle sait tout de moi, de nous ?

Je fis oui. Elena et Simon savaient tout. Dans un élan, je leur avais raconté toute « notre » histoire. C'étaient de très bons amis, elle n'avait rien à craindre d'eux. Ils ne la dénonceraient pas à la police pour trafic d'aphrodisiaques.

— Je ne sais pas pourquoi je leur ai fait ces confidences. Peut-être parce que, comme tout le monde, j'ai besoin de temps en temps de partager avec quelqu'un les choses qui m'angoissent ou me rendent heureux. Acceptes-tu la proposition d'Elena ?

Elle ne semblait pas très enthousiaste. Elle me regardait inquiète, comme redoutant un coup fourré. L'éclat miel foncé avait disparu de ses yeux. La malice, l'espièglerie aussi.

— Laisse-moi y réfléchir, me dit-elle enfin. Nous verrons comment je me sens. Maintenant je suis bien. Tout ce qu'il me faut, c'est de la tranquillité, du repos.

— Ce n'est pas vrai que tu es bien, insistai-je. Tu es un fantôme. Maigre comme tu es, une simple grippe peut te mener à la tombe. Et je n'ai pas envie de me charger de la sinistre tâche de t'incinérer, etc. Tu ne veux pas redevenir jolie ?

Elle se mit à rire.

— Alors comme ça maintenant je te parais moche. Merci pour ta franchise. (Elle me serra la main qu'elle avait gardée dans la sienne et, l'espace d'une seconde, ses yeux s'animèrent.) Mais tu es toujours amoureux de moi, n'est-ce pas, Ricardito ?

— Non, plus maintenant. Je ne retomberai plus jamais amoureux de toi. Mais je ne veux pas que tu meures.

— Ce doit être vrai que tu ne m'aimes plus, tu ne m'as pas encore dit la moindre cucuterie, reconnut-elle en faisant une moue presque comique. Que dois-je faire pour te reconquérir ?

Elle rit avec la coquetterie d'autrefois et ses yeux brillèrent d'un éclat espiègle mais, soudain, sans transition, je sentis mollir la pression de sa main sur la mienne. Son regard chavira, elle devint livide et ouvrit la bouche, comme si l'air lui manquait. Si je n'avais pas été à côté d'elle, à la soutenir, elle aurait roulé à terre. Je lui frottai les tempes avec une serviette mouillée, je lui fis boire un verre d'eau. Elle récupéra un peu, mais restait très pâle, presque blanche. Et maintenant, dans ses yeux il y avait une panique animale.

— Je vais mourir, balbutia-t-elle en me plantant ses ongles dans le bras.

— Tu ne vas pas mourir. Je t'ai passé tous tes

252

caprices depuis que nous étions petits, mais celui de mourir, non. Je te l'interdis.

Elle sourit, sans forces.

— Il était temps que tu me dises une gentille chose. (Sa voix était à peine audible.) Ça me manquait, même si tu ne le crois pas non plus.

Quand, un instant plus tard, je tentai de la faire se lever, ses jambes tremblaient tant qu'elle se laissa retomber sur sa chaise, épuisée. Je demandai à un garçon du Procope d'appeler un taxi de la station Saint-Germain et il m'aida à la faire sortir. Nous la portâmes à deux, en la tenant par la taille. Quand elle m'entendit dire au taxi de nous conduire à l'hôpital le plus proche — « l'Hôtel-Dieu, dans l'île de la Cité, n'est-ce pas ? » — elle m'agrippa avec désespoir : « Non, non, pas à l'hôpital, jamais de la vie, non, non. » Je fus obligé de rectifier et de dire au taxi de nous conduire plutôt rue Joseph-Granier. Pendant le trajet jusqu'à chez moi — je la tenais appuyée sur mon épaule — elle perdit à nouveau connaissance durant quelques secondes. Son corps se relâcha et elle s'affaissa sur le siège. En la redressant, je sentis tous les petits os de son dos. À la porte de l'immeuble art déco, j'appelai par l'interphone Simon et Elena pour qu'ils descendent m'aider.

Nous la montâmes à trois jusqu'à mon appartement et la couchâmes sur mon lit. Mes amis ne me demandèrent rien, mais ils regardaient la vilaine fille avec une curiosité vorace, comme une ressuscitée. Elena lui prêta une chemise de nuit, et elle lui prit la température et la tension. Elle n'avait pas de fièvre, mais sa tension était très basse. Quand elle recouvra tout à fait les sens, Elena lui fit boire à la cuillère une tasse de thé bouillant, avec deux cachets qui, lui dit-elle, étaient de simples remontants. En partant, elle m'assura qu'elle ne voyait pas de danger imminent, mais que si, au cours de la nuit, elle se sentait mal, il fallait que je la réveille. Elle-même appellerait l'hôpital Cochin pour qu'on envoie une ambulance. Au vu de ces évanouissements, un examen médical complet était indispensable. Elle s'occuperait de tout, mais cela prendrait au moins deux jours.

Quand je revins dans la chambre, je la trouvai les yeux grands ouverts.

— Tu dois maudire l'heure où tu m'as répondu au téléphone, dit-elle. Je ne suis revenue que pour te créer des problèmes.

— Depuis que je te connais, tu n'as fait que me créer des problèmes. C'est mon destin. Et il n'y a rien à faire contre le destin. Regarde ce que j'ai là, c'est à toi si tu en as besoin. Mais je veux qu'après tu me la rendes.

Et je tirai du tiroir de ma table de nuit la brosse à dents de Guerlain. Elle l'examina, amusée.

— Alors tu la gardes toujours ? C'est la seconde galanterie de la nuit. Quel luxe ! Où vas-tu dormir, si on peut savoir ?

— Sur le canapé-lit du salon, ne te fais pas d'illusions. Il n'est pas question que je dorme avec toi.

Elle rit à nouveau. Mais ce petit effort la fatigua et, se blottissant entre les draps, elle ferma les yeux. Je l'abritai sous les couvertures et posai aussi ma robe de chambre sur ses pieds. J'allai me laver les dents, mettre mon pyjama et ouvrir le canapé du salon. Quand je revins, elle dormait et respirait normalement. La lumière de la rue qui passait par l'œil-de-bœuf éclairait son visage : toujours très pâle, le nez effilé et, au milieu des cheveux, ses adorables oreilles. Elle avait la bouche entrouverte, ses narines palpitaient et son expression était de total abandon. En frôlant ses cheveux de mes lèvres je sentis son souffle sur mon visage. J'allai me coucher. Presque aussitôt je sombrai dans le sommeil, mais me réveillai à deux reprises durant la nuit et à chaque fois j'allai, sur la pointe des pieds, la regarder. Elle dormait en respirant régulièrement. Elle avait la peau du visage très tendue et ses os ressortaient. Sa poitrine s'élevait et s'abaissait sous les couvertures, légèrement. Je devinais son petit cœur, imaginant ses battements fatigués.

Le lendemain matin, je préparais le petit déjeuner quand je l'entendis se lever. Elle apparut dans la kitchenette où je m'occupais du café, drapée dans ma robe de chambre. Trop grande pour elle et lui donnant l'air d'un clown. Ses pieds nus étaient ceux d'une enfant.

— J'ai dormi presque huit heures, fit-elle étonnée. Cela ne m'était pas arrivé depuis des siècles. Hier soir, je me suis évanouie, non ?

— Un truc à toi pour que je t'amène chez moi. Et tu vois, ça a marché. Et même, tu t'es glissée dans mon lit. Tu es une petite futée, vilaine fille, tu as plus d'un tour dans ton sac.

— Je t'ai bousillé ta nuit, hein, Ricardito ?

— Et ma journée aussi. Car tu vas rester ici, au lit, pendant qu'Elena s'occupe de ton admission à l'hôpital Cochin, où on te fera un check-up complet. Et pas de discussions. Il est temps que je t'impose mon autorité, vilaine fille.

— Eh bien, quels progrès ! Tu parles comme si tu étais mon amant.

Mais cette fois je ne réussis pas à lui tirer un sourire. Elle me regardait, le visage défait, les yeux battus. Elle était très comique, avec ses cheveux en désordre et cette robe de chambre qui balayait le sol. Je m'approchai d'elle et l'enlaçai. Je la sentis toute fragile, tremblante. Avec l'impression, si je la serrais un peu plus, qu'elle se briserait, comme un oisillon.

— Tu ne vas pas mourir, la rassurai-je à l'oreille en embrassant à peine ses cheveux. On va te faire cet examen et, si quelque chose cloche, on te soignera. Tu vas redevenir mignonne, et peut-être bien que tu me rendras à nouveau amoureux de toi. Et maintenant, viens, déjeunons, je ne veux pas arriver en retard à l'Unesco.

Alors qu'on prenait le café avec des tartines, Elena nous rejoignit, déjà prête à partir pour son travail. Elle lui reprit la température et la tension, qu'elle trouva meilleures que la veille. Mais elle lui recommanda de garder le lit et de manger léger. Elle allait essayer de la faire admettre à l'hôpital dès le lendemain. Elle demanda à la vilaine fille si elle avait besoin de quelque chose. Une brosse à cheveux, fit-elle.

Avant de partir, je lui montrai les provisions dans le frigo et le buffet, plus que suffisantes pour qu'elle se prépare à midi un repas de régime, poulet et vermicelles au beurre. Je m'occuperais du dîner, à mon retour. Si elle se sentait mal, elle devait m'appeler immédiatement à l'Unesco. Elle acquiesçait sans rien dire, en regardant tout d'un air absent, comme si elle n'arrivait pas à comprendre ce qui lui arrivait.

Je l'appelai au début de l'après-midi. Elle se sentait bien. Le bain moussant l'avait rendue heureuse, parce que cela faisait au moins six mois qu'elle ne prenait que des douches dans des bains publics, toujours à la va-vite. En rentrant, je les trouvai, Yilal et elle, absorbés par un film de Laurel et Hardy, doublé en français, ce qui le rendait quelque peu absurde. Mais tous deux semblaient s'amuser et riaient des pitreries du gros et du maigre. Elle avait mis un de mes pyjamas et, par-dessus, la grande robe de chambre dans laquelle elle flottait. Elle était bien peignée, le visage frais et souriant.

Yilal me demanda sur son ardoise, en signalant la vilaine fille : « Tu vas te marier avec elle, oncle Ricardo ? »

— Plutôt mourir, lui dis-je en prenant un air épouvanté. C'est ce qu'elle voudrait. Il y a des années qu'elle cherche à me séduire. Mais je ne fais pas cas d'elle.

« Fais-en cas », me répondit Yilal, en écrivant hâtivement sur son ardoise. « Elle est sympathique et sera une bonne épouse. »

— Qu'as-tu fait pour te gagner cet enfant, ma guérillera ?

— Je lui ai parlé du Japon et de l'Afrique. Il est très bon en géographie. Il connaît les capitales mieux que moi.

Les trois jours que la vilaine fille resta chez moi, avant qu'Elena ne lui trouve un lit à l'hôpital Cochin, ma locataire et Yilal devinrent intimes. Ils jouaient aux dames, riaient et plaisantaient comme s'ils avaient eu le même âge. Ils s'amusaient tellement ensemble que, tout en laissant la télé allumée pour sauver les apparences, en réalité ils ne regardaient même pas l'écran, concentrés sur le Yan-Ken-Po, un jeu de mains que je n'avais pas revu jouer depuis mon enfance miraflorine : la pierre brise les ciseaux, le papier enveloppe la pierre et les ciseaux coupent le papier. Parfois elle commençait à lui lire des histoires de Jules Verne, mais, après quelques lignes, elle s'écartait du texte et se mettait à délirer sur l'histoire jusqu'à ce que Yilal lui arrache le livre des mains, secoué de fou rire. Les trois soirs, nous dînâmes chez les Gravoski. La vilaine fille aidait Elena à cuisiner et à faire la vaisselle. Et elles bavardaient et blaguaient. C'était comme si tous quatre étions deux couples d'amis depuis toujours.

La deuxième nuit, elle voulut à tout prix dormir dans le canapé-lit et me laisser la chambre. Je dus lui céder, parce qu'elle me menaçait, sinon, de quitter la maison. Ces deux premiers jours, elle eut bon moral ; du moins, c'est ce qui me semblait, le soir venu, quand je rentrais de l'Unesco et la trouvais jouant avec Yilal. Le troisième jour, alors qu'il faisait encore nuit, je me réveillai, sûr d'avoir entendu quelqu'un pleurer. J'écoutai et il n'y avait aucun doute : c'étaient des pleurs discrets, entrecoupés de silence. Je me rendis au salon et la trouvai recroquevillée sur le lit, une main sur la bouche, pleurant à chaudes larmes. Elle tremblait des pieds à la tête. Je lui nettoyai le visage, lissai ses cheveux, lui apportai un verre d'eau.

— Tu te sens mal ? Tu veux que je réveille Elena ?

— Je vais mourir, dit-elle à voix très basse en pleurnichant. On m'a refilé une saloperie, là-bas à Lagos, et personne ne sait ce que c'est. On dit que ce n'est pas le sida mais qu'est-ce que c'est, alors ? Je n'ai presque plus de forces pour rien. Ni pour manger, ni pour marcher, ni pour lever le bras. Comme Juan Barreto, à Newmarket, tu te rappelles ? Et j'ai tout le temps des sécrétions en bas qui ressemblent à du pus. Ce n'est pas seulement la douleur. C'est que tout mon corps me dégoûte, et le reste aussi, depuis Lagos.

Elle sanglota un bon moment, se plaignant d'avoir froid, malgré les couvertures. J'essuyais ses larmes, lui faisais boire de l'eau à petites gorgées, saisi par un sentiment d'impuissance. Que lui donner, que lui dire, pour la tirer de cet état ? Jusqu'à la sentir enfin endormie. Je retournai dans ma chambre, le cœur gros. Oui, elle était dans un état très grave, atteinte peut-être du sida, et allait finir sans doute comme le pauvre Juan Barreto.

Cet après-midi-là, à mon retour du travail, elle avait préparé son bagage pour entrer à l'hôpital Cochin le lendemain matin. Elle était allée chercher ses affaires en taxi, et avait une valise et une mallette rangées aux toilettes. Je la grondai. Pourquoi ne pas m'avoir attendu pour l'accompagner et récupérer ses bagages ? Mais elle me rétorqua qu'elle avait honte que je voie le trou à rats où elle avait habité.

Le lendemain matin, n'emportant que la petite mallette, elle partit avec Elena. En me disant au revoir, elle murmura à mon oreille quelque chose qui me rendit heureux :

— Tu es ce qui m'est arrivé de mieux dans ma vie, mon bon garçon.

Les deux jours que devait durer l'examen médical en devinrent quatre et je ne pus la voir à aucun moment. L'hôpital était à cheval sur les horaires et quand je sortais de l'Unesco il était trop tard pour les visites. Je ne pus non plus lui parler au téléphone. Le soir, Elena m'informait de ce qu'elle avait pu savoir. Elle supportait vaillamment les examens, les analyses, les questions et les piqûres. Elena travaillait dans un autre service mais s'arrangeait pour passer la voir deux fois par jour. Et puis le professeur Bourrichon, un interne de choc de l'hôpital, étudiait son cas avec intérêt. En fin d'après-midi, quand je retrouvais Yilal devant le poste de télé, il traçait sur son ardoise la question : « Quand va-t-elle revenir ? »

Le quatrième jour, après avoir donné à dîner à Yilal et l'avoir mis au lit, Elena revint chez moi m'informer des nouvelles. Bien qu'il restât encore quelques examens à effectuer, le professeur Bourrichon avait déjà avancé quelques conclusions. Le sida était écarté, catégoriquement. Elle souffrait de malnutrition extrême et de dépression aiguë, avec perte d'élan vital. Il lui fallait un traitement psychologique immédiat, qui l'aidât à recouvrer la *joie de vivre* ; sans cela, tout le programme de rétablissement physique serait inefficace. Le viol était avéré ; elle avait des traces de déchirures et de cicatrices autant au vagin qu'au rectum, et une plaie suppurante, provoquée par un instrument métallique ou de bois — elle ne s'en souvenait pas — introduit de force, qui lui avait déchiré une des parois vaginales, tout près de l'utérus. Il était surprenant que cette lésion, mal soignée, n'ait pas provoqué de septicémie. Il fallait procéder à une intervention chirurgicale pour vider l'abcès et suturer la blessure. Mais le plus délicat de son cadre clinique restait le fort stress qui, à la suite de cette expérience de Lagos et de l'incertitude de sa situation actuelle, l'accablait, la réduisait à un être sans assurance, sans appétit et en proie à des crises de terreur. Les évanouissements étaient la conséquence de ce traumatisme. Le cœur, le cerveau et l'estomac fonctionnaient normalement.

— On lui fera cette petite intervention à l'utérus demain matin, ajouta Elena. Le docteur Pineau, le chirurgien, est un ami et il ne se fera pas payer. Il ne faudra régler que l'anesthésiste et les médicaments. Plus ou moins trois mille francs.

— Aucun problème, Elena.

— Après tout, les nouvelles ne sont pas si mauvaises, n'est-ce pas ? fit-elle pour me remonter le moral. Cela aurait pu être pire, quand on voit comment ces sauvages ont massacré la pauvre petite. Le professeur Bourrichon recommande un séjour dans une clinique en repos absolu et avec de bons psychologues. Qu'elle ne tombe pas aux mains de ces lacaniens qui pourraient la fourrer dans un labyrinthe et compliquer encore plus son état. Le seul problème, c'est que ces cliniques sont assez chères.

— Je m'occuperai de trouver l'argent qu'il faudra. L'important est de lui dénicher un bon spécialiste qui la tire d'affaire et lui permette de redevenir ce qu'elle était, et pas ce cadavre ambulant.

— Nous le trouverons, je te le promets, fit Elena en souriant et me tapotant le bras. C'est le grand amour de ta vie, hein, Ricardo ?

— Le seul, Elena. La seule femme que j'aie aimée, depuis qu'elle était une enfant. J'ai fait l'impossible pour l'oublier, mais c'est inutile, je le reconnais. Je l'aimerai toujours. La vie n'aurait pas de sens pour moi si elle mourait.

— Quelle chance elle a, cette fille, d'inspirer un tel amour, fit en riant ma voisine. *Chapeau !* Je lui demanderai la recette. Simon a raison : ça te va comme un gant, le surnom qu'elle t'a donné.

Le lendemain matin, je demandai à l'Unesco l'autorisation de m'absenter afin de me rendre à l'hôpital Cochin pour la petite opération. J'attendis dans un couloir sinistre, au très haut plafond, traversé par un vent glacial, où circulaient infirmières, médecins, patients et, de temps en temps, des malades sur des civières avec des bouteilles d'oxygène ou des poches de sérum suspendues au-dessus de leur tête. Il y avait une pancarte « Défense de fumer » dont personne ne semblait tenir compte.

Le docteur Pineau parla avec moi quelques minutes, devant Elena, tandis qu'il ôtait ses gants de caoutchouc et se lavait minutieusement les mains avec un savon moussant sous un jet d'eau fumante.

C'était un homme assez jeune, sûr de lui, qui parlait sans détour :

— Elle se remettra parfaitement. Mais il faut que je vous dise, vous êtes au courant de son état. Elle a le vagin endommagé, avec une tendance à l'inflammation et au saignement. Son rectum aussi est blessé. Tout peut l'irriter et rouvrir les plaies. Il faudra vous contrôler, mon ami. Faire l'amour avec beaucoup de prudence et pas très souvent. Au moins pendant deux mois, je vous recommande l'abstinence. Il vaut mieux ne pas la toucher. Et si ce n'est pas possible, allez-y avec une délicatesse extrême. Elle a subi une expérience traumatisante. Ce n'était pas un simple viol, vous comprenez, mais un véritable massacre.

Je restai auprès de la vilaine fille quand on la ramena du bloc dans la grande salle commune où on l'avait mise, dans un espace isolé par deux paravents. C'était un endroit très vaste et mal éclairé, aux murs de pierre et au plafond concave et sombre qui faisait penser à des nids de chauves-souris, avec un carrelage implacablement propre et une forte odeur de désinfectant et de lessive. Elle était encore plus pâle, cadavérique, et les yeux mi-clos. En me reconnaissant, elle me tendit la main. Quand je l'eus entre les miennes, elle me sembla aussi menue que celle de Yilal.

— Je suis bien, me dit-elle d'une voix ferme avant que je lui demande comment elle se sentait. Le docteur qui m'a opérée était très sympathique. Et joli garçon.

Je l'embrassai sur les cheveux et ses adorables oreilles.

— J'espère que tu n'as pas joué les coquettes avec lui. Tu en es bien capable.

Elle me pressa la main et s'endormit presque

aussitôt. Elle dormit toute la matinée et ce n'est qu'au début de l'après-midi qu'elle se réveilla, en se plaignant d'avoir mal. Sur instructions du médecin, une infirmière vint lui faire une piqûre. Peu après apparut Elena, en blouse blanche, avec un chandail qu'elle lui fit enfiler par-dessus sa chemise de nuit. La vilaine fille lui demanda des nouvelles de Yilal et sourit quand elle sut que le fils des Gravoski demandait toujours après elle. Je restai à ses côtés une bonne partie de l'après-midi et lui tins compagnie tandis qu'elle mangeait, sur un petit plateau en plastique : une soupe de légumes et un bout de poulet bouilli avec des pommes cuites. Elle portait les morceaux à sa bouche de mauvais gré, seulement parce que j'insistais.

— Sais-tu pourquoi tout le monde se comporte si bien avec moi ? me dit-elle. À cause d'Elena. Les infirmières et les médecins l'adorent. Elle est très populaire à l'hôpital.

Peu après, on mit fin à ma visite. Ce soir-là, chez les Gravoski, Elena avait des nouvelles à me donner. Elle avait fait des recherches et consulté le professeur Bourrichon. Ce dernier lui avait suggéré une petite clinique privée qui donnait de bons résultats, au Petit-Clamart, pas très loin de Paris, où il avait déjà envoyé quelques patients, victimes de dépression et de déséquilibres nerveux dus aux mauvais traitements. Le directeur était un camarade d'études. Si nous voulions, il pouvait lui recommander le cas de la vilaine fille.

— Je ne sais comment te remercier, Elena. Cela semble l'endroit indiqué. Allons-y, le plus tôt sera le mieux.

Elena et Simon se regardèrent. Nous prenions la sacro-sainte tasse de café, après avoir dîné d'une omelette, d'une tranche de jambon avec de la salade, et d'un verre de vin.

— Il y a deux problèmes, dit Elena, gênée. Le premier, tu le sais, c'est qu'il s'agit d'une clinique privée et ce sera assez cher.

— J'ai quelques économies et, si ça ne suffit pas, je demanderai un prêt. Et même, s'il le faut, je vendrai mon appartement. L'argent n'est pas un problème, l'important, c'est qu'elle guérisse. Quel est l'autre problème ?

— Le passeport qu'elle a présenté à l'hôpital Cochin est faux, m'expliqua Elena avec l'air de s'excuser. J'ai dû faire des pieds et des mains pour que l'administration n'en informe pas la police. Mais elle doit quitter demain l'hôpital et ne plus y remettre les pieds, malheureusement. Et je n'écarte pas l'hypothèse que, sitôt sortie, elle ne soit dénoncée aux autorités.

— Cette dame ne laissera jamais de m'ébahir ! s'écria Simon. Vous vous rendez compte de la médiocrité de nos existences en comparaison de la sienne ?

— Cette histoire de papiers pourrait-elle s'arranger ? me demanda Elena. J'imagine que ce sera difficile, bien sûr. Je ne sais pas, cela pourrait être un grand obstacle pour la faire admettre à la clinique du docteur Zilacxy, au Petit-Clamart. Ils ne l'accepteront pas s'ils découvrent que sa situation en France est illégale. Ils pourraient même la dénoncer à la police.

— Je ne crois pas que de sa vie la vilaine fille ait eu des papiers en règle, dis-je. Je suis certain qu'elle n'a pas un passeport, mais plusieurs. Peut-être que l'un d'eux aura l'air moins faux que les autres. Je lui demanderai.

— Nous finirons tous en taule, fit Simon en éclatant de rire. Elena, on l'empêchera d'exercer la médecine, et moi, on me mettra à la porte de l'Institut Pasteur. Bon, comme ça on commencera enfin à vivre la vie véritable.

On finit par rire de bon cœur tous les trois et ce rire partagé avec mes deux amis me fit du bien. Ce fut la première nuit depuis quatre jours que je dormis d'une traite jusqu'à la sonnerie du réveil. Le lendemain, en rentrant de l'Unesco, je trouvai la vilaine fille installée sur mon lit, avec, dans un vase sur la table de nuit, le bouquet de fleurs que je lui avais envoyé à l'hôpital. Elle se sentait mieux, n'avait plus mal. Elena l'avait ramenée de Cochin et aidée à monter, mais ensuite elle était repartie au travail. Yilal lui tenait compagnie, très content de son retour. Après le départ du gosse, la vilaine fille me parla, à voix basse, comme si le fils des Gravoski pouvait encore l'entendre :

— Demande à Simon et Elena de venir prendre le café ici, cette fois. Après avoir couché Yilal. Je t'aiderai à le préparer. Je veux les remercier de tout ce qu'Elena a fait pour moi.

Je ne la laissai pas se lever pour m'aider. Je préparai le café et peu après les Gravoski frappèrent à la porte. Je portai dans mes bras la vilaine fille — elle ne pesait rien, peut-être autant que Yilal — et la fis asseoir avec nous au salon, en la couvrant d'un édredon. Alors, sans même les saluer, elle leur annonça, les yeux brillants, la nouvelle :

— Accrochez-vous bien, cet après-midi, après qu'Elena nous a laissés seuls, Yilal m'a embrassée et m'a dit en espagnol, très clairement : « *Te quiere mucho, niña mala.* » Il a dit *quiere* — il t'aime —, pas *quiero* — je t'aime.

Et, pour qu'on ne doute pas un seul instant qu'elle ait dit la vérité, elle fit quelque chose que je ne l'avais pas vue faire depuis le temps où je fréquentais le collège Champagnat, à Miraflores : elle porta deux doigts en croix à ses lèvres et les baisa en disant : « Je vous le jure, il me l'a dit tel quel, en toutes lettres. »

Elena se mit à pleurer et, tandis qu'elle répandait ces grosses larmes, elle riait, enlacée à la vilaine fille. Yilal avait-il dit quelque chose d'autre ? Non. Quand elle avait essayé de nouer une conversation, l'enfant était retourné à son mutisme et lui avait répondu en français en utilisant sa petite ardoise. Mais cette phrase, prononcée avec la même petite voix grêle qu'elle se rappelait, au téléphone, démontrait une fois pour toutes que Yilal n'était pas muet. Pendant un bon moment nous ne parlâmes pas d'autre chose. Nous bûmes notre café, et Simon, Elena et moi un vieux malt que j'avais dans mon buffet depuis des temps immémoriaux. Les Gravoski établirent la stratégie à suivre. Ni eux ni moi ne devions montrer que nous étions au courant. Comme l'enfant avait pris l'initiative de s'adresser à la vilaine fille, celle-ci, de la façon la plus naturelle, sans faire aucune pression sur lui, tâcherait d'engager à nouveau un dialogue, en lui posant des questions, en s'adressant à lui sans le regarder, distraitement, en évitant à tout prix que Yilal se sente surveillé ou soumis à une épreuve.

Puis Elena parla à la vilaine fille de la clinique du docteur Zilacxy, au Petit-Clamart. Elle était plutôt petite, dans un parc bien entretenu et ombragé, et le directeur, ami et condisciple du professeur Bourrichon, était un psychologue et psychiatre prestigieux, spécialisé dans le traitement des dépressions et troubles nerveux consécutifs à des accidents, des mauvais traitements ou divers traumatismes, ainsi que de l'anorexie, l'alcoolisme ou la dépendance à la drogue. Les conclusions de l'examen étaient sans appel. La vilaine fille devait s'isoler un certain temps dans un endroit approprié, au repos absolu, où, tout en suivant un traitement diététique et des exercices qui lui rendraient ses forces, elle recevrait un soutien psychologique qui l'aiderait à effacer de son esprit les séquelles de cette horrible expérience.

— Cela veut-il dire que je suis folle ? demanda-t-elle.

— Tu l'as toujours été, fis-je en acquiesçant. Mais maintenant, tu es, en outre, anémiée et déprimée, et de cela on peut te guérir en clinique. Folle à lier, tu le resteras jusqu'à la fin de tes jours, si c'est cela qui te tracasse.

Cela ne la fit pas rire, mais, bien que réticente, elle céda à mes instances et accepta qu'Elena demande rendez-vous au directeur de la clinique du Petit-Clamart. Notre voisine nous accompagnerait. Après le départ des Gravoski, la vilaine fille me regarda, pleine d'angoisse et de reproches :

— Et qui va payer cette clinique ? Tu sais fort bien que je n'ai pas un rond.

— Mais le bon Samaritain habituel ! lui dis-je en tapotant ses oreillers. Tu es ma mante religieuse, tu ne le savais pas ? Une femme insecte qui dévore le mâle pendant qu'il lui fait l'amour. Il meurt heureux, apparemment. C'est tout à fait moi. Ne t'inquiète pas pour l'argent. Tu ne sais pas que je suis riche ?

Elle s'accrocha à mon bras des deux mains.

— Tu n'es pas riche, mais un pauvre pitchounet, dit-elle, furieuse. Si tu l'avais été, je ne serais allée ni à Cuba, ni à Londres, ni au Japon. Je serais restée avec toi depuis cette fois où tu m'as fait connaître Paris et m'emmenais dans ces restaurants horribles, pour crève-la-faim. Je t'ai toujours laissé pour des riches qui se sont révélés des ordures. Et j'ai fini comme ça, dans cet état désastreux. Tu es content que je le reconnaisse ? Ça te fait plaisir de l'entendre ? Tu as fait tout cela pour me démontrer comme tu leur es supérieur à tous, et ce que j'ai perdu avec toi ? Pourquoi fais-tu cela, on peut savoir ?

— Pourquoi je fais cela, vilaine fille ? Je veux peut-être gagner des indulgences pour le paradis. Peut-être aussi parce que je suis encore amoureux de toi. Et maintenant, suffit. Au dodo ! Le docteur Bourrichon dit que, jusqu'à ton complet rétablissement, tu dois tâcher de dormir au moins huit heures par jour.

Deux jours plus tard, mon contrat temporaire avec l'Unesco s'achevait et je pus me consacrer entièrement à elle. À l'hôpital Cochin, on lui avait prescrit un régime à base de légumes, poisson et viande bouillis, fruits et soupes, et interdit l'alcool, même le vin, tout comme le café et les sauces épicées. Elle devait faire de l'exercice et marcher au moins une heure par jour. Le matin, après le petit déjeuner — j'allais acheter des croissants chauds à une boulangerie de l'École Militaire —, nous faisions une promenade, bras dessus, bras dessous, au pied de la tour Eiffel, sur le Champ-de-Mars, et parfois, si le temps le permettait et qu'elle se sentait du courage, nous poussions sur les quais de la Seine jusqu'à la place de la Concorde. Je la laissais diriger la conversation, en évitant, ça oui, qu'elle me parlât de Fukuda ou de l'épisode de Lagos. Ce n'était pas toujours possible. Alors, si elle s'obstinait à aborder ce sujet, je me bornais à écouter ce qu'elle voulait me raconter, sans lui poser de questions. D'après ce qu'elle laissait entendre, dans ces demi-mono-logues, je déduisis que son arrestation, au Nigeria, avait eu lieu le jour où elle quittait le pays. Mais son histoire, décousue, se déroulait toujours dans une sorte de nébuleuse. Elle avait déjà passé la douane et suivit la queue des passagers qui se dirigeaient vers l'avion quand deux policiers l'avaient poliment sortie de là ; leur attitude avait changé du tout au tout dès qu'ils s'étaient trouvés dans leur fourgonnette aux vitres teintées de noir et, surtout, quand ils l'avaient fait descendre dans une maison malodorante, avec des cachots grillagés et une forte odeur d'excréments et d'urine.

— Je ne crois pas qu'ils m'aient démasquée, cette police en était bien incapable, répétait-elle. On m'a dénoncée. Mais qui ? Qui ? Parfois je pense à Fukuda lui-même. Mais pourquoi aurait-il fait ça ? Cela n'a ni queue ni tête, tu ne crois pas ?

— Qu'importe tout cela maintenant ? C'est du passé. Oublie-le, enterre-le. Ne te torture pas avec ces souvenirs. Tout ce qui compte, c'est que tu as survécu et que tu seras bientôt guérie. Et jamais plus tu ne tremperas dans ces micmacs où tu as perdu la moitié de ta vie.

Le quatrième jour, un jeudi, Elena nous dit que le docteur Zilacxy, directeur de la clinique du Petit-Clamart, nous recevrait le lundi suivant à midi. Le professeur Bourrichon lui avait téléphoné et communiqué tous les résultats de l'examen médical de la vilaine fille, ainsi que ses prescriptions et conseils. Le vendredi, j'allai parler avec M. Charnés, qui m'avait fait appeler par la secrétaire de l'agence de traducteurs et interprètes qu'il dirigeait. Il me proposa un contrat de travail de deux semaines, à Helsinki, bien payé. J'acceptai. De retour chez moi, dès que j'ouvris la porte, j'entendis parler et glousser dans la chambre. Je restai silencieux, la porte entrouverte, à écouter. Ils parlaient en français et l'une des voix était celle de la vilaine fille. L'autre, aiguë, criarde, un peu hésitante, ne pouvait être que celle de Yilal. J'eus aussitôt les mains moites. J'étais en extase. Je ne parvenais pas à comprendre ce qu'ils disaient, mais ils jouaient à quelque chose, aux dames ou au Yan-Ken-Po, et, à en juger par leurs rires, ils s'amusaient bien. Ils ne m'avaient pas entendu entrer. Je fermai la porte lentement et avançai vers la chambre, en m'écriant à voix haute et en français :

— Je parie que vous jouez aux dames et que c'est la vilaine fille qui gagne.

Il y eut un silence instantané et quand je fis un pas de plus et entrai dans la chambre, je vis qu'ils avaient déplié le damier au milieu du lit et qu'ils étaient assis face à face, tous deux penchés sur leurs pions. La petite figure de Yilal me regardait, les yeux pétillant d'orgueil. Et ouvrant alors grand la bouche il dit en français :

— Yilal gagne !

— C'est toujours lui qui gagne, ce n'est pas possible, dit en applaudissant la vilaine fille. Ce petit est un champion.

— Voyons voir, je veux être l'arbitre de cette partie, dis-je en me laissant tomber sur un coin du lit et en scrutant le damier.

Il s'agissait de feindre le plus grand naturel, comme si rien d'extraordinaire ne s'était passé, mais je pouvais à peine respirer.

Penché sur les pions, Yilal observait, étudiant le coup suivant. Un instant, mon regard et celui de la vilaine fille se croisèrent. Elle sourit et me cligna de l'œil.

— Il gagne encore ! s'écria Yilal en applaudissant.

— Eh oui, *mon vieux*, elle est bloquée. Tu as gagné. Tope là !

Je lui serrai la main et la vilaine fille lui donna un baiser.

— Je ne jouerai plus jamais aux dames avec toi, j'en ai assez de perdre tout le temps, dit-elle.

— J'ai pensé à un jeu encore plus amusant, Yilal, fis-je en improvisant. Pourquoi ne pas faire à Elena et Simon une grande surprise ? Nous allons leur monter un spectacle dont tes parents se souviendront pour le restant de leurs jours. Ça te plairait ?

L'enfant avait pris un air prudent et attendait immobile que je continue, sans s'engager. Tandis que je déployais sous ses yeux ce plan que j'inventais au fur et à mesure que je le décrivais, il m'écoutait, intrigué et un peu intimidé, sans oser le repousser, attiré et rebuté à la fois par ma proposition. Quand j'eus fini, il resta silencieux et muet un bon moment encore, en nous regardant tour à tour, la vilaine fille et moi.

— Qu'est-ce que tu en penses, Yilal ? insistai-je, toujours en français. On fait cette surprise à Simon et Elena ? Je t'assure qu'ils s'en souviendront pour le restant de leurs jours.

— Bon, dit la petite voix de Yilal tandis qu'il hochait la tête. On leur fait la surprise.

On fit tout tel que je l'avais improvisé au milieu de l'émotion et du trouble d'avoir *entendu* Yilal. Quand Elena vint le chercher, la vilaine fille et moi la priâmes, après dîner, de revenir, elle, Simon et l'enfant, parce que nous leur réservions un délicieux dessert. Elena, un peu surprise, dit d'accord, seulement un petit moment car sinon, le lendemain, ce gros dormeur de Yilal avait toujours du mal à se réveiller. Je filai à toute allure jusqu'à l'angle de l'École militaire, à la pâtisserie aux *croissants*, avenue de La Bourdonnais. Par chance, elle était ouverte. J'achetai une tarte avec beaucoup de crème et, dessus, de grosses fraises bien rouges. Excités comme nous l'étions, nous goûtâmes à peine au plat de régime — légumes et poisson — que je partageais avec la convalescente.

Quand Simon, Elena et Yilal — déjà en robe de chambre et pantoufles — arrivèrent, le café et la tarte coupée en tranches les attendaient. Je vis à la figure d'Elena qu'elle se doutait de quelque chose. Simon, en revanche, préoccupé par l'article d'un scientifique et dissident russe qu'il avait lu cet après-midi-là, était dans la lune et nous racontait, tandis que la crème du doucereux dessert dégoulinait sur sa barbe, que cet homme de science avait fait récemment une visite à l'Institut Pasteur et que tous les chercheurs avaient été impressionnés par sa modestie et sa valeur intellectuelle. Alors, suivant l'extravagant scénario que j'avais mis au point, la vilaine fille demanda, en espagnol :

— Combien de langues, selon vous, parle Yilal ?

Je vis tout de suite que Simon et Elena, pétrifiés, plissaient les yeux comme pour dire : « Qu'est-ce qui se passe ici ? »

— Moi, je crois qu'il en parle deux, dis-je, affirmatif. Le français et l'espagnol. Et vous, que croyez-vous ? Combien de langues parle Yilal, Elena ? Et toi, Simon, combien crois-tu qu'il en parle ?

Les petits yeux de Yilal allaient de ses parents à moi, de moi à la vilaine fille et de nouveau à ses parents. Il était très sérieux.

— Il n'en parle aucune, balbutia Elena en nous regardant et en évitant de tourner la tête vers l'enfant. Pas encore, du moins.

— Je crois que... dit Simon, et il se tut d'un air accablé, nous implorant du regard de lui indiquer ce qu'il devait dire.

— En réalité, qu'importe ce que nous croyons,

intervint la vilaine fille. Seul importe ce que dit Yilal. Que dis-tu, Yilal ? Combien de langues parles-tu ?

— Parle français, dit la voix aiguë et criarde. (Et, après une très brève pause, changeant de langue :) Yilal *habla español*.

Elena et Simon le regardaient, muets. La part de tarte que Simon tenait à la main glissa et atterrit sur son pantalon. L'enfant se mit à rire en portant la main à sa bouche, puis, signalant la jambe de Simon, il s'écria en français :

— Salis pantalon.

Elena s'était levée et maintenant, près de l'enfant et le regardant avec ravissement, elle lui caressait les cheveux d'une main et passait l'autre sur ses lèvres, à plusieurs reprises, comme une dévote caresse l'image de son saint patron. Mais des deux, le plus ému était Simon. Incapable de rien dire, il regardait son fils, sa femme et nous, hébété, comme demandant à ne pas être réveillé, à poursuivre son rêve.

Yilal ne dit rien de plus ce soir-là. Ses parents l'emmenèrent peu après et la vilaine fille, faisant office de maîtresse de maison, empaqueta la demi-tarte qui restait et insista pour que les Gravoski l'emportent. Je tendis la main à Yilal qui partait :

— Ça ne nous a pas mal réussi, hein, Yilal ? Je te dois un cadeau, tu as bien joué ton rôle. Six autres soldats de plomb pour ta collection ?

Il fit oui de la tête. En refermant la porte derrière eux, la vilaine fille s'écria :

— En ce moment, c'est le couple le plus heureux de la terre.

Bien plus tard, quand j'étais déjà presque endormi, je vis une silhouette se glisser dans le salon-salle à manger, et, silencieuse, s'approcher de mon canapé-lit. Elle me prit la main :

— Viens, viens avec moi, m'ordonna-t-elle.

— Je ne peux pas ni ne le dois, dis-je en me levant et en la suivant. Le docteur Pineau me l'a interdit. Pendant deux mois au moins, je ne peux te toucher et encore moins te faire l'amour. Et je ne te toucherai ni ne te ferai l'amour jusqu'à ce que tu sois rétablie. Compris ?

Nous étions déjà dans son lit et elle se blottit contre moi en appuyant sa tête contre mon épaule. Je sentis son corps qui n'était que peau et os, ses petits pieds glacés se frottant contre mes jambes, et un frisson me parcourut de la tête aux talons.

— Je ne veux pas que tu me fasses l'amour, murmura-t-elle en m'embrassant dans le cou. Je veux que tu me serres dans tes bras, que tu me donnes de la chaleur et que tu m'enlèves cette peur que je ressens. Je crève de terreur.

Son corps, tout en arêtes, tremblait comme une feuille. Je la pris dans mes bras, lui frottai le dos, les bras, la taille, et lui dis longtemps de douces choses à l'oreille. Je ne laisserais jamais personne lui faire du mal à nouveau, elle devait mettre beaucoup du sien pour se rétablir vite et retrouver ses forces, l'envie de vivre et d'être heureuse. Et pour redevenir belle. Elle m'écoutait, muette, soudée à moi, parcourue par intervalles de soubresauts qui la faisaient gémir et se tordre. Longtemps après, je vis qu'elle s'était endormie. Mais tout au long de la nuit, dans mon demi-sommeil, je la sentis frémir, se plaindre, en proie à des accès de panique répétés. Quand je la voyais ainsi, désemparée, des images de ce qui s'était passé à Lagos défilaient dans ma tête et j'éprouvais de la tristesse, de la colère et un désir féroce de vengeance contre ses bourreaux.

La visite à la clinique du Petit-Clamart, du docteur André Zilacxy, un Français d'origine hongroise, prit l'allure d'une promenade champêtre. Ce jour-là un soleil radieux inondait de lumière les hauts peupliers et les platanes de la forêt. La clinique se trouvait au fond d'un parc aux statues mangées de mousse, avec un étang où glissaient des cygnes. Nous y arrivâmes à midi et le docteur Zilacxy nous fit entrer immédiatement dans son bureau. L'établissement était une vieille maison seigneuriale du XIXe siècle, à deux étages, avec un perron en marbre et des balcons en fer forgé, rénovée à l'intérieur, à laquelle on avait ajouté un nouveau pavillon, aux grandes verrières, peut-être un solarium ou un gymnase avec piscine. Par les fenêtres du bureau du docteur Zilacxy on voyait au loin des gens qui passaient sous les arbres et, parmi eux, des infirmières ou des médecins en blouse blanche. Zilacxy semblait lui aussi sortir du XIXe siècle, avec sa barbiche carrée, qui encadrait un visage malingre, et une calvitie reluisante. Il était vêtu de noir, avec un gilet gris, un col dur qui semblait postiche, et, en guise de cravate, un ruban plié en quatre attaché par une broche vermillon. Il avait une montre de gousset, avec une léontine dorée.

— J'ai parlé à mon collègue Bourrichon et j'ai lu le rapport de l'hôpital Cochin, dit-il en entrant aussitôt dans le vif du sujet, comme s'il ne pouvait se permettre de perdre son temps en banalités. Vous avez de la chance, la clinique est toujours pleine et il y a des gens qui attendent longtemps pour être admis. Mais comme madame est un cas spécial et est recommandée par un vieil ami, nous pouvons lui trouver une place.

Il avait une voix bien timbrée et des gestes élégants, une façon un peu théâtrale de se déplacer et d'exhiber ses mains. Il dit que la « patiente » recevrait une alimentation spéciale, en accord avec une diététicienne, pour retrouver le poids perdu, et qu'un moniteur personnel dirigerait ses exercices physiques. Son médecin de chevet serait le docteur Roullin, une praticienne spécialisée en traumatismes de la nature de ceux dont madame avait été victime. Elle pourrait recevoir des visites deux fois par semaine, entre cinq et sept. En plus du traitement avec le docteur Roullin, elle participerait à des séances de thérapie de groupe, qu'il dirigeait. À moins qu'il y ait quelque objection de sa part, l'hypnose pourrait être employée dans le traitement, sous son contrôle. Et — il marqua une pause pour que nous sachions qu'il abordait un point important — si la patiente, à quelque moment du traitement, se sentait « déçue », elle pourrait l'interrompre immédiatement.

— Cela ne nous est jamais arrivé, ajouta-t-il en faisant claquer sa langue. Mais la possibilité demeure, pour le cas où cela se produirait.

Il dit qu'après avoir parlé avec le professeur Bourrichon ils étaient tombés d'accord sur la durée du séjour en clinique de la patiente, en principe un minimum de quatre semaines. On verrait ensuite s'il fallait prolonger son séjour, ou si elle pouvait poursuivre son rétablissement chez elle.

Il répondit à toutes les questions d'Elena et aux miennes — la vilaine fille n'ouvrit pas la bouche, elle se bornait à écouter comme si la chose ne la concernait pas — sur le fonctionnement de la clinique, ses collaborateurs et, après une plaisanterie sur Lacan et ses extravagantes combinaisons de structuralisme et de Freud que, précisa-t-il en souriant pour nous tranquilliser, « nous ne proposons pas à notre menu », il demanda à une infirmière d'emmener la vilaine fille chez le docteur Roullin. Elle l'attendait, pour s'entretenir avec elle et lui montrer l'établissement.

Quand nous restâmes seuls avec le docteur Zilacxy, Elena aborda avec précaution le délicat sujet du coût d'un mois de traitement. Et elle s'empressa de préciser que « la dame » n'avait aucune assurance sociale ni de patrimoine personnel et que les frais seraient assumés par l'ami qui était ici présent.

— Cent mille francs, approximativement, sans compter les médicaments qui, mais il est difficile de le savoir d'avance, devraient représenter vingt ou trente pour cent de plus, dans le pire des cas. (Il marqua une petite pause et toussa avant d'ajouter :) Il s'agit d'un prix spécial, étant donné que madame est recommandée par le professeur Bourrichon.

Il regarda sa montre, se leva et nous dit, si nous étions décidés, de passer à l'administration pour remplir les formulaires.

Trois quarts d'heure plus tard apparut la vilaine fille. Elle était contente de sa conversation avec le docteur Roullin, qui lui avait semblé très avisée et aimable, ainsi que de la visite de la clinique. La chambre qu'elle occuperait était petite, confortable, très jolie, avec vue sur le parc, et toutes les installations, la salle à manger, le gymnase, la piscine chauffée, le petit auditorium où l'on donnait des conférences et passait des films et des documentaires, étaient des plus modernes. Sans plus attendre, nous allâmes à l'administration. Je signai un document par lequel je m'engageais à assumer tous les frais et je remis un chèque de dix mille francs comme dépôt de garantie. La vilaine fille tendit un passeport français à l'administratrice et celle-ci, une femme menue avec un chignon et un regard inquisiteur, lui demanda plutôt sa carte d'identité. Elena et moi nous regardions inquiets, nous attendant à une catastrophe.

— Je ne l'ai pas encore, dit la vilaine fille avec un

naturel absolu. J'ai vécu de nombreuses années à l'étranger et je viens de rentrer en France. Je sais que je dois la demander. Je le ferai le plus tôt possible.

L'administratrice nota les éléments du passeport sur un registre et le lui rendit.

— Vous entrez demain, fit-elle en nous donnant congé. Arrivez avant midi, s'il vous plaît.

Profitant du jour magnifique, un peu froid mais ensoleillé et avec un ciel très bleu, nous fîmes une longue promenade dans la forêt du Petit-Clamart, sentant craquer sous nos pas les feuilles mortes de l'automne. Nous déjeunâmes dans un *bistrot* en bordure du bois, où une cheminée crépitante chauffait l'établissement et rougissait le visage des clients. Elena devait aller travailler, de sorte qu'elle nous laissa aux portes de Paris, à la première station de métro. Durant tout le trajet jusqu'à l'École Militaire, la vilaine fille resta silencieuse, sa main dans la mienne. Parfois je la sentais frissonner. Dans notre petit appartement de la rue Joseph-Granier, sitôt rentrés, elle me fit asseoir dans le fauteuil du salon et se laissa tomber sur mes genoux. Elle avait les oreilles et le bout du nez glacés et elle tremblait au point de ne pouvoir articuler le moindre mot. Elle claquait des dents.

— La clinique va te faire du bien, lui dis-je en lui caressant le cou et les épaules, et réchauffant de mon souffle ses oreilles. On va s'occuper de toi, te faire grossir, te débarrasser de tes accès de peur. On va te rendre jolie et tu pourras redevenir ce bon petit diable que tu as toujours été. Et si la clinique n'est pas à ton goût, tu reviens ici, aussitôt. Dès que tu le voudras. Ce n'est pas une prison, c'est un lieu de repos.

Serrée contre moi, elle ne répondait rien, mais

elle trembla longtemps avant de se calmer. Je nous préparai alors une tasse de thé au citron. On bavarda, tandis qu'elle faisait sa valise pour la clinique. Je lui tendis une enveloppe où j'avais glissé mille francs en billets.

— Ce n'est pas un cadeau, c'est un prêt d'honneur, fis-je en plaisantant. Tu me le rembourseras quand tu seras riche. Je te prendrai des intérêts élevés.

— Combien va te coûter tout cela ? me demanda-t-elle sans me regarder.

— Moins que je ne le pensais. Cent mille francs environ. Quelle importance, si je peux te revoir jolie ? Je le fais par pur intérêt, petite Chilienne.

Elle ne dit rien un bon moment et continua à remplir sa valise, boudeuse.

— Je suis donc devenue si laide ? fit-elle soudain.

— Horrible, lui dis-je. Excuse-moi, mais tu es devenue un véritable épouvantail.

— Pas vrai ! me dit-elle en me lançant une sandale qui me toucha à la poitrine. Je ne dois pas être si moche puisqu'au lit, toute la nuit, tu as eu la trique. Et tu t'es retenu de me faire l'amour. Tu crois que je ne m'en suis pas rendu compte, gros bêta ?

Elle éclata de rire et, à partir de ce moment, fut de meilleure humeur. Dès qu'elle eut bouclé son bagage, elle vint se rasseoir sur mes genoux, pour que je l'embrasse et lui masse doucement le dos et les bras. Elle était encore là, profondément endormie, quand, sur le coup de six heures, Yilal entra pour voir son émission de télé. Depuis le soir de la surprise à ses parents, il se mettait à parler avec eux et avec nous, mais seulement par moments, parce que l'effort l'épuisait. Et alors il revenait à l'ardoise, qu'il portait toujours au cou, avec deux bâtons de craie dans une pochette. Ce soir-là, nous n'entendîmes pas sa voix jusqu'à ce qu'il parte sur un « *Buenas noches, amigos* ».

Après dîner, nous allâmes prendre le café chez les Gravoski et ils lui promirent d'aller la voir à la clinique ; ils lui dirent aussi de les appeler si elle avait besoin de n'importe quoi pendant le temps que je serais en Finlande. Quand nous regagnâmes notre appartement, elle ne me laissa pas ouvrir le canapé convertible :

— Pourquoi ne veux-tu pas dormir avec moi ?

Je l'embrassai et la serrai contre moi.

— Tu sais très bien pourquoi. C'est un martyre de t'avoir nue à mes côtés, te désirer comme je te désire, et ne pas pouvoir te toucher.

— Tu es indécrottable, dit-elle, indignée, comme si je l'avais insultée. Si tu étais Fukuda, tu me ferais l'amour toute la nuit, sans te soucier le moins du monde de me faire saigner ou mourir.

— Je ne suis pas Fukuda. Tu ne t'en es pas encore aperçue ?

— Bien sûr que si, dit-elle en jetant ses bras autour de mon cou. C'est pourquoi cette nuit tu vas dormir avec moi. Tu sais bien que je n'aime rien tant que te martyriser. Tu ne t'en est pas aperçu ?

— *Hélas !* si, lui dis-je en lui baisant les cheveux. Je m'en suis aperçu plus d'une fois, voici pas mal d'années, et le pire c'est que ça ne me sert pas de leçon. On dirait même que ça me plaît. Nous sommes le couple parfait : la sadique et le masochiste.

On dormit ensemble et quand elle tenta de me caresser je pris ses mains et les écartai.

— Jusqu'à ton complet rétablissement, chastes comme deux angelots.

— Y a pas de doute, t'es un *vrai con*. Serre-moi fort, quand même, pour m'enlever la peur.

Le lendemain matin, nous allâmes prendre le train à Saint-Lazare, et pendant tout le trajet jusqu'au Petit-Clamart, elle resta muette et la tête basse. On se dit au revoir à la porte de la clinique. Elle s'accrocha à moi comme si nous n'allions plus jamais nous revoir et me trempa le visage de ses larmes.

— À ce rythme, tu finiras par t'amouracher de moi.

— Jamais, je te parie tout ce que tu veux, Ricardito.

Je partis à Helsinki ce même après-midi et les deux semaines que j'y passai, à travailler, je parlai russe sans arrêt tous les jours, matin et soir. Il s'agissait d'une conférence tripartite, avec des délégués d'Europe, des États-Unis et de Russie, pour élaborer une politique d'aide et de coopération des pays occidentaux à ce qui restait des ruines de l'Union soviétique. Il y avait des commissions qui traitaient d'économie, d'institutions, de politique sociale, de culture et de sport, et, dans toutes, les délégués russes s'exprimaient avec une liberté et une spontanéité inconcevables voici peu encore chez ces mornes robots qu'étaient les *apparatchiks* envoyés aux conférences internationales par les gouvernements de Brejnev et même de Gorbatchev. Les choses changeaient là-bas, à l'évidence. J'eus envie de retourner à Moscou et dans la ville qu'on avait rebaptisée Saint-Pétersbourg, où je n'étais plus allé depuis quelques années.

Les interprètes avaient beaucoup de travail et presque pas de temps pour se promener. C'était mon second séjour à Helsinki. Lors du premier, au printemps, il était possible d'aller dans les rues et de sortir à la campagne voir les forêts de sapins émaillées de lacs et les jolis villages aux maisons de bois de ce pays où tout était beau : l'architecture, la nature, les gens et, spécialement, les vieux. Maintenant, en revanche, avec la neige et une température de moins vingt degrés, je préférais, dans mes moments libres, rester à l'hôtel lire ou pratiquer le mystérieux rituel du sauna qui produisait chez moi un délicieux effet anesthésique.

Au bout de dix jours, je reçus une lettre de la vilaine fille. Elle était bien installée à la clinique du Petit-Clamart où elle s'adaptait sans difficulté. En guise de régime, on la suralimentait, mais, comme elle devait faire pas mal d'exercices au gymnase — et nager, en outre, avec l'aide d'un moniteur, parce qu'elle n'avait jamais appris, elle savait seulement flotter et se déplacer dans l'eau comme un petit chien —, cela lui ouvrait l'appétit. Elle avait déjà assisté à deux séances avec le docteur Roullin, qui était une femme assez intelligente et qui savait la prendre. Elle n'avait presque pas eu l'occasion de parler aux autres patients ; elle échangeait seulement des bonjours avec quelques-uns à l'heure des repas. La seule patiente avec qui elle avait bavardé deux ou trois fois était une Allemande anorexique, très timide et effarouchée, mais gentille. De la séance d'hypnose avec le docteur Zilacxy elle se rappelait seulement qu'au réveil elle s'était sentie très sereine et reposée. Elle me disait, aussi, qu'elle se languissait de moi, et de ne pas faire « trop de cochonneries dans ces saunas finlandais qui, comme tout le monde le sait, sont de grands centres de débauche sexuelle ».

Quand je revins à Paris, après ces deux semaines, l'agence de traduction de M. Charnés me trouva presque aussitôt un autre contrat de cinq jours à

Alexandrie. Je passai à peine un jour en France, de sorte que je ne pus rendre visite à la vilaine fille. Mais nous nous parlâmes au téléphone, le soir. Je lui trouvai bon moral, satisfaite surtout du docteur Roullin qui, me dit-elle, lui faisait « un bien énorme », et amusée par la thérapie de groupe que dirigeait le professeur Zilacxy, « quelque chose comme les confessions des curés, mais en groupe, et avec des sermons du docteur ». Que voulait-elle que je lui rapporte d'Égypte ? « Un chameau. » Elle ajouta, plus sérieusement : « Je sais quoi : une de ces tenues de danse orientale des danseuses arabes. » Pensait-elle me gratifier, à sa sortie de clinique, d'un spectacle de danse du ventre pour moi seul ? « Quand je sortirai, je vais te faire des choses dont tu ignores même l'existence, mon petit saint. » Lorsque je lui dis qu'elle me manquait beaucoup, elle me répondit : « Moi aussi, je crois. » Pas de doute, elle allait mieux.

Ce soir-là, je dînai chez les Gravoski et apportai à Yilal une douzaine de soldats de plomb que je lui avais achetés dans une boutique d'Helsinki. Elena et Simon débordaient de bonheur. Bien que l'enfant, parfois, s'enfonçât dans le mutisme et ne renonçât pas à son ardoise, chaque jour il se lâchait un peu plus, pas seulement avec eux, mais aussi au collège où ses camarades, qui, avant, le surnommaient « le Muet », l'appelaient maintenant « la Perruche ». C'était une question de patience ; il serait bientôt tout à fait normal. Les Gravoski étaient allés rendre visite à deux reprises à la vilaine fille et l'avaient trouvée parfaitement acclimatée à la clinique. Elena avait parlé une fois au téléphone avec le professeur Zilacxy et celui-ci lui avait lu un rapport très positif du docteur Roullin sur les progrès de la malade. Elle avait pris un peu de poids et contrôlait chaque jour davantage ses nerfs.

Le lendemain soir je partis pour Le Caire où, après cinq pénibles heures de vol, je dus prendre un autre avion, d'une ligne égyptienne, pour Alexandrie. J'arrivai épuisé. Sitôt installé dans ma petite chambre d'un hôtel misérable appelé The Nile — c'était ma faute, j'avais choisi le moins cher de ceux qu'on proposait aux interprètes —, sans courage pour défaire ma valise, je tombai comme une masse et dormis huit heures d'affilée, ce qui ne m'arrivait que très rarement.

Le lendemain, j'avais journée libre, alors j'en profitai pour faire un tour dans la ville antique fondée par Alexandre, visitant son musée d'antiquités romaines et les ruines de l'amphithéâtre, et fis une longue promenade sur le splendide front de mer, avec ses cafés, ses restaurants, ses hôtels et ses boutiques pour touristes, grouillant d'une foule cosmopolite et bruyante. Assis à une de ces terrasses qui me faisaient penser au poète Cavafis — sa maison, dans le quartier grec disparu et maintenant arabisé, ne pouvait pas se visiter, un avis en anglais indiquait que le consulat de Grèce était en train de la restaurer —, j'écrivis une longue lettre à la malade, en lui disant combien j'étais heureux de savoir qu'elle se trouvait bien dans la clinique du Petit-Clamart et lui proposant, si elle était sage et sortait complètement rétablie, de l'emmener une semaine sur une plage du sud de l'Espagne pour se rôtir au soleil. Aimerait-elle une lune de miel avec son pitchounet ?

Je passai l'après-midi à revoir toute ma documentation sur la conférence qui débutait le lendemain. Elle portait sur la coopération et le développement économique de tous les pays du bassin méditerranéen : France, Espagne, Grèce, Italie, Turquie, Chypre, Égypte, Liban, Algérie, Maroc et Libye.

Israël en était exclu. Ce furent cinq jours épuisants, sans pause entre les exposés et les débats, confus et assommants, qui, malgré la montagne de papiers qu'ils produisaient, n'aboutiraient, me semblait-il, à rien de précis. Un des interprètes arabes de la conférence, natif d'Alexandrie, m'aida le dernier jour à trouver ce qu'avait demandé la vilaine fille : une robe de danseuse arabe, tout en voiles et pierreries. Je l'imaginai la portant, cambrée comme un palmier sur le sable du désert, à la clarté de la lune, au rythme des flûtes, chalumeaux, crotales, tambourins, mandores, cymbales et autres instruments de musique arabe, et la désirai.

Le lendemain de mon retour à Paris, avant même d'aller voir les Gravoski, je me rendis à la clinique du Petit-Clamart. C'était un jour gris et pluvieux et la forêt voisine avait perdu ses feuilles, presque entièrement brûlée par l'hiver. Le parc de la fontaine de pierre, maintenant sans ses cygnes, était couvert d'une brume humide et tristounette. On me fit entrer dans un salon assez grand où quelques personnes étaient assises, formant des petits groupes de famille. J'attendis, près d'une fenêtre, d'où l'on apercevait la fontaine, et soudain je la vis entrer, en peignoir de bain et sandales, une serviette en turban sur la tête.

— Je t'ai fait attendre, excuse-moi, j'étais à la piscine, à nager, me dit-elle en se haussant pour m'embrasser sur la joue. Je ne pensais pas que tu allais venir. Je n'ai reçu qu'hier ton petit mot d'Alexandrie. On va vraiment partir en lune de miel sur une plage du sud de l'Espagne ?

Nous nous assîmes dans ce même coin et elle approcha sa chaise de la mienne jusqu'à ce que nos genoux se touchent. Elle me tendit les deux mains pour que je les prenne et nous restâmes ainsi, les doigts entrelacés, pendant toute cette heure de conversation. Le changement était remarquable. Elle s'était, en effet, rétablie, et son corps avait à nouveau des formes et la peau de son visage ne laissait plus deviner les os ou saillir les pommettes. Ses yeux sombres couleur de miel brillaient à nouveau de la vivacité et de la malice d'antan et la petite veine bleue serpentait sur son front. Elle remuait ses lèvres pulpeuses avec une coquetterie qui me rappelait la vilaine fille des temps préhistoriques. Je la devinai assurée, tranquille, heureuse de se sentir bien et parce que, m'affirma-t-elle, ces crises de peur, qui l'avaient rendue presque folle ces deux dernières années, ne l'affectaient plus que de loin en loin.

— Tu n'as pas besoin de me dire que tu vas mieux, lui dis-je en lui embrassant les mains et en la dévorant des yeux. Il suffit de te voir. Tu es belle à nouveau. Je suis si impressionné de te voir ainsi que je sais à peine ce que je dis.

— Et encore, tu m'as chopée sortant de la piscine, me répondit-elle en me regardant dans les yeux de façon provocante. Attends de me voir maquillée et pomponnée. Tu vas tomber à la renverse, Ricardito.

Ce soir-là, je racontai aux Gravoski, avec qui je dînai, l'incroyable amélioration de la vilaine fille après trois semaines de traitement. Ils étaient allés la voir le dimanche précédent et avaient la même impression. Yilal leur donnait toujours de la joie. L'enfant s'enhardissait de plus en plus à parler, à la maison et au collège, bien qu'il lui arrivât parfois de se murer encore dans le silence. Mais plus de place au doute : il ne pourrait pas revenir en arrière. Il était sorti de cette prison où il s'était réfugié et voilà qu'il réintégrait progressivement la communauté des êtres parlants. Le soir, il m'avait salué en espagnol : « *Tienes que contarme de las pirámides, tío Ricardo.* »

Les jours suivants, je m'occupai à nettoyer, ranger et embellir l'appartement de Joseph-Granier pour accueillir la patiente. Je fis laver et repasser les rideaux et les draps, j'engageai une Portugaise qui m'aida à balayer et cirer le sol, faire la poussière, laver le linge, et j'achetai des fleurs pour les quatre pots de la maison. Je posai le carton avec la robe de danse égyptienne sur le lit, avec une petite carte amusante. La veille du jour où elle allait quitter la clinique, j'étais aussi heureux qu'un garçon qui sort avec une fille pour la première fois.

Nous allâmes la chercher dans la voiture d'Elena, accompagnés par Yilal, qui n'avait pas classe ce jour-là. Malgré la pluie et la grisaille, j'avais l'impression que le ciel répandait des flots de lumière dorée sur la France. Elle était déjà prête, nous attendant à l'entrée de la clinique, sa valise aux pieds. Elle s'était peignée avec soin, mis un peu de rouge à lèvres, de la poudre aux joues, fait les ongles des mains et allongé les cils au rimmel. Elle portait un manteau que je ne lui avais pas vu jusqu'alors, bleu marine, avec une ceinture à grosse boucle. Quand il la vit, Yilal courut, les yeux brillants, l'embrasser. Tandis que le concierge chargeait son bagage dans la voiture, je passai au bureau des sorties et la femme au chignon me tendit la facture. Le total se montait plus ou moins à ce qu'avait prévu le docteur Zilacxy : 127 315 francs. J'en avais 150 000 déposés sur mon compte, à cet effet. J'avais vendu tous les bons du Trésor qui constituaient mes économies et obtenu deux prêts, l'un de la mutuelle professionnelle dont j'étais membre, aux intérêts minimes, et un autre, de ma propre banque, la

Société Générale, aux intérêts plus élevés. Tout indiquait que c'était un excellent investissement, la patiente avait bien meilleure mine. L'administration me demanda d'appeler la secrétaire du directeur pour prendre rendez-vous, car le docteur Zilacxy voulait me voir. Elle ajouta : « Seul à seul. »

Ce fut une très belle nuit. Nous dînâmes chez les Gravoski, très légèrement, mais avec une bouteille de champagne, et, sitôt rentrés chez nous, nous nous embrassâmes longuement. Au début avec tendresse, puis avec avidité, avec passion, avec désespoir. Mes mains auscultaient tout son corps et l'aidèrent à se déshabiller. C'était merveilleux : sa silhouette, toujours mince, avait à nouveau des courbes, des formes sinueuses, et c'était délicieux de sentir sous mes mains et mes lèvres, chauds, doux, fermes, ses petits seins aux mamelons dressés et aux aréoles grenues. Je ne me lassais pas de respirer le parfum de ses aisselles épilées. Quand elle fut nue, je la soulevai dans mes bras et la portai jusqu'au lit. Elle me regarda me déshabiller avec un de ces petits sourires moqueurs d'autrefois.

— Tu vas me faire l'amour ? me provoqua-t-elle, en prenant son accent chantant. Mais, que je sache, les deux mois d'abstinence ordonnés par le médecin ne sont pas encore écoulés.

— Cette nuit je m'en fous, lui répondis-je. Tu es trop jolie, et si je ne te faisais pas l'amour je mourrais. Parce que je t'aime du plus profond de mon âme.

— Ça me paraissait bizarre que tu ne m'aies pas encore dit une de tes cucuteries, fit-elle en riant.

Tandis que j'embrassais son corps, lentement, en commençant par les cheveux pour finir par la plante des pieds, avec une délicatesse infinie et un immense amour, je la vis ronronner, se blottir et s'étirer, tout excitée. En posant mes lèvres sur son sexe, je le sentis très mouillé, palpitant, gonflé. Ses jambes se serrèrent autour de moi, avec force. Mais dès que je la pénétrai, elle poussa un hurlement et éclata en sanglots, en faisant des grimaces de douleur.

— J'ai mal, j'ai mal, pleurnicha-t-elle, en me retirant des deux mains. Je voulais te donner du plaisir cette nuit, mais je ne peux pas, ça me déchire, ça me brûle.

Elle pleurait en embrassant ma bouche avec angoisse, ses cheveux et ses larmes m'entraient dans les yeux et le nez. Elle s'était mise à trembler comme lorsque survenaient ses crises de terreur. Je lui demandai pardon à mon tour, pour avoir été une brute, un irresponsable, un égoïste. Je l'aimais, jamais je ne la ferais souffrir, elle était pour moi ce qu'il y avait de plus précieux, de plus doux et de plus tendre dans la vie. Comme la douleur ne partait pas, je me levai, nu, rapportai de la salle de bains une serviette imbibée d'eau tiède et la passai sur son sexe tout doucement, jusqu'à ce que, peu à peu, la douleur s'en allât. Je me glissai sous la couverture près d'elle et elle voulut me finir dans sa bouche mais je refusai. Je m'en voulais de l'avoir fait souffrir. Jusqu'à ce qu'elle soit totalement rétablie, cela ne se reproduirait plus : nous mènerions une vie chaste, sa santé était plus importante que mon plaisir. Elle m'écoutait sans rien dire, collée à moi et totalement immobile. Mais longtemps après, avant de s'endormir, ses bras autour de mon cou et ses lèvres collées aux miennes, elle murmura : « Ta lettre d'Alexandrie, je l'ai lue dix fois, au moins. Je m'endormais chaque nuit avec elle, en la serrant entre mes jambes. »

Le lendemain matin, j'appelai, d'une cabine dans

la rue, la clinique du Petit-Clamart et la secrétaire du docteur Zilacxy me donna rendez-vous pour le surlendemain. Elle me précisa elle aussi que le directeur voulait me voir seul à seul. L'après-midi, je me rendis à l'Unesco prospecter pour un nouveau contrat, mais le chef des interprètes me dit qu'il n'y avait rien jusqu'à la fin du mois et me proposa de me recommander pour une conférence de trois jours à Bordeaux. Je refusai. L'agence de M. Charnés n'avait rien pour moi non plus dans l'immédiat à Paris ou aux environs, mais, comme mon ancien *patron* vit que j'avais besoin de travail, il me confia une liasse de documents à traduire, du russe et de l'anglais, assez bien payés. Et me voilà installé dans le salon-salle à manger, avec ma machine à écrire et mes dictionnaires. Je m'imposai un horaire de bureau. La vilaine fille me préparait des tasses de café et s'occupait des repas. De temps en temps, comme le ferait une nouvelle mariée pleine d'attentions pour son mari, elle venait m'entourer les épaules et me donner un baiser dans le dos, sur le cou ou l'oreille. Mais quand Yilal arrivait elle m'oubliait complètement et se mettait à jouer avec l'enfant comme s'ils avaient eu le même âge. Le soir, après le dîner, on écoutait des disques avant de dormir, et parfois elle s'endormait dans mes bras.

Je ne lui dis pas que j'avais rendez-vous au Petit-Clamart et partis sous prétexte d'un entretien pour un travail éventuel dans une entreprise des environs de Paris. J'arrivai à la clinique une demi-heure à l'avance, mort de froid, et poireautai dans la salle d'attente en regardant la neige tomber mollement sur le gazon. Le mauvais temps avait effacé la fontaine de pierre et les arbres.

Le docteur Zilacxy, habillé exactement comme lorsque je l'avais vu pour la première fois, un mois plus tôt, était accompagné du docteur Roullin, que je trouvai d'emblée sympathique. C'était une grosse femme, encore jeune, avec des yeux intelligents et un sourire aimable qui ne quittait presque jamais ses lèvres. Elle tenait une chemise, qu'elle passait d'une main à l'autre, rythmiquement. Ils m'avaient reçu debout et, bien qu'il y eût des sièges dans le bureau, ils ne m'invitèrent pas à m'asseoir.

— Comment l'avez-vous trouvée ? me demanda le directeur en guise de bonjour, et il me fit la même impression que la première fois : quelqu'un qui n'avait pas de temps à perdre en circonlocutions.

— Magnifiquement bien, docteur, lui répondis-je. C'est une autre personne. Elle s'est remise, elle a retrouvé ses formes et ses couleurs. Je la sens très tranquille. Et ces crises de terreur qui la tourmentaient tant ont disparu. Elle vous est très reconnaissante. Et moi aussi, naturellement.

— Bien, bien, dit le docteur Zilacxy en se frottant les mains comme un illusionniste et en se balançant sur place. Cependant, je vous préviens qu'avec ce genre de choses on ne peut jamais se fier aux apparences.

— Quelles choses, docteur ? l'interrompis-je, intrigué.

— Les choses du mental, mon ami, fit-il en souriant. Si vous préférez dire de l'esprit, je n'ai pas d'objection. Cette dame est physiquement bien. Son organisme a repris le dessus, en effet, grâce à la vie disciplinée, au bon régime alimentaire et aux exercices. Maintenant, il faut faire en sorte qu'elle suive les instructions que nous lui avons données quant aux repas. Elle ne doit pas abandonner la gymnastique et la natation, qui lui ont fait beaucoup de bien. Mais sur le plan psychique, vous devrez faire preuve de beaucoup de patience. Elle est en bonne voie, me semble-t-il, bien que le chemin qui reste à faire soit encore long.

Il regarda le docteur Roullin qui, jusqu'alors, n'avait pas ouvert la bouche. Elle acquiesça. Son regard pénétrant avait quelque chose qui me fit sursauter. Je vis qu'elle ouvrait le dossier et le feuilletait, rapidement. Allaient-ils m'annoncer une mauvaise nouvelle ? C'est alors seulement que le directeur me fit signe de m'asseoir. Ils s'assirent aussi.

— Votre amie a beaucoup souffert, dit le docteur Roullin, avec tant d'amabilité qu'elle semblait vouloir dire quelque chose de très différent. Sa tête est une véritable pétaudière. Des suites de ce qu'elle a subi. De ce dont elle souffre encore, plutôt.

— Mais je la trouve bien mieux sur le plan psychologique aussi, dis-je, pour dire quelque chose. (Les préambules des deux médecins avaient fini par m'effrayer.) Bon, je suppose qu'après une expérience comme celle de Lagos, aucune femme ne récupère jamais tout à fait.

Il y eut un petit silence et un échange rapide de regards entre le directeur et la doctoresse. On voyait, par la grande fenêtre donnant sur le parc, les flocons tomber maintenant plus denses et plus blancs. Le jardin, les arbres, la fontaine avaient disparu.

— Ce viol n'a probablement jamais eu lieu, monsieur, sourit le docteur Roullin, affable, et elle fit un geste comme pour s'excuser.

— C'est une fantaisie construite pour protéger quelqu'un, pour effacer les pistes, ajouta le docteur Zilacxy, sans me donner le temps de réagir. Le docteur Roullin l'a deviné lors de leur premier entretien. Et ensuite nous en avons eu confirmation quand je l'ai endormie. Ce qui est curieux, c'est qu'elle a inventé cela pour protéger quelqu'un qui, pendant longtemps, pendant des années, a systématiquement usé et abusé d'elle. Vous étiez au courant, n'est-ce pas ?

— Qui était ce M. Fukuda ? demanda le docteur Roullin avec douceur. Elle en parle avec haine et, en même temps, respect. Son mari ? Une aventure ?

— Son amant, balbutiai-je. Un personnage sordide, aux affaires louches, avec lequel elle a vécu à Tokyo plusieurs années. Elle m'a expliqué qu'il l'avait abandonnée quand il avait su qu'à Lagos les policiers qui l'avaient arrêtée l'avaient violée. Parce qu'il croyait qu'ils lui avaient transmis le sida.

— Une autre affabulation, celle-là pour se protéger elle-même, fit le directeur de la clinique en se frottant les mains. Ce monsieur ne l'a pas jetée dehors, non plus. C'est elle qui s'est échappée. Ses terreurs viennent de là. Un mélange de peur et de remords, pour avoir fui une personne qui exerçait une domination absolue sur elle, qui l'avait privée d'indépendance, d'orgueil, d'estime de soi et, presque, de raison.

J'étais là, la bouche ouverte, hébété. Je ne savais que dire.

— Elle avait peur qu'il puisse la poursuivre pour se venger et la punir, enchaîna le docteur Roullin, sur le même ton aimable et discret. Mais qu'elle ait osé lui échapper, voilà une grande chose, monsieur. Un indice que le despote n'avait pas complètement détruit sa personnalité. Elle conservait, au fond, sa dignité. Son libre arbitre.

— Mais ces blessures, ces plaies, demandai-je, et je le regrettai aussitôt, devinant ce qu'ils allaient me répondre.

— Il la soumettait à toutes sortes de sévices, pour son divertissement, expliqua le directeur sans prendre de gants. C'était un délicat et un technicien, dans l'administration de ses plaisirs. Vous devez vous faire une idée claire de ce qu'elle a supporté, si vous voulez l'aider. Je n'ai d'autre moyen que de vous mettre au courant de détails désagréables. Ce n'est qu'ainsi que vous serez en condition de lui apporter tout l'appui nécessaire. Il la fouettait avec de grosses cordes qui ne laissent pas de marques. Il la prêtait à ses amis et gardes du corps au cours d'orgies, pour les regarder, parce que c'était aussi un *voyeur*. Le pire, peut-être, ce qui a laissé une trace plus forte dans sa mémoire, c'étaient les vents. Apparemment, cela l'excitait beaucoup. Il lui faisait boire des poudres qui l'emplissaient de gaz. C'était une des fantaisies auxquelles se complaisait cet homme excentrique : qu'elle soit nue, à quatre pattes, comme une chienne, et lâchant des vents.

— Non seulement cela lui a déchiré le rectum et le vagin, monsieur, dit le docteur Roullin, avec la même douceur et sans renoncer à sourire. Cela a déchiré aussi sa personnalité. Tout ce qu'il y avait en elle de digne et de décent. Aussi je vous le répète : elle a souffert et souffrira encore énormément, même si les apparences disent le contraire. Et elle agira parfois de façon irrationnelle.

J'avais la gorge sèche et, comme s'il avait lu dans mes pensées, le docteur Zilacxy me tendit un verre d'eau pétillante.

— Et maintenant, il faut tout vous dire. Ne vous y trompez pas. On n'a pas abusé d'elle. Elle fut une victime consentante. Elle a supporté tout cela en sachant fort bien ce qu'elle faisait. (Les petits yeux du directeur se mirent soudain à me scruter avec insistance pour mesurer ma réaction.) Appelez ça amour tordu, passion baroque, perversion, pulsion masochiste ou, simplement, soumission à une personnalité écrasante, à laquelle elle ne réussissait à opposer aucune résistance. Elle fut une victime complaisante, qui accepta de bon gré tous les caprices de ce monsieur. Cela, maintenant, quand elle en prend conscience, la rend furieuse et la désespère.

— La convalescence sera plus lente, et plus difficile, dit le docteur Roullin. Il lui faut retrouver l'estime de soi. Elle a accepté et voulu être une esclave, en quelque sorte, et elle a été traitée comme telle, vous comprenez ? Jusqu'à ce qu'un beau jour, je ne sais comment ni pourquoi, elle non plus ne le sait pas, elle se rende compte du danger. Elle a senti, deviné que, si elle continuait comme ça, elle finirait très mal, mutilée, folle ou morte. Et c'est alors qu'elle s'est enfuie. Je ne sais d'où elle a tiré la force de le faire. Il faut l'admirer pour cela, je vous assure. Ceux qui arrivent à ce degré extrême de dépendance ne s'en libèrent généralement jamais.

— Mais sa panique fut si grande qu'elle s'est inventé toute cette histoire de Lagos, le viol des policiers, et que son bourreau l'avait chassée par crainte du sida. Et elle est parvenue à le croire, même. Vivre dans cette fiction lui donnait des raisons de se sentir plus sûre, moins menacée, que vivre dans la vérité. Pour tout le monde il est plus difficile de vivre dans la vérité que dans le mensonge. Mais beaucoup plus pour quelqu'un dans sa situation. Il va lui en coûter de s'habituer à nouveau à la vérité.

Il se tut et le docteur Roullin resta également silencieuse. Tous deux me regardaient avec une curiosité indulgente. Je buvais mon eau à petites gorgées, incapable de rien dire. Je me sentais congestionné et transpirant.

— Vous pouvez l'aider, dit le docteur Roullin après un moment. Plus encore, monsieur. Vous allez être surpris de l'entendre, mais vous êtes probablement la seule personne au monde qui puisse l'aider. Beaucoup plus que nous, je vous assure. Le danger, c'est qu'elle se replie sur son moi profond, dans une sorte d'autisme. Vous pouvez être son pont de communication avec le monde.

— Elle a confiance en vous et, je crois, en personne d'autre, acquiesça le directeur. Elle se sent, devant vous, comment dire... ?

— Sale, dit en baissant les yeux un instant, poliment, le docteur Roullin. Car, pour elle, croyez-le ou pas, vous êtes une sorte de saint.

Le petit rire que je lâchai sonna très faux. Je me sentis imbécile, stupide, j'eus envie d'envoyer au diable ce couple de médecins et de leur dire qu'ils justifiaient la méfiance que j'avais toujours éprouvée envers psychologues, psychiatres, psychanalystes, curés, sorciers et chamans. Ils me regardaient comme s'ils lisaient dans mes pensées et me pardonnaient. La doctoresse continuait à sourire, imperturbablement.

— Si vous avez de la patience et, surtout, beaucoup de tendresse, elle peut se remettre aussi dans son esprit, comme elle s'est remise dans son corps, dit le directeur.

Je leur demandai, parce que je ne savais plus que dire, si la vilaine fille avait besoin de retourner à la clinique.

— C'est plutôt le contraire, dit en souriant le docteur Roullin. Elle doit nous oublier, oublier qu'elle s'est trouvée ici, que cette clinique existe. Recommencer sa vie, repartir de zéro. Une vie très différente de celle qu'elle a eue, avec quelqu'un qui l'aime et la respecte. Comme vous.

— Autre chose, monsieur, dit le directeur en se levant et m'indiquant ainsi que l'entretien se terminait. Vous allez trouver cela bizarre, mais elle, et tous ceux qui passent une bonne partie de leur vie enfermés dans des fantaisies qu'ils se construisent pour abolir la vie véritable, savent et ne savent pas ce qu'ils font. La frontière chez eux s'éclipse par périodes, pour réapparaître ensuite. Je veux dire qu'ils savent et ne savent pas, en alternance, ce qu'ils font. Voici ce que je vous conseille : n'essayez pas de la forcer à accepter la réalité. Aidez-la, mais ne l'obligez pas, ne la pressez pas. Cet apprentissage est long et difficile.

— Cela pourrait être contre-productif et provoquer une rechute, dit avec un sourire énigmatique le docteur Roullin. Peu à peu elle se réaccoutumera d'elle-même, acceptant à nouveau la vie véritable.

Je ne compris pas très bien ce qu'ils voulaient me dire, mais je n'essayai pas non plus d'en savoir davantage. Je voulais partir, sortir de là et ne plus me rappeler ce que j'avais entendu. En sachant fort bien que ce serait impossible. Dans le train de banlieue qui me ramenait à Paris, je me sentis profondément démoralisé. L'angoisse me serrait la gorge. Pas étonnant qu'elle ait inventé cette histoire de Lagos. N'avait-elle pas passé sa vie à inventer des choses ? Mais ça me faisait mal de savoir que ses blessures au vagin et au rectum avaient été causées par Fukuda, que je me mis à détester de toutes mes forces. En la soumettant à quelles pratiques ? La sodomisation avec des fers, avec ces vibromasseurs à ergots qu'on mettait à la disposition des clients au *Château Meguru* ? Je savais que l'image de la vilaine fille, nue, à quatre pattes, l'estomac gonflé par ces poudres, lâchant des chapelets de pets, parce que cette vision et ces bruits et odeurs provoquaient l'érection du gangster japonais — lui seul, ou étaient-ce des spectacles qu'il offrait aussi à ses compères ? —, me poursuivrait des mois, des années, voire le restant de mes jours. Était-ce cela que la vilaine fille appelait, et avec quelle excitation fébrile me l'avait-elle dit à Tokyo, vivre intensément ? Elle s'était prêtée à tout cela. En même temps que victime, elle avait été la complice de Fukuda. Il y avait donc en elle quelque chose d'aussi tordu et vicieux que chez l'horrible Japonais. Comment ne pas lui paraître un petit saint quand l'imbécile que j'étais venait de s'endetter pour qu'elle guérisse et puisse, au bout d'un certain temps, s'enticher de quelqu'un de plus riche ou de plus intéressant que le pauvre pitchounet ! Et malgré toutes ces rancœurs et ces fureurs je ne voulais qu'arriver vite à la maison pour la voir, la toucher et lui faire savoir que je l'aimais plus que jamais. Pauvre petite ! Comme elle avait souffert ! C'était un miracle qu'elle soit vivante. Je consacrerais le restant de mes jours à la tirer de ce puits. Imbécile !

À Paris, je m'efforçai d'avoir l'air naturel et d'éviter que la vilaine fille ne se doute de ce qui me trottait dans la tête. En rentrant chez moi, je trouvai Yilal qui lui apprenait à jouer aux échecs. Elle se plaignait que c'était très difficile et que cela exigeait de penser beaucoup, plus simple et plus amusant était le jeu de dames. « Non, non, non, insistait la petite voix criarde de l'enfant. Yilal t'apprendera. » « Yilal t'apprendra », le corrigeait-elle.

Quand l'enfant partit, pour dissimuler mon état d'âme, je me mis à travailler à mes traductions et restai à pianoter sur la machine jusqu'à l'heure du dîner. Comme la table de la salle à manger était encombrée de mes papiers, nous mangions dans la cuisine, sur une petite table avec deux tabourets. Elle avait préparé une omelette au fromage et une salade.

— Qu'est-ce qui t'arrive ? me demanda-t-elle soudain, tandis que nous mangions. Je te trouve bizarre. Tu es allé à la clinique, non ? Pourquoi ne m'as-tu rien dit ? On t'a dit que je n'allais pas bien ?

— Non, au contraire, la rassurai-je. Tout va bien. Ce qu'on m'a dit, c'est que, maintenant, tu dois oublier la clinique, le docteur Roullin et le passé. Ce sont eux-mêmes qui me l'ont dit : que tu les oublies, pour que ton rétablissement soit total.

Je vis à son regard qu'elle savait que je lui cachais quelque chose, mais elle n'insista pas. Nous allâmes prendre le café chez les Gravoski. Nos amis étaient très excités. Simon avait reçu une proposition pour faire de la recherche, à l'université de Princeton dans le cadre d'un programme d'échange avec l'Institut Pasteur. Tous deux étaient ravis d'aller dans le New Jersey : en deux ans passés aux États-Unis, Yilal apprendrait l'anglais, et Elena pourrait travailler à l'hôpital de Princeton. Ils allaient voir si l'hôpital Cochin lui accordait une mise en disponibilité de deux ans, sans solde. Comme ils parlaient tout le temps, je n'eus presque pas besoin d'ouvrir la bouche, je n'avais qu'à écouter, ou plutôt à feindre d'écouter, ce dont je leur fus très reconnaissant.

Durant les semaines et les mois qui suivirent, je fus très pris par mon travail. Pour pouvoir rembourser les emprunts et assumer les frais courants qui, maintenant que la vilaine fille vivait avec moi, avaient augmenté, je dus accepter tous les contrats qui se présentaient et, en même temps, la nuit ou tôt le matin, consacrer deux ou trois heures à traduire des documents que me confiait le bureau de M. Charnés qui, fidèle à son habitude, essayait toujours de me venir en aide. J'allais et venais en Europe, occupé à des conférences et congrès de toutes sortes, et j'emportais avec moi les traductions, que je faisais la nuit, dans des hôtels ou des pensions, sur une petite machine à écrire. Peu m'importait l'excès de travail. La vérité, c'est que je me sentais heureux de vivre avec la femme que j'aimais. Elle semblait tout à fait rétablie. Nous ne parlions jamais de Fukuda, ni de Lagos, ni de la clinique du Petit-Clamart. Nous allions au cinéma, parfois écouter de la musique de jazz dans une *cave* de Saint-Germain, et, le samedi, dîner dans un restaurant pas trop cher.

Mon seul gaspillage était le sport, parce que j'étais sûr que cela faisait beaucoup de bien à la vilaine fille. Je l'inscrivis à un gymnase de l'avenue Montaigne, qui comportait une piscine chauffée, et elle y allait de bonne grâce plusieurs fois par semaine, faire de l'aérobic avec un moniteur et nager. Maintenant qu'elle avait appris, la natation était son sport favori. Quand je n'étais pas là, elle passait le plus clair de son temps chez les Gravoski, qui, finalement, après avoir obtenu l'autorisation d'absence d'Elena, préparaient leur voyage aux États-Unis pour le printemps. Ils l'emmenaient de temps à autre voir un film, une exposition, ou dîner dehors. Yilal avait réussi à lui apprendre à jouer aux échecs et lui administrait les mêmes raclées qu'aux dames.

Un jour, la vilaine fille me dit que, comme elle se sentait désormais parfaitement bien, ce qui paraissait certain à en juger d'après sa mine et l'amour de la vie qu'elle semblait avoir retrouvé, elle voulait chercher du travail, afin de ne pas perdre de temps et m'aider pour les dépenses de la maison. Elle était mortifiée de me voir me tuer au travail alors qu'elle ne faisait rien d'autre qu'aller à son club de sport et jouer avec Yilal.

Mais, quand elle se mit à chercher un emploi, le problème des papiers surgit. Elle avait trois passeports, un péruvien périmé, un français et un anglais. Les deux derniers étaient faux. On ne donnerait nulle part de travail en règle à une sans-papiers. Et moins encore par ces temps où, dans toute l'Europe occidentale, et surtout en France, il y avait une recrudescence de paranoïa contre les immigrés des pays du tiers monde. Les gouvernements restreignaient les visas et commençaient à pourchasser les étrangers démunis de carte de séjour.

Le passeport anglais, qui arborait une photo d'elle avec un maquillage qui lui changeait presque complètement le visage, avait été établi au nom de Mrs. Patricia Steward. Elle m'expliqua que, depuis que son ex-époux David Richardson avait démontré sa bigamie annulant son mariage anglais, elle avait perdu automatiquement la citoyenneté britannique qu'elle avait acquise en se mariant. Quant au passeport français, qu'elle avait obtenu grâce à son mari précédent, elle n'osait pas l'utiliser parce qu'elle ne savait pas si M. Robert Arnoux s'était finalement décidé à la dénoncer, avait entrepris des poursuites judiciaires, l'accusant de bigamie ou de n'importe quelle autre chose pour se venger. Fukuda lui avait procuré pour ses voyages africains, en même temps que ce passeport anglais, un passeport français au nom de Mme Florence Milhoun ; là, la photographie la montrait très jeune et avec une coiffure très différente de celle qu'elle portait normalement. C'est avec ce passeport qu'elle était entrée en France la dernière fois. Je craignais que, si elle était découverte, on ne l'expulse du pays, ou pire encore.

Malgré cet obstacle, la vilaine fille continua à chercher du travail, répondant aux offres d'emploi dans *Les Échos*, prospectant du côté des offices du tourisme, des relations publiques, des galeries d'art et des compagnies qui travaillaient avec l'Espagne et l'Amérique latine et avaient besoin de personnel connaissant l'espagnol. Il ne me semblait pas facile du tout, du fait de sa condition précaire au regard de la loi, qu'elle trouve un travail régulier, mais je ne voulais pas la désillusionner et l'encourageais à poursuivre ses recherches.

Quelques jours avant le départ des Gravoski pour les États-Unis, lors d'un dîner d'adieu que nous leur offrîmes à *La Closerie des Lilas*, soudain, après avoir entendu la vilaine fille raconter les difficultés qu'elle rencontrait à trouver un emploi où on l'accepterait sans papiers, Elena eut une idée :

— Et pourquoi ne vous mariez-vous pas ? (Et se tournant vers moi :) Tu as la nationalité française, pas vrai ? Eh bien, tu te maries avec elle et la voilà française *ipso facto*. Finis les problèmes légaux, mon petit. Elle sera une Française en bonne et due forme.

Elle le dit sans y penser, en plaisantant, et Simon abonda dans son sens : ce mariage devait attendre, il voulait être présent et être le témoin du marié et, comme ils ne rentreraient pas en France avant deux ans, nous devions classer le projet jusque-là. À moins que nous ne décidions d'aller nous marier à Princeton, dans le New Jersey, auquel cas il ne serait pas seulement le témoin, mais le parrain, etc. De retour à la maison, mi-sérieux mi-moqueur, je dis à la vilaine fille, qui était en train de se déshabiller :

— Et si nous suivions le conseil d'Elena ? Elle a raison : si nous nous marions, ta situation sera régularisée sur-le-champ.

Elle finit d'enfiler sa chemise et se retourna pour me regarder, les mains à la taille, un léger sourire moqueur aux lèvres, dans une attitude de petit coq batailleur. Et me dit avec toute l'ironie dont elle était capable :

— Tu me demandes sérieusement de t'épouser ?

— Eh bien, je crois que oui, fis-je en essayant de blaguer. Si tu veux. Pour résoudre tes problèmes légaux, voilà. Il ne faudrait quand même pas qu'on t'expulse de France comme sans-papiers.

— Moi, je ne me marie que par amour, dit-elle en me foudroyant du regard et en tapant du pied. Je ne me marierais jamais avec un rustre qui me ferait une demande en mariage aussi grossière que celle que tu viens de me faire.

— Si tu veux, je me mets à genoux et, la main sur le cœur, je te prie d'être ma femme adorée jusqu'à la fin des temps, dis-je, troublé, sans savoir si elle jouait toujours ou si elle parlait sérieusement.

Sa petite chemise d'organdi laissait voir en transparence ses seins, son nombril, et la touffe sombre de son pubis. Elle lui arrivait seulement aux genoux et découvrait ses épaules et ses bras. Elle avait les cheveux dénoués et le visage enflammé par le spectacle qu'elle me donnait. L'éclat de la lampe de chevet lui tombait dans le dos et formait un nimbe doré autour de sa silhouette. Elle avait l'air très attirante, audacieuse, et je la désirais.

— Fais-le, m'ordonna-t-elle. À genoux, les mains sur la poitrine. Dis-moi les meilleures cucuteries de ton répertoire, et voyons si tu peux me convaincre.

Je me laissai tomber à genoux et la priai de se marier avec moi, tandis que je baisais ses pieds, ses chevilles, ses genoux et caressais ses fesses, en la comparant à la Vierge Marie, aux déesses de l'Olympe, à Sémiramis, à Cléopâtre, à la Nausicaa d'Ulysse, à la Dulcinée de Don Quichotte, et je lui disais qu'elle était plus belle et plus désirable que Claudia Cardinale, Brigitte Bardot et Catherine Deneuve réunies. Enfin je la pris par la taille et la fis tomber sur le lit. Tandis que je la caressais et l'aimais, je l'entendis rire, en même temps qu'elle me disait à l'oreille : « Je regrette, mais j'ai reçu de meilleures demandes en mariage que la vôtre, monsieur pitchounet. » Chaque fois que nous faisions l'amour, je devais prendre d'infinies précautions pour ne pas lui faire mal. Je feignais, certes, de croire qu'elle allait de mieux en mieux, mais le temps écoulé m'avait convaincu qu'il n'en était rien et que ces blessures au vagin ne disparaîtraient jamais tout à fait et limiteraient toujours notre vie sexuelle. Bien des fois j'évitais de la pénétrer et, quand je le faisais, c'était avec une grande douceur, en me retirant dès que je sentais son corps se crisper et son visage se déformer sous une grimace de douleur. Mais même ainsi, ces amours difficiles et parfois incomplètes me faisaient jouir immensément. Lui donner du plaisir avec ma bouche et mes mains, et en recevoir des siennes, justifiaient ma vie, faisaient de moi le plus privilégié des mortels. Quant à elle, bien que gardant souvent cette attitude distante qui avait toujours été la sienne au lit, elle semblait parfois s'animer et participait avec enthousiasme et ardeur, et je le lui disais : « Même si tu ne veux pas le reconnaître, je crois que tu as commencé à m'aimer. » Cette nuit-là, quand épuisés nous sombrions déjà dans le sommeil, je la grondai :

— Tu ne m'as pas donné ta réponse, guérillera. Ce doit être la quinzième déclaration d'amour que je te fais. Vas-tu te marier avec moi, oui ou non ?

— Je ne sais pas, me répondit-elle sérieusement, en m'étreignant. Je dois encore y réfléchir.

Les Gravoski partirent pour les États-Unis un jour ensoleillé et printanier, avec les premiers bourgeons verts sur les marronniers, les hêtres et les peupliers de Paris. Nous les accompagnâmes à l'aéroport Charles-de-Gaulle. En embrassant Yilal, la vilaine fille était en larmes. Les Gravoski nous avaient laissé la clé de leur appartement pour que nous y jetions un coup d'œil de temps en temps et le protégions de la poussière. C'étaient de très bons amis, les seuls avec qui nous avions cette amitié viscérale, à la sud-américaine, et ils allaient beaucoup nous manquer pendant ces deux années d'absence. En voyant la vilaine fille si affectée par le départ de Yilal, je lui proposai, plutôt que de rentrer à la maison, de faire une promenade ou d'aller au cinéma. Ensuite je l'emmènerais dîner dans un petit *bistrot* de l'île Saint-Louis qui lui plaisait beaucoup. Elle s'était tellement attachée à Yilal qu'en nous promenant aux alentours de Notre-Dame sur le chemin du restaurant, je lui dis en plaisantant que, si elle le voulait, une fois mariés nous pourrions adopter un enfant.

— J'ai découvert chez toi une vocation de maman. J'ai toujours cru que tu ne voulais pas avoir d'enfants.

— Quand j'étais à Cuba, avec ce commandant Chacón, je me suis fait ligaturer les trompes parce qu'il voulait un enfant et moi j'étais horrifiée par cette idée, me répondit-elle sèchement. Maintenant je le regrette.

— Adoptons-en un, lui dis-je pour la réconforter. Est-ce que ce n'est pas pareil ? Tu as vu la relation de Yilal avec ses parents ?

— Je ne sais pas si c'est pareil, murmura-t-elle, et je sentis sa voix redevenir hostile. Et puis, je ne sais même pas si je vais me marier avec toi. Changeons de sujet, veux-tu ?

Elle était de très mauvaise humeur et je compris que, sans le vouloir, j'avais touché quelque recoin meurtri de son intimité. J'essayai de la distraire et l'emmenai voir la cathédrale, un spectacle qui, malgré toutes les années passées à Paris, ne cessait jamais de m'éblouir. Et ce soir-là plus que d'autres fois. Une clarté faible, avec une aura légèrement rosée, baignait les pierres de Notre-Dame. La masse semblait légère grâce à la symétrie parfaite de ses parties, qui s'équilibraient et se soutenaient avec délicatesse, pour que rien ne se déboîtât ni ne se détachât. L'histoire et la lumière tamisée chargeaient cette façade d'allusions et de résonances, d'images et de références. Il y avait beaucoup de touristes, qui prenaient des photos. Était-ce la même cathédrale, cadre de tant de siècles d'histoire de France, la même qui avait inspiré à Victor Hugo son roman qui m'avait tant exalté quand je l'avais lu, enfant, à Miraflores, chez ma tante Alberta ? C'était la même et une autre, lourde de mythologies et d'événements plus récents. Très belle, elle donnait une impression de stabilité et de permanence, et semblait avoir échappé à l'usure du temps. Mon éloge de Notre-Dame glissait sur la vilaine fille, plongée dans ses pensées, sans la toucher le moins du monde. Pendant le dîner elle demeura tête basse et boudeuse, et toucha à peine à son assiette. Et une fois chez nous elle s'endormit sans me dire bonne nuit, comme si j'avais été coupable du départ de Yilal. Deux jours plus tard, je me rendis à Londres, avec un contrat d'une semaine. En la quittant, très tôt le matin, je lui dis :

— Peu importe qu'on ne se marie pas, vilaine fille, si tu ne veux pas. Ce n'est pas non plus indispensable. Je dois te dire une chose, avant de partir. En quarante-sept années de vie, je n'ai jamais été aussi heureux que durant ces mois où nous avons été ensemble. Je ne saurais comment te remercier pour ce bonheur que tu m'as donné.

— Dépêche-toi, tu vas manquer ton avion, pot de colle ! dit-elle en me poussant vers la porte.

Elle était encore de mauvaise humeur, repliée sur elle-même matin et soir. Depuis le départ des Gravoski, je n'avais presque pas pu bavarder avec elle. L'absence de Yilal l'affectait-elle donc à ce point ?

Mon travail à Londres fut plus intéressant que celui d'autres conférences et congrès. Il s'agissait d'une réunion convoquée sur un de ces titres anodins qui se répètent sans cesse avec des sujets différents : « Afrique : impulsion du développement ». Sous les auspices du Commonwealth, des Nations unies, de l'Union des pays africains et de divers instituts indépendants. Mais contrairement à d'autres rencontres, celle-ci donna lieu à des témoignages fort sérieux de dirigeants politiques, chefs d'entreprise ou universitaires de pays africains sur l'état calamiteux où se trouvaient les anciennes colonies françaises et anglaises après leur indépendance, et sur les obstacles qu'elles rencontraient maintenant pour mettre en ordre la société, stabiliser les institutions, liquider le militarisme et l'autoritarisme, intégrer dans une unité harmonieuse les différentes ethnies de chaque pays et décoller économiquement. L'état de presque toutes les nations représentées était critique ; et pourtant, la sincérité et la lucidité avec lesquelles ces Africains, très jeunes pour la plupart, exhibaient leur réalité avaient quelque chose de vibrant, qui donnait un élan d'espoir à ce tragique état de choses. Bien que l'espagnol fût une des langues utilisées, j'eus à traduire surtout du français en anglais ou vice versa. Et je le fis avec intérêt, curiosité, et l'envie, quelquefois, d'aller passer des vacances en Afrique. Même si je ne pouvais oublier que c'est sur ce continent que la vilaine fille avait opéré, au service de Fukuda.

Chaque fois que je quittais Paris pour mon travail, nous nous parlions tous les deux jours. C'est elle qui m'appelait, car cela revenait moins cher ; les hôtels et pensions taxaient lourdement les appels internationaux. Mais, alors que je lui avais laissé le numéro de téléphone de l'hôtel Shoreham, à Bayswater, les deux premiers jours à Londres, la vilaine fille ne m'appela pas. Le troisième jour, je le fis moi-même, de bonne heure, avant de me rendre à l'Institut du Commonwealth, où se tenait la conférence.

Je la sentis très bizarre. Laconique, évasive, irritée. Je pris peur, pensant que ses anciennes crises de panique avaient réapparu. Elle m'assura que non, qu'elle allait bien. Se languissait-elle de Yilal, alors ? Bien sûr qu'elle se languissait de lui. Et se languissait-elle aussi de moi un petit peu ?

— Voyons voir que je réfléchisse, me dit-elle, mais le ton de sa voix n'était pas celui d'une femme qui plaisante. Non, franchement, je ne me languis pas trop de toi encore.

Cela me laissa un petit goût amer dans la bouche quand je raccrochai. Bon, tout le monde pouvait avoir ses moments de neurasthénie, où l'on préférait apparaître antipathique pour bien marquer son dégoût du monde. Ça lui passerait. Comme deux jours après elle ne m'appela pas non plus, je le fis à nouveau, également très tôt le matin. Le téléphone sonna dans le vide. Impossible qu'elle soit sortie de la maison à sept heures du matin : elle ne le faisait jamais. La seule explication, c'est qu'elle était toujours de mauvaise humeur — mais pourquoi ? — et qu'elle ne voulait pas me répondre, car elle savait fort bien que c'était moi qui l'appelais. Je recommençai le soir et elle ne décrocha pas non plus. J'appelai quatre ou cinq fois au cours d'une nuit d'insomnie : silence total. Les sonneries intermittentes du téléphone me poursuivirent les vingt-quatre heures suivantes, et enfin, au sortir de la dernière séance, je me précipitai à l'aéroport de Heathrow prendre mon avion pour Paris. Toutes sortes de pensées ténébreuses rendirent interminable mon voyage et, ensuite, le parcours en taxi de Charles-de-Gaulle jusqu'à la rue Joseph-Granier.

Il était deux heures et quelque du matin quand, sous une petite pluie persistante, j'ouvris la porte de mon appartement. Il était dans l'obscurité, vide, et sur le lit il y avait une brève lettre écrite au crayon sur ce papier jaune rayé que nous avions à la cuisine pour noter les affaires du jour. C'était un modèle de laconisme glacial : « J'en ai assez de jouer à la maîtresse de maison petite-bourgeoise que tu aimerais que je sois. Je ne le suis ni ne le serai pas. Je te remercie beaucoup de ce que tu as fait pour moi. Je regrette. Prends soin de toi et ne souffre pas trop, mon bon garçon. »

Je défis mon bagage, me lavai les dents et me couchai. Et le reste de la nuit je fus là à penser, à divaguer. C'est ce à quoi tu t'attendais, en le redoutant, non ? Tu savais que cela arriverait tôt ou tard, depuis que, sept mois plus tôt, tu avais installé la vilaine fille rue Joseph-Granier. Mais par lâcheté tu n'avais pas voulu regarder les choses en face, et tu te disais, en te trompant, en esquivant le problème, qu'après ces horribles expériences avec Fukuda, elle avait enfin renoncé aux aventures, aux dangers, et s'était résignée à vivre avec toi. Mais tu avais toujours su, au fond, que ce mirage durerait seulement le temps de sa convalescence. Que la vie médiocre et assommante qu'elle menait avec toi la fatiguerait et qu'une fois recouvrées la santé, la confiance en elle-même, et dissipés sa peur et ses remords envers Fukuda, elle s'arrangerait pour rencontrer quelqu'un

309

de plus intéressant, de plus riche et de moins routinier que toi, et se livrerait à de nouveaux caprices.

Dès l'apparition des premières clartés à l'œil-de-bœuf, je me levai, préparai mon café et ouvris le petit coffre-fort où je gardais toujours une somme d'argent en liquide pour les dépenses du mois. Elle avait tout raflé, naturellement. Bon, ce n'était pas une grosse somme. Qui serait, cette fois, l'heureux mortel ? Quand et comment l'avait-elle connu ? Pendant l'un de mes voyages de travail, sans doute. Peut-être au club de sport de l'avenue Montaigne, en faisant de l'aérobic et de la natation. Peut-être un de ces play-boys sans une once de graisse et bien musclés, un de ces adeptes des rayons ultraviolets qui se rôtissent la peau, qui se font faire les ongles et masser le cuir chevelu au salon de coiffure. Avaient-ils déjà fait l'amour, et en même temps qu'elle jouait la comédie avec moi, préparait-elle en secret sa fuite ? Sûrement. Et son nouveau galant aurait sans doute moins d'égards que toi, Ricardito, pour son vagin meurtri.

Je fis le tour de l'appartement : pas une seule trace d'elle. Elle avait emporté jusqu'à la dernière épingle de nourrice. Comme si elle n'avait jamais été ici. Je me baignai, m'habillai et sortis, fuyant mon deux pièces où, comme je le lui avais dit en partant, j'avais été plus heureux que nulle part ailleurs, et où je serais désormais — une fois de plus ! — immensément malheureux. Mais n'était-ce pas bien fait pour toi, petit Péruvien ? Ne savais-tu pas, quand tu ne répondais pas à ses appels, que si tu le faisais et succombais à nouveau à cette passion tenace, tout finirait comme à présent ? Il n'y avait là rien de surprenant : il était arrivé ce que tu avais toujours su qu'il arriverait.

Il faisait une belle journée, sans nuages, avec un

soleil un peu froid, et le printemps avait rempli de verdure les rues de Paris. Les parcs bouillonnaient de fleurs. Je marchai des heures, sur les quais, aux Tuileries, au Luxembourg, et quand je sentis que j'allais m'évanouir de fatigue, j'entrai dans un café prendre quelque chose. Le soir venu, je mangeai un sandwich avec une bière, puis allai au cinéma, sans même savoir quel film on donnait. Je m'endormis sitôt assis et ne me réveillai que lorsqu'on ralluma. Sans me souvenir d'une seule image.

Dehors il faisait nuit. Je me sentais angoissé et craignais de me mettre à pleurer. Tu n'es pas seulement capable de dire des cucuteries mais aussi de les vivre, Ricardito. Vraiment, cette fois je n'aurais pas la force, comme les fois précédentes, de me remettre, de réagir, et de jouer encore à oublier la vilaine fille.

Je repris les quais de la Seine jusqu'au lointain pont Mirabeau, en essayant de me souvenir des premiers vers du poème d'Apollinaire, les répétant entre les dents :

> *Sous le pont Mirabeau coule la Seine*
> *Et nos amours*
> *Faut-il qu'il m'en souvienne*
> *La joie venait toujours après la peine.*

J'avais décidé, froidement, sans dramatisme, que c'était après tout une façon digne de mourir : en sautant de ce pont ennobli par la bonne poésie moderniste et la voix intense de Juliette Gréco, dans les eaux sales de la Seine. Retenant ma respiration ou avalant l'eau à gros bouillons, je perdrais rapidement conscience — peut-être la perdrais-je d'un coup, quand mon corps s'écraserait à la surface de l'eau — et la mort serait instantanée. Si tu ne peux avoir la seule chose que tu voulais dans la vie, qui était elle, mieux vaut en finir une bonne fois et de cette façon, pitchounet.

J'arrivai au pont Mirabeau trempé comme une soupe. Je n'avais même pas vu qu'il pleuvait. Aucun passant, aucune voiture n'apparaissait alentour. J'avançai jusqu'au milieu du pont et sans hésiter je me juchai sur le rebord métallique où, en me dressant pour sauter — je jure que j'allais le faire —, je sentis un coup de vent au visage et, en même temps, deux grosses mains qui m'entouraient les jambes et d'une bourrade me déséquilibraient et me faisaient tomber à la renverse sur l'asphalte du pont :

— *Fais pas le con, imbécile !*

C'était un *clochard* qui sentait le vin et la crasse, à moitié perdu dans un grand imperméable de plastique qui lui recouvrait la tête. Il avait une immense barbe blanchâtre. Sans m'aider à me relever, il me mit la bouteille de vin à la bouche et me fit boire un trait : quelque chose de chaud et de fort, qui me remua les entrailles. Un vin passé, pour ne pas dire du vinaigre. J'eus une nausée, mais ne vomis pas.

— *Fais pas le con, mon vieux*, répéta-t-il.

Et je vis que, faisant demi-tour, il s'éloignait en vacillant, sa bouteille de vin acide se balançant dans la main. Je sus que je me rappellerais toujours sa face amorphe, ses yeux saillants et congestionnés, sa voix rauque, humaine.

Je rentrai en marchant jusqu'à la rue Joseph-Granier, riant de moi-même, plein de gratitude et d'admiration pour ce vieil ivrogne du pont Mirabeau qui m'avait sauvé la vie. J'allais sauter, je l'aurais fait s'il ne m'en avait pas empêché. Je me sentais stupide, ridicule, honteux, et je m'étais mis à éternuer. Toute cette bouffonnerie bon marché finirait par un rhume. Le dos me faisait mal des suites de ma chute sur l'asphalte et je voulais dormir, dormir le reste de la nuit et de la vie.

Alors que j'ouvrais la porte de mon appartement, je vis un rai de lumière à l'intérieur. Je traversai en deux bonds le salon-salle à manger. Et vis, de la porte de la chambre à coucher, la vilaine fille, de dos, essayant devant la glace de la commode la robe de danseuse arabe que je lui avais achetée au Caire et qu'elle n'avait, je crois, jamais mise auparavant. Bien qu'elle ait dû m'entendre, elle ne se retourna pas pour me regarder, comme si c'était un fantôme qui était entré dans la pièce.

— Qu'est-ce que tu fais là ? dis-je en criant, ou en rugissant, paralysé sur le seuil, percevant ma voix très étrange, comme celle d'un homme que l'on étrangle.

Très calmement, comme si rien ne s'était passé et que toute cette scène fût la plus banale du monde, la silhouette brune, à moitié nue, drapée de voiles, avec à la taille des rubans qui pouvaient être des lanières de cuir ou des chaînes, se retourna à demi et me regarda, en souriant :

— J'ai changé d'idée et me voilà de retour.

Elle parlait comme si elle me rapportait un ragot de salon. Et, passant à des choses plus importantes, elle désigna sa robe et expliqua :

— Elle était un peu grande, mais je crois que maintenant elle me va bien. Comment tu me trouves ?

Elle ne put rien dire d'autre parce que, je ne sais comment, j'avais traversé la pièce d'un bond et l'avais giflée de toutes mes forces. Je la vis vaciller, un éclair de terreur dans ses yeux, s'appuyer à la commode, tomber par terre et dire, peut-être glapir, sans perdre tout à fait son calme théâtral :

— Tu apprends à traiter les femmes, Ricardito.

Je m'étais laissé tomber par terre près d'elle et la tenais par les épaules, la secouant comme un fou, vomissant mon dépit, ma fureur, ma stupidité, ma jalousie :

— C'est un miracle que je ne sois pas au fond de la Seine, par ta faute, à cause de toi, disais-je, et les mots se bousculaient dans ma bouche. En vingt-quatre heures tu m'as fait mourir mille fois. À quoi joues-tu avec moi, dis ? C'est pour ça que tu m'as appelé, que tu m'as cherché, alors que je m'étais libéré de toi ? Jusqu'à quand tu crois que je vais te supporter ? Moi aussi j'ai des limites. Je pourrais te tuer.

Je me rendis compte alors qu'en effet j'aurais pu la tuer en continuant à la secouer de la sorte. Effrayé, je la lâchai. Elle était livide et me regardait, la bouche ouverte, en se protégeant de ses deux bras levés.

— Je ne te reconnais pas, ce n'est plus toi, mur-mura-t-elle, et sa voix se brisa, tandis qu'elle se massait la joue et la tempe droites qui, dans la semi-clarté, me semblèrent enflées.

— J'allais me tuer pour toi, répétai-je, la voix pleine de rancœur et de haine. Je suis monté sur la rampe du pont pour me jeter dans l'eau et un *clo-chard* m'a sauvé. Un suicide, voilà ce qui manquait à ton CV. Tu crois que tu vas jouer encore avec moi ? Il est clair que ce n'est qu'en te tuant ou en me tuant que je me libérerai de toi pour de bon.

— Ce n'est pas vrai, tu ne veux ni te tuer ni me tuer, dit-elle en se traînant vers moi. Seulement me tringler. Pas vrai ? Moi aussi je veux que tu me tringles. Ou, si ce gros mot te gêne, que tu me fasses l'amour.

C'était la première fois que je l'entendais dire cette grossièreté, un mot que je n'avais pas entendu depuis des siècles. Elle s'était relevée à moitié pour se jeter dans mes bras et palpait mes vêtements, scandalisée : « Tu es trempé, tu vas prendre froid, enlève ce linge mouillé, petit con... Si tu veux, tu me tues ensuite, mais d'abord fais-moi l'amour. » Elle avait récupéré sa sérénité et était maintenant maîtresse de la situation. Mon cœur était près d'éclater et je pouvais à peine respirer. Je pensai que ce serait crétin d'avoir précisément en ce moment une syncope. Elle m'aida à retirer ma veste, mon pantalon, mes chaussures, ma chemise — tout semblait avoir trempé dans l'eau — et, en même temps qu'elle m'aidait à me déshabiller, elle passait sa main dans mes cheveux en cette rare, cette unique caresse qu'elle daignait me faire parfois. « Comme il bat, ton cœur, gros bêta ! » me dit-elle un instant plus tard, collant son oreille à ma poitrine. « C'est moi qui te mets dans cet état ? » J'avais commencé à la caresser aussi, sans pour autant avoir surmonté ma rage. Mais à ce sentiment se mêlait maintenant un désir croissant qu'elle attisait — elle avait arraché sa robe de danseuse et, couchée sur moi, elle me séchait en remuant sur mon corps —, en glissant sa langue dans ma bouche, en me faisant avaler sa salive, en attrapant mon sexe, en le caressant à deux mains et, enfin, se ramassant comme une anguille sur elle-même, le portant à la bouche. Je l'embrassai, la caressai, l'enlaçai, sans la délicatesse des autres fois, plutôt avec rudesse, encore blessé, meurtri, et, enfin, je l'obligeai à retirer mon sexe de sa bouche et à se mettre sous moi. Elle écarta les jambes, docilement, quand elle sentit mon sexe dur forcer pour entrer en elle. Je la pénétrai brutalement et l'entendis hurler de douleur. Mais elle ne me repoussa pas et, le corps tendu, attendit en se plaignant, en gémissant lentement, que je me répande en elle. Ses larmes mouillaient mon visage et je les léchais. Elle était blême, les yeux exorbités et le visage décomposé de douleur.

— Il vaut mieux que tu partes, que tu me laisses pour de bon, l'implorai-je en tremblant de la tête aux pieds. Aujourd'hui j'ai failli me tuer et presque te tuer. Je ne veux pas de cela. Pars, cherche-toi quelqu'un d'autre, qui te fasse vivre intensément, comme Fukuda. Quelqu'un qui te fouette, qui te prête à ses potes, te fasse avaler des poudres et péter sur son groin immonde. Tu n'es pas faite pour vivre avec un petit bonhomme ennuyeux comme moi.

Elle avait passé les bras autour de mon cou et m'embrassait la bouche tandis que je lui parlais. Tout son corps se frottait et s'ajustait au mien.

— Je ne pense pas m'en aller, ni maintenant ni jamais, murmura-t-elle à mon oreille. Ne me demande pas pourquoi, je ne te le dirais pas même morte. Je ne te dirai jamais que je t'aime même si je t'aime.

Je dus m'évanouir à ce moment, ou m'endormir d'un coup, bien qu'en entendant ses derniers mots j'aie senti les forces m'abandonner et tout tourner autour de moi. Je me réveillai bien plus tard, dans l'obscurité, sentant une forme tiède collée à moi. Nous étions couchés, sous les draps et les couvertures, et par la grande lucarne du toit je vis scintiller quelque étoile. Il avait cessé de pleuvoir depuis un moment, sans doute, parce que la vitre n'était plus embuée. La vilaine fille était soudée à mon corps, ses jambes enroulées aux miennes et sa bouche appuyée sur ma joue. Je sentis son cœur battre en moi, accordé. Ma colère s'était dissipée et j'étais maintenant plein de remords de l'avoir frappée et fait souffrir en l'aimant. Je l'embrassai avec tendresse, tâchant de ne pas la réveiller, et murmurai sans bruit à son oreille : « Je t'aime, je t'aime, je t'aime. » Elle ne dormait pas. Elle se serra encore davantage contre moi et me parla en plaquant ses lèvres sur les miennes, tandis qu'entre deux mots sa langue picorait la mienne :

— Tu ne vivras jamais tranquille avec moi, je t'avertis. Parce que je ne veux pas que tu te fatigues de moi et t'habitues à moi. Et même si on se marie pour mettre mes papiers en règle, je ne serai jamais ton épouse. Je veux être toujours ta maîtresse, ta petite chienne, ta pute. Comme cette nuit. Parce que ainsi tu seras toujours fou de moi.

Elle disait cela en m'embrassant sans cesse, essayant de pénétrer tout entière dans mon corps.

VI

Arquímedes,
bâtisseur de brise-lames

— Les brise-lames constituent pour les ingénieurs le plus grand mystère, dit Alberto Lamiel en écartant les bras. Oui, oncle Ricardo, la science et la technique ont résolu toutes les énigmes de l'univers, sauf celle-ci. On ne te l'a jamais dit ?

Depuis que mon oncle Ataúlfo m'avait présenté son neveu, ingénieur diplômé du Massachusetts Institute of Technology et considéré comme l'as de la famille Lamiel, le jeune lauréat, qui m'appelait oncle bien que je ne le fusse pas, car c'était le neveu d'Ataúlfo par l'autre branche de la famille, m'était quelque peu antipathique, car il parlait trop et sur un ton pontifiant insupportable. Mais, apparemment, l'antipathie n'était pas réciproque parce que, depuis que j'avais fait sa connaissance, il multipliait les attentions envers moi et semblait m'apprécier de façon aussi affectueuse qu'incompréhensible. Quel intérêt pouvait représenter pour ce jeune homme brillant, qui construisait des immeubles partout dans la Lima en expansion des années quatre-vingt, un obscur traducteur expatrié qui revenait au Pérou après tant d'années et regardait tout avec nostalgie et d'un air hébété ? Je l'ignore, mais Alberto perdait beaucoup de temps avec moi. Il m'avait emmené découvrir les nouveaux quartiers — Las Casuarinas, La Planicie, Chacarilla, La Rinconada, Villa —, les lotissements d'été qui poussaient comme des champignons sur les plages du sud, et montré quelques maisons entourées de parcs, de lacs et de piscines qui semblaient sortir des films d'Hollywood. Comme il m'avait entendu dire un jour qu'une des choses que j'enviais le plus, enfant, chez mes camarades miraflorins, c'était qu'ils soient, pour beaucoup, membres du Regatas — je devais entrer au club en cachette ou en nageant depuis la plage voisine de Pescadores —, il m'invita à déjeuner dans la vieille institution de Chorrillos. Comme il me l'avait dit, les installations du club étaient maintenant des plus modernes, avec ses courts de tennis et son fronton de pelote basque, ses piscines olympiques chauffées et les deux nouvelles plages gagnées sur la mer grâce à deux longs brise-lames. Il s'avéra aussi que le restaurant Alfresco, du club Regatas, préparait un riz aux fruits de mer qui, accompagné de bière glacée, était succulent. Le panorama, ce midi de novembre, gris et nuageux, d'un hiver qui avait du mal à céder la place, avec les falaises fantomatiques de Barranco et de Miraflores à moitié estompées par la brume, faisait remonter bien des images du fond de ma mémoire. Ce qu'il venait de me dire sur les brise-lames me tira de la rêverie où j'étais plongé.

— Tu parles sérieusement ? lui demandai-je, piqué par la curiosité. Vraiment, je ne le crois pas, Alberto.

— Moi non plus je ne le croyais pas, oncle Ricardo. Mais je te jure que c'est ainsi.

C'était un garçon grand et athlétique avec une tête de gringo — il venait au Regatas jouer à la pelote basque tous les jours à six heures du matin —, aux cheveux coupés ras, très brun, qui respirait la suffisance et l'optimisme. Il mêlait à ses phrases des petits mots en anglais. Il avait une fiancée à Boston avec qui il allait se marier dans quelques mois, dès qu'elle décrocherait son diplôme d'ingénieur chimiste. Il avait écarté plusieurs propositions de travail aux États-Unis, après avoir été diplômé avec mention au MIT, pour revenir au Pérou et « être de la patrie » — comme il disait —, car si tous les Péruviens privilégiés allaient à l'étranger, « qui mettrait la main à la pâte et ferait progresser notre pays ? ». Avec ses sentiments de bon patriote, il me chauffait les oreilles, mais il le faisait sans s'en rendre compte. Alberto Lamiel était la seule personne de son milieu social à témoigner d'une telle confiance en l'avenir du Pérou. Durant ces derniers mois du second gouvernement de Fernando Belaúnde Terry — fin 1984 —, avec l'inflation galopante, le terrorisme du Sentier lumineux, les pannes de courant, les enlèvements et la perspective que l'APRA, avec Alan García, remporte les élections l'année suivante, il y avait beaucoup d'incertitude et de pessimisme dans la classe moyenne. Mais rien ne semblait démoraliser Alberto. Il circulait avec un pistolet chargé dans sa camionnette au cas où on l'attaquerait, et toujours le sourire aux lèvres. La possibilité qu'Alan García arrive au pouvoir ne l'effrayait pas. Il avait assisté à une réunion de jeunes chefs d'entreprise avec le candidat apriste, qui lui avait semblé « assez pragmatique, nullement idéologue ».

— Autrement dit, un brise-lames fonctionne bien ou mal non pour des raisons techniques, des calculs réussis ou loupés, des qualités ou des défauts de construction, mais à cause d'étranges conjurations, de magie blanche ou noire, lui dis-je en me payant sa tête. C'est ce que tu veux me faire croire, toi, l'ingénieur diplômé du MIT ? La sorcellerie est arrivée jusqu'à Cambridge, Massachusetts ?

— C'est cela même, si tu veux présenter la chose ainsi, fit-il en riant, mais il redevint sérieux et affirma, avec d'énergiques mouvements de tête : Un brise-lames fonctionne ou pas pour des raisons que la science n'est pas en mesure d'expliquer. Le sujet est si fascinant que je suis en train de rédiger un petit *report* pour la revue de mon université. Tu serais ravi de connaître mon informateur. Il s'appelle Arquímedes, et cette référence à Archimède lui va comme un gant. Un personnage de film, oncle Ricardo.

Après avoir entendu les histoires d'Alberto, les brise-lames du club Regatas que nous apercevions depuis la terrasse de l'Alfresco prenaient une auréole légendaire, de monuments ancestraux, d'éperons de pierres qui non seulement étaient là, fendant la mer, pour l'obliger à se retirer et à livrer une frange de plage aux baigneurs, mais comme réminiscence d'une vieille souche, constructions mi-urbaines, mi-religieuses, fruits à la fois de l'habileté artisanale et d'une sagesse secrète, sacrée et mythique plutôt que pratique et fonctionnelle. D'après mon prétendu neveu, pour construire un brise-lames, déterminer exactement le lieu où devait être érigée cette armature de blocs de pierres superposées ou scellées au mortier, il n'était pas suffisant, ni même nécessaire, de faire le moindre calcul technique. Ce qui était indispensable, c'était « l'œil » du praticien, sorte de sorcier, chaman, devin, à la façon du rhabdomancien qui détecte les poches d'eau cachées sous la surface de la terre — ou du maître chinois de Feng Shui qui décide de l'orientation d'une maison, et des meubles qui l'occupent, pour que les futurs habitants vivent en paix et jouissent d'elle, faute de quoi ils se heurteraient à l'hostilité et seraient en butte à des désaccords et des frictions —, par intuition ou science infuse, comme le faisait depuis un demi-siècle le vieil Arquímedes sur la côte de Lima, qui savait où construire le brise-lames pour que les eaux l'acceptent et ne le fassent pas basculer en le sapant à la base ou en l'attaquant sur les flancs, l'empêchant ainsi de remplir sa fonction de soumettre la mer.

— Les surréalistes auraient été enchantés d'entendre pareille chose, mon neveu, lui dis-je en signalant les brise-lames du Regatas sur lesquels voletaient des mouettes blanches, des canards noirs et une bande d'albatros au regard philosophique et au jabot en forme de grosse louche. Les brise-lames, un parfait exemple de merveilleux au quotidien.

— Tu m'expliqueras ensuite qui sont les surréalistes, oncle Ricardo, dit l'ingénieur en appelant le garçon et me signifiant de manière péremptoire qu'il réglerait l'addition. Je vois bien, même si tu joues les sceptiques, que mon histoire de brise-lames t'a laissé *knocked out*.

Oui, j'étais fort intrigué. Parlait-il sérieusement ? Ce que m'avait raconté Alberto me trottait dans la tête, s'en allait et revenait, comme si je devinais qu'en suivant cette trace impalpable je tomberais soudain sur la cachette d'un trésor.

J'étais revenu à Lima pour deux semaines, d'une façon quelque peu précipitée, dans l'intention de dire adieu à mon oncle Ataúlfo Lamiel, qui avait été conduit d'urgence à la Clinique américaine, pour son second infarctus, et soumis à une opération à cœur ouvert, sans grand espoir de survivre à cette épreuve. Mais, à la surprise générale, il avait sur-

vécu et semblait même en voie d'amélioration malgré ses quatre-vingts ans et ses quatre *by-passes*.
« Ton oncle a plus de vies qu'un chat, me dit le docteur Castañeda, le cardiologue de Lima qui l'avait
opéré. Vraiment, je croyais bien que cette fois il
n'allait pas s'en sortir. » Mon oncle Ataúlfo intervint
pour dire que c'était moi, grâce à mon retour à
Lima, qui lui avais rendu la vie, et pas ces médecins
de malheur. Il avait maintenant quitté la Clinique
américaine et était en convalescence chez lui, avec,
pour s'occuper de lui, une infirmière à demeure et
Anastasia, la bonne nonagénaire qui était à son service depuis toujours. La tante Dolores était morte
deux ans plus tôt. Alors que je voulais loger à l'hôtel, il avait insisté pour que je vienne habiter sa villa
à deux étages, non loin de Olivar de San Isidro, où
il y avait de la place à revendre.

L'oncle Ataúlfo avait beaucoup vieilli et était
maintenant un petit bonhomme fragile qui traînait
les pieds et maigre comme un clou. Mais il était
toujours débordant de cordialité, restait alerte et
curieux, lisait chaque jour, en s'aidant d'une loupe
de philatéliste, trois ou quatre journaux, et écoutait
tous les soirs les nouvelles pour savoir comment
allait ce monde où nous vivions. Contrairement à
Alberto, l'oncle Ataúlfo nourrissait de sombres pré-
ventions quant à l'avenir immédiat. Il croyait que le
Sentier lumineux et le MRTA (Mouvement révolutionnaire Túpac Amaru) en avaient pour un bout de
temps et il redoutait le triomphe de l'APRA aux prochaines élections, donnée gagnante par les son-
dages. « Ce sera le coup de grâce pour notre pauvre
Pérou, mon neveu », se plaignait-il.

J'étais revenu à Lima après presque vingt années.
Je me sentais totalement étranger, dans une ville où
il ne restait presque plus trace de mes souvenirs. La

maison de ma tante Alberta avait disparu et à sa place avait surgi un immeuble hideux de quatre étages. La même chose se passait partout à Miraflores, où seules résistaient à la modernisation quelques rares maisonnettes à jardinet de mon enfance. Tout le quartier avait perdu son caractère sous la profusion d'édifices de hauteurs inégales et la multiplication de commerces, et d'une forêt aérienne d'annonces lumineuses qui rivalisaient de vulgarité et de mauvais goût. Grâce à l'ingénieur Alberto Lamiel, j'avais pu jeter un coup d'œil sur ces quartiers des *Mille et Une Nuits* où s'étaient déplacés les riches et la classe aisée. Ils étaient entourés de gigantesques bidonvilles appelés maintenant, par euphémisme, « villages jeunes », où s'étaient réfugiés des millions de paysans descendus de la sierra, fuyant la faim et la violence — les actions armées et le terrorisme étaient concentrés principalement dans la région de la sierra centrale —, et qui survivaient dans des baraques de bois, chaume, tôle ou n'importe quoi, sur des terrains où, la plupart du temps, il n'y avait ni eau, ni électricité, ni tout-à-l'égout, ni rues, ni transport. Cette coexistence de la richesse et de la pauvreté faisait qu'à Lima les riches paraissaient plus riches, et plus pauvres les pauvres. Très souvent le soir, quand je n'allais pas retrouver mes vieux amis du Barrio Alegre ou mon pimpant neveu Alberto Lamiel, je restais à bavarder avec mon oncle Ataúlfo et ce sujet revenait constamment sur le tapis. Il me semblait que les différences économiques entre la toute petite minorité péruvienne qui vivait bien et avait le privilège de l'éducation, du travail et des loisirs, et ceux qui survivaient à dure peine dans des conditions de pauvreté ou de misère extrême, s'étaient aggravées en deux décennies. D'après lui, c'était une fausse impression due à la perspective que j'apportais d'Europe, où l'existence d'une énorme classe moyenne diluait et effaçait ces contrastes entre les extrêmes. Mais au Pérou, où la classe moyenne était très mince, cette réalité très contrastée avait toujours existé. L'oncle Ataúlfo était consterné par la violence qui s'abattait sur la société péruvienne. « J'ai toujours pensé que cela pouvait arriver. Cette fois oui, nous y voilà. Heureusement que ma pauvre Dolores n'est plus là pour le voir. » Les enlèvements, les bombes des terroristes, la destruction des ponts, des routes, des centrales électriques, le climat d'insécurité et le vandalisme, se lamentait-il, allaient retarder de plusieurs années encore le décollage du pays vers la modernité à laquelle l'oncle Ataúlfo n'avait jamais cessé de croire. Jusqu'à maintenant. « Je ne verrai jamais ce décollage, mon neveu. Toi oui, avec un peu de chance. »

Je ne pus jamais lui donner une explication convaincante sur le refus de la vilaine fille de venir avec moi à Lima, parce que moi aussi j'ignorais ses raisons. Il avait manifesté un certain scepticisme sur son impossibilité à laisser son travail sous prétexte qu'à cette époque de l'année la compagnie devait faire face à une demande accablante de conventions, conférences, noces, banquets et célébrations de toute nature, ce qui l'empêchait de prendre deux semaines de vacances. Je ne l'avais pas crue non plus, là-bas à Paris, quand elle avait avancé ce prétexte pour ne pas m'accompagner, et je le lui avais dit. La vilaine fille avait alors fini par reconnaître qu'en réalité elle ne voulait pas retourner à Lima. « Et pourquoi, si on peut savoir ? lui demandais-je en la poussant dans ses derniers retranchements. N'as-tu pas la nostalgie de la cuisine péruvienne ? Eh bien, je te propose deux semaines avec tous les bonheurs de la gastronomie nationale, le *ceviche de corvina*, le *chupe* aux langoustines, le canard au riz, le tournedos au vin blanc, les boulettes au piment, la soupe de porc aux bananes vertes et tout ce qui te fera plaisir. » Pas moyen, ni sérieusement ni en plaisantant, de lui mettre l'eau à la bouche et de la convaincre. Elle n'irait pas au Pérou, ni maintenant ni jamais. Elle n'y remettrait plus les pieds, pas même pour quelques heures. Et quand je voulus annuler mon voyage, afin de ne pas la laisser seule, elle insista pour que je m'y rende, alléguant que, justement à cette époque, les Gravoski seraient à Paris et qu'ils pourraient, le cas échéant, lui venir en aide.

Trouver cet emploi avait été le meilleur remède pour son état d'esprit. Ce qui l'avait aidée aussi, je crois, c'est qu'après avoir surmonté maintes et maintes difficultés nous ayons pu nous marier et qu'elle soit devenue, comme elle aimait me dire parfois dans l'intimité, « une femme qui, pour la première fois de sa vie, à la veille de ses quarante-huit ans, avait des papiers en règle ». Je pensais que cette petite personne inquiète et libre, à travailler dans une entreprise qui organisait des « événements mondains », s'ennuierait très vite, et qu'une employée si peu compétente serait vite remerciée. Il n'en fut rien. Au contraire, elle gagna très vite la confiance de son chef. Et elle prenait à cœur de s'occuper, de faire ces choses, d'assumer ses obligations, comme demander des prix dans des hôtels et des restaurants, les comparer et négocier des remises, s'informer de ce que les entreprises, les associations, les familles recherchaient — quelle sorte de paysages, d'hôtels, de menus, de spectacles, d'orchestres — en matière de rencontres, de banquets et d'anniversaires. Elle travaillait non seulement au bureau, mais aussi à la maison. Le soir et même la nuit, je l'entendais, collée au téléphone, discuter de détails de contrats avec une infinie patience ou rendre compte à Martine, son chef, de ses démarches du jour. Parfois, elle devait se déplacer en province — généralement sur la Côte d'Azur, en Provence, ou à Biarritz —, accompagnant Martine, ou envoyée par elle. Dans ce cas, elle m'appelait tous les soirs, et me racontait avec un luxe de détails ses activités de la journée. Cela lui avait fait du bien d'être tout le temps occupée, d'acquérir des responsabilités et de gagner de l'argent. Elle s'habillait à nouveau avec coquetterie, fréquentait les salons de coiffure, de massage, de manucure et de pédicure, et elle me surprenait constamment par un changement de maquillage, de coiffure ou de toilette. « Tu fais cela pour être à la mode ou pour garder ton mari toujours amoureux ? » « Je le fais surtout parce que les clients sont enchantés de me voir belle et élégante. Es-tu jaloux ? » Bien sûr que je l'étais. J'étais toujours amoureux d'elle comme un fou et je crois qu'elle l'était aussi de moi, car, sauf de petites crises passagères, depuis cette nuit où je fus sur le point de me jeter dans la Seine, je remarquais dans notre relation des attentions impensables auparavant chez elle. « Cette séparation de deux semaines va être une épreuve, me dit-elle le soir de mon départ. Peut-être que tu vas m'aimer davantage encore, ou bien m'abandonner pour une de ces petites Péruviennes malicieuses, mon bon garçon. » « Question Péruviennes malicieuses, je suis servi avec toi. » Elle avait conservé une silhouette svelte — elle allait toujours en fin de semaine au gymnase de l'avenue Montaigne faire des exercices et nager —, son visage restait frais et son allure alerte.

Notre mariage fut une véritable épopée bureaucratique. Bien qu'elle fût tranquillisée de savoir sa situation enfin en règle, je me doutais bien que si un jour, pour quelque raison, les autorités françaises se mettaient à éplucher ses papiers, elles découvriraient que notre mariage avait tant de vices de fond et de forme qu'il n'était pas valide. Mais je ne le lui disais pas, et moins encore maintenant que, deux ans après, le gouvernement français venait de lui concéder la nationalité, sans soupçonner que la pimpante Mme Ricardo Somocurcio avait déjà été naturalisée française par mariage sous le nom de Mme Robert Arnoux.

Pour pouvoir nous marier il avait fallu lui fabriquer des faux papiers, avec un nom différent de celui qu'elle avait quand elle s'était mariée avec Robert Arnoux. Nous n'y serions pas parvenus sans l'aide de l'oncle Ataúlfo. Quand je lui décrivis le problème, à grands traits, en ne lui donnant que les explications indispensables et en évitant les détails scabreux de la vie de la vilaine fille, il me répondit aussitôt qu'il n'avait pas besoin d'en savoir davantage. Le sous-développement avait des solutions rapides, bien qu'un peu onéreuses, pour des cas comme celui-ci. Aussitôt dit, aussitôt fait, en quelques semaines il m'envoya un extrait d'acte de naissance et un certificat de baptême, délivrés par la municipalité et la paroisse de Huaura, au nom de Lucy Solórzano Cajahuaringa, avec lesquels, suivant ses instructions, nous nous présentâmes devant le consul du Pérou à Bruxelles, un ami à lui. L'oncle Ataúlfo lui avait préalablement expliqué par lettre que Lucy Solórzano, fiancée de son neveu Ricardo Somocurcio, avait perdu tous ses papiers, y compris son passeport, et avait besoin d'un nouveau. Le consul, une relique humaine à gilet, léontine et monocle, nous reçut avec une prudente mais courtoise froideur. Il ne nous posa pas une seule question, ce qui me laissait penser qu'il avait été informé par l'oncle Ataúlfo de plus de choses qu'il n'en laissait paraître. Il fut aimable, impersonnel et respecta les formes. Il intervint auprès du ministère des Affaires étrangères et, par l'intermédiaire de celui-ci, auprès du ministère de l'Intérieur, et il envoya des photocopies des actes de naissance et de baptême de ma fiancée, demandant l'autorisation d'établir un nouveau document d'identité. Au bout de deux mois la vilaine fille avait un passeport flambant neuf et une nouvelle identité, ce qui lui permit d'obtenir, toujours en Belgique, un visa de touriste en France, avalisé par moi, Français naturalisé et résidant à Paris. Aussitôt nous entreprîmes les démarches à la mairie du Ve, place du Panthéon. C'est là que nous nous mariâmes finalement, un midi d'automne, assistés des seuls Gravoski, qui furent nos témoins. Il n'y eut ni banquet de noce ni célébration d'aucune sorte parce que ce même après-midi je m'envolais pour Rome avec un contrat de deux semaines à la FAO.

La vilaine fille allait beaucoup mieux. J'avais parfois du mal à y croire quand je la voyais mener une vie si normale, occupée par son travail et, me semblait-il, contente, ou du moins résignée à cette vie petite-bourgeoise que nous menions, travaillant beaucoup toute la semaine, préparant le repas le soir et allant au cinéma, au théâtre, à une exposition ou à un concert et dîner dehors les fins de semaine, presque toujours seuls, ou avec les Gravoski quand ils étaient là, car ils continuaient à passer plusieurs mois par an à Princeton. Yilal, nous le voyions seulement l'été, car le reste de l'année il restait dans un collège du New Jersey. Il n'y avait plus aucune trace chez lui de l'ancien problème. Il parlait et grandissait normalement, et semblait fort bien intégré au monde américain. Il nous envoyait des cartes postales ou une petite lettre de temps à autre et la vilaine fille lui écrivait tous les mois, en lui envoyant toujours quelque cadeau.

Bien qu'on dise que seuls les imbéciles sont heureux, j'avoue que je me sentais heureux. Partager mes jours et mes nuits avec la vilaine fille remplissait ma vie. Malgré ses gestes tendres, en comparaison de son attitude glaciale d'autrefois, elle était parvenue, en effet, à me faire vivre dans l'inquiétude, avec l'appréhension qu'un beau jour, et de la façon la plus inattendue, elle recommencerait et s'évanouirait dans la nature sans me dire adieu. Elle s'arrangeait toujours pour me faire savoir, ou plutôt deviner, qu'il y avait un ou plusieurs secrets dans sa vie quotidienne, une dimension de son existence à laquelle je n'avais pas accès et dont pouvait provenir à tout moment un séisme qui jetterait à bas notre vie commune. Je n'arrivais pas à me convaincre que Lily la petite Chilienne accepte que le restant de ses jours soit ce qu'ils étaient à présent : la vie d'une Parisienne de classe moyenne, sans surprises ni mystère, plongée dans une routine très stricte et dépourvue d'aventures.

Nous n'avions jamais été autant unis que les mois qui suivirent notre réconciliation, appelons-la ainsi, cette nuit où le *clochard* inconnu avait surgi au milieu de la pluie et de l'obscurité, sur le *pont Mirabeau*, pour me sauver la vie. « N'est-ce pas Dieu en personne qui t'a saisi par les jambes, mon bon garçon ? » m'avait-elle dit en plaisantant. Elle n'avait jamais cru tout à fait que j'étais sur le point de me tuer. « Quand on veut se suicider, on le fait, et il n'y a pas de *clochard* qui puisse t'en empêcher, Ricardito », me dit-elle plus d'une fois. À cette époque elle connaissait encore, de temps en temps, des crises de terreur. Exsangue alors, les lèvres violacées, très pâle et avec de grands cernes aux yeux, elle ne me quittait pas d'une semelle. Elle me suivait dans toute la maison comme un petit chien, me tenant la main, suspendue à mes basques ou à ma chemise, parce que ce contact physique lui donnait ce minimum de sécurité sans lequel, balbutiait-elle, « je me désintégrerais ». Ça me faisait mal de la voir souffrir de la sorte. Et quelquefois, cette peur en elle était si forte que même pour aller aux toilettes il fallait que je l'accompagne ; morte de honte et claquant des dents, elle me demandait d'entrer avec elle et de lui tenir la main tandis qu'elle faisait ses besoins.

Je ne pus jamais me faire une idée précise de la nature de la peur qui soudain l'envahissait, sans doute parce qu'il n'y avait pas d'explication rationnelle. Étaient-ce des images diffuses, des sensations, des pressentiments, l'impression que quelque chose de terrible allait s'abattre sur elle et la déchirer ? « Cela et bien plus encore. » Quand elle souffrait d'une de ces crises de panique, qui duraient en général quelques heures, cette petite femme si audacieuse, au caractère si affirmé devenait vulnérable et désarmée comme une fillette de quelques années. Je l'asseyais sur mes genoux et la faisais se blottir contre moi. Je la sentais trembler, soupirer, accrochée à moi avec un désespoir que rien n'atténuait. Au bout d'un moment, elle tombait dans un sommeil profond. Après une ou deux heures, je la réveillais et elle allait bien, comme si rien ne lui était arrivé. J'avais beau lui demander de retourner à la clinique du Petit-Clamart, elle ne voulait rien entendre. Finalement, je cessai d'insister parce que le seul fait d'en parler la rendait furieuse. Durant ces mois, malgré notre intimité, c'est à peine si nous faisions l'amour, parce qu'elle n'accédait pas, même au lit, à ce minimum de tranquillité qui lui eût permis de s'abandonner au plaisir.

Le travail l'aida à sortir de cette période difficile. Les crises ne disparurent pas d'un coup, mais devinrent moins fréquentes et aussi moins intenses. Maintenant, elle semblait aller bien mieux et devenait presque une femme normale. Certes, je savais qu'au fond elle ne serait jamais une femme normale. Et je ne voulais pas non plus qu'elle le fût, car ce que j'aimais en elle c'était aussi l'aspect indomptable et imprévisible de sa personnalité.

Lors de nos conversations pendant sa convalescence, l'oncle Ataúlfo ne me posa jamais de questions sur le passé de ma femme. Il lui envoyait son bonjour, était enchanté de la compter dans la famille, espérait qu'un jour elle se déciderait à venir à Lima pour qu'il puisse la connaître, car sinon, disait-il, malgré tous ses problèmes de santé, il n'aurait d'autre solution que d'aller nous rendre visite à Paris. Il avait sur une petite table du salon la photo encadrée que nous lui avions envoyée, prise le jour de notre mariage, au sortir de la mairie, avec le Panthéon en toile de fond.

Dans ces conversations, généralement l'après-midi après déjeuner, qui se prolongeaient parfois des heures, nous parlions beaucoup du Pérou. Il avait été un partisan enthousiaste, sa vie durant, de Belaúnde Terry, mais maintenant, navré, il m'avoua que le second gouvernement de ce dernier l'avait déçu. À l'exception du rétablissement de la presse écrite et audiovisuelle expropriée par la dictature militaire de Velasco Alvarado, il n'avait osé corriger aucune des pseudo-réformes de celle-ci, qui avaient appauvri et aggravé encore la situation du Pérou, en provoquant une inflation qui allait conduire au triomphe de l'APRA aux prochaines élections. Et contrairement à son neveu Alberto Lamiel, mon oncle ne se faisait pas d'illusions sur Alan García. Je me disais qu'il y avait probablement, dans ce pays où j'étais né et dont je m'étais éloigné d'une façon chaque jour plus irréversible, beaucoup d'hommes et de femmes comme lui, fondamentalement honnêtes, qui, au long de toute une vie, avaient rêvé d'un progrès économique, social, culturel et politique, avec des chances offertes à tous, et se retrouvaient frustrés encore et toujours, et qui, comme mon oncle Ataúlfo, atteignaient la vieillesse et touchaient aux rives de la mort hébétés, en se demandant pourquoi, au lieu d'avancer, nous reculions et allions de mal en pis — avec plus de contrastes, d'inégalités, de violences et d'insécurité.

— Comme tu as bien fait de t'en aller vivre en Europe, mon neveu ! (C'était le refrain qu'il me serinait en lissant sa barbiche poivre et sel qu'il avait laissée pousser.) Imagine un peu ce que tu serais devenu si tu étais resté ici pour travailler, avec toutes ces pannes, ces bombes et tous ces enlèvements. Et le manque de travail pour les jeunes.

— Je n'en suis pas si sûr, mon oncle. Oui, c'est vrai, j'ai une profession qui me permet de vivre dans une ville merveilleuse. Mais là-bas j'ai fini par devenir un être sans racines, un fantôme. Je ne serai jamais français, malgré mon passeport qui dit que je le suis. Là-bas je serai toujours un *métèque*. Et j'ai cessé d'être péruvien, parce que ici je me sens encore plus étranger qu'à Paris.

— Eh bien, je suppose que tu sais que, selon une enquête effectuée par l'université de Lima, soixante pour cent des jeunes ont, comme première aspiration dans la vie, celle d'aller à l'étranger ; l'immense majorité aux États-Unis et le reste en Europe, au Japon, en Australie, n'importe où. Comment le leur reprocher, n'est-ce pas ? Si leur pays ne peut leur donner ni travail, ni chance, ni sécurité, c'est normal qu'ils veuillent s'expatrier. C'est pour cela que j'admire tant Alberto. Il aurait pu rester aux États-Unis avec un poste magnifique et il a préféré venir se décarcasser pour le Pérou. Espérons qu'il ne le regrette pas. Il t'apprécie beaucoup, tu t'en es rendu compte, Ricardo, non ?

— Oui, mon oncle, et c'est réciproque. Il est vraiment très aimable. Grâce à lui j'ai connu d'autres facettes de Lima. Celle des millionnaires et celle des bidonvilles.

À ce moment précis le téléphone sonna, c'était Alberto Lamiel qui m'appelait.

— Aimerais-tu connaître le vieil Arquímedes, le constructeur de brise-lames dont je t'ai parlé ?

— Bien sûr, mon vieux, lui dis-je, enthousiaste.

— On construit un nouveau môle à La Punta et l'ingénieur de la municipalité est mon ami Chicho Cánepa. Demain matin, ça te va ? Je passerai te prendre à huit heures. Ce n'est pas trop tôt pour toi ?

— Je dois être devenu très vieux, oncle Ataúlfo, bien que je n'aie que cinquante ans, dis-je à ce dernier après avoir raccroché. Parce que Alberto, étant ton neveu, est en réalité mon cousin. Mais il s'entête à m'appeler oncle. Je dois lui sembler préhistorique.

— Ce n'est pas cela, dit en riant l'oncle Ataúlfo. Mais comme tu vis à Paris, tu lui inspires du respect. Vivre dans cette ville, c'est une référence pour lui, cela représente le triomphe dans la vie.

Le lendemain matin, ponctuel comme une horloge, Alberto passa quelques minutes avant huit heures, accompagné de l'ingénieur Cánepa, chargé des travaux de la plage de Cantolao et du môle de La Punta, un homme d'âge mûr, aux lunettes fumées et avec une bedaine de buveur de bière. Celui-ci descendit de la Cherokee d'Alberto et me céda le siège avant. Les deux ingénieurs étaient en jean, chemise ouverte et blouson de cuir. Près d'eux, à l'allure si sportive, je me sentais ridicule avec mon complet veston, ma chemise boutonnée et ma cravate.

— Le vieil Arquímedes va vous impressionner drôlement, m'assura l'ingénieur ami d'Alberto que celui-ci appelait Chicho. C'est un doux dingue. Je le connais depuis vingt ans et les histoires qu'il me raconte me laissent encore bouche bée. C'est un magicien, vous allez voir. Et un conteur très agréable.

— Il faudrait l'enregistrer, je te jure, oncle Ricardo, embraya Alberto. Ses histoires de brise-lames sont extra, je suis toujours à lui tirer les vers du nez.

— Je n'arrive toujours pas à admettre ce que tu m'as raconté, Alberto, dis-je. Je crois bien que tu t'es payé ma tête. Il me semble impossible que pour construire un brise-lames on ait davantage besoin d'un sorcier que d'un ingénieur.

— Eh bien, vous avez tout intérêt à le croire ! fit Chicho Cánepa en éclatant de rire. Car si quelqu'un le sait, d'amère expérience, c'est moi.

Je lui demandai de cesser de me dire vous, car je n'étais pas si vieux, et que nous nous tutoyions à partir de là.

On suivait la route de la plage, en direction de Magdalena et San Miguel, au pied des falaises nues avec, sur notre gauche, une mer agitée, à moitié cachée par le brouillard ; bien qu'on fût encore en hiver, quelques surfeurs en combinaison de plongée glissaient sur les vagues. Silencieux et flous, ils chevauchaient sur la mer, les bras en l'air et balançant leur corps pour garder l'équilibre. Chicho Cánepa raconta ce qui lui était arrivé avec un des brise-lames de la Costa Verde que nous venions de dépasser, celui à moitié construit qui arborait un mât à la pointe. La municipalité de Miraflores l'avait chargé d'élargir la piste et de construire deux brise-lames pour gagner une plage sur la mer. Il n'y eut aucune difficulté pour le premier, qui fut érigé à l'endroit qu'Arquímedes avait conseillé. Chicho voulait que le second se trouvât à distance symétrique de l'autre, entre les restaurants Costa Verde et La Rosa Náutica. Arquímedes s'obstina : il n'allait pas tenir, la mer l'emporterait.

— Il n'y avait aucune raison pour qu'il ne résiste pas, dit avec assurance l'ingénieur Cánepa. Je connais le problème, j'ai fait des études. Les vagues et les courants étaient les mêmes que ceux qui heurtaient le premier. La ligne de fuite identique, ainsi que la profondeur du socle marin. Les ouvriers insistèrent pour que je tienne compte de l'avis d'Arquímedes, mais cela me semblait un caprice de vieil ivrogne qui voulait justifier son salaire. Et je le bâtis à mon idée. Catastrophe, ami Ricardo ! Je mis deux fois plus de pierre et de béton que pour le premier, et ce maudit brise-lames se remplissait toujours de sable. Il provoquait des tourbillons qui altéraient tout alentour et créaient des courants et des marées qui rendaient la plage dangereuse pour la baignade. En moins de six mois la mer détruisit mon satané brise-lames et tu as vu la ruine que c'est devenu. Chaque fois que je passe par ici le rouge me monte au visage. C'est le monument de ma honte ! La municipalité m'a mis à l'amende et j'en ai été de ma poche.

— Quelle explication t'a donnée Arquímedes ? Pourquoi ne pouvait-on construire de brise-lames à cet endroit ?

— Les explications qu'il te donne ne sont pas des explications, dit Chicho. Ce sont des conneries du genre « La mer ne l'accepte pas là », « Ici il n'est pas à sa place », « Là il va bouger et, s'il bouge, l'eau va le renverser ». Des stupidités de la sorte, sans queue ni tête. C'est n'importe quoi, de la sorcellerie, comme tu dis. Mais après ce qui m'est arrivé à la Costa Verde, moi j'écoute et j'obéis, je fais comme dit le vieux. En matière de brise-lames, il n'y a pas d'ingénieur qui vaille : lui sait mieux que tout le monde.

Si bien que j'étais impatient de connaître cette merveille en chair et en os. Alberto souhaitait que nous le rencontrions en pleine action : dans l'observation de la mer. À ces moments-là, Arquímedes devenait un spectacle : assis sur la plage les jambes croisées comme un bouddha, immobile, pétrifié, il pouvait passer des heures à scruter les eaux, en état de communication métaphysique avec les forces occultes des marées et des dieux des abysses, les interrogeant, les écoutant ou les priant en silence. Jusqu'à sembler ressusciter enfin. Il se levait en marmonnant et, faisant un geste énergique, il décrétait : « Oui, on peut », ou « Non, on ne peut pas », auquel cas il fallait chercher un autre endroit propice pour le brise-lames.

Et alors, soudain, à la hauteur de la place de San Miguel trempée par la *garúa*, cette bruine propre à Lima, sans se douter de la commotion qu'il allait provoquer au tréfonds de moi, l'ingénieur Chicho Cánepa eut cette repartie :

— C'est un joli vieillard affabulateur. Il vous raconte toujours des extravagances, parce qu'il a aussi la folie des grandeurs. À une époque il s'était inventé une fille à Paris, et qui allait l'emmener vivre là-bas, avec elle, dans la Ville lumière !

C'était comme si la matinée s'était soudain obscurcie. Je sentis l'acidité que me produisait parfois un vieil ulcère au duodénum, un crépitement de pétards dans la tête, une pluie d'étincelles, je ne sais exactement ce que j'éprouvai encore, mais à ce moment je sus pourquoi, depuis qu'Alberto Lamiel m'avait raconté au Regatas l'histoire d'Arquímedes et des brise-lames de Lima, j'avais ressenti de l'anxiété, l'étrange démangeaison qui précède l'inattendu, la prémonition d'un cataclysme ou d'un miracle, comme si cette histoire contenait quelque chose qui me concernait profondément. Je résistai à grand-peine à l'envie d'accabler de questions Chicho Cánepa sur ce qu'il venait de dire.

Dès que nous descendîmes de la Cherokee sur le boulevard Figueredo de La Punta, devant la plage de Cantolao, je sus qui était Arquímedes sans nul besoin qu'on me le signalât. Il ne se tenait pas immobile. Il marchait les mains dans les poches, au bord de l'eau, là où venaient mourir les doux rouleaux sur la plage de pierres et de galets noirs que je n'avais pas revue depuis mon adolescence. C'était un métis à visage pâle, d'aspect misérable et d'une grande maigreur, les cheveux clairsemés et en désordre, quelqu'un qui avait dépassé depuis sûrement longtemps cet âge où commence la vieillesse, ce temps anodin où s'effacent les distances chronologiques et où un homme peut aussi bien avoir soixante-dix ou quatre-vingts ans, voire quatre-vingt-dix, sans qu'on remarque trop la différence. Il portait une chemise bleue râpée, où il restait à peine un bouton, gonflée par le vent de ce matin gris et froid, et ouverte sur la poitrine glabre et osseuse du vieillard qui, courbé et trébuchant sur les galets de la plage, allait de part et d'autre à grandes enjambées de héron et menaçant de s'écrouler à chaque pas.

— C'est lui, n'est-ce pas ? demandai-je.

— Ça ne peut être que lui, répondit Chicho Cánepa. (Et, mettant ses mains en porte-voix, il cria :) Arquímedes ! Arquímedes ! Viens ici, il y a quelqu'un qui veut te connaître. Il est venu d'Europe pour te voir en face, tu te rends compte !

Le vieux s'arrêta et tourna vivement la tête. Il nous regarda, déconcerté. Puis il acquiesça et avança vers nous, en faisant de l'équilibre sur les galets noirs et plombés de la plage. Quand il fut plus près, je vis qu'il avait les joues creuses, comme s'il avait perdu toutes ses dents, et son menton était fendu par ce qui pouvait bien être une cicatrice. Ce qu'il y avait de plus vivant et de plus puissant dans sa personne, c'étaient ses yeux, petits et larmoyants, mais intenses et agressifs, qui regardaient sans ciller, avec une insolente fixité. Il devait être bien vieux, assurément, à en juger par les rides de son front, celles qui entouraient ses yeux et celles de son cou, qui lui donnaient l'aspect d'une crête de coq, ainsi que par ses mains noueuses aux ongles noirs qu'il tendit pour nous saluer.

— Tu es si célèbre, Arquímedes, que, le croiras-tu ? mon oncle Ricardo est venu de France pour connaître le grand bâtisseur de brise-lames de Lima, lui dit Alberto en lui tapotant le dos. Il veut que tu lui expliques comment et pourquoi tu sais où l'on peut dresser un brise-lames et où l'on ne peut pas.

— Ça ne s'explique pas, fit le vieux en me tendant la main et en envoyant une pluie de postillons. Ça se sent dans les tripes. Enchanté, monsieur. Comme ça, vous êtes un *franchute* ?

— Non, je suis péruvien. Mais je vis là-bas depuis de nombreuses années.

Il avait la voix cassée et aiguë, et allait difficilement jusqu'au bout des mots, comme s'il manquait de souffle. Presque sans marquer de temps d'arrêt, il s'adressa aussitôt à Chicho Cánepa :

— Je suis désolé, mais je crois qu'ici on ne va pas pouvoir, monsieur l'ingénieur.

— Comment, tu crois ? fit ce dernier furieux, en élevant la voix. Tu es sûr, ou pas ?

— Je ne suis pas sûr, reconnut le vieux, gêné, fronçant encore plus son visage. (Il se tut et, jetant un regard rapide sur l'océan, ajouta :) Ou plutôt, je ne sais même pas si je suis sûr. Ne vous fâchez pas, mais il y a comme qui dirait quelque chose qui me dit non.

— Fais pas chier, Arquímedes, protesta l'ingénieur Cánepa en agitant ses mains. Tu dois me donner une réponse catégorique. Ou sinon, putain, je ne te paie pas !

— C'est que, voyez-vous, la mer est parfois capricieuse, elle vous dit « oui, mais non », « non, mais oui », fit le vieux en riant et ouvrant grand une bouche où l'on voyait à peine deux ou trois dents. Et je me rendis compte que son haleine était imprégnée d'une odeur forte et piquante, comme de rhum de basse qualité ou de pisco très raide.

— Tu perds tes pouvoirs, Arquímedes, fit mon neveu Alberto en lui redonnant une tape affectueuse dans le dos. Avant, tu n'avais jamais le moindre doute.

— Je ne crois pas, m'sieur l'ingénieur, dit Arquímedes d'un air très sérieux, en signalant les eaux vert grisâtre. Ce sont les choses de la mer, elle a ses secrets comme tout le monde. Presque toujours je vois au premier coup d'œil si on peut ou pas. Mais cette plage de Cantolao est drôlement foutue, elle a ses petites manies et moi je suis largué.

Le ressac et le bruit des rouleaux frappant les galets de la plage étaient très forts et, par moments, la voix du vieux m'échappait. Je surpris chez lui un tic : de temps en temps il portait une main à son nez et le tripotait, très vite, comme s'il chassait un insecte.

Deux hommes en bottes et blouson de toile avec des lettres jaunes imprimées qui disaient « Municipalité d'El Callao » s'étaient approchés. Chicho Cánepa et Alberto les rejoignirent pour s'entretenir à l'écart. J'entendis Chicho leur dire, sans se soucier d'être entendu d'Arquímedes : « Voilà que maintenant cet abruti n'est pas sûr qu'on puisse. C'est donc nous qui devrons prendre la décision. »

Le vieux était à côté de moi, mais ne me regardait pas. Il avait à nouveau les yeux rivés sur la mer et, en même temps, remuait très lentement les lèvres, comme priant ou parlant seul.

— Arquímedes, j'aimerais vous inviter à déjeuner, lui dis-je à voix basse. Pour que vous me parliez un peu des brise-lames. C'est un sujet qui m'intéresse énormément. Vous et moi, seuls. Accepteriez-vous ?

Il tourna la tête et cloua sur moi son regard tranquille, grave maintenant. Mon invitation l'avait déconcerté. Il afficha entre ses rides un air de méfiance et fronça les sourcils :

— À déjeuner ? répéta-t-il, troublé. Où ça ?

— Où vous voudrez. Où ça vous ferait plaisir. Choisissez l'endroit et moi je vous invite. Accepteriez-vous ?

— Et quand ça ? fit le vieux pour gagner du temps, en me scrutant avec une méfiance croissante.

— Maintenant. Aujourd'hui, par exemple. Disons que je vous retrouve ici même sur le coup de midi, et nous allons déjeuner ensemble où vous voudrez. Accepteriez-vous ?

Au bout d'un moment il fit oui, sans cesser de me

regarder, comme si j'étais soudain devenu une menace pour lui. « Que diable peut vouloir de moi cet individu ? » disaient ses yeux tranquilles et humides, d'une couleur gris-jaune.

Quand, une demi-heure plus tard, Arquímedes, Alberto, Chicho Cánepa et les types de la municipalité d'El Callao finirent de discuter, et que mon neveu et son ami grimpèrent dans la camionnette qu'ils avaient laissée en stationnement sur le boulevard Figueredo, je leur annonçai que j'allais rester par ici. Je voulais marcher un peu dans La Punta, en me rappelant ma jeunesse, quand nous venions parfois, mes amis du Barrio Alegre et moi, aux soirées dansantes du Regatas Unión pour faire la cour à deux petites jumelles blondes, les Lecca, qui vivaient près d'ici et qui participaient aux championnats de voiliers l'été. Après quoi je retournerais à Miraflores en taxi. Ils furent un peu surpris, mais partirent finalement, non sans me recommander d'être prudent, car El Callao était plein de voyous, et les hold-up et les enlèvements y étaient monnaie courante, dernièrement.

Je fis une longue promenade, en remontant les boulevards Figueredo, Pardo et Wiese. Les grandes villas de quarante ou cinquante ans en arrière tombaient maintenant en décrépitude, souillées et rongées par l'humidité et le temps, et leurs jardins étaient flétris. Mais, bien qu'en franche décadence, le quartier gardait des traces de son ancienne splendeur, comme une vieille dame qui traînerait derrière elle l'ombre de la beauté qu'elle fut. J'allai fureter du côté de l'École navale, à travers les grillages. Je vis un groupe de cadets, en uniforme blanc de jour, qui défilaient, et un autre qui, au bord du débarcadère, arrimait une barque au quai. Et pendant tout ce temps je me répétais : « C'est impossible. C'est absurde. Un caprice sans queue ni tête. Oublie cette extravagance, Ricardo Somocurcio. » C'était fou, en effet, de supposer pareille association. Mais en même temps je récapitulais : il m'était arrivé déjà assez de choses dans la vie pour savoir que rien n'était impossible, que les coïncidences les plus folles, les hypothèses les plus invraisemblables pouvaient arriver quand elles touchaient de près cette petite bonne femme qui était maintenant ma femme. Malgré les dizaines d'années que je n'étais pas venu par ici, La Punta n'avait pas changé autant que Miraflores, elle avait toujours un petit air seigneurial, passé de mode, une pauvreté élégante. Maintenant, au milieu des maisons, quelques immeubles impersonnels et oppressants avaient surgi, comme dans mon ancien quartier, mais ils restaient rares et ne parvenaient pas à détruire tout à fait l'harmonie de l'ensemble. Les rues étaient presque désertes, hormis quelques bonnes qui venaient faire les courses, quelques maîtresses de maison poussant un landau avec un bébé ou emmenant leur chien faire pipi au bord de l'eau.

À midi j'étais à nouveau sur la plage de Cantolao, maintenant presque entièrement recouverte de brume. Je surpris Arquímedes dans la position que m'avait décrite Alberto : assis comme un bouddha, immobile, regardant fixement la mer. Il était si tranquille qu'une bande de mouettes blanches marchait autour de lui, indifférente à sa présence, picorant entre les pierres en quête de nourriture. La rumeur du ressac était plus forte. Par moments, les mouettes criaient en même temps : un son entre le rauque et l'aigu, parfois strident.

— Oui, on peut construire le brise-lames, dit Arquímedes en me regardant avec un sourire de triomphe, et il claqua des doigts : L'ingénieur Cánepa va avoir une de ces joies !

— Vous êtes sûr cette fois ?

— Plus que sûr, évidemment, dit-il en remuant plusieurs fois la tête et d'un air quelque peu vantard, et ses petits yeux brillaient de satisfaction.

Il me signala la mer avec une conviction absolue, comme pour m'indiquer que l'évidence était là pour quiconque daignerait la voir. Mais moi, la seule chose que je voyais c'était une langue d'eau gris verdâtre, tachée d'écume, qui se précipitait contre les galets en provoquant un bruit symétrique et par moments fracassant, et se retirait en laissant des écheveaux d'algues couleur marron. La brume avançait et allait bientôt nous envelopper.

— Vous m'émerveillez, Arquímedes. Quelle faculté vous avez là ! Que s'est-il passé, vous doutiez ce matin et maintenant vous voilà enfin certain ? Avez-vous vu quelque chose ? Entendu quelque chose ? Était-ce une intuition, une divination ?

Comme le vieux avait quelque difficulté à se relever, je l'aidai en lui prenant le bras. Il était maigrichon, sans muscles, les os mous, comme un batracien.

— J'ai *senti* que c'était possible, m'expliqua Arquímedes, en se taisant aussitôt, comme si ce mot pouvait éclairer tout le mystère.

On remonta en silence la pente de la plage caillouteuse, en direction du boulevard Figueredo. Le vieux enfonçait dans les galets, avec ses tennis troués, et, comme je croyais à tout moment qu'il allait tomber, je le saisis à nouveau par le bras, mais il se dégagea d'un air excédé.

— Où voulez-vous que nous allions déjeuner, Arquímedes ?

Il hésita une seconde, puis signala l'horizon bouché et fantomatique d'El Callao.

— Là-bas, à Chucuito, je connais un endroit, fit-il en hésitant. Le Chim Pum Callao. On y fait un bon *ceviche*, avec du poisson frais. Parfois l'ingénieur Chicho y va s'envoyer des *butifarras*.

— C'est parfait, Arquímedes. Allons-y. J'aime beaucoup le *ceviche* et il y a des siècles que je n'ai pas mangé de sandwich péruvien.

Tout en allant vers Chucuito, escortés d'une brise froide sous les glapissements des mouettes et le fracas de la mer, je dis à Arquímedes que le nom de ce restaurant me rappelait les supporters du Sport Boys, la très célèbre équipe de football d'El Callao qui, lors des matchs au Stade national, rue José Díaz, quand j'étais enfant, faisaient exploser les tribunes en scandant et hurlant : « Chim Pum ! Callao ! Chim Pum ! Callao ! » Et aussi qu'en dépit de toutes ces années passées, je me rappelais toujours ce duo miraculeux des ailiers du Sport Boys, Valeriano López et Jerónimo Barbadillo, la terreur de tous les défenseurs qui affrontaient l'équipe des maillots roses.

— Barbadillo et Valeriano López, je les ai connus tout gosses, dit le vieux. (Il marchait un peu voûté en regardant le sol et le vent décoiffait ses cheveux blancs clairsemés.) On chatouillait même le ballon ensemble quelquefois au stade d'El Potao, où les Boys s'entraînaient, ou sur les terrains vagues d'El Callao. Avant qu'ils deviennent célèbres, bien sûr. À cette époque, les footballeurs jouaient seulement pour la gloire. Tout au plus glanaient-ils des pourboires, de temps à autre. Moi, j'aimais beaucoup le foot. Mais je n'ai jamais été un bon joueur, je manquais de résistance. Je me fatiguais vite et j'arrivais à la seconde mi-temps en tirant la langue comme un chien.

— Oui, mais vous avez d'autres talents, Arquímedes. Ce que vous maîtrisez bien, l'endroit où bâtir un brise-lames, bien peu de gens le savent au monde. C'est un don qui n'appartient qu'à vous, je vous assure.

Le Chim Pum Callao était une gargote abominable, à l'un des angles du parc José Gálvez. Les abords étaient pleins de crève-la-faim et de gosses qui vendaient des bonbons, des billets de loterie, des cacahuètes, des pommes confites, dans des carrioles en bois ou sur des tréteaux. Arquímedes devait y venir fréquemment parce qu'il saluait de la main les passants, et quelques chiens des rues vinrent se coller à ses jambes. Quand nous entrâmes au Chim Pum Callao, la patronne, une grosse Noire avec des frisettes qui servait derrière le bar, une simple planche posée sur deux barils, l'accueillit affectueusement : « Hé, salut, vieux brise-lameur ! » Il y avait une dizaine de tables rustiques, avec des bancs pour sièges, la moitié seulement de la toiture en zinc, le reste à ciel ouvert sur l'hiver crachineux. Une radio diffusait à plein volume une salsa de Rubén Blades : *Pedro Navaja*. On s'assit à une table près de la porte et l'on commanda du *ceviche*, des *butifarras* et de la bière Pilsen bien glacée.

La Noire aux frisettes était la seule femme de la gargote. Presque toutes les tables étaient occupées par deux, trois ou quatre clients, des hommes qui devaient travailler dans le quartier car certains portaient la blouse des ouvriers frigorifistes et, à une table, au pied des bancs, on voyait des casques et des mallettes d'électricien.

— Vous vouliez savoir quoi, monsieur ? fit Arquímedes, ouvrant le feu. (Il me regardait avec curiosité et, à intervalles réguliers, il portait la main à son nez, pour le tripoter et chasser l'insecte inexistant.) Je veux dire, pourquoi cette invitation ?

— Quand avez-vous découvert que vous aviez

cette faculté à deviner les intentions de la mer ? lui demandai-je. Enfant ? Jeune homme ? Racontez-moi. Tout ce que vous pouvez me dire à ce sujet m'intéresse beaucoup.

Il haussa les épaules, comme s'il ne se rappelait plus ou comme si la chose n'en valait pas la peine. Il murmura qu'une fois un journaliste de *La Crónica* était venu l'interviewer à ce sujet et qu'il n'avait su quoi dire. Il marmonna à la fin : « C'est pas des choses qui passent par la tête, alors j'ai rien à expliquer. Je sais où c'est possible et où pas. Mais y a des fois où je sais rien. Je veux dire, je sens rien. » Il garda le silence un bon moment. Cependant, dès qu'on nous apporta la bière et qu'on trinqua et but un coup, sa langue se délia et il me raconta sa vie par le menu. Il n'était pas né à Lima, il venait de la sierra, de Pallanca, mais sa famille était descendue sur la côte quand il commençait à peine à marcher, si bien qu'il n'avait aucun souvenir de la sierra, c'était comme s'il était né à El Callao. Il se sentait un *chalaco* de cœur, un vrai fils d'El Callao. Il avait appris à lire et à écrire à l'école publique numéro 5, de Bellavista, mais n'était même pas allé au bout du primaire parce que, pour « faire bouillir la marmite », son père l'avait mis à travailler comme vendeur de glaces à tricycle de la maison très célèbre et aujourd'hui disparue : La Deliciosa, qui se trouvait avenue Sáenz Peña. Enfant et jeune homme, il avait fait un peu de tout, apprenti charpentier, maçon, commissionnaire des douanes, et puis finalement il était devenu marin sur un bateau de pêche, ancré au Terminal maritime. C'est là qu'il avait découvert, sans savoir comment ni pourquoi, cette chose : la mer et lui « étaient comme deux doigts de la main ». Il savait et flairait avant tout le monde où il fallait jeter les filets pour attraper les bancs d'anchois et aussi où il ne fallait pas, car là les mauvaises eaux feraient fuir les poissons et nul ne mordrait à l'hameçon, pas même un malheureux poisson-chat. Il se rappelait fort bien la première fois qu'il avait aidé à construire une digue dans la mer d'El Callao, à la hauteur de La Perla, plus ou moins là où finit l'avenue de Las Palmeras. Tous les efforts des maîtres d'œuvre pour que la structure résiste à la houle avaient été inutiles. « Merde alors, qu'est-ce qui se passe, pourquoi cette saloperie s'effrite tout le temps ? » L'entrepreneur, un Indien métis de Chiclayo, s'arrachait les cheveux et envoyait se faire foutre cette putain de mer et tout le monde avec. Mais il avait beau jurer et maudire, la mer disait non et non. Et quand la mer dit non, monsieur, c'est non. À cette époque, il n'avait pas encore vingt ans et était sur le qui-vive car on pouvait encore l'enrôler pour le service militaire.

Alors Arquímedes s'était mis à penser, à réfléchir et, au lieu de l'agonir d'injures, il avait eu l'idée de « parler à la mer ». Et plus encore, de « l'écouter comme on écoute un ami ». Il avait porté la main à son oreille et adopté une expression attentive et soumise, comme si à l'instant même il recevait les confidences secrètes de l'océan. Une fois, le curé de l'église de Carmen de la Legua lui avait dit : « Tu sais qui tu écoutes, Arquímedes ? Dieu. Il te dicte ces choses sages que tu dis sur la mer. » Bon, peut-être, peut-être que Dieu vivait dans la mer. Et voilà. Il s'était mis à écouter et alors, monsieur, la mer lui avait fait sentir que si, au lieu de le dresser là, où elle ne voulait pas, on le plantait cinquante mètres plus au nord, vers La Punta, « la mer se résignerait au brise-lames ». C'est ce qu'il était allé dire au maître d'œuvre. Le Chiclayano en avait d'abord pleuré de rire, comme il fallait s'y attendre. Mais ensuite, en désespoir de cause, il avait dit : « Essayons, bordel de merde. » Ils avaient donc essayé à l'endroit que suggérait Arquímedes et le brise-lames avait stoppé les élans de la mer. Il était encore là, bien entier, résistant aux grosses vagues. On se donna le mot et Arquímedes acquit la réputation d'être un « sorcier », un « magicien », un « briseur de lames ». Dès lors, on ne bâtissait pas un brise-lames dans toute la baie de Lima sans que les maîtres d'œuvre ou les ingénieurs ne le consultent. Pas seulement à Lima. On l'avait conduit à Cañete, à Pisco, à Supe, à Chincha, à un tas d'endroits, pour qu'il assiste les constructeurs de digues. Il était fier de pouvoir dire que, dans toute sa longue vie professionnelle, il ne s'était que rarement trompé. C'est vrai qu'il avait fait des erreurs, mais que voulez-vous, monsieur ? le seul qui ne se trompe jamais c'est Dieu, et peut-être le diable.

Le *ceviche* mettait la bouche en feu comme si le piment qui l'assaisonnait avait été du *rocoto* d'Arequipa. Quand la bouteille de bière fut vide, j'en commandai une autre, que l'on but lentement, en savourant d'excellentes *butifarras* au porc dans du pain de mie, avec de la laitue, de l'oignon et du piment. Prenant mon courage à deux mains, aidé par les verres de bière, dans un des moments de silence d'Arquímedes, je lui posai enfin la question qui me brûlait les lèvres depuis trois heures :

— On m'a dit que vous aviez une fille à Paris. Est-ce vrai, Arquímedes ?

Il me regarda, intrigué que je sois au courant de son intimité familiale. Et peu à peu, son air décontracté tourna à la grimace. Avant de me répondre, il se massa le nez furieusement et fouetta de sa main l'invisible insecte.

— Je veux rien savoir de cette fille ingrate, grogna-t-il. Et encore moins parler d'elle, monsieur. Je vous jure que si, repentie, elle venait me voir, je lui claquerais au nez la porte de chez moi.

En le voyant si fâché, je lui demandai pardon pour mon impertinence. J'avais entendu un des ingénieurs de ce matin évoquer sa fille, et comme je vivais aussi à Paris, j'avais éprouvé de la curiosité, pensant que, peut-être, je la connaissais. Si j'avais su que ce sujet le dérangeait, je ne l'aurais certes pas mentionné.

Sans répondre à mes explications, Arquímedes continua à manger sa *butifarra* et à siroter sa bière. Comme il n'avait presque plus de dents, il mâchait avec difficulté, en faisant du bruit avec la langue, et il tardait à avaler chaque morceau. Gêné par le long silence, convaincu que j'avais commis une erreur en l'interrogeant sur sa fille — qu'espérais-tu entendre, Ricardito ? —, je levai la main pour appeler la Noire à frisettes et lui demander l'addition. Et, au même moment, Arquímedes se remit à parler :

— Parce que c'est une fille ingrate, je vous jure, affirma-t-il, le visage froncé et l'expression sévère. Pas même pour l'enterrement de sa mère, elle a envoyé de l'argent. Une égoïste, voilà ce qu'elle est. Elle est partie là-bas et nous a tourné le dos. Elle se croit mieux que nous, et elle imagine que ça lui donne le droit de nous mépriser, maintenant. Comme si elle n'avait pas dans les veines le même sang que son père et sa mère.

Il se déchaînait. Il faisait en parlant des grimaces qui plissaient encore davantage son visage. Je murmurai à nouveau que je regrettais d'avoir abordé ce sujet et que je n'avais pas l'intention de le blesser, qu'il veuille bien parler d'autre chose. Mais il ne m'écoutait pas. Dans ses yeux fixes, les pupilles brillaient, humides et incandescentes.

— Je me suis abaissé à lui demander de m'emmener là-bas, alors que j'aurais pu le lui ordonner, je suis son père après tout, dit-il en frappant sur la table, les lèvres tremblantes. Je me suis abaissé, humilié. Elle n'avait pas à subvenir à mes besoins, pas du tout. J'aurais travaillé à n'importe quoi. Par exemple, en aidant à construire des brise-lames. On ne construit pas des brise-lames, là-bas, à Paris ? Bon, eh bien alors je pouvais travailler là-bas à cela. Si je suis bon ici, pourquoi pas là-bas ? Tout ce que je lui demandais, c'était le billet d'avion. Pas pour sa mère et ses frères. Pour moi seul. Je me serais brisé les reins, j'aurais gagné des sous, épargné et fait venir peu à peu le reste de la famille. C'était trop demander ? C'était peu, presque rien. Et comment elle a réagi ? Plus aucune réponse à mes lettres. Pas une seule, jamais plus, comme si elle avait eu peur de me voir rappliquer. C'est ça ce que fait une fille ? J'ai raison ou pas de la traiter de fille ingrate, monsieur ?

La Noire à frisettes s'était approchée de la table en se déhanchant comme une panthère, mais au lieu de l'addition je lui demandai d'apporter une autre bière bien froide. Le vieil Arquímedes avait parlé si fort qu'aux tables alentour tout le monde se retournait. En s'en rendant compte, il se mit à tousser pour donner le change, et baissa le ton.

— Au début, elle se rappelait sa famille, il faut bien le dire. Bon, de temps en temps seulement, mais c'était mieux que rien, poursuivit-il plus calmement. Pas quand elle se trouvait à Cuba ; là-bas, à ce qu'il paraît pour raison politique, elle ne pouvait pas écrire de lettres. C'est du moins ce qu'elle a dit ensuite, quand elle est allée vivre en France, une fois mariée. Là oui, de temps à autre, pour la fête nationale, ou mon anniversaire, pour Noël aussi, elle envoyait une lettre et un petit chèque. Quelle affaire pour le toucher, je ne vous dis pas ! Apporter à la banque les papiers d'identité et ils prenaient je ne sais combien de commission. Mais enfin, à cette époque, bien que de loin en loin, elle se rappelait qu'elle avait une famille. Jusqu'à ce que je lui demande le billet d'avion pour la France. Elle a coupé les ponts. Jamais plus. Jusqu'à aujourd'hui. Comme si toute sa famille était morte. Elle nous a enterrés, je vous dis. Pas même quand un de ses frères lui a écrit pour lui demander de l'aide, pour faire une tombe en marbre à sa mère, elle n'a daigné répondre.

Je versai à Arquímedes un verre de cette bière mousseuse que la Noire à frisettes venait d'apporter et je m'en servis un autre. Cuba, mariée à Paris : comment avoir le moindre doute ? Ce ne pouvait être qu'elle. C'est moi maintenant qui m'étais mis à trembler. Je me sentais inquiet, comme si de la bouche du vieux allait sortir à tout moment une révélation terrible. Je dis « À la vôtre, Arquímedes » et nous bûmes tous les deux un bon coup. D'où j'étais, je pouvais voir un des tennis troués du vieux, d'où émergeait une cheville noueuse, avec des croûtes ou de la crasse, et une petite fourmi qui grimpait et qu'il ne semblait pas sentir. Pareille coïncidence était-elle possible ? Oui, elle l'était. Maintenant, je n'avais plus le moindre doute.

— Je crois que je l'ai connue, dis-je en feignant de parler pour parler, sans aucun intérêt personnel. Votre fille a obtenu une bourse pour Cuba, n'est-ce pas ? Et ensuite elle a épousé un diplomate français, pas vrai ? Un monsieur qui s'appelait Arnoux, si je ne me trompe.

— Je ne sais pas s'il était diplomate ou quoi, elle ne nous a même pas envoyé une photo, ronchonna

Arquímedes en frottant son nez. Mais c'était un *franchute* important et qui gagnait beaucoup d'argent, à ce qu'on m'a dit. Est-ce qu'une fille, dans ce cas-là, n'a pas des obligations envers sa famille ? Surtout si sa famille est pauvre et en voit de dures.

Il but une autre gorgée de bière et resta pensif, un bon moment. Une musique *chicha*, dissonante et monotone, chantée par les Shapis, remplaça la salsa. À la table d'à côté, les électriciens parlaient des courses de chevaux de dimanche et l'un d'eux jura : « Dans la troisième, Cleopatra est donnée favori. » Se souvenant soudain de quelque chose, Arquímedes leva la tête et me cloua de ses petits yeux fiévreux :

— Vous l'avez connue ?

— Je crois que oui, vaguement.

— Ce type, le *franchute*, il avait beaucoup d'argent, pas vrai ?

— Je ne sais pas. Si nous parlons de la même personne, c'était un fonctionnaire de l'Unesco. Une bonne situation, sans doute. Votre fille, les fois où je l'ai vue, était toujours très bien habillée. C'était une femme belle et élégante.

— Otilita a toujours rêvé de ce qu'elle n'avait pas, depuis toute petite, dit Arquímedes, soudain, la voix adoucie et en ébauchant un sourire inattendu, plein d'indulgence. Elle était très vive, au collège elle raflait les prix. Mais elle avait la folie des grandeurs dès la naissance. Elle ne se résignait pas à son sort.

Je ne pus m'empêcher d'éclater de rire et le vieux me regarda, déconcerté. Lily la petite Chilienne, la camarade Arlette, Mme Robert Arnoux, Mrs. Richardson, Kuriko et Mme Ricardo Somocurcio, s'appelait en réalité Otilia. Otilita comme petit nom. Quelle rigolade !

— Je ne me serais jamais douté qu'elle s'appelait Otilia, lui expliquai-je. Je l'ai connue sous un autre nom, celui de son mari. Mme Robert Arnoux. En France, c'est l'usage, quand une femme se marie elle prend le prénom et le nom de son mari.

— En voilà une coutume ! commenta Arquímedes en souriant et en haussant les épaules. Il y a longtemps que vous ne l'avez vue ?

— Oui, pas mal de temps. Je ne sais même pas si elle vit encore à Paris. À condition qu'il s'agisse de la même personne, bien sûr. La Péruvienne dont je vous parle est allée à Cuba et y a épousé, à La Havane, un diplomate français. Il l'a ramenée ensuite vivre à Paris, dans les années soixante. On s'est vus là-bas pour la dernière fois il y a quatre ou cinq ans. Je me souviens qu'elle parlait beaucoup de Miraflores, elle disait qu'elle avait passé son enfance dans ce quartier.

Le vieux acquiesça. Dans son regard mouillé, la nostalgie avait pris la place de la colère. Il tenait son verre de bière en l'air et soufflait sur la mousse, lentement, l'étalant.

— C'est la même, affirma-t-il en hochant la tête à plusieurs reprises tout en se massant le nez. Otilita habitait à Miraflores quand elle était petite, parce que sa mère travaillait comme cuisinière dans une famille qui vivait par là-bas. Les Arenas.

— Rue Esperanza ? demandai-je.

Le vieux fit oui, en clouant ses yeux dans les miens, ébahi.

— Ça aussi vous le savez ? Comment se fait-il que vous sachiez tant de choses d'Otilita ?

Je pensai : Comment réagirait-il si je lui disais : « Parce que c'est ma femme » ?

— Eh bien, je vous l'ai déjà dit. Votre fille se souvenait toujours de Miraflores et de sa maisonnette de la rue Esperanza. C'est un quartier où j'ai vécu enfant, moi aussi.

Derrière le bar, la Noire à frisettes suivait les rythmes disloqués des Shapis en secouant la tête d'un côté et de l'autre. Arquímedes but une longue gorgée et la mousse dessina une muselière autour de ses lèvres enfoncées.

— Depuis toute petite Otilita avait honte de nous, fit-il, à nouveau furieux. Elle voulait être comme les Blancs et les riches. C'était une gamine prétentieuse et capricieuse. Assez vive, mais entreprenante. Ce n'est pas n'importe qui qui fout le camp à l'étranger sans avoir un sou, comme elle l'a fait. Une fois elle a gagné un concours, à Radio América. En imitant les Mexicains, les Chiliens, les Argentins. Elle avait, je crois, neuf ou dix ans à peine. Comme prix, elle a gagné des patins à roulettes. Elle avait fait la conquête de la famille chez qui sa mère était employée. Les Arenas. Elle les a mis dans sa poche, je vous dis. Ils la traitaient comme une fille de la maison. Ils la laissaient être amie de leur fille. Ils l'ont donc mal élevée. Après, elle avait honte d'être la fille de sa mère et de son père. Autrement dit, depuis toute petite on voyait qu'elle deviendrait une fille ingrate.

Soudain, à ce moment de la conversation, j'en eus assez. Qu'est-ce que je faisais ici, à fourrer mon nez dans cette sordide intimité ? Que voulais-tu savoir d'autre, Ricardito ? Pourquoi ? Je me mis à chercher un prétexte pour filer, sortir de ce Chim Pum Callao qui était devenu une cage. Arquímedes continuait à parler de sa famille. Tout ce qu'il me racontait m'attristait davantage et me déprimait. Apparemment, il avait un tas d'enfants, de trois femmes différentes, « tous reconnus ». Otilita était l'aînée de sa première femme, aujourd'hui disparue.

« Donner à manger à douze bouches, ça vous tue, répétait-il d'un air résigné. Moi, ça m'a démoli. Je ne sais comment j'ai encore la force de continuer à gagner mon pain, monsieur. » En effet, il semblait usé et fragile. Seuls ses yeux, vifs et curieux, montraient de la volonté à poursuivre ; le reste de son corps semblait vaincu et abattu.

Deux heures au moins avaient passé depuis que nous étions entrés au Chim Pum Callao. Toutes les tables, sauf la nôtre, étaient vides. La patronne avait éteint la radio, signifiant par là que c'était l'heure de fermer. Je demandai l'addition, payai et, en sortant dans la rue, priai Arquímedes d'accepter comme cadeau un billet de cent dollars.

— S'il vous arrive encore de tomber sur Otilita à Paris, dites-lui de se souvenir de son père et de ne pas être une si vilaine fille, car elle pourrait le regretter dans l'autre vie, fit le vieux en me tendant la main.

Il regarda le billet de cent dollars comme si c'était un objet tombé du ciel. Je crus qu'il allait pleurer d'émotion. Il balbutia : « Cent dollars ! Dieu vous le rendra, monsieur. » Je pensai : « Et si je lui disais : Vous êtes mon beau-père, Arquímedes, savez-vous ? »

Quand, sur la même place José Gálvez, au bout d'un moment, surgit un taxi déglingué que j'arrêtai d'un geste, une nuée de gosses en guenilles m'entouraient déjà, les mains tendues, demandant la charité. J'indiquai au chauffeur de me conduire rue Esperanza, à Miraflores.

Au cours du long trajet, dans la carcasse fumante et bringuebalante, je regrettai d'avoir provoqué cette conversation avec Arquímedes. J'étais triste à en mourir en pensant à ce qu'avait dû être l'enfance d'Otilita dans un de ces bidonvilles d'El Callao.

Sachant qu'il m'était impossible d'approcher une réalité si éloignée de mon enfance miraflorine privilégiée, j'essayai d'imaginer la petite fille qu'elle avait été, dans la promiscuité et la crasse de ces baraques faites de bric et de broc des bords du Rímac — en passant près d'elles, le taxi se remplit de mouches — où les habitations se confondaient avec les pyramides d'ordures accumulées depuis Dieu sait quand, et la pénurie, la précarité, l'insécurité de chaque jour, jusqu'à ce que sa mère ait providentiellement déniché ce travail de cuisinière, dans une famille de classe moyenne, dans un quartier résidentiel, où elle avait pu traîner sa fille aînée. J'imaginais les ruses, les mines, les grâces auxquelles Otilita, fillette dotée d'un instinct de survie et d'adaptation exceptionnellement développé, avait recouru pour faire la conquête des maîtres de maison. D'abord, ils avaient dû rire d'elle ; ensuite, la fillette de la cuisinière avait dû leur plaire par sa vivacité. Ils lui donnaient sans doute les souliers et les robes devenus trop petits pour la véritable fille de la maison, Lucy, l'autre « Chilienne ». De la sorte, la fille d'Arquímedes avait grimpé dans l'échelle sociale, en se faisant une petite place dans la famille Arenas. Jusqu'à obtenir enfin le droit de pouvoir jouer et sortir, d'égal à égal, comme une amie, comme une sœur, avec la fille de la maison, bien que celle-ci aille dans un collège privé et elle à l'école publique. Je comprenais mieux, trente-cinq ans plus tard, pourquoi la petite Lily de mon enfance ne voulait pas avoir d'amoureux ni n'invitait personne chez elle rue Esperanza. Et surtout je voyais bien pourquoi elle avait décidé de faire tout ce théâtre, se « dépéruvianiser », se métamorphoser en Chilienne pour être admise à Miraflores. Cela m'attendrit jusqu'aux larmes. J'étais fou d'impatience de prendre ma femme dans mes bras, je voulais la caresser, la cajoler, lui demander pardon pour l'enfance qu'elle avait eue, la couvrir de chatouilles, lui raconter des blagues, faire le clown pour l'entendre rire, lui promettre qu'elle n'aurait plus jamais à souffrir.

La rue Esperanza n'avait pas tant changé. Je la parcourus deux fois, de l'avenue Larco jusqu'au Zanjón, aller et retour. La librairie Minerva était toujours au coin en face du Parc central, malgré l'absence, derrière le comptoir, s'occupant des clients, de cette femme italienne aux cheveux blancs, toujours si sérieuse, la veuve de José Carlos Mariátegui. Le Gambrinus, le restaurant allemand, n'existait plus, pas plus que la boutique de rubans et boutons où parfois j'accompagnais tante Alberta faire ses courses. Mais l'immeuble de trois étages où vivaient les petites Chiliennes était toujours là. Étroit, serré entre une maison et un autre immeuble, décrépi, avec ses balcons à rampe de bois, il avait l'air pauvre et vieillot. Dans cet appartement aux petites pièces sombres, dans ce cagibi près de la cuisine qui devait être la chambre de bonne où sa mère étendait chaque soir un matelas par terre, Otilita avait dû être infiniment moins malheureuse que chez Arquímedes. Et c'est peut-être ici même, quand elle n'était encore qu'une morveuse impubère, qu'elle avait pris la décision téméraire d'aller de l'avant, coûte que coûte, de cesser d'être Otilita la fille de la cuisinière et du bâtisseur de brise-lames, afin de sortir définitivement de cette trappe, de cette prison, de cette malédiction qu'était pour elle le Pérou, et de partir loin, et d'être riche — surtout cela : riche, très riche —, même si elle devait faire les pires coups fourrés, courir les risques les plus redoutables, n'importe quoi, jusqu'à devenir une petite femme froide, sans amour, calculatrice, cruelle. Elle n'y était parvenue que pour de courtes périodes et l'avait payé très cher, y laissant, par lambeaux, sa peau et son âme en chemin. En la revoyant, au pire moment de ses crises, assise sur la cuvette des cabinets, tremblant de peur, accrochée à ma main, je dus faire un gros effort pour ne pas pleurer. Bien sûr que tu avais raison, vilaine fille, de ne pas vouloir retourner au Pérou, de détester ce pays qui te rappelait tout ce que tu avais accepté, souffert et fait pour t'en échapper. Tu as très bien fait de ne pas m'accompagner dans ce voyage, mon amour.

Je fis une longue promenade dans les rues de Miraflores en suivant les itinéraires de ma jeunesse : le Parc central, l'avenue Larco, le parc Salazar, le front de mer. Mon cœur se serrait de l'urgence de la voir, d'entendre sa voix. Évidemment, je ne lui dirais jamais que j'avais rencontré son géniteur. Et je ne lui confesserais jamais, pour sûr, que je connaissais son véritable prénom. Otilia, Otilita, quelle rigolade ! Cela ne lui allait pas du tout. Et évidemment, j'oublierais Arquímedes et tout ce que j'avais entendu de sa bouche ce matin.

Quand j'arrivai chez lui, l'oncle Ataúlfo était déjà couché. La vieille Anastasia avait laissé mon dîner sur la table, avec un couvercle pour qu'il reste chaud. Je ne mangeai qu'une bouchée et, sitôt levé de table, allai m'enfermer au salon. Cela me gênait d'appeler à l'étranger, parce que je savais que l'oncle Ataúlfo ne me laisserait pas payer, mais j'avais un tel besoin de parler à la vilaine fille, d'entendre sa voix, de lui dire que je me languissais d'elle, que je me décidai à téléphoner. Assis dans le fauteuil d'angle où l'oncle Ataúlfo lisait ses journaux, où se trouvait aussi la petite table du téléphone, et la pièce dans l'obscurité, je composai le numéro. Le téléphone sonna plusieurs fois sans que personne ne décroche. Le décalage horaire, certes ! À Paris il était quatre heures du matin. Mais, précisément, il était impossible que la petite Chilienne — Otilia, Otilita, quelle rigolade ! — n'entendît pas le téléphone. Il se trouvait sur la table de nuit, près de son oreille. Et elle avait le sommeil très léger. La seule explication était qu'elle était partie en voyage d'affaires pour le compte de Martine. Je gagnai ma chambre en traînant les pieds, frustré et triste. Je ne pus évidemment pas fermer l'œil parce que, chaque fois que je sentais venir le sommeil, je me réveillais, alarmé et lucide, en voyant se dessiner dans l'ombre le visage d'Arquímedes, avec son regard moqueur et me répétant le nom de sa fille aînée : Otilita, Otilia. Était-ce possible que... ? Non, une idée stupide, une crise de jalousie ridicule chez un homme de cinquante ans. Un autre de ses petits jeux pour t'inquiéter, Ricardito ? Impossible, comment aurait-elle pu se douter que tu allais l'appeler au téléphone aujourd'hui et à cette heure de la nuit ? L'explication logique était qu'elle avait dû partir en voyage d'affaires à Biarritz, Nice, Cannes ou n'importe laquelle de ces stations balnéaires où se tenaient conventions, conférences, rencontres, noces et autres prétextes recherchés par les Français pour boire et manger comme Héliogabale.

Je l'appelai encore les trois jours suivants et elle ne répondit jamais au téléphone. Consumé de jalousie, je ne vis plus rien ni personne, et comptai seulement les jours interminables qui me séparaient du retour en Europe. L'oncle Ataúlfo remarqua ma nervosité malgré mes efforts exagérés pour paraître normal, et peut-être justement à cause de cela. Il se borna à me demander deux ou trois fois si je me sentais bien, car je touchais à peine à mon assiette et refusai l'invitation de l'aimable Alberto Lamiel, qui me proposait de dîner dehors et d'assister au concert créole où j'entendrais ma chanteuse préférée, Cecilia Barraza.

Le quatrième jour je rentrai enfin à Paris. L'oncle Ataúlfo avait écrit à la vilaine fille une lettre où il lui demandait pardon pour lui avoir volé son mari ces deux petites semaines, mais, ajoutait-il, cette visite de son neveu avait été miraculeuse car elle l'avait aidé à sortir d'une mauvaise passe et à renforcer sa longévité. Je ne dormis ni me mangeai pendant les presque dix-huit heures que dura ce vol en raison d'une très longue escale de l'avion d'Air France à Pointe-à-Pitre pour réparer une avarie. Qu'est-ce qui m'attendrait cette fois, quand j'ouvrirais la porte de mon appartement de l'École Militaire ? Une autre lettre de la vilaine fille me disant, avec sa froideur d'autrefois, qu'elle avait décidé de partir parce qu'elle était lasse de cette assommante vie de maîtresse de maison petite-bourgeoise, fatiguée de préparer des petits déjeuners et de faire le lit ? Pouvait-elle succomber encore à ces caprices, à son âge ?

Non. Quand j'ouvris la porte de l'appartement rue Joseph-Granier — ma main tremblait et je n'arrivais pas à trouver le trou de la serrure —, elle était là, à m'attendre. Elle m'ouvrit ses bras avec un grand sourire :

— Enfin ! J'en avais marre d'être seule et abandonnée.

Elle s'était habillée comme pour sortir, avec une robe très décolletée et les épaules dénudées. Quand je lui demandai à quoi l'on devait ces élégances, elle me dit en se mordillant les lèvres :

— À toi, gros bêta, qu'est-ce que tu crois ? Je t'attends depuis très tôt ce matin, appelant Air France tout le temps. On m'a dit que l'avion était resté plusieurs heures en Guadeloupe. Bon, laisse-moi voir comment on t'a traité à Lima. Tu me reviens avec plus de cheveux blancs, on dirait. À force de te languir de moi, je suppose.

Elle semblait contente de me voir, et moi, je me sentais soulagé et honteux. Elle me demanda si je voulais boire et manger quelque chose, mais comme elle me vit bâiller, elle me poussa vers la chambre à coucher : « Va, va, mets-toi au lit un moment, je m'occupe de ta valise. » J'ôtai mes chaussures, mon pantalon et ma chemise, et, feignant de dormir, je l'épiai les yeux entrouverts. Elle défaisait mon bagage lentement, concentrée, avec beaucoup d'ordre. Elle séparait le linge sale et le mettait dans un plastique qu'elle emporterait ensuite au pressing. Le linge propre, elle le rangeait soigneusement dans l'armoire. Les chaussettes, les mouchoirs, le costume, la cravate. De temps en temps elle jetait un coup d'œil sur le lit et il me semblait qu'elle avait l'air rassuré de me voir là. Elle avait quarante-huit ans et personne ne l'aurait cru en voyant sa silhouette de mannequin. Elle était très jolie avec cette robe vert clair, qui laissait ses épaules et une partie de son dos nues, et maquillée avec tant de soin. Elle évoluait lentement, avec grâce. À un moment je la vis s'approcher — je fermai tout à fait les yeux et entrouvris la bouche, feignant de dormir — et je sentis qu'elle me couvrait avec l'édredon. Est-ce que tout cela pouvait être une farce ? Sûrement pas. Mais pourquoi pas ? Avec elle la vie pouvait devenir à tout moment théâtre, fiction. Lui demanderais-je pourquoi elle ne m'avait pas répondu au téléphone ces derniers jours ? Essaierais-je de vérifier si elle était allée en voyage d'affaires ? Ou, plutôt, allais-je oublier cette affaire et me plonger dans ce tendre mensonge du bonheur domestique ? Je sentais une fatigue infinie. Plus tard, alors que je tâchais d'accrocher vraiment au sommeil, je sentis qu'elle s'étendait à mes côtés. « Quelle bête je fais, je t'ai réveillé. » Elle était tournée vers moi, et d'une main me démêlait les cheveux. « Tu as de plus en plus de cheveux blancs, mon petit vieux », fit-elle en riant. Elle avait quitté sa robe et ses chaussures, et le jupon qu'elle portait était d'un ton mat clair, semblable à celui de sa peau.

— Je me suis languie de toi, me dit-elle, soudain sérieuse. (Elle clouait sur moi ses yeux de miel d'une façon qui, tout à coup, me rappela le regard fixe du bâtisseur de brise-lames.) La nuit, je ne pouvais dormir, je pensais à toi. Presque tous les soirs je me masturbais, en imaginant que tu me faisais jouir avec ta bouche. Une nuit j'ai pleuré, en pensant qu'il pouvait t'arriver quelque chose, une maladie, un accident. Que tu m'appellerais pour me dire que tu avais décidé de rester à Lima avec une petite Péruvienne et que je ne te verrais plus.

Nos corps ne se touchaient pas. Elle avait toujours sa main sur ma tête, mais maintenant elle promenait le bout de ses doigts sur mes sourcils et ma bouche comme pour vérifier qu'ils étaient vraiment là. Son regard restait très sérieux. Il y avait au fond de ses pupilles un éclat humide comme si elle retenait une envie de pleurer.

— Une fois, il y a un tas d'années, dans cette même chambre, tu m'as demandé ce que c'était pour moi le bonheur, tu te rappelles, mon bon garçon ? Et je t'ai dit que c'était l'argent, rencontrer un homme puissant et très riche. Je me trompais. Je sais maintenant que tu es pour moi le bonheur.

Et, à ce moment, quand j'allais la prendre dans mes bras parce que ses yeux s'étaient remplis de larmes, le téléphone se mit à sonner, nous faisant sursauter tous les deux.

— Ah, enfin ! s'écria la vilaine fille en décrochant. Ce maudit téléphone. On l'a arrangé. *Oui, oui, monsieur. Ça marche très bien maintenant ! Merci.*

Avant qu'elle ait raccroché, j'avais sauté sur elle et l'enlaçais, la serrais de toutes mes forces. Je l'embrassais avec fureur, avec tendresse, et les mots se bousculaient dans ma bouche.

— Tu sais ce qui est le plus beau, ce qui m'a le plus réjoui de toutes ces choses que tu viens de dire, petite Chilienne ? C'est : « *Oui, oui, monsieur. Ça marche très bien maintenant !* »

Elle se mit à rire et murmura que c'était la cucuterie la moins romantique de toutes celles que je lui avais dites jusqu'à présent. Tandis que je la déshabillais et me déshabillais, je lui dis à l'oreille, sans cesser un instant de l'embrasser : « Je t'ai appelée quatre jours de suite, à toute heure, la nuit, le matin, et comme tu ne répondais pas je suis devenu fou de désespoir. Je n'ai pas mangé, je n'ai pas vécu, jusqu'à voir que tu n'étais pas partie, que tu n'étais pas avec un amant. Tu m'as ramené à la vie, vilaine fille. » Je l'entendais se tordre de rire. Quand elle m'obligea de ses deux mains à écarter mon visage pour me regarder dans les yeux, le rire l'empêchait encore de parler. « Vraiment, tu es fou de jalousie ? Quelle bonne nouvelle, tu es encore mon amoureux transi, mon bon garçon ? » C'est la première fois que nous fîmes l'amour sans cesser de rire.

Finalement nous nous endormîmes, enlacés et heureux. Dans mon sommeil, de temps en temps, j'ouvrais les yeux pour la voir. Je ne serais jamais aussi heureux que maintenant, jamais je ne me sentirais autant comblé. Nous nous réveillâmes à la nuit et, après nous être douchés et habillés, j'emmenai la vilaine fille dîner à La Closerie des Lilas où, comme deux amants en lune de miel, nous parlions à voix basse en nous regardant dans les yeux, main dans la main, nous souriant et nous embrassant, tandis que nous buvions une bouteille de champagne. « Dis-moi quelque chose de mignon », me demandait-elle de temps en temps.

En sortant de La Closerie des Lilas, sur la petite place où la statue du maréchal Ney menace de son sabre les étoiles, en bordure de l'avenue de l'Observatoire, assis sur un banc, il y avait deux *clochards*. La vilaine fille s'arrêta et me les signala :

— C'est celui-là, celui de droite, le *clochard* qui t'a sauvé la vie cette fameuse nuit, sur le pont Mirabeau, n'est-ce pas ?

— Non, je ne crois pas que c'était lui.

— Si, si, fit-elle en colère et en tapant du talon. C'est lui, dis-moi que c'est lui, Ricardo.

— Oui, oui, c'était lui, tu as raison.

— Donne-moi tout l'argent que tu as dans ton portefeuille, m'ordonna-t-elle. Les billets et les pièces aussi.

Je fis ce qu'elle voulait. Alors, l'argent dans le creux de la main, elle s'approcha des deux *clochards*. Ils la regardèrent comme un oiseau rare, j'imagine, car il faisait trop sombre pour voir leur visage. Penchée sur celui de droite, elle lui parla, lui remit l'argent et, finalement, quelle surprise ! embrassa le *clochard* sur les deux joues. Puis elle revint vers moi en souriant comme une fillette qui a fait une bonne action. Elle se suspendit à mon bras et nous descendîmes le boulevard du Montparnasse. Jusqu'à l'École Militaire nous avions une bonne demi-heure de marche. Mais il ne faisait pas froid et il n'allait pas pleuvoir.

— Ce *clochard* croira qu'il a rêvé, qu'une fée tombée du ciel lui est apparue. Que lui as-tu dit ?

— Merci beaucoup, monsieur le *clochard*, pour avoir sauvé la vie à mon amour.

— Toi aussi, tu as tes petites cucuteries, vilaine fille, fis-je en l'embrassant à pleine bouche. Dis-m'en une autre, veux-tu ?

VII

Marcella à Lavapiés

Voici cinquante ans le quartier madrilène de Lavapiés, autrefois enclave de juifs et de morisques, était
encore considéré comme un des quartiers les plus
typiques de Madrid, où se conservaient, comme
curiosités archéologiques, le *chulapo* et la *chulapa* et
autres personnages de zarzuela, galants à gilet, casquette, foulard au cou et pantalon étroit, et *manolas*
engoncées dans leurs robes à pois, grandes boucles
d'oreilles, ombrelles et foulards serrés sur des cheve-
lures ramassées en chignons sculpturaux.

Quand je vins vivre à Lavapiés, le quartier avait
changé de telle sorte que je me demandais parfois si
dans cette Babel il restait encore quelque Madrilène
de souche ou si tous les habitants étaient, comme
Marcella et moi, des Madrilènes importés. Les Espagnols de Lavapiés provenaient de tous les coins
d'Espagne et, avec leurs accents et leur variété de
types physiques, ils contribuaient à donner à cette
bouillie de races, de langues, d'inflexions, de cou-
tumes, de vêtements et de nostalgies l'allure d'un
microcosme. La géographie humaine de la planète
semblait représentée dans sa poignée de maisons.

En sortant de la rue Ave María, où nous vivions
au troisième étage d'un immeuble décrépi, on se

trouvait dans une Babylone où coexistaient des marchands chinois et pakistanais, des laveries et des boutiques indiennes, des petits salons de thé marocains, des bars pleins de Sud-Américains, de narcos colombiens et africains, et partout, formant des groupes dans les halls d'immeuble et aux coins de rue, quantité de Roumains, de Yougoslaves, de Moldaves, de Dominicains, d'Équatoriens, de Russes et d'Asiatiques. Les familles espagnoles du quartier opposaient aux transformations les vieux usages en tenant réunion d'un balcon à l'autre, en mettant à sécher leur lessive sur des cordons tendus devant leurs fenêtres, et, le dimanche, en allant en couples, eux en cravate, elles en robe noire, entendre la messe à l'église de San Lorenzo, à l'angle des rues Doctor Piga et Salitre.

Notre appartement était plus petit que celui que j'avais rue Joseph-Granier, ou du moins le semblait-il, tant il était bourré des modèles en carton, papier et bois des décors de Marcella qui, comme les soldats de plomb de Salomón Toledano, envahissaient les deux pièces et même la cuisine et la petite salle de bains. Bien que minuscule et rempli de livres et de disques, il ne rendait pas claustrophobe grâce aux fenêtres sur la rue par lesquelles entrait à flots la très vive clarté blanche de la Castille, si différente de la parisienne, et parce qu'il avait un petit balcon où, la nuit, nous pouvions placer une table et dîner sous les étoiles madrilènes, qui existent quoique estompées par le reflet des lumières de la ville.

Marcella réussissait à travailler dans l'appartement, couchée sur le lit si elle dessinait, ou assise sur le tapis afghan du salon-salle à manger si elle montait ses modèles avec des bouts de carton et de bois, du caoutchouc, de la colle, des bristols et des feutres de couleur. Je préférais faire les traductions que me procurait l'éditeur Mario Muchnik dans un petit café voisin, le bar Barbieri, où je passais plusieurs heures par jour à traduire, lire et observer la faune qui fréquentait le café et qui ne m'ennuyait jamais, parce qu'elle incarnait toutes les couleurs de cette arche de Noé au cœur du vieux Madrid.

Le Café Barbieri était dans la même rue Ave María et ressemblait — comme me le dit Marcella la première fois qu'elle m'y mena, et elle s'y connaissait — à un décor expressionniste du Berlin des années vingt ou à une gravure de Georg Grosz ou d'Otto Dix, avec ses murs écaillés, ses coins obscurs, ses médaillons de dames romaines au plafond et ses alcôves mystérieuses où, semblait-il, on pouvait commettre des crimes à l'insu des clients, parier des sommes folles dans des parties de poker où pouvaient surgir les couteaux, ou enfin célébrer des messes noires. Il était immense, anguleux, plein de détours, de plafonds sombres aux toiles d'araignée argentées, de tables fragiles et de chaises boiteuses, de bancs et de consoles prêts à s'écrouler sous le poids des ans, obscur, enfumé, toujours plein de gens qui semblaient déguisés, une masse de figurants pour opéra-bouffe pressés dans les coulisses en attendant d'entrer en scène. Je tâchais de m'asseoir à une petite table du fond, un peu plus éclairée que les autres et parce que là, au lieu de chaises, il y avait un fauteuil assez confortable, doublé d'un velours qui fut autrefois rouge et qui se désintégrait sous les trous ouverts par les brûlures de cigarettes et le frottement de tant de derrières. Une de mes distractions, chaque fois que j'entrais au Café Barbieri, consistait à identifier les langues que j'entendais de la porte jusqu'à la table du fond, et il m'est arrivé d'en compter une demi-douzaine dans le très bref espace d'une trentaine de mètres.

Les serveuses et serveurs représentaient aussi la diversité du quartier : suédois, belges, nord-américains, marocains, équatoriens, péruviens, etc. Ils changeaient tout le temps, parce qu'ils devaient être mal payés, et durant les huit heures qu'ils faisaient d'affilée, en deux tours, les clients les obligeaient à aller et venir avec bière, café, thé, chocolat, verres de vin et sandwiches. Dès qu'ils me voyaient installé à ma table habituelle, avec mes cahiers, mes stylos et le livre que je traduisais, ils se hâtaient de m'apporter mon petit crème et ma bouteille d'eau plate.

À cette petite table je feuilletais les journaux du matin et, l'après-midi, quand j'étais fatigué de traduire, je me mettais à lire, non plus pour le travail mais pour le plaisir. Les trois livres que j'avais traduits, de Doris Lessing, de Paul Auster et de Michel Tournier, ne m'avaient pas coûté un gros effort de transcription en espagnol, mais ne m'avaient pas trop intéressé non plus. Bien que leurs auteurs fussent à la mode, les romans qu'on m'avait donnés à traduire n'étaient pas leurs meilleurs. Comme je m'en étais toujours douté, les traductions littéraires étaient affreusement mal payées, très au-dessous des traductions techniques. Mais je n'étais plus bon pour ces dernières, car, en raison de la fatigue mentale que j'éprouvais dès que je faisais un effort de concentration prolongé, j'avançais très lentement. De toute façon, ces maigres revenus me permettaient d'aider Marcella pour les frais de la maison et de ne pas me sentir entretenu. Mon ami Muchnik avait essayé de m'aider en me trouvant quelque traduction du russe — ce qui me plaisait le plus — et nous fûmes sur le point de convaincre un éditeur d'avoir le courage de publier *Pères et fils* de Tourgueniev, ou le terrible *Requiem* d'Anna Akhmatova, mais ce projet avait avorté parce que la littérature russe intéressait encore peu les lecteurs espagnols et hispano-américains, et la poésie moins encore.

Je ne pourrais dire si Madrid me plaisait ou pas. Je connaissais peu les autres quartiers de la ville, où je m'étais à peine aventuré, quand j'allais au musée ou au spectacle en accompagnant Marcella. Mais je me sentais bien à Lavapiés, bien que j'y aie été attaqué dans ses rues pour la première fois de ma vie, par deux Arabes qui m'avaient volé ma montre, un porte-monnaie peu garni et mon stylo Mont-Blanc, mon dernier luxe. Oui, je me sentais là chez moi, immergé dans une vie bouillonnante. Parfois, l'après-midi, Marcella me rejoignait au Barbieri et nous faisions un tour dans le quartier, que je finis par connaître comme la paume de ma main. Je découvrais toujours quelque curiosité ou extravagance. Par exemple, la boutique téléphonique du Bolivien Alcérreca, qui, pour pouvoir mieux servir ses clients africains, avait appris le swahili. Si on y donnait quelque chose d'intéressant, nous allions à la Filmothèque voir un film classique.

Pendant ces promenades, Marcella parlait sans arrêt et moi j'écoutais. J'intervenais de loin en loin pour lui permettre de reprendre son souffle et, au moyen d'une question ou d'une observation, l'encourager à poursuivre sur le sujet du projet auquel elle aimerait être associée. Parfois je ne prêtais pas grande attention à ce qu'elle me racontait, tant je me focalisais sur sa façon de le faire : sa passion, sa conviction, son illusion et sa joie. Je n'avais jamais connu quelqu'un qui se livrât d'une manière aussi totale — aussi fanatique, dirais-je, si le mot n'avait des réminiscences ténébreuses — à sa vocation, qui sût de façon si exclusive ce qu'il fallait faire dans la vie.

Nous nous étions connus voilà trois ans à Paris,

dans une clinique de Passy où j'allais faire des analyses et elle visiter une amie qu'on venait d'opérer. Durant la demi-heure que nous avions passée ensemble dans la salle d'attente, elle m'avait parlé avec tant d'enthousiasme d'une œuvre de Molière, *Le bourgeois gentilhomme*, montée dans un petit théâtre de Nanterre, dont elle avait fait les décors, que j'étais allé la voir. J'avais trouvé Marcella au théâtre et, à la fin de la représentation, lui avais proposé d'aller prendre un verre dans un *bistrot* proche de la station de métro.

Cela faisait deux ans et demi que nous vivions ensemble, la première année à Paris, et ensuite à Madrid. Marcella était italienne, de vingt ans plus jeune que moi. Elle avait étudié l'architecture à Rome pour faire plaisir à ses parents, tous deux architectes, et dès l'université, elle avait commencé à travailler comme décoratrice de théâtre. Qu'elle n'ait jamais exercé l'architecture n'avait pas plu à ses parents, qui lui battirent froid pendant quelques années. Ils s'étaient réconciliés quand ils avaient compris que ce que vivait leur fille n'était pas un caprice mais une véritable vocation. De temps en temps, elle allait faire un séjour à Rome, et comme elle avait peu de ressources — c'était la personne la plus travailleuse du monde, mais les décors qu'on lui commandait n'étaient pas de première importance, dans des théâtres marginaux, et on la payait peu et parfois pas du tout —, ses parents, assez aisés, lui envoyaient des mandats qui lui permettaient de consacrer son temps et son énergie au théâtre. Elle n'avait pas triomphé mais ce n'était pas très important à ses yeux, parce qu'elle avait — et moi aussi — la certitude absolue que tôt ou tard les gens de théâtre d'Espagne, d'Italie, de l'Europe entière, finiraient par reconnaître son talent.

Bien qu'elle parlât énormément, en agitant les mains comme une Italienne de caricature, moi, elle ne m'ennuyait jamais. Je buvais ses paroles quand elle me décrivait les idées qui lui trottaient dans la tête pour révolutionner l'atmosphère de *La cerisaie*, d'*En attendant Godot*, d'*Arlequin, serviteur de deux maîtres* ou de *La Célestine*. On l'avait parfois engagée au cinéma comme assistante à la décoration et elle aurait pu faire son chemin dans cette branche, mais elle aimait trop le théâtre et n'était pas disposée à sacrifier sa vocation, même si c'était plus difficile de s'en sortir dans le décor du théâtre que du cinéma ou de la télévision. Grâce à Marcella, j'appris à voir les spectacles avec d'autres yeux, à prêter une attention soutenue non seulement aux histoires et aux personnages, mais aussi aux lieux, à la lumière dans laquelle ils évoluaient et aux choses qui les entouraient.

Elle était menue, cheveux clairs, yeux verts, et une peau très blanche et lisse, avec un sourire très joyeux. Elle respirait le dynamisme. Elle était toujours vêtue n'importe comment, avec des tennis, des jeans et une doudoune fatiguée, et elle portait des lunettes pour lire et pour le cinéma, des verres minuscules sans monture qui donnaient à son expression quelque chose de clownesque. Elle était désintéressée, spontanée, généreuse, capable de consacrer beaucoup de temps à des travaux insignifiants, telle une unique représentation d'une comédie de Lope de Vega par les étudiants d'un collège, où, pour quatre meubles et deux toiles peintes, elle s'investissait avec la même obstination que le décorateur à qui l'Opéra de Paris aurait passé commande pour la première fois. La satisfaction qu'elle éprouvait compensait largement le peu que lui rapportait cette aventure — parfois rien du tout. Si l'expression « travailler pour l'amour de l'art » convenait à quelqu'un, c'était bien à Marcella.

Des modèles qui asphyxiaient notre appartement, moins du dixième étaient montrés sur scène. La plupart avaient échoué par manque de financement, des idées qu'elle avait eues en lisant une œuvre qui lui avait plu et pour laquelle elle avait conçu ce décor qui n'avait pas dépassé le stade du dessin et de la maquette. Elle ne discutait jamais le cachet quand on l'engageait et elle était capable de repousser une commande importante si le directeur ou le producteur lui semblaient des béotiens, se fichant de l'esthétique et soucieux seulement de l'aspect mercantile. En revanche, quand elle acceptait la commande — en général de troupes d'avant-garde, sans accès aux théâtres établis —, elle s'y livrait corps et âme. Non seulement elle se décarcassait pour bien faire son travail, mais elle collaborait à tout le reste, aidant ses compagnons à chercher des sponsors, à trouver une salle, des dons et des prêts de mobilier et de costumes, elle donnait aussi un coup de main aux charpentiers et aux électriciens et, si besoin était, balayait la scène, vendait les billets et plaçait le public. J'étais toujours émerveillé de la voir se consacrer autant à son travail, au point que je devais lui rappeler, dans ces périodes de fièvre, qu'un être humain ne vivait pas seulement de décors de théâtre, mais qu'il fallait aussi manger, dormir et s'intéresser un peu aux autres choses de la vie.

Je ne compris jamais pourquoi Marcella était avec moi, ni ce que j'ajoutais à sa vie. Dans ce qui l'intéressait le plus au monde, son travail, je ne lui étais d'aucun secours. Tout ce que je savais de mise en scène théâtrale, c'est elle qui me l'avait enseigné, et les avis que je pouvais lui donner étaient superflus, car, comme tout authentique créateur, elle savait très bien ce qu'elle voulait faire sans aide aucune. Je ne pouvais être pour elle qu'une oreille attentive chaque fois qu'elle avait besoin de répandre à voix haute le flot d'images, de possibilités, d'alternatives et de doutes qui l'assaillaient quand elle s'embarquait dans un projet. Je l'écoutais avec envie, tout le temps qu'il fallait. Je l'accompagnais à la Bibliothèque nationale pour consulter gravures et livres, ou chez les artisans et antiquaires, dans l'inévitable tour dominical aux puces du Rastro. Je ne le faisais pas seulement par tendresse, mais parce que ce qu'elle disait était toujours insolite, surprenant, parfois génial. À ses côtés j'apprenais chaque jour quelque chose de nouveau. Je n'aurais jamais deviné, si je ne l'avais rencontrée, l'importance des éléments de la mise en scène que sont le décor, l'éclairage, la présence ou l'absence de l'objet le plus courant, un balai, un simple pot de fleurs.

La différence d'âge — vingt ans — ne semblait pas la gêner. Moi, si. Je me disais que la bonne relation que nous avions s'appauvrirait quand j'atteindrais la soixantaine, alors qu'elle serait encore une femme jeune. Elle tomberait alors amoureuse de quelqu'un de son âge. Et elle partirait. Elle était séduisante, et bien qu'elle se souciât peu de son physique, les hommes la suivaient du regard dans la rue. Un jour que nous faisions l'amour elle me demanda : « Ça t'embêterait d'avoir un enfant ? » Non. Si ça lui faisait plaisir, j'en serais ravi. Mais l'angoisse m'assaillit aussitôt. Pourquoi avais-je cette réaction ? Peut-être parce que, au vu de mes aventures et mésaventures pendant tant d'années avec la vilaine fille, il m'était devenu impossible à cinquante et quelques années de croire à la pérennité d'un couple, fût-ce le nôtre, qui fonctionnait sans heurts. Ce doute n'était-il pas absurde ? On s'entendait si bien que nous n'avions pas eu, en deux ans et demi de vie commune, la moindre dispute. De petites discussions et des fâcheries passagères tout au plus. Mais jamais quelque chose qui puisse ressembler à une rupture. « Je suis heureuse que cela ne te dérange pas, me dit Marcella cette fois. Je ne te l'ai pas demandé pour que nous commandions un *bambino* maintenant, mais après que nous aurons fait des choses importantes. » Elle parlait pour elle qui, certainement, ferait plus tard des choses dignes de ce qualificatif. Je me contenterais de ce que Mario Muchnik réussirait à me procurer ces prochaines années : quelque livre russe qui me donnerait du fil à retordre et beaucoup d'enthousiasme, quelque chose de plus créatif que ces petits romans *light* qui me sortaient de la tête sitôt que je les avais traduits en espagnol.

Elle était avec moi sans doute parce qu'elle m'aimait ; il n'y avait aucune autre raison. De surcroît, j'étais même, dans une certaine mesure, une charge économique. Comment avait-elle pu s'enticher de moi, alors que j'étais pour elle un vieux, nullement gaillard, sans vocation, quelque peu diminué dans ses facultés intellectuelles et dont le seul but dans la vie avait été, depuis l'enfance, de s'installer pour le restant de ses jours à Paris ? Quand j'avais raconté à Marcella que telle avait été ma seule vocation, elle s'était mise à rire : « Eh bien, *caro*, tu y es parvenu. Tu dois être content, tu as vécu à Paris toute ta vie. » Elle le disait avec tendresse, mais je trouvai ses paroles un peu sinistres.

Marcella s'intéressait à moi plus que moi-même ; elle me faisait prendre mes médicaments contre la tension, marcher au moins une demi-heure par jour, ne jamais dépasser deux ou trois verres de vin.

Et elle répétait toujours que lorsqu'elle toucherait un bon cachet, nous dépenserions cet argent en faisant un voyage au Pérou. Plutôt que Cuzco et le Machu Picchu, elle voulait connaître le quartier liménien de Miraflores dont je lui avais tant parlé. Je disais amen à tout, mais je savais bien qu'au fond nous ne ferions jamais ce voyage, car je me chargerais de le remettre indéfiniment. Je ne pensais pas retourner au Pérou. Depuis la mort de mon oncle Ataúlfo, mon pays s'était évanoui comme les mirages dans les sables. Je n'y avais plus de parents ni d'amis et même mes souvenirs de jeunesse étaient partis en fumée.

J'appris la mort de l'oncle Ataúlfo plusieurs semaines après qu'elle fut survenue, alors que je vivais déjà à Madrid depuis six mois, par une lettre d'Alberto Lamiel. C'est Marcella qui me l'apporta au Café Barbieri, et, bien que m'attendant à cette nouvelle, j'en fus terriblement frappé. Je laissai là mon travail et allai errer tel un somnambule dans les allées du Retiro. Depuis mon dernier voyage au Pérou, à la fin de l'année 1984, nous nous étions écrit tous les mois et, déchiffrant comme un paléographe son écriture tremblotante, j'avais suivi pas à pas le désastre économique entraîné par la politique d'Alan García, l'inflation, les nationalisations, la rupture avec les organismes de crédit, le contrôle des prix et des changes, la chute de l'emploi et du niveau de vie. Les lettres de l'oncle Ataúlfo reflétaient l'amertume avec laquelle il attendait l'issue fatale. Il était mort pendant son sommeil. Alberto Lamiel ajoutait qu'il faisait des démarches pour s'en aller à Boston où, grâce aux parents de sa femme nord-américaine, il avait des possibilités de travail. Il me disait qu'il avait été un imbécile de croire aux promesses d'Alan García, pour qui il avait voté aux élections de 1985, comme tant de cadres imprudents. Confiant en la parole du président qui avait assuré qu'il n'y toucherait pas, il avait conservé ses bons en dollars qui constituaient toutes ses économies. Quand le candidat nouvellement élu avait décrété la conversion forcée des devises en soles péruviens, le patrimoine d'Alberto avait fondu. Ce n'avait été que le début d'une suite de revers. Ce qu'il pouvait faire de mieux, c'était « suivre votre exemple, oncle Ricardo, et partir à la recherche d'horizons meilleurs, parce que dans ce pays il n'est plus possible de travailler si on n'est pas acoquiné avec le gouvernement ».

Ce fut la dernière fois que j'eus des nouvelles directes du Pérou. Dès lors, comme à Madrid je ne voyais pratiquement aucun Péruvien, je n'étais au courant de ce qui se passait là-bas qu'en ces très rares occasions où les journaux madrilènes en parlaient, par exemple la naissance de quintuplés, un tremblement de terre ou la chute d'un autocar dans la cordillère des Andes avec sa trentaine de morts.

Je n'avais jamais raconté à mon oncle Ataúlfo le naufrage de mon mariage, de sorte que dans ses lettres, jusqu'à la fin, il continua à envoyer son bonjour à « ma nièce » et moi, dans les miennes, à lui transmettre le sien. Je ne sais pourquoi je le lui avais caché. Peut-être parce qu'il aurait fallu alors lui expliquer ce qui s'était passé et toute explication lui aurait paru absurde et incompréhensible, comme elle me l'avait paru à moi-même.

Notre séparation était arrivée de façon inattendue et brutale, comme s'étaient toujours produites les disparitions de la vilaine fille. Bien que cette fois il ne s'agît pas d'une fuite, à proprement parler, mais d'une séparation courtoise et convenue. C'est d'ailleurs pourquoi je sus qu'à la différence des autres celle-ci était définitive.

Notre lune de miel, après mon retour de Lima et cette terreur que je ressentais de la croire partie parce qu'elle ne répondait pas au téléphone, dura quelques semaines. Au début, elle se montra aussi tendre que le soir où elle m'avait accueilli avec ces démonstrations d'amour. J'avais obtenu un contrat de l'Unesco pour un mois, et, quand je rentrais le soir, elle était là et avait préparé le dîner. Un jour, elle m'attendit, toutes lumières du salon éteintes et la table éclairée par des bougies romantiques. Ensuite, elle dut faire deux voyages de deux jours chacun sur la Côte d'Azur pour le compte de Martine et elle m'appela chaque soir. Que pouvais-je désirer de mieux ? J'avais l'impression que la vilaine fille avait atteint l'âge de raison et que notre mariage était désormais solide.

Et puis, à un moment que ma mémoire ne pourrait préciser, son humeur et ses manières commencèrent à changer. Ce fut un changement discret, qu'elle dissimulait, peut-être parce qu'elle hésitait encore, et dont je n'eus conscience qu'après coup. Je ne fus pas frappé de voir l'attitude si passionnée des premières semaines céder peu à peu le pas à une attitude plus distante, car elle avait toujours été comme ça et l'insolite était qu'elle se montrât expansive. Je remarquais qu'elle était distraite, qu'elle se perdait, le sourcil froncé, dans des pensées qui semblaient la mettre hors de ma portée. Momentanément absente, elle retombait sur terre, effrayée et en sursaut, quand je la ramenais à la réalité en citant, pour plaisanter, la chanson de *Princesa* : « Qu'a-t-elle ma princesse aux lèvres de fraise ? Pourquoi est-elle si pensive ? La princesse est-elle amoureuse ? » Elle rougissait et me répondait par un petit rire forcé.

Un soir, en revenant de l'ancien bureau de

M. Charnés — celui-ci s'était retiré dans le sud de l'Espagne afin d'y passer ses vieux jours —, où pour la troisième ou quatrième fois on m'avait dit qu'on n'avait en ce moment aucun travail pour moi, dès que j'ouvris la porte de l'appartement de la rue Joseph-Granier et que je la vis, assise au salon, avec son tailleur marron et la petite valise qu'elle emportait toujours dans ses voyages, je compris qu'il se passait quelque chose de grave. Elle avait la mine défaite.

— Qu'est-ce que tu as ?

Elle soupira, rassembla son courage — elle avait de grands cernes bleus et le regard brillant — et, sans détour, me décocha la phrase qu'elle avait sans doute préparée longtemps à l'avance :

— Je n'ai pas voulu m'en aller sans te parler, pour que tu ne penses pas que je cherche à fuir, dit-elle d'un trait, de ce ton glacé qu'elle mettait toujours à ses exécutions sentimentales. Sur ce que tu aimes le plus, je te prie de ne pas me faire de scène ni de menacer de te suicider. Nous avons toi et moi dépassé l'âge pour ce genre de choses. Excuse-moi de te parler si durement, mais je crois que ça vaut mieux.

Je me laissai tomber sur le fauteuil, en face d'elle. J'éprouvai une infinie fatigue. Avec l'impression d'entendre un disque qui répétait, de plus en plus déformée, la même séquence musicale. Elle était toujours très pâle, mais avait maintenant l'air irrité, comme si de devoir être là à me donner des explications l'emplissait de ressentiment contre moi.

— Tu as bien vu que j'ai essayé de m'adapter à ce type de vie pour te faire plaisir, pour te récompenser de l'aide que tu m'as apportée quand j'étais malade. (Sa froideur semblait maintenant bouillir de fureur.) Je n'en peux plus. Ce n'est pas une vie pour moi. Si je continue à rester avec toi par compassion, je finirai par te détester. Et je ne veux pas te détester. Tâche de me comprendre, si tu le peux.

Elle se tut, attendant que je lui dise quelque chose, mais je me sentais si las que je n'avais ni la force ni l'envie de rien lui dire.

— J'étouffe ici, ajouta-t-elle en jetant un regard autour d'elle. Ces deux petites pièces sont une prison et je ne les supporte plus. Je sais quelle est ma limite. Cette routine me tue, cette médiocrité. Je ne veux pas que le reste de ma vie soit ainsi. Toi, tu t'en fous, tu es content, tant mieux pour toi. Mais moi je ne suis pas comme toi, je ne sais pas me résigner. J'ai essayé, tu l'as bien vu. C'est impossible. Je ne vais pas passer le restant de mes jours à tes côtés par compassion. Excuse-moi de te parler avec cette franchise. Il vaut mieux que tu saches la vérité et que tu l'acceptes, Ricardo.

— Qui est-ce ? lui demandai-je en la voyant se taire à nouveau. Je peux savoir au moins avec qui tu pars ?

— Tu vas me faire une scène de jalousie ? réagit-elle, indignée, et elle me rappela, sarcastique : Je suis une femme libre, Ricardito. Notre mariage n'a eu d'autre objet que de me faire avoir des papiers. Alors je t'en prie, ne viens pas me demander des comptes.

Elle me défiait, dressée sur ses ergots comme un coq. À la fatigue s'ajoutait maintenant une impression de ridicule. Elle avait raison : nous étions trop vieux pour ce genre de scène.

— Je vois que tu as déjà tout décidé et qu'il n'y a rien à ajouter, l'interrompis-je en me levant. Je pars faire un tour, pour que tu fasses calmement tes valises.

— Elles sont déjà faites, rétorqua-t-elle du même ton exaspéré.

Je regrettai qu'elle ne soit pas partie comme les autres fois, en me laissant quelques lignes. Comme je gagnais la porte, je l'entendis dire dans mon dos d'une voix qui se voulait conciliante :

— Sache en tout cas que je ne vais rien te réclamer de ce qui me revient en tant qu'épouse. Pas un centime.

« Trop aimable, pensai-je en fermant lentement la porte. Mais la seule chose que tu pourrais me réclamer serait les dettes et l'hypothèque de cet appartement qui, au train où nous allons, sera bientôt saisi. » Dehors, il commençait à pleuvoir. Je n'avais pas pris de parapluie, aussi allai-je m'abriter dans le café du coin, où je restai un bon moment, buvant à petites gorgées une tasse de thé qui refroidit jusqu'à devenir insipide. À vrai dire, il y avait chez elle quelque chose qu'il était impossible de ne pas admirer, pour ces raisons qui nous conduisent à apprécier le travail bien fait, si pervers qu'il soit. Elle avait réussi une conquête, tout bien calculé, pour, une fois de plus, accéder à un statut social et économique qui lui donnait plus de sécurité, qui la faisait sortir de cette prison, ce deux pièces de la rue Joseph-Granier. Et maintenant, sans sourciller, elle me jetait comme un malpropre. Qui était cette fois le bonhomme ? Elle avait dû le connaître grâce à son travail avec Martine, dans un de ces congrès, conférences et manifestations qu'elle organisait. Un bon travail de séduction, sans doute. Elle était très bien conservée, mais elle avait quand même plus de cinquante ans. *Chapeau !* Un petit vieux, sans doute, qu'elle tuerait peut-être de plaisir pour en hériter, comme l'héroïne de *La Rabouilleuse*, de Balzac ? Quand il cessa de pleuvoir, je sortis me balader autour de l'École Militaire, passer le temps.

À mon retour, à près de onze heures du soir, elle

était partie en laissant les clés sur la table de la salle à manger. Elle avait emporté tous ses vêtements dans les deux valises que nous avions et jeté dans des sacs poubelle ce qui était vieux ou en trop : des pantoufles, des dessous, un peignoir, des chemisiers et des bas, ainsi qu'une flopée de pots de maquillage et de crème. Elle n'avait pas touché à l'argent que nous gardions dans le petit coffre-fort de l'armoire du salon.

Quelqu'un qu'elle avait connu au gymnase de l'avenue Montaigne, peut-être ? C'était un club cher où allaient gommer leur bedaine de vieux richards qui pouvaient lui assurer une vie plus amusante et confortable. Je savais que le pire qui pouvait m'arriver était de continuer à brasser ce genre d'hypothèses et que le mieux, pour ma santé mentale, était de l'oublier au plus vite. Parce que cette fois la séparation était définitive. C'était la fin de cette histoire d'amour. Mais pouvait-on qualifier d'histoire d'amour cette farce de trente et quelques années, Ricardito ?

Je parvins à ne pas trop penser à elle les jours et les semaines qui suivirent, où, me sentant un sac d'os, de peau et de muscles dépourvu d'âme, je marchais toute la journée à la recherche de travail. Cela devenait urgent parce qu'il me fallait affronter les dettes et les dépenses journalières et parce que je savais que la meilleure façon de passer cette période était de m'adonner à quelque obligation.

Deux mois durant je ne pus trouver que des traductions mal payées. Finalement, un jour on fit appel à moi pour un remplacement dans une conférence internationale sur les droits d'auteur sous l'égide de l'Unesco. Depuis quelque temps j'avais des névralgies continuelles, que j'imputais à mon mauvais moral et au manque de sommeil. Je les combattais à coups d'analgésiques que me prescrivait le pharmacien du coin. Ma suppléance de l'interprète de l'Unesco se révéla désastreuse. Les migraines m'empêchaient de bien faire mon travail et, deux jours plus tard, je dus me rendre à l'évidence et expliquer au chef des interprètes ce qui m'arrivait. Le médecin de la Sécurité sociale diagnostiqua une otite et m'envoya voir un spécialiste. Je dus faire des heures de queue à l'hôpital de la Salpêtrière et revenir plusieurs fois avant de pouvoir consulter le docteur Pennau, un oto-rhino-laryngologiste. Ce dernier me confirma que j'avais une petite infection à l'oreille, qu'il me soigna en une semaine. Mais comme les névralgies et les nausées ne se dissipaient pas, il me dirigea vers un nouveau médecin, un interne de ce même hôpital. Après m'avoir examiné, celui-ci me fit faire toutes sortes d'examens, y compris une IRM. Je garde un mauvais souvenir des trente ou quarante minutes passées dans ce tube métallique, enterré vif, immobile comme une momie et l'ouïe torturée par des rafales de bruits assourdissants.

La résonance magnétique établit que j'avais souffert d'une petite attaque cérébrale. C'était la véritable raison des névralgies et des nausées. Rien de bien méchant ; le danger était passé. À l'avenir, je devrais me soigner, faire de l'exercice, suivre un régime, contrôler ma tension, m'abstenir d'alcool et mener une vie tranquille. « De retraité », prescrivit le médecin. Mon travail pourrait en être affecté, car il fallait s'attendre à une diminution de la concentration et de la mémoire.

Heureusement pour moi, à cette époque les Gravoski vinrent passer un mois à Paris, cette fois avec Yilal. Il avait beaucoup grandi et dans sa façon de parler et de s'habiller il était devenu un parfait petit gringo. Quand je lui expliquai que la *niña mala* et

moi nous étions séparés, il prit un air attristé :
« C'est pour ça qu'elle ne répond pas à mes lettres
depuis longtemps », murmura-t-il.

La compagnie de ces amis fut des plus oppor-
tunes. Parler avec eux, plaisanter, aller au cinéma
ou dîner, tout cela me redonna un peu goût à la vie.
Un soir, alors qu'on buvait une bière à la terrasse
d'un *bistrot* du boulevard Raspail, Elena dit soudain :

— Cette petite folle a été sur le point de te tuer,
Ricardo. Et moi qui la trouvais si sympathique avec
tous ses caprices. Mais là, je ne lui pardonnerai pas.
Je t'interdis de te réconcilier avec elle.

— Jamais plus, lui promis-je. J'ai retenu la leçon.
Et puis, comme je suis devenu une loque humaine,
il n'y a pas le moindre risque qu'elle refasse irruption dans ma vie.

— Comme ça, les peines d'amour provoquent des
embolies cérébrales ? dit Simon. Encore le roman-
tisme ?

— Dans ce cas oui, Belge sans âme, répliqua
Elena. Ricardo n'est pas comme toi. C'est un romantique, un homme sensible. Elle aurait pu le tuer
avec sa dernière diablerie. Je ne le lui pardonnerai
jamais, je te jure. Et j'espère que toi, Ricardo, tu ne
seras pas assez ballot pour lui courir après comme
un toutou quand elle t'appellera encore une fois
afin que tu la tires d'un nouveau guêpier.

— Il est clair que toi tu m'aimes plus que la
vilaine fille, mon amie, dis-je en lui baisant la main.
Par ailleurs, ballot est un mot qui me va à la perfection.

— Là-dessus nous sommes tous d'accord, con-
clut Simon.

— Qu'est-ce que ça veut dire, ballot ? demanda
le petit gringo.

Sur les instances des Gravoski, j'allai voir un neurochirurgien, dans une clinique privée de Passy. Mes amis insistèrent en disant que, si bénigne qu'elle ait été, une embolie cérébrale pouvait avoir des conséquences et que je devais savoir à quoi m'en tenir. Quant à moi, sans grand espoir, j'avais demandé un nouveau prêt à ma banque, pour faire face aux intérêts de l'hypothèque et des deux prêts antérieurs, et à ma grande surprise on me l'accorda. Je me mis entre les mains du docteur Pierre Joudret, un homme merveilleux, et, autant que je puisse en juger, un praticien compétent. Il me fit faire à nouveau toutes sortes d'examens et me prescrivit un traitement pour contrôler ma tension artérielle et maintenir une bonne circulation sanguine. C'est à son cabinet, ces jours-là, que je fis la connaissance, un après-midi, de Marcella.

Et le soir même, à Nanterre, après la représentation du *Bourgeois gentilhomme*, nous allâmes boire un verre de vin dans un *bistrot*. Je trouvai la décoratrice italienne très sympathique ; l'ardeur et la conviction avec lesquelles elle parlait de son travail me fascinèrent. Elle me raconta sa vie, ses disputes et ses réconciliations avec ses parents, les mises en scène dont elle avait assuré la décoration dans de petits théâtres d'Espagne et d'Italie. Celle de Nanterre était une des premières qu'elle faisait en France. À un moment donné, entre mille autres choses, elle m'assura que les meilleurs décors de théâtre qu'elle ait vus à Paris ne se trouvaient pas sur les scènes mais dans les vitrines des boutiques. Est-ce que j'aimerais faire un tour avec elle afin que s'efface cet air sceptique que j'avais en l'écoutant ?

Nous nous quittâmes à la station du métro en nous embrassant sur la joue et convînmes de nous voir le samedi suivant. L'excursion fut très amusante, pas tant à cause des vitrines qu'elle me mena voir que de ses explications et interprétations. Elle me montra, par exemple, que ce tas de sable avec palmiers, en lumière blanche, de La Samaritaine servirait merveilleusement pour *Oh, les beaux jours !* de Beckett, la marquise rouge vif d'un restaurant arabe de Montparnasse comme toile de fond pour *Orphée aux Enfers* et la vitrine d'un magasin de chaussures populaire près de l'église Saint-Paul, dans le Marais, comme maison de Gepetto, dans une adaptation théâtrale de *Pinocchio*. Tout ce qu'elle disait était ingénieux, inattendu, et son enthousiasme et sa joie m'amusèrent, me réconfortèrent. Pendant le dîner, à La Petite Périgourdine, un restaurant de la rue des Écoles, je lui dis qu'elle me plaisait et l'embrassai. Elle m'avoua que depuis le jour où nous avions parlé dans la salle d'attente de la clinique de Passy, elle avait su que « quelque chose s'était passé entre nous ». Elle me raconta qu'elle avait vécu près de deux ans avec un acteur et qu'ils avaient rompu depuis peu, tout en restant bons amis.

Nous gagnâmes l'appartement de la rue Joseph-Granier et fîmes l'amour. Elle avait un corps menu, avec des petits seins délicats, et elle était tendre, ardente et sans complications. Elle examina mes livres et me gronda de n'avoir que de la poésie, des romans et quelques essais, mais pas une seule œuvre de théâtre. Elle se chargerait de combler cette lacune. « Tu es tombé à pic dans ma vie, *caro* », ajouta-t-elle. Elle avait un large sourire, qui semblait venir non seulement de ses yeux et de sa bouche, mais aussi de son front, son nez et ses oreilles.

Marcella devait retourner en Italie deux jours après, pour un éventuel travail à Milan, et je l'accompagnai à la gare, parce qu'elle voyageait en train (elle avait peur de l'avion). On se téléphona plusieurs fois et, quand elle regagna Paris, elle vint directement chez moi au lieu de retrouver le petit hôtel du Quartier latin où elle logeait. Elle apporta avec elle un sac avec une poignée de pantalons, de chemisiers, de chandails et de vestes froissées, et une malle pleine de livres, de revues, de figurines et de maquettes de ses montages.

L'installation de Marcella dans ma vie fut si rapide que je n'eus presque pas le temps de réfléchir, de me demander si je n'allais pas trop vite. N'aurait-il pas été plus sensé d'attendre un peu, de se connaître mieux, de voir si la relation allait fonctionner ? Après tout, c'était une gamine et j'aurais pu être son père. Mais notre relation fonctionna, grâce à sa faculté d'adaptation, elle était si simple dans ses goûts, si prête à faire bonne figure devant toute contrariété. Je n'aurais pu dire que je l'aimais, pas en tout cas comme j'avais aimé la vilaine fille, mais je me sentais bien à ses côtés, reconnaissant qu'elle fût avec moi et même amoureuse de moi. Elle me rajeunissait et m'aidait à enterrer mes souvenirs.

Marcella dénichait de temps à autre quelques commandes, des scénographies dans des théâtres de quartier subventionnés par les mairies. Alors elle se jetait avec tant de passion dans son travail qu'elle oubliait mon existence. J'avais de plus en plus de difficultés à trouver des traductions. J'avais renoncé à l'interprétariat, car je ne me sentais pas capable de faire ce travail avec l'assurance d'autrefois. Et, peut-être parce que le bruit avait couru dans le milieu que j'avais des problèmes de santé, on me confiait de moins en moins de textes à traduire. Et ceux que j'obtenais finalement, à dure peine, me prenaient beaucoup de temps, parce que, au bout d'une heure et demie de travail, je recommençais à avoir des nausées et des maux de tête. Les premiers mois de vie commune avec Marcella, mes revenus se réduisirent à presque rien et je me retrouvai à nouveau angoissé par le paiement de l'hypothèque et le remboursement des emprunts.

Le conseiller financier de mon agence de la Société Générale, à qui j'expliquai le problème, me dit que la solution était de vendre l'appartement. Il avait pris de la valeur et je pouvais en tirer un prix qui, après avoir remboursé l'hypothèque et les dettes, me laisserait une certaine somme ; en la gérant avec prudence, je pourrais respirer pendant un bout de temps. J'en parlai à Marcella, qui m'encouragea elle aussi à vendre. À me sortir de la tête le souci de ces traites qui me rongeait chaque mois. « Ne te soucie pas de l'avenir, *caro*. Bientôt je vais avoir de bons cachets. Si nous nous retrouvons sans le sou, nous irons chez mes parents à Rome. Nous nous installerons dans une mansarde où, petite, je faisais des tours d'illusionniste et de magie pour mes copains, et où je garde un vrai bric-à-brac. Tu t'entendras très bien avec mon père, qui a presque ton âge. » Quelle perspective, Ricardo !

Vendre l'appartement nous prit du temps. C'est vrai, sa valeur avait triplé, mais les candidats à l'achat faisaient les difficiles, ils demandaient des remises ou des arrangements et les choses traînèrent près de trois mois. Enfin, je parvins à traiter avec un fonctionnaire du ministère de la Défense, un monsieur distingué qui portait un monocle. Il y eut alors les assommantes démarches avec notaires et avocats et la vente des meubles. Le jour où nous signâmes l'acte de vente, je sortis de chez le notaire, dans une rue transversale de l'avenue de Suffren, quand une dame s'arrêta net en me voyant et me dévisagea. Sans la reconnaître, je la saluai d'une inclinaison de la tête.

— Je suis Martine, dit-elle sèchement sans me tendre la main. Vous ne me remettez pas ?

— J'étais distrait, m'excusai-je. Bien sûr, je me souviens de vous. Comment allez-vous, Martine ?

— Très mal, comment voulez-vous que j'aille ? rétorqua-t-elle en faisant la grimace, sans cesser de me regarder. Mais sachez que je ne me laisserai pas marcher sur les pieds. Je sais très bien me défendre. Je vous assure que l'affaire ne va pas en rester là.

C'était une femme grande et sèche, aux cheveux gris. Elle portait un imperméable et me scrutait comme si elle voulait me briser le crâne avec le parapluie qu'elle avait à la main.

— Je ne vois pas de quoi vous parlez, Martine. Avez-vous eu des problèmes avec mon épouse ? Nous sommes séparés depuis un bout de temps, elle ne vous l'a pas dit ?

Elle resta silencieuse et m'examina, déconcertée. À la façon dont elle me regardait, je devais lui sembler un oiseau rare.

— Vous ne savez donc pas ? murmura-t-elle. Alors vous vivez dans les nuages ? Avec qui croyez-vous qu'elle ait foutu le camp, cette sainte-nitouche ? Vous ne savez pas que c'est avec mon mari ?

Je ne sus que lui répondre. Je me sentais stupide, un oiseau rare, oui. Prenant sur moi, je murmurai :

— Non, je ne le savais pas. Elle m'a seulement dit qu'elle partait et elle est partie. Je n'ai plus eu aucune nouvelle. Je suis désolé, Martine.

— Je lui ai tout donné, travail, amitié, et ma confiance, en passant par-dessus ses problèmes de papiers, qui n'ont jamais été très clairs. Je lui ai ouvert ma maison. Et c'est comme ça qu'elle m'a remerciée, en raflant mon mari. Non qu'elle se soit amourachée de lui, mais par cupidité. Par pur intérêt. Elle s'en fichait de détruire toute une famille.

Il me sembla que, si je ne m'en allais pas, Martine me giflerait, comme responsable de son malheur familial. Elle avait la voix cassée par l'indignation.

— Je vous avertis que ça ne se passera pas comme ça, dit-elle en moulinant son parapluie à quelques centimètres de mon visage. Mes enfants ne le permettront pas. Elle veut nous manger la laine sur le dos, parce que c'est ce qu'elle est, une coureuse de fric. Mes enfants ont déjà intenté une action en justice et on la mettra en prison. Et vous, vous auriez mieux fait de surveiller un peu plus votre femme.

— Je suis vraiment désolé, je dois partir, cette conversation n'a pas de sens, lui dis-je en m'éloignant à grands pas.

Au lieu de retourner chercher Marcella, qui s'occupait d'envoyer au garde-meuble le mobilier de l'appartement que nous n'avions pas réussi à vendre, j'allai m'asseoir dans un café de l'École Militaire. J'essayai de mettre ma tête en ordre. Ma tension avait dû monter pas mal car je me sentais congestionné et étourdi. Je ne connaissais pas le mari de Martine, mais un de ses fils, un homme d'âge mûr que j'avais vu une seule fois, en passant. La nouvelle conquête de la vilaine fille devait donc être d'un grand âge, un vieux machin comme je l'avais imaginé. Évidemment, elle ne s'était pas amourachée de lui. Elle n'avait jamais été amoureuse de personne, sauf, peut-être, de Fukuda. Elle l'avait fait pour échapper à l'ennui et à la médiocrité de la vie dans l'appartement de l'École Militaire, à la recherche de ce qui avait été sa première priorité depuis qu'enfant elle avait découvert la vie de chien des pauvres et l'aisance des riches : cette sécurité que seul l'argent garantissait. Une fois de plus elle s'était laissé gagner par le mirage de l'homme riche ; après avoir entendu Martine dire, avec des accents de tragédie grecque : « Mes enfants ont intenté une action en justice », j'étais sûr que cette fois encore les choses ne finiraient pas comme elle le croyait. J'éprouvais pour elle de la rancune, mais maintenant, en l'imaginant avec ce vieux croulant, une certaine pitié aussi.

Je trouvai Marcella exténuée. Elle avait déjà envoyé la camionnette au garde-meuble avec tout ce qu'on n'avait pu vendre et quelques caisses de livres. Assis par terre dans le salon, j'examinai les murs et l'espace vide avec nostalgie. On alla s'installer dans un hôtel de la rue du Cherche-Midi. On y habita plusieurs mois, jusqu'à notre départ pour l'Espagne. Nous avions une petite chambre claire, avec une fenêtre assez large d'où l'on apercevait les toits voisins et sur le rebord de laquelle les pigeons venaient picorer les grains de maïs qu'y plaçait Marcella (moi, j'étais chargé de nettoyer les crottes). Elle se remplit bientôt de livres, de disques et, surtout, de dessins et de maquettes de Marcella. Il y avait une longue table que théoriquement nous partagions, mais à vrai dire Marcella l'occupait toute. Cette année-là, il me fut encore plus difficile d'obtenir des traductions, de sorte que la vente de l'appartement tomba à pic. J'avais placé l'argent qui restait sur un compte rémunéré, et la petite mensualité que je touchais exigeait que nous vivions très modestement. Il fallut supprimer les restaurants trop chers, les concerts, et n'aller au cinéma qu'une fois par semaine, et au théâtre seulement quand Marcella obtenait des invitations. Mais quel soulagement de vivre sans dettes !

L'idée de déménager en Espagne naquit après qu'une troupe italienne de danse moderne, de Bari, avec qui Marcella avait travaillé, et qu'on avait invitée au festival de Grenade, lui eut demandé de se charger de l'éclairage et des décors. Elle s'y rendit avec eux et, deux semaines après, revint enchantée. Le spectacle avait très bien marché, elle avait rencontré des gens de théâtre, ce qui lui avait ouvert quelques portes. Les mois suivants, elle fit les décors pour deux jeunes compagnies, l'une à Madrid et l'autre à Barcelone, et de ces deux voyages elle rentra à Paris euphorique. Elle disait qu'il y avait en Espagne une vitalité culturelle extraordinaire et que tout le pays était plein de festivals et de metteurs en scène, d'acteurs, de danseurs et de musiciens désireux d'ouvrir à la société espagnole des horizons nouveaux. Il y avait là pour les jeunes plus d'espace qu'en France, où le milieu était complètement saturé. De plus, à Madrid on pouvait vivre à bien meilleur prix qu'à Paris.

Je ne fus pas chagrin de laisser la ville que, depuis mon enfance, j'associais à l'idée du paradis. Durant les années passées à Paris, j'avais vécu des expériences merveilleuses, de celles qui semblent justifier une vie entière, mais toutes reliées à la vilaine fille, que maintenant, je crois, je me rappelais sans amertume ni haine, avec une certaine tendresse même, sachant bien que mes infortunes sentimentales étaient dues plus à moi qu'à elle, car je l'avais aimée d'une façon telle qu'elle n'aurait jamais pu m'aimer, moi, bien qu'en de rares occasions elle l'ait tenté : c'étaient mes souvenirs les plus glorieux de Paris. Maintenant que cette histoire était définitivement terminée, la vie que me promettait désormais cette ville serait une déchéance progressive, aggravée par le manque de travail, une vieillesse dans la pénurie et la solitude quand la *cara* Marcella aurait trouvé mieux à faire que de se coltiner un homme âgé, qui avait la tête faiblarde et qui pouvait devenir gaga — une façon polie de dire imbécile — s'il avait une autre congestion cérébrale. Il valait mieux m'en aller et recommencer ailleurs.

Marcella trouva un petit appartement à Lavapiés et, comme on nous le louait meublé, je finis par donner à des organismes caritatifs le reste du mobilier que nous avions au garde-meuble ainsi que les livres de ma bibliothèque. N'emportant à Madrid qu'une petite poignée de titres préférés, presque tous russes et français, ainsi que mes grammaires et dictionnaires.

Un an et demi après notre installation à Madrid, j'eus le pressentiment que Marcella, cette fois, allait faire un malheur. Un soir, elle rappliqua au Barbieri pour me raconter qu'elle avait rencontré un danseur et chorégraphe formidable et qu'ils allaient travailler ensemble à un projet fantastique : *Métamorphoses*, un ballet moderne inspiré d'un des textes réunis par Borges dans son *Manuel de zoologie fantastique* : « A Bao A Qu », une légende recueillie par un des traducteurs anglais des *Mille et Une Nuits*. Le garçon était alicantin, formé en Allemagne, où il avait travaillé jusqu'à ces derniers temps. Il avait réuni une troupe de dix danseurs, cinq femmes et cinq hommes, et dessiné la chorégraphie de *Métamorphoses*. Le conte en question, traduit et peut-être enrichi par Borges, rapportait le cas d'un merveilleux petit animal qui vivait en haut d'une tour en état léthargique et ne s'éveillait à la vie active que lorsque quelqu'un montait l'escalier. Doté de la propriété de se transformer, quand quelqu'un descendait ou grimpait les marches, la bestiole se mettait à bouger, à s'éclairer, à changer de forme et de couleur. Víctor Almeda, l'Alicantin, avait conçu un spectacle où, à l'instar de ce prodige, les danseurs et

danseuses, montant et descendant ces escaliers ma-
giques que dessinerait Marcella et grâce aux effets
de lumière dont elle se chargerait aussi, change-
raient de personnalité, de mouvement et d'expression jusqu'à faire de la scène un petit univers où
chaque danseur serait multiple, où chaque homme
et chaque femme contiendraient d'innombrables
êtres humains. L'Olimpia, un vieux cinéma transformé en théâtre, sur la place de Lavapiés, siège du
Centre national des nouvelles tendances scéniques,
avait accepté la proposition de Víctor Almeda et
produirait ce spectacle.

Je ne vis jamais Marcella travailler avec autant
de bonheur à une mise en scène, ni faire autant
d'esquisses et de maquettes. Elle me racontait
chaque jour, avec une joie débordante, le torrent
d'idées qui bouillonnaient dans sa tête et les progrès
que faisait la troupe. Je l'accompagnai à deux
reprises au vétuste Olimpia et, un soir, nous prîmes
un café sur la place avec Víctor Almeda, un garçon
très brun, aux longs cheveux attachés en queue de
cheval, et au corps athlétique, ce qui supposait de
nombreuses heures de gymnase et de répétition.
Contrairement à Marcella, il n'était ni exubérant ni
extraverti, plutôt réservé, mais il savait fort bien ce
qu'il voulait faire dans la vie. Et ce qu'il voulait,
c'est que *Métamorphoses* soit un succès. Doté de
culture littéraire, il avait une passion pour Borges.
Pour ce spectacle, il avait lu et vu mille choses sur
le thème de la métamorphose, à commencer par
Ovide, et s'il est vrai qu'il parlait peu, ce qu'il disait
était intelligent et, pour moi, nouveau : je n'avais
jamais entendu un chorégraphe et danseur parler
de sa vocation. Ce soir-là, à la maison, après avoir
confié à Marcella la bonne impression que m'avait
faite Víctor Almeda, je lui demandai s'il était gay.

Elle réagit avec indignation. Il ne l'était pas. Quel sot préjugé que de croire que tous les danseurs étaient gays ! Elle était sûre, par exemple, que la confrérie des traducteurs et interprètes comptait un pourcentage de gays aussi grand que celui des danseurs. Je m'excusai et lui assurai que je n'avais pas le moindre préjugé, et que ma question était pure curiosité, sans aucune arrière-pensée.

Le succès de *Métamorphoses* fut total et mérité. Víctor Almeda obtint beaucoup de publicité et, le soir de la première, l'Olimpia était plein à craquer, avec même des gens debout, et un public en majorité jeune. Les escaliers où les cinq couples évoluaient se métamorphosaient en même temps que les danseurs, et c'étaient, avec les lumières, les véritables protagonistes du spectacle. Il n'y avait pas de musique. Le rythme était marqué par les danseurs, avec leurs mains et leurs pieds, et ils émettaient des sons aigus, gutturaux, rauques ou sifflants, selon les changements d'identité. Les danseurs eux-mêmes plaçaient à tour de rôle devant les réflecteurs des écrans qui modifiaient l'intensité et la couleur de la lumière, grâce à quoi les personnages devenaient effectivement chatoyants et changeaient de peau. C'était beau, surprenant, imaginatif, un spectacle d'une heure où le public se tint immobile, haletant, on aurait entendu une mouche voler. La troupe devait donner cinq représentations, mais elle finit par en donner dix. Il y eut des articles élogieux dans la presse et on mentionnait partout, en la louant, la scénographie de Marcella. La télévision filma le spectacle pour en passer un extrait dans une émission artistique.

J'allai le voir à trois reprises. À chaque fois, la salle était pleine et l'enthousiasme du public pareil à celui du soir de la première. La troisième fois, à la fin de la représentation, alors que je grimpais la tortueuse passerelle de l'Olimpia en direction des loges pour chercher Marcella, je tombai nez à nez sur elle, dans les bras du superbe et suant Víctor Almeda. Ils s'embrassaient avec fougue et, en m'entendant arriver, ils se séparèrent, confus. Je fis celui qui n'avait rien vu d'étrange et les félicitai, en leur assurant que la représentation m'avait plu encore davantage que les deux fois précédentes.

Plus tard, sur le chemin de la maison, Marcella, qui était très mal à l'aise, me fit face :

— Bon, je suppose que je te dois une explication pour ce que tu as vu.

— Tu ne me dois aucune explication, Marcella. Tu es une personne libre et je le suis aussi. Nous vivons ensemble et nous nous entendons très bien. Mais cela ne doit nullement rogner notre liberté. N'en parlons plus.

— Je veux seulement que tu saches que je le regrette beaucoup, me dit-elle. Malgré les apparences, je t'assure qu'il ne s'est absolument rien passé entre Víctor et moi. Ce qui est arrivé ce soir n'était qu'une bêtise sans aucune importance. Et ça ne se répétera pas.

— Je te crois, lui dis-je en lui prenant la main, parce que cela me peinait de la voir se sentir mal. Oublions tout cela. Et ne fais pas cette tête, je t'en prie. Tu es belle surtout quand tu souris.

En effet, les jours suivants nous ne reparlâmes pas de l'incident, et elle fit beaucoup d'efforts pour se montrer tendre. À vrai dire, je n'étais pas très affecté de savoir qu'une idylle avait probablement surgi entre Marcella et le chorégraphe d'Alicante. Je ne m'étais jamais fait trop d'illusions sur la durée de notre relation. Et maintenant, en outre, je savais que mon amour pour elle, si c'était de l'amour, était un sentiment assez superficiel. Je ne me sentais ni blessé ni humilié ; seulement curieux de savoir quand j'aurais à déménager pour vivre seul une fois de plus. Et, dès lors, je commençai à me demander si je resterais à Madrid ou retournerais à Paris. Deux ou trois semaines plus tard, Marcella m'annonça qu'on avait invité Víctor Almeda à présenter *Métamorphoses* à Francfort, dans un festival de danse moderne. C'était une occasion inespérée pour elle de faire connaître son travail en Allemagne. Qu'est-ce que j'en pensais ?

— Magnifique, lui dis-je. Je suis sûr que *Métamorphoses* aura là-bas autant de succès qu'à Madrid.

— Naturellement, tu viendras avec moi, s'empressa-t-elle d'ajouter. Là-bas, tu pourras continuer à traduire et...

Mais je la caressai et lui dis de ne pas être sotte ni d'avoir cet air angoissé. Je n'irais pas en Allemagne, nous n'avions pas d'argent pour ça. Je resterais tranquillement à Madrid à travailler à ma traduction. J'avais confiance en elle. Qu'elle prépare son voyage et oublie tout le reste, car c'était décisif pour sa carrière. Elle pleura à chaudes larmes, m'embrassa et me dit à l'oreille : « Je te jure que cette bêtise ne se répétera plus, *caro*. »

« Bien sûr, bien sûr, *bambina* », et je l'embrassai.

Le jour même où Marcella partit à Francfort, en train — je l'accompagnai à la gare d'Atocha —, Víctor Almeda, qui devait partir deux jours plus tard en avion avec le reste de la compagnie, vint frapper à la porte de notre appartement rue Ave María. Il avait l'air très sérieux, comme si de profondes questions le rongeaient. Je supposai qu'il venait me donner quelque explication sur l'épisode de l'Olimpia et lui proposai d'aller prendre un café au Barbieri.

En réalité, il venait me dire que Marcella et lui

étaient amoureux et qu'il considérait de son devoir de me le faire savoir. Marcella ne voulait pas me faire souffrir, aussi se sacrifiait-elle en restant à mes côtés malgré son amour pour lui. Ce sacrifice, outre qu'il la rendait malheureuse, nuisait à sa carrière.

Je le remerciai pour sa franchise et lui demandai si, en me racontant tout cela, il espérait que je résolve leur problème.

— Eh bien, hésita-t-il un moment, d'une certaine façon, oui. Si vous ne prenez pas l'initiative, elle ne fera jamais rien.

— Et pourquoi prendrais-je l'initiative de rompre avec une jeune femme pour qui j'ai tant de tendresse ?

— Par générosité, par altruisme, dit-il aussitôt, avec une solennité si théâtrale que j'eus envie de rire. Parce que vous êtes un monsieur, un *caballero*. Et parce que vous savez maintenant qu'elle m'aime.

Je me rendis compte à ce moment que le chorégraphe me vouvoyait. Les fois précédentes, nous nous étions toujours tutoyés. Prétendait-il de la sorte me rappeler les vingt ans qui me séparaient de Marcella ?

— Tu n'es pas franc avec moi, Víctor, lui dis-je. Avoue toute la vérité. Marcella et toi, avez-vous planifié cette visite ? C'est elle qui t'a demandé de me parler parce qu'elle n'osait pas ?

Je le vis se tortiller sur sa chaise et faire non de la tête. Mais en ouvrant la bouche, il acquiesça :

— Nous l'avons décidé tous les deux, reconnut-il. Elle ne veut pas te faire souffrir. Elle a plein de remords. Mais je l'ai convaincue que la première des loyautés ne va pas au qu'en-dira-t-on mais aux sentiments.

Je fus sur le point de lui dire que ce que je venais d'entendre était une cucuterie, une *huachafería*, et de lui expliquer ce péruvianisme, mais je ne le fis pas car j'en avais marre de lui et voulais qu'il s'en aille. Alors je lui demandai de me laisser seul, pour réfléchir à ce qu'il m'avait dit. Je prendrais vite une décision à ce sujet. Je lui souhaitai beaucoup de succès à Francfort et lui serrai la main. En réalité, j'avais déjà décidé d'abandonner Marcella à son danseur et de retourner à Paris. C'est alors que se produisit ce qui devait se produire.

Deux jours plus tard, alors que je travaillais l'après-midi dans mon antre du Café Barbieri, une élégante silhouette féminine s'assit soudain à ma table, devant moi.

— Je ne vais pas te demander si tu es toujours amoureux de moi, parce que je sais que non, dit la vilaine fille. Pédophile.

Ma surprise fut si grande que, je ne sais comment, je fis tomber par terre ma bouteille d'eau minérale à moitié pleine, qui se brisa et éclaboussa, à la table à côté, un garçon aux cheveux de porc-épic et couvert de tatouages. Tandis que la serveuse andalouse s'empressait de ramasser les bouts de verre, j'examinai la dame qui, de façon si inatten-due, ressuscitait brusquement, après trois ans, au moment et à l'endroit les plus inattendus du monde : le Café Barbieri de Lavapiés.

Malgré la chaleur de la fin mai, elle portait une veste de demi-saison bleu clair sur un chemisier blanc ouvert, et autour de la gorge dansait une chaî-nette en or. Le maquillage soigné ne dissimulait pas son visage creusé, les os saillants de ses pommettes et les petites poches autour de ses yeux. Trois ans seulement avaient passé, mais il lui en était tombé dix dessus. C'était une vieille femme. Tandis que la serveuse andalouse nettoyait par terre, elle tambou-rinait sur la table d'une main aux ongles soigneusement limés et vernis, comme si elle sortait de chez la manucure. Ses doigts s'étaient allongés et avaient maigri. Elle me regardait sans ciller, sans humour et — comble des combles ! — elle me demandait des comptes sur ma mauvaise conduite :

— Je n'aurais jamais cru que tu te mettrais en ménage avec une morveuse qui pourrait être ta fille, reprit-elle, indignée. Et en plus une hippie qui ne se lave sûrement jamais. Tu es tombé bien bas, Ricardo Somocurcio.

J'avais envie de lui tordre le cou et d'éclater de rire. Non, ce n'était pas une blague : elle me faisait une scène de jalousie ! elle ! à moi !

— Tu as cinquante-trois ou cinquante-quatre ans, non ? poursuivit-elle en tambourinant toujours sur la table. Et quel âge a ta Lolita ? Vingt ?

— Trente-trois, lui dis-je. Elle fait plus jeune, c'est vrai. Parce que c'est une fille heureuse et que le bonheur rajeunit les gens. Toi, par contre, tu ne sembles pas très heureuse.

— Est-ce qu'elle se lave parfois ? fit-elle, exaspérée. Ou la vieillesse t'a donné le goût de la crasse ?

— J'ai appris ceci du yakuza Fukuda, lui dis-je, que les cochonneries ont aussi leur charme, au lit.

— Si tu veux le savoir, en cet instant je te déteste de toute mon âme et je voudrais que tu meures, dit-elle sourdement.

Elle ne m'avait pas quitté des yeux ni n'avait cillé une seule fois.

— Quiconque ne te connaîtrait pas dirait que tu es jalouse.

— Si tu veux le savoir, oui, je le suis. Mais surtout déçue par toi.

Je lui pris la main et l'obligeai à s'approcher un peu, pour lui dire, sans que notre voisin, le porc-épic tatoué, puisse entendre :

— Que signifie tout ce cirque ? Que fais-tu ici ?

Elle planta ses ongles dans ma main avant de me répondre. Elle le fit en baissant aussi la voix :

— Tu ne peux savoir combien je regrette de t'avoir cherché tout ce temps. Mais je sais que cette hippie va t'en faire voir de toutes les couleurs, elle va te faire cocu et te jeter comme un malpropre. Tu ne peux pas savoir comme ça me réjouit.

— Je suis parfaitement entraîné à cela, vilaine fille. Sur les cocus et les laissés-pour-compte, je sais tout ce qu'il faut savoir et plus encore.

Je lui lâchai la main mais, aussitôt, elle ressaisit la mienne.

— Je m'étais juré de ne rien te dire sur cette hippie, dit-elle en adoucissant sa voix et son expression. Mais dès que je t'ai vu, je n'ai pu me contenir. J'ai encore envie de te griffer. Sois un peu plus galant et commande-moi une tasse de thé.

J'appelai la serveuse andalouse et tâchai de lui lâcher la main, mais la sienne restait agrippée à la mienne.

— Tu l'aimes, cette hippie répugnante ? me demanda-t-elle. Tu l'aimes plus que tu ne m'aimais, moi ?

— Toi, je ne crois pas t'avoir jamais aimée, lui assurai-je. Tu étais pour moi ce que Fukuda était pour toi : une maladie. Maintenant je suis guéri, grâce à Marcella.

Elle m'examina un moment et, sans me lâcher la main, sourit ironiquement pour la première fois, en me disant :

— Si tu ne m'aimais pas, tu ne serais pas devenu si pâle, avec la voix si rauque. Tu ne vas pas te mettre à pleurer, Ricardito ? Parce que tu es assez pleurnichard, si je me souviens bien.

— Je te promets que non. Tu as la maudite habitude d'apparaître soudain, comme un cauchemar, aux moments les plus inattendus. Ça ne me fait plus rire. Vraiment, je croyais ne plus jamais te revoir. Qu'est-ce que tu veux ? Que fais-tu ici à Madrid ?

Quand on lui apporta sa tasse de thé, je pus l'examiner un peu tandis qu'elle ajoutait un sucre, remuait le liquide et scrutait la cuillère, la soucoupe et la tasse d'un air dégoûté. Elle portait une jupe blanche et des chaussures passées au blanc d'Espagne qui laissaient voir ses petits pieds, et le vernis transparent de ses ongles. Ses chevilles étaient à nouveau deux baguettes de bambou. Avait-elle été encore malade ? Ce n'est qu'à l'époque de la clinique du Petit-Clamart que je l'avais vue si mince. Elle portait les cheveux tirés en arrière en deux bandeaux retenus par des épingles à la hauteur des oreilles, toujours autant gracieuses. Je pensai alors que, sans la teinture à laquelle ils devaient leurs mèches noires, ses cheveux devaient être maintenant gris, voire blancs comme les miens.

— Tout semble crasseux ici, dit-elle soudain en regardant autour d'elle et en exagérant son expression de dégoût. Les gens, l'établissement, il y a des toiles d'araignées et de la poussière partout. Même toi, tu sembles sale.

— Ce matin, je me suis douché et savonné de haut en bas, parole.

— Mais tu es habillé comme un mendiant, dit-elle en me reprenant la main.

— Et toi comme une reine, lui dis-je. Tu n'as pas peur d'être attaquée et détroussée dans un lieu de crève-la-faim comme celui-ci ?

— Dans cette nouvelle étape de ma vie, je suis prête à courir tous les dangers pour toi, fit-elle en riant. Et puis, toi qui es un *caballero*, tu me défendras jusqu'à la mort, non ? À moins qu'à force de te frotter aux hippies tu aies cessé d'être un petit monsieur de Miraflores !

Sa fureur lui avait passé et, maintenant, me serrant fermement la main, elle riait. Ses yeux gardaient une lointaine réminiscence de ce miel sombre, une petite lueur qui éclairait son visage creusé et vieilli.

— Comment m'as-tu retrouvé ?

— Cela m'a coûté beaucoup de travail et des mois de recherche, de tout côté. Et un paquet de fric. J'étais morte de peur, j'ai même pensé que tu t'étais suicidé. Pour de bon, cette fois.

— Ces bêtises, on ne les fait qu'une fois, quand on est crétinisé d'amour par une femme. Ce n'est plus mon cas, heureusement.

— En essayant de retrouver ta trace, je me suis disputée avec les Gravoski, dit-elle soudain, à nouveau furieuse. Elena m'a très mal reçue. Elle n'a pas voulu me donner ton adresse ni rien me dire sur toi. Et elle s'est lancée dans des tas de reproches. Que j'avais fait ton malheur, que j'avais été à deux doigts de te tuer, que j'étais responsable d'une commotion cérébrale que tu avais eue, que j'avais été la tragédie de ta vie.

— Elena t'a dit la pure vérité. Tu as fait le malheur de ma vie.

— Je l'ai envoyée se faire foutre. Je pense ne plus jamais lui parler ni la revoir. Je le regrette pour Yilal, parce que je crois que je ne le reverrai plus. De quoi elle se mêle, cette idiote ? Elle ne serait pas amoureuse de toi, des fois ?

Elle s'agita sur sa chaise et, soudain, il me sembla qu'elle pâlissait.

— Peut-on savoir pourquoi tu m'as recherché ?

— Je voulais te voir et parler avec toi, dit-elle en souriant à nouveau. Je me languissais de toi. Toi aussi de moi, un petit peu, non ?

— Tu réapparais et me cherches toujours entre deux amants, lui dis-je, en essayant de me libérer de sa main, et cette fois j'y parvins. Le mari de Martine t'a mise à la porte ? Tu viens faire un intermède dans mes bras jusqu'à ce que le prochain vieux beau tombe dans les mailles de tes filets ?

— Plus jamais, m'interrompit-elle en reprenant ma main, sur le ton moqueur d'autrefois. J'ai décidé de mettre un point final à mes caprices, à mes folies. Je vais passer mes dernières années avec mon mari. En épouse modèle.

J'éclatai de rire et elle se mit à rire aussi. Elle me grattait la main avec ses petits doigts et j'avais de plus en plus envie de lui arracher les yeux.

— Tu as un mari, toi ? On peut savoir qui c'est ?

— Je suis encore ta femme et je peux le prouver, j'ai tous les papiers, dit-elle en redevenant sérieuse. C'est toi, mon mari. Tu ne te souviens donc plus que nous nous sommes mariés à la *mairie du V* ?

— C'était une farce, pour te procurer des papiers, lui rappelai-je. Tu n'as jamais vraiment été ma femme. Tu es restée avec moi par périodes, quand tu avais des problèmes, en attendant de trouver mieux. Vas-tu me dire une bonne fois pourquoi tu m'as recherché ? Cette fois, si tu es à nouveau dans la merde, je ne pourrais pas t'aider même si je le voulais. Mais je ne le veux pas. Je n'ai plus un centime et je vis avec une fille que j'aime et qui m'aime.

— Une hippie crasseuse qui risque de te plaquer à tout moment, dit-elle, furieuse à nouveau. Qui ne s'occupe absolument pas de toi, à en juger par tes frusques. En revanche, à l'avenir c'est moi qui te soignerai. Je vais m'occuper de toi vingt-quatre heures sur vingt-quatre. Comme une épouse modèle. C'est pour cela que je suis venue, tu le sais bien.

Elle parlait en prenant son air moqueur d'autrefois, démentant par l'éclat ironique de ses yeux les mots qu'elle me disait. De temps en temps, elle buvait une gorgée de thé. Ce petit jeu stupide finit par m'irriter.

— Sais-tu quoi, vilaine fille ? lui dis-je en l'attirant un peu à moi pour pouvoir lui murmurer à l'oreille, avec toute ma colère accumulée. Tu te rappelles cette nuit, dans la chambre, où j'ai été sur le point de te tordre le cou ? J'ai regretté mille fois de ne pas l'avoir fait.

— J'ai encore cette robe de danseuse arabe, susurra-t-elle avec un reste de coquinerie. Je me souviens très bien de cette nuit. Tu m'as frappée et ensuite on a fait l'amour merveilleusement. Tu m'as dit de très jolies choses. Aujourd'hui, tu ne m'en as encore pas dit une seule. Je vais croire que c'est vrai que tu ne m'aimes plus.

J'avais envie de la gifler, de la sortir du Café Barbieri à coups de pied, de lui faire tout le mal physique et moral qu'un être humain peut faire à un autre et, en même temps, grand imbécile, j'avais envie de la prendre dans mes bras, de lui demander pourquoi elle était si maigre, si fatiguée, de la caresser, de l'embrasser. Mes cheveux se dressaient sur ma tête à l'idée qu'elle puisse lire dans mes pensées.

— Si tu veux que je reconnaisse que j'ai mal agi envers toi et que j'ai été égoïste, je le reconnais, murmura-t-elle en rapprochant son visage tandis que j'écartais le mien. Si tu veux que je passe le restant de mes jours à te dire qu'Elena a raison, que je t'ai fait du mal et n'ai pas su apprécier ton amour, ces idioties-là, eh bien ! je le ferai. C'est ce que tu veux pour ne plus éprouver de rancune envers moi, Ricardito ?

— Je veux que tu t'en ailles. Qu'une bonne fois pour toutes tu disparaisses à jamais de ma vie.

— Tiens, une cucuterie ! Il était temps, mon bon garçon.

— Je ne crois pas un mot de ce que tu dis. Je sais fort bien que tu me cherches parce que tu crois que je peux te sortir d'un de tes guêpiers habituels, maintenant que ce pauvre croulant t'a larguée.

— Il ne m'a pas larguée, c'est moi qui l'ai largué, corrigea-t-elle très calmement. Ou pour mieux dire, je l'ai rendu tout entier à ses enfants qui se languissaient tellement de leur papounet. Tu devrais m'être reconnaissant, mon bon garçon. Si tu savais les maux de tête et d'argent que je t'ai épargnés en filant avec lui, tu m'embrasserais les mains. Tu ne peux pas savoir tout ce que cette aventure a coûté à mon pauvre vieux.

Elle partit d'un rire pénétrant, moqueur et on ne peut plus méchant.

— Ils m'ont accusée de l'avoir séquestré, ajouta-t-elle en riant comme d'une bonne blague. Ils ont fourni de faux certificats médicaux au juge, pour prouver que leur père souffrait de démence sénile, qu'il ne savait pas ce qu'il faisait quand il s'était enfui avec moi. Vraiment, ça ne valait pas la peine de perdre son temps pour lui. Je le leur ai rendu enchantée. À eux et à Martine de nettoyer sa morve et de lui prendre la tension deux fois par jour.

— Tu es la personne la plus perverse que j'aie connue, vilaine fille. Un monstre d'égoïsme et d'insensibilité. Capable de poignarder froidement les personnes qui se comportent le mieux envers toi.

— Bon, d'accord, c'est peut-être vrai, acquiesça-t-elle. À moi aussi on m'a donné beaucoup de coups de poignard dans ma vie, je t'assure. Je ne regrette rien de ce que j'ai fait. Bon, sauf de t'avoir fait souffrir, toi. J'ai décidé de changer. C'est pourquoi je suis ici.

Elle resta à me regarder avec un air de sainte-nitouche qui m'irrita encore davantage.

— À d'autres ! Tu crois que je vais prendre au sérieux ton petit numéro d'épouse repentie ? Toi, la vilaine fille ?

— Oui, moi. Je suis venue te chercher parce que je t'aime. Parce que j'ai besoin de toi. Parce que je ne peux vivre avec personne d'autre que toi. Même si ça te paraît un peu tard, maintenant je le sais. Aussi, désormais, même si je dois crever de faim et vivre comme une hippie, je vais vivre avec toi. Et avec personne d'autre. Tu aimerais que je devienne une hippie et cesse de me laver ? Que je m'habille comme l'épouvantail avec qui tu es ? Tout ce que tu voudras.

Elle se mit à tousser et ses yeux rougirent sous les spasmes. Elle but une gorgée de mon verre d'eau.

— Ça ne te fait rien que nous sortions d'ici ? me dit-elle en toussant encore. Avec toute cette fumée et cette poussière, je ne peux pas respirer. Tout le monde fume, en Espagne. C'est une des choses qui me déplaisent dans ce pays. Partout où tu vas, c'est plein de gens qui te jettent au visage des bouffées de fumée.

Je demandai l'addition, payai, et nous sortîmes. Une fois dans la rue, je la vis à la lumière du jour et fus épouvanté par sa maigreur. Quand elle était assise, je n'avais remarqué que son visage émacié. Mais maintenant, debout et sans la pénombre, c'était une ruine humaine. Elle s'était un peu cour-bée et avait la démarche incertaine, comme si elle évitait des obstacles. Sa poitrine semblait s'être réduite au point de disparaître et les petits os de ses épaules ressortaient nettement sous son chemisier. Outre son sac, elle avait en main un volumineux dossier.

— S'il te semble que je suis devenue très maigre, très laide et très vieille, je t'en prie, ne me le dis pas. Où pouvons-nous aller ?

— Nulle part. Ici, à Lavapiés, tous les cafés sont aussi vieux et poussiéreux que celui-ci. Et remplis de fumeurs. Alors le mieux est de nous séparer ici.

— Il faut que je parle avec toi. Ce ne sera pas long, je te promets.

Elle était accrochée à mon bras et ses doigts, si menus, si osseux, semblaient ceux d'une enfant.

— Tu veux aller chez moi ? lui dis-je, en le regrettant en même temps que je le lui proposais. Je vis tout près d'ici. Mais je t'avertis, ça va te dégoûter encore plus que ce café.

— Allons n'importe où, dit-elle. Mais fais gaffe, si cette hippie malodorante rapplique, je lui arrache les yeux.

— Elle est en Allemagne, ne t'inquiète pas.

La montée des quatre étages fut longue et compliquée. Elle gravissait les marches très lentement et à chaque palier il lui fallait s'arrêter. À aucun moment elle ne lâcha mon bras. En atteignant le dernier étage, elle était encore plus pâle, et la sueur perlait à son front.

Dès qu'on entra, elle se laissa tomber sur le petit fauteuil du salon et respira profondément. Puis, sans dire un mot ni changer de place, elle se mit à examiner tout ce qu'il y avait autour, d'un œil grave et le sourcil froncé : les modèles, les dessins, les chiffons de Marcella éparpillés partout, les revues et les livres entassés dans les coins et sur les étagères, un désordre généralisé. Quand son regard atteignit le lit défait, je vis son visage se décomposer. J'allai à la cuisine lui chercher une bouteille d'eau minérale. Je la retrouvai au même endroit, regardant fixement le lit.

— Toi qui avais la manie de l'ordre et de la propreté, Ricardito, murmura-t-elle. Ça me paraît incroyable que tu vives dans cette porcherie.

Je m'assis à côté d'elle et une grande tristesse m'envahit. Ce qu'elle disait était vrai. Mon appartement de l'École Militaire, petit et modeste, était toujours impeccablement propre et ordonné. En revanche, ce bordel reflétait bien ton irrémédiable déchéance, Ricardito.

— J'ai besoin que tu signes quelques papiers, dit la vilaine fille, en me signalant la chemise, qu'elle avait posée par terre.

— Le seul papier que je te signerais serait celui du divorce, si ce mariage est toujours valable, lui répondis-je. Te connaissant, je ne serais pas surpris que tu me fasses signer n'importe quoi et que je finisse en prison. Il y a quarante ans que je te connais, ma petite Chilienne.

— Tu me connais mal, dit-elle calmement. Peut-être pourrais-je faire des méchancetés à d'autres. Mais pas à toi.

— Tu m'as joué les pires tours qu'une femme puisse jouer à un homme. Tu m'as fait croire que tu m'aimais, alors que, bien tranquillement, tu séduisais d'autres types parce qu'ils avaient plus d'argent, et tu me larguais sans le moindre scrupule. Tu ne l'as pas fait une fois, mais deux, trois fois. En me laissant brisé, hébété, vidé. Et, par-dessus le marché, tu as une fois de plus l'audace de me redire, sans la moindre vergogne, que tu veux que nous vivions à nouveau ensemble. Vraiment, tu mériterais qu'on t'exhibe dans les cirques.

— Je suis repentie. Je ne te referai plus jamais de sale coup.

— Tu n'en auras pas l'occasion, parce que je ne vivrai plus jamais avec toi. Toi, personne ne t'a

aimée comme moi, personne n'a fait ce que je...
Bon, je suis stupide de te dire ces âneries. Qu'est-ce
que tu veux de moi ?

— Deux choses, dit-elle. Que tu laisses cette hippie malpropre et viennes vivre avec moi. Et que tu
signes ces papiers. Ce n'est pas un piège. Je t'ai
transféré tout ce que je possède. Une villa dans le
sud de la France, près de Sète, et des actions d'Électricité de France. Tout est à ton nom. Mais tu dois
signer ces papiers pour que le transfert soit valable.
Lis-les, consulte un avocat. Je ne le fais pas pour
moi, mais pour toi. Pour te laisser tout ce que j'ai.

— Merci beaucoup, mais je ne peux accepter de
toi ce cadeau si généreux. Car probablement cette
villa et ces actions ont été volées à des mafieux et je
n'ai aucune envie d'être ton homme de paille, ou
bien elles appartiennent au gangster du moment
pour lequel tu travailles. J'espère que ce n'est pas à
nouveau le fameux Fukuda.

Alors, avant que je puisse l'en empêcher, elle jeta
ses bras autour de mon cou et s'accrocha à moi de
toutes ses forces.

— Cesse de me gronder et de me dire de vilaines
choses, se plaignit-elle tout en m'embrassant dans
le cou. Dis-moi plutôt que tu es content de me voir.
Dis-moi que tu t'es langui de moi et que tu m'aimes,
moi et pas cette hippie avec qui tu vis dans cette
porcherie.

Je n'osais pas l'écarter, atterré de sentir le squelette qu'était devenu son corps, une taille, un dos,
des bras où tous les muscles semblaient avoir disparu et où il ne restait que la peau et les os. De la
fragile et délicate petite personne qui se serrait
contre moi émanait une fragrance qui me faisait
penser à un jardin plein de fleurs. Je ne pus feindre
davantage.

— Pourquoi es-tu si maigre ? lui demandai-je à l'oreille.

— Dis-moi d'abord que tu m'aimes. Que cette hippie tu ne l'aimes pas, que tu t'es mis à vivre avec elle seulement par dépit, parce que je t'avais laissé. Dis-le-moi. Depuis que j'ai appris que tu étais avec elle je meurs de jalousie à petit feu.

Je sentais maintenant son cœur battre contre le mien. Je cherchai sa bouche et la baisai, longuement. Je sentais sa petite langue enroulée à la mienne, et buvais sa salive. Quand je glissai ma main sous son chemisier et caressai son dos, je sentis toutes ses côtes et sa colonne vertébrale, comme si rien ne les séparait de mes doigts qu'une infime pellicule de chair. Elle n'avait plus de poitrine ; ses mamelons, minuscules, étaient à ras de peau.

— Pourquoi es-tu si maigre ? lui redemandai-je. Tu as été malade ? Qu'est-ce que tu as eu ?

— Je ne peux pas faire l'amour avec toi, ne me touche pas là. On m'a opérée, on m'a tout enlevé. Je ne veux pas que tu me voies nue. Mon corps est couvert de cicatrices. Je ne veux pas te dégoûter.

Elle pleurait de désespoir et je n'arrivais pas à la calmer. Alors je l'assis sur mes genoux et la caressai un long moment, comme je le faisais toujours à Paris, quand elle avait ses crises de terreur. Ses petites fesses avaient fondu, comme ses seins, et ses cuisses étaient aussi minces que ses bras. Elle ressemblait à un de ces cadavres ambulants que montrent les photos des camps de concentration. Je la cajolais, l'embrassais, lui disais que je l'aimais, que je la soignerais, et en même temps j'éprouvais une horreur indescriptible car j'étais absolument sûr qu'elle n'*avait* jamais été dans un état aussi grave que maintenant, et qu'elle allait bientôt mourir. Personne ne pouvait maigrir autant et ensuite récupérer.

— Tu ne m'as pas encore dit que tu m'aimes plus que cette hippie, mon bon garçon.

— Bien sûr que je t'aime plus qu'elle et que personne au monde, vilaine fille. Tu es la seule femme que j'aie aimée et que j'aime. Et bien que tu m'en aies fait baver, tu m'as apporté aussi un merveilleux bonheur. Viens, je veux te tenir nue dans mes bras et te faire l'amour.

Je la portai jusqu'au lit, l'étendis et la déshabillai. Elle, les yeux fermés, se laissa faire, en se tournant de côté pour exposer le moins possible son corps à ma vue. Mais en la caressant, en l'embrassant, je la fis se décontracter et s'allonger. On ne l'avait pas opérée mais massacrée. On lui avait coupé les seins et rafistolé maladroitement les mamelons, en laissant de grosses cicatrices circulaires, comme deux corolles rouges. Mais la pire cicatrice partait de son vagin et montait jusqu'à son nombril en serpentant, une croûte à la fois rose et marron qui semblait récente. Je fus si impressionné que, sans me rendre compte de ce que je faisais, je la recouvris du drap. Et je sus que jamais plus je ne pourrais lui faire l'amour.

— Je ne voulais pas que tu me voies comme ça et que tu éprouves du dégoût pour ta femme, dit-elle. Mais...

— Mais je t'aime et maintenant je vais veiller sur toi jusqu'à ce que tu sois complètement guérie. Pourquoi ne m'as-tu pas appelé, pour que je sois près de toi ?

— Je ne te trouvais nulle part. Cela fait des mois que je te cherche. C'était ce qui me désespérait le plus : mourir sans te revoir.

On l'avait opérée la seconde fois à peine trois semaines auparavant, dans un hôpital de Montpellier. Les médecins avaient été très francs. La tumeur à l'utérus avait été détectée trop tard et, malgré l'ablation, l'examen postopératoire avait révélé que les métastases avaient commencé leur travail et qu'il n'y avait pratiquement rien à faire. La chimiothérapie ne ferait que retarder l'inévitable et en outre, dans l'état de faiblesse extrême où elle se trouvait, elle ne la supporterait probablement pas. L'ablation des seins avait eu lieu l'année précédente, à Marseille. Vu sa grande fragilité, on n'avait pu la réopérer pour remodeler le buste. Le mari de Martine et elle, depuis qu'ils s'étaient enfuis, avaient vécu sur la côte méditerranéenne, à Frontignan, près de Sète, où il avait des propriétés. Il s'était très bien comporté envers elle quand on avait détecté son cancer. Il s'était montré généreux et attentionné, et l'avait comblée de gentillesses, sans lui faire sentir sa déception quand on lui avait retiré les seins. C'est elle, au contraire, qui l'avait peu à peu convaincu, puisque le sort en était jeté, de se réconcilier avec Martine et d'annuler le procès avec ses enfants, dont ne profiteraient, dans leur avidité, que les avocats. Le bonhomme était retourné dans sa famille, en prenant congé de la vilaine fille avec générosité : il lui avait acheté une villa à Sète, qu'elle prétendait maintenant me transférer, et il avait placé à la banque à son intention des actions d'Électricité de France qui lui permettraient de vivre sans angoisse matérielle le peu de temps qui lui restait. Elle avait commencé à me rechercher un an plus tôt, jusqu'à me retrouver à Madrid, grâce à une agence de détectives, qui lui avait « coûté les yeux de la tête ». Quand on lui avait communiqué mon adresse, elle était en train de passer des examens à l'hôpital de Montpellier. Comme les douleurs au vagin remontaient au temps de Fukuda, elle n'y avait pas trop prêté attention.

Elle me raconta tout cela dans une très longue conversation qui dura tout l'après-midi et une bonne partie de la nuit, tous deux étendus sur le lit, elle serrée contre moi. Elle s'était rhabillée. Parfois elle se taisait pour que je puisse l'embrasser et lui dire que je l'aimais. Elle m'avait raconté cette histoire — Vraie ? très brodée ? totalement fausse ? — sans dramatisme, avec une apparente objectivité, sans autocompassion, mais assurément avec soulagement, et satisfaite, comme si, cela fait, elle pouvait mourir en paix.

Elle vécut encore trente-sept jours, et elle se comporta, ainsi qu'elle m'avait juré de le faire au Café Barbieri, comme une épouse modèle. Du moins quand ses terribles douleurs ne la tenaient pas alitée et sous morphine. Je m'en fus vivre avec elle dans un appartement-hôtel de Los Jerónimos, où elle logeait, en emportant une seule valise avec quatre petites choses à me mettre et quelques livres, et laissai à Marcella une lettre très hypocrite et digne où je lui disais que j'avais décidé de partir et de lui rendre sa liberté, parce que je ne voulais pas être un obstacle à un bonheur que, je le comprenais fort bien, je ne pouvais lui donner, à cause de notre différence d'âge et de vocations, alors qu'un jeune de son âge qui partageait ses goûts comme Víctor Almeda, etc., etc. Trois jours plus tard nous partîmes, la vilaine fille et moi, en train pour sa villa des environs de Sète, en haut d'une colline, d'où l'on voyait la mer magnifique chantée par Valéry dans *Le cimetière marin*. C'était une petite maison, austère, belle, bien agencée, avec un jardinet. Pendant deux semaines elle fut si bien et si contente que, contre toute raison, je pensai qu'elle pouvait récupérer. Un soir, assis dans le jardin, à l'heure du crépuscule, elle me dit que, si un jour j'avais dans l'idée d'écrire notre histoire d'amour, surtout que je ne la charge pas trop, parce que alors son fantôme viendrait me tirer par les pieds chaque nuit.

— Et comment tu y as pensé ?

— Parce que tu as toujours voulu être écrivain sans l'oser jamais. Maintenant que tu vas te retrouver tout seul, tu peux en profiter, et ainsi tu me regretteras moins. Avoue, quand même, que je t'ai donné un sujet en or pour ton roman, hein, mon bon garçon ?

DU MÊME AUTEUR

Aux Éditions Gallimard

LA VILLE ET LES CHIENS (Folio n° 1271, *préface d'Albert Bensoussan*).

LA MAISON VERTE (L'Imaginaire n° 76).

CONVERSATION À «LA CATHÉDRALE».

LES CHIOTS, *suivi de* LES CAÏDS.

PANTALEÓN ET LES VISITEUSES (Folio n° 2137).

L'ORGIE PERPÉTUELLE. *Flaubert et* Madame Bovary.

LA TANTE JULIA ET LE SCRIBOUILLARD (Folio n° 1649).

LA DEMOISELLE DE TACNA, *théâtre*.

LA GUERRE DE LA FIN DU MONDE (Folio n° 1823).

HISTOIRE DE MAYTA (Folio n° 4022).

QUI A TUÉ PALOMINO MOLERO ? (Folio n° 2035).

KATHIE ET L'HIPPOPOTAME, *suivi de* LA CHUNGA, *théâtre*.

CONTRE VENTS ET MARÉES (Arcades n° 16).

L'HOMME QUI PARLE (Folio n° 2345).

ÉLOGE DE LA MARÂTRE (Folio n° 2405).

LES CHIOTS/LOS CACHORROS (Folio Bilingue n° 15, *préface et notes d'Albert Bensoussan*).

LES CHIOTS (Folio 2 € n° 3760).

LA VÉRITÉ PAR LE MENSONGE, *essais sur la littérature* (Arcades n° 85).

LA VIE EN MOUVEMENT, *entretiens avec Alonso Cueto*.

LE FOU DES BALCONS, *théâtre*.

LE POISSON DANS L'EAU (Folio n° 2928).

LITUMA DANS LES ANDES (Folio n° 3020).

EN SELLE AVEC TIRANT LE BLANC (Arcades n° 49).

LES ENJEUX DE LA LIBERTÉ.

UN BARBARE CHEZ LES CIVILISÉS (Arcades n° 54).

LES CAHIERS DE DON RIGOBERTO (Folio n° 3343).

L'UTOPIE ARCHAÏQUE. *José María Arguedas et les fictions de l'indigénisme.*

JOLIS YEUX, VILAINS TABLEAUX.

LETTRES À UN JEUNE ROMANCIER (Arcades n° 61).

LA FÊTE AU BOUC (Folio n° 4021).

LE PARADIS — UN PEU PLUS LOIN (Folio n° 4161).

LE LANGAGE DE LA PASSION. *Chroniques de la fin du siècle.*

TOURS ET DÉTOURS DE LA VILAINE FILLE (Folio n° 4712).

LA TENTATION DE L'IMPOSSIBLE (Arcades n° 93).

VOYAGE VERS LA FICTION (Arcades n° 95).

Aux Éditions de l'Herne

UN DEMI-SIÈCLE AVEC BORGES (Cahiers de l'Herne n° 79).

Aux Éditions Plon

DICTIONNAIRE AMOUREUX DE L'AMÉRIQUE LATINE.

Aux Éditions Terre de brume

ENTRETIEN AVEC MARIO VARGAS LLOSA, *suivi de* MA PARENTE D'AREQUIPA.

COLLECTION FOLIO

Composition Graphic Hainault.
Impression Maury-Imprimeur
45330 Malesherbes
le 14 mars 2011.
Dépôt légal : mars 2011.
1ᵉʳ dépôt légal dans la collection : février 2008.
Numéro d'imprimeur : 163312.

ISBN 978-2-07-035140-4. / Imprimé en France.